HALO®

JOHN SHIRLEY

HALO

BROKEN CIRCLE

Tradução de Guilherme Kroll

FÁBRICA231

Título original
HALO
BROKEN CIRCLE

Qualquer referência a acontecimentos históricos, pessoas reais ou localidades foi usada de forma fictícia. Outros nomes, personagens, lugares e incidentes são produtos da imaginação do autor, e qualquer semelhança com acontecimentos reais ou localidades ou pessoas, vivas ou não, é mera coincidência.

Edição brasileira publicada mediante acordo com o editor original, Gallery, uma divisão da Simon & Schuster, Inc.

FÁBRICA231
O selo de entretenimento da Editora Rocco Ltda.

Direitos para a língua portuguesa reservados
com exclusividade para o Brasil à
EDITORA ROCCO LTDA.
Av. Presidente Wilson, 231 – 8º andar
20030-021 – Rio de Janeiro – RJ
Tel.: (21) 3525-2000 – Fax: (21) 3525-2001
rocco@rocco.com.br
www.rocco.com.br

Printed in Brazil/Impresso no Brasil

preparação de originais
MATEUS EARTHAL

CIP-Brasil. Catalogação na fonte.
Sindicato Nacional dos Editores de Livros, RJ.

S56h Shirley, John
Halo: broken circle / John Shirley; tradução de Guilherme Kroll. – 1ª ed. – Rio de Janeiro: Fábrica231, 2015.

Tradução de: Halo: broken circle
ISBN 978-85-68432-31-0

1. Ficção norte-americana. I. Kroll, Guilherme. II. Título.

15-23286 CDD–813
CDU–821.111(73)-3

Para todos os fãs do universo Halo,
estejam eles no sistema solar
ou em qualquer lugar da galáxia.

PRÓLOGO

Guerra San'Shyuum-Sangheili
Conflito do Planeta do Azul e Vermelho
Por volta de 860 Antes da Era Comum (AEC)
A Primeira Era do Conflito

Mken 'Scre'ah'ben, um Alto Lorde San'Shyuum das Relíquias Sagradas, flutuou em direção à escotilha aberta. Ele pousou sua cadeira antigravidade à porta e escutou, fascinado pelo dissonante cantar de um mundo alienígena, os guinchos dos ventos incessantemente produzidos pelo planeta.

– O inimigo está logo depois do cume, Alto Lorde – avisou o intendente, seu conselheiro militar e, teoricamente, seu guarda-costas. – Não há necessidade de deixar o transporte. Seria mais sábio observar tudo em órbita, usando os Olhos. Os Sangheili são ferozes e astutos.

Lorde Mken acenou desdenhosamente.

– Nunca estive aqui antes, e verei este mundo em primeira mão. Não sou tão inexperiente em combate. Mas, se você estiver preocupado, intendente, serei cauteloso. Minha cadeira está equipada com armas, e tenho você à mão. Fique por perto, mas não me distraia.

– É um prazer cumprir suas ordens. – O intendente ficou para trás, ajustando seu cinto antigravidade e checando ruidosamente o rifle de pulso. Ele parecia um pouco contrariado por ter sido colocado em seu lugar. O intendente não tinha dúvidas de que, com aquela cadeira, Mken estava mais qualificado para proteger seu assessor do que o contrário.

Ainda assim, Mken estava de fato cauteloso com esse mundo, apesar de suas insossas bravatas. Ele não estava totalmente seguro a respeito dos projetores de campo de força colocados próximos do transporte – eles moderavam o vento, mas os protegeriam de um ataque? Mken escaneou o céu em busca de naves de combate Sangheili enquanto elevava sua cadeira em direção à saída do transporte. Ali, parou, com a cadeira flutuando sobre a pedra em que o transporte tinha pousado, toda coberta de cicatrizes feitas por explosões, e então manejou seu pescoço longo, magro e dourado com uma desenvoltura sinuosa, enquanto olhava com curiosidade os impressionantes contrastes coloridos, as dunas rajadas e os afloramentos rochosos do principal continente do planeta.

Os ventos, constantemente mudando e guinchando, eram em parte produto dos corpos celestes que também davam a esse mundo sua coloração dupla: a estrela-anã azul circulando à esquerda do céu de Mken, a muito maior gigante vermelha, à direita, ambas apenas 45 graus acima dos horizontes opostos. Seguindo os comandos do Alto Lorde, o transporte se alocou bem abaixo da Linha Púrpura, para que ele pudesse apreciar as vistas contrastantes. O hierarca J'nellin estava certo em notar, em sua monografia sobre o Planeta do Azul e Vermelho, que a impressionante dualidade dos tons, ao longo de cada um dos lados da Linha Púrpura, era uma das maravilhas das galáxias. À esquerda, os afloramentos e as dunas eram em gradações de azul, a areia era de um azul mais claro, as rochas, um mais escuro; à direita, a paisagem acidentada era totalmente vermelha, leve ou vigorosa, mas por toda a vista, até o horizonte. Apenas a relativamente estreita Linha Púrpura misturava as cores. Os dois sóis do sistema binário, um mais perto que o outro, estavam sempre no mesmo ângulo, em respeito a esse mundo estático; por isso não havia noite nesse hemisfério; o planeta era impedido de rotacionar por estar travado entre os campos gravitacionais das duas estrelas. Elas jogavam um eterno jogo de pega-pega, que um dia destruiria o planeta. Mas, até lá, a milênios de distância, a posição desse mundo na galáxia fazia dele um ponto de importância estratégica na guerra; talvez até mais importante que isso, havia artefatos Forerunner nesta área, e mais enterrados em outras partes do planeta – o dispositivo Luminary tinha confirmado isso. A necessidade de investigar relíquias Forerunner era a única razão pela qual San'Shyuum tinha descido da órbita para a superfície, arriscando um confronto certo com os armados e perigosos Sangheili.

As pedras aplainadas próximas ao transporte eram remanescentes de uma espécie ancestral já extinta, uma desconhecida bípede... Contudo, nas rochas salientes havia inscrições que sugeriam que tal espécie possuía conhecimento dos Forerunners, os quais estiveram aqui antes mesmo de quem havia trabalhado as rochas.

O sol azul densamente compacto estava a leste; o grande, alastrado e mais difuso sol vermelho crescia no oeste; os ventos do planeta, guiados pelas gravidades opostas que os flexionavam para a frente e para trás, chicoteavam primeiro em uma direção, depois em outra, constantemente erodindo as rochas com um tipo de escovação implacável, transformando-as gradualmente em dunas que forneciam plumas fantasmagóricas de pó e areia, plumas que também mudavam com o vento, como se fizessem uma dança primitiva. As dançarinas vermelhas esvoaçavam de um lado; as azuis, do outro.

– Isso é realmente uma maravilha – apontou Mken, distraidamente ajustando suas vestes. As vestes cerimoniais ricamente ornadas de um comandante eram impressionantes, mas não muito pragmáticas; sob elas, estava trajado com uma armadura corporal. – Faz valer a pena o risco.

Seu intendente grunhiu em discordância e, então, recordando a si mesmo, murmurou:

– Suas colocações brilham como o eixo da galáxia, Alto Lorde.

A tendência do intendente em se apegar a cortesias honoríficas supérfluas era uma branda fonte de incômodo para Mken. Havia um sutil toque de galhofa nas arcaicas colocações, que poderiam refletir a consciência do intendente de que ele era cronologicamente mais velho que Mken, mas, tendo vindo de uma casta inferior, estava eternamente obrigado a servi-lo como subordinado.

Observando a misteriosamente bela paisagem, Mken sabia que estava sendo muito indulgente com seu lado de *connoisseur*. Sonhara em ser historiador de relíquias e passou muitos ciclos estudando os mais belos designs Forerunner e as antigas representações holográficas do planeta natal San'Shyuum, Janjur Qom.

Pensar no mundo deles, ou mesmo olhar para as representações holográficas, sempre o deixava melancólico. O ramo de Mken dos San'Shyuum tinha sido forçado a renunciar o berço de sua civilização, seu planeta de origem, como consequência do conflito Estoico-Reformista. Mken e seus pares estavam do lado Reformista, que saiu de seu planeta natal no *Dreadnought* – a principal nave Forerunner, foco da guerra civil entre Estoicos e Reformistas. E os Reformistas tinham estabelecido que procurariam pelas sagradas relíquias Forerunner ao redor da galáxia... até há cerca de oitenta ciclos, quando chegaram a Sangheili, onde se escondiam numerosos artefatos Forerunner. A bélica raça sáuria tinha cultuado vestígios Forerunners sem se dar conta de sua verdadeira utilidade. Pior ainda, tinham recusado o acesso aos San'Shyuum. Os Sangheili, ao contrário, ficaram horrorizados quando viram que os San'Shyuum de fato usavam algumas relíquias Forerunner com objetivos práticos. Para os Sangheili, isso era heresia.

O povo de Mken tentou se reconciliar com os Sangheili, mandando uma delegação a fim de explicar que os San'Shyuum, sob orientação de seus profetas, também cultuavam os Forerunners... mas sem sucesso. A delegação tinha sido destroçada, sumariamente estripada pelos Sangheili. Uma guerra tinha começado e continuava desde então.

– Ora – disse Mken, ondulando os três dedos longos da mão direita no ancestral gesto de arrependimento, um sinal de que *tudo tinha ido embora* –, vamos trabalhar. Chame o oficial superintendente de observação do campo. Eu preciso consultar os Olhos.

Em seu braço, ele apertou os controles que convocavam o Olho Sete, e então se levantou da cadeira, alongando-se. Esperava-se que usasse a cadeira antigravidade devido a sua casta superior, mas aqui seu cinto gravitacional era o bastante, mesmo na substancial e excêntrica gravidade do Planeta do Azul e Vermelho.

– Alto Lorde – comentou o intendente, tenso –, você dará um ótimo alvo se sair de sua cadeira.

– Estamos bem protegidos aqui – respondeu Mken. Ele observou enquanto o Olho Sete entrava em seu campo de visão, parecendo vermelho por vir do oeste.

Grosseiramente em um formato de diamante, o dispositivo vítreo se aproximou e parou. A coisa pairou com expectativa, e, então, Mken disse:

– Reporte movimentos do inimigo.

– A principal falange inimiga está a noroeste – respondeu o Olho. – Estão acampados além do Cume Quinze, no Sítio Dois. Eles apresentam defesas consideráveis, mas é mais provável que planejem atacar nossa escavação de relicário Forerunner no Sítio Um.

– Não é inesperado – disse Mken, pensativo. – Mostre-me as principais posições do inimigo.

O Olho projetou um raio rodopiante de luzes multicoloridas que rapidamente formou uma imagem tridimensional das posições Sangheili, como se vistas de cima e a oeste, como em uma observação de longa distância. Mken se aproximou do holograma, olhando criticamente enquanto seu intendente andava ao redor, entre o Alto Lorde e a aridez de pedras e areia, espiando com nervosismo as pontas angulosas das formações rochosas.

Na imagem, as tropas Sangheili se reuniam em busca de proteção ao redor de uma torre parcialmente enterrada e inclinada, a enorme estrutura Forerunner no Sítio Dois, um imponente transmissor de algum tipo, lustroso e eficiente, mostrando pouco desgaste. A maioria de sua imensidão estava escondida embaixo da terra. Suas bordas afiadas e as superfícies polidas contrastavam com as pedras vermelhas e brutas dos arredores do terreno. A cena inteira era composta por sombras alongadas, banhadas de vermelho e vermelho-amarronzado.

Os Sangheili estavam organizados em linhas mais ou menos curvas ao redor da relíquia, voltados à tentativa de linhas San'Shyuum – "tentativa", porque os San'Shyuum não tinham planos ou forças para um extenso combate de infantaria. Os San'Shyuum simplesmente estavam em menor número e não eram fisicamente capazes de enfrentar os Sangheili de perto. As linhas defensivas San'Shyuum eram puramente para proteger os caçadores de relíquias e os especialistas em retroengenharia. Mas as forças terrestres dos San'Shyuum tinham os Sentinelas: construtos voadores de assalto autocontrolados, com a forma de insetos caolhos, cinzentos e atarracados, com esteiras e pneus antigravidade. Cada um de seus "olhos" solitários estava equipado com um projetor de raios de calor. Embora ainda um mistério, os Sentinelas pareciam ter sido usados pelos Forerunners para defender instalações e bens específicos – mas os San'Shyuum adaptaram os Sentinelas para seus próprios propósitos. Os Sentinelas e outra tecnologia Forerunner, ainda mais letal, tinham dado aos San'Shyuum a vantagem. Pelo menos, é o que Mken esperava.

Olhando o holograma de perto, Mken mirou os bunkers ao redor do Sítio Dois – eles tinham sido reportados a ele antes que viesse à superfície. Abaixo desses bunkers havia quartéis subterrâneos. Uma grande quantidade de Sangheili poderia recuar para eles, se o *Dreadnought* fosse trazido para o jogo – e seria de fato um abrigo adequado ao inimigo, já que o *Dreadnought* não poderia ser usado à máxima potência quando houvesse o risco de que relíquias Forerunner pudessem ser danificadas. Suas energias mais destrutivas estavam reservadas para ataques rápidos contra as frotas Sangheili no espaço e já tinham sido usadas com resultados devastadores.

E mesmo antes que a energia moderada do *Dreadnought* pudesse ser usada no Sítio Um, todo o pessoal San'Shyuum precisaria ser evacuado primeiro... quando a hora chegasse.

Os San'Shyuum neste lado da borda vinham trabalhando nas escavações do Sítio Um há algum tempo; planos tinham sido feitos para escavações no Sítio Dois, mas então a força de assalto Sangheili arremeteu, arrumando-se em torno daquela torre semienterrada.

Sem problemas. Os cientistas San'Shyuum e aqueles que os protegiam estavam prontos para abandonar a zona de combate a qualquer momento. Seus transportes estavam pulsando com energia, preparados para um rápido salto para a órbita. Mas, por enquanto, era útil manter os Sangheili focados.

Mken percebeu canhões de plasma nas linhas de avanço Sangheili, apontados para a encosta que conduzia ao topo do cume da borda. Próximo ao canhão central, um imponente oficial Sangheili trajando uma armadura prateada estava parado gesticulando amplamente, dando instruções a um grupo de soldados. O oficial tinha aura de autoridade e consciência afiada; Mken instintivamente classificou-o tanto como interessante quanto como perigoso.

Mken apontou para a figura de armadura prateada, e seu dedo ativou vivamente a imagem do Sangheili na projeção do Olho.

– É possível identificar este Sangheili? Há alguma informação sobre ele?

– Sangheili identificado como Ussa 'Xellus. Designado como Importante Comandante de Campo, relativamente jovem. Forte, rápido e experiente. Veio para esta colônia há pouco tempo e reorganizou completamente as defesas. Vigilância mostra-o em atividade quase constante. Ele é estimado como um indivíduo que implementa inovação.

Mken acariciou a barbicha pendurada em suas mandíbulas, inclinando a cabeça retangular, pensativo.

– Marque-o para assassinato, a ser executado logo que a batalha começar. Dê a missão a um esquadrão de Sentinelas.

– Marcado para assassinato – disse prontamente o Olho.

Mken lamentou a necessidade. Ele teria preferido capturar e interrogar o oficial. Gostaria de saber muito mais sobre os Sangheili, e aquele indivíduo específico poderia dar-lhe respostas, talvez até potencialmente ser usado como um princípio de submissão de toda a raça Sangheili. Os San'Shyuum tinham consciência da necessidade de tropas terrestres – não podiam usar o *Dreadnought* ao mesmo tempo em todos os lugares e tinham certeza de que encontrariam mais oposição no Caminho da Grande Jornada. A raça guerreira e corajosa dos Sangheili seriam os aliados ideais, se pudessem ser submetidos à autoridade San'Shyuum. Para isso, eles teriam que lhes ensinar uma lição... Precisaria ser mostrado que os San'Shyuum eram seus mestres. Se ao menos aquele comandante Sangheili pudesse ser capturado...

– Cancele a ordem de assassinato – disse Mken, após ponderar por um momento. – Talvez esse Sangheili especialmente inteligente possa ser útil... em algum momento.

– Alto Lorde, tenho um relatório a retransmitir – disse o Olho, com uma luz piscando na ponta. – Olho Treze nos informa que uma incursão dos Sangheili está avançando em direção a nossas linhas.

– É melhor que você vá até seu transporte lidar com isso em órbita, Alto Lorde – disse o intendente, com ansiedade.

– Tudo a seu tempo – falou Mken. Era tão tedioso ficar na nave... Ele se sentia mais vivo ali, no limite da batalha. Mas aquilo seria curto, abortivo. Na realidade, suas defesas seriam um tipo de embuste para levar o inimigo à máxima concentração. Os Sangheili, quando dispersos, eram duros de ser aniquilados. Eles eram propensos a organizar-se em eficazes bandos de transgressores.

O Olho retransmitiu a imagem do Treze, reproduzindo-a na frente de Mken. Agora ele podia ver cerca de duzentos Sangheili avançando a pé em direção à borda e para além dela, rumo ao Sítio Um; a infantaria estava flanqueada por imponentes veículos blindados que flutuavam estranhamente em campos eletromagnéticos, soltando faíscas azuis sobre a iluminação vermelha. Uma força considerável ficou para trás para guardar o Sítio Dois.

Como os Forerunners teriam se sentido, Mken imaginou, se soubessem que essas duas raças que cultuavam sua memória estavam lutando até a morte pelo controle daqueles terrenos ancestrais? Mken suspeitava que ficariam horrorizados.

Mas ele tinha suas obrigações a cumprir.

– Mande os Sentinelas – disse ele ao Olho. – Faça que não sejam muito efetivos. Não queremos que o ataque seja totalmente repelido, os Sangheili podem acabar recuando muito cedo. Nós os conduziremos até uma melhor linha de tiro. – Os Sangheili poderiam se esconder em bunkers ao redor do Sítio Dois; quanto mais deles estivessem expostos em terreno aberto, melhor.

– Pelo que eu ouvi – disse o intendente, em voz baixa –, os Sangheili raramente retrocedem. Mas o Alto Lorde, imbuído de inspiração, sabe o que é melhor...

Mken ignorou seu assessor e continuou a observar o avanço Sangheili, notando que este agora era composto de três colunas de ataque. A força principal estava se direcionando diretamente para cima da borda; dois dos veículos pesados a acompanhavam. Dois outros tanques tinham se juntado à força menor.

Todos iam direto para sua direção: para o próprio transporte de Mken.

A terceira falange vinha logo atrás da primeira onda, segurando-se, mas ainda avançando, e Mken suspeitou que eles possuíam um objetivo secundário. Porque no meio deles estava Ussa, carregando um rifle energético enquanto se arrastava até a inclinação íngreme.

Quatro Sentinelas levantaram voo do Sítio Um e flutuaram horizontalmente, de forma quase casual, sobre o terreno, indo em direção à borda. Os Sangheili chegaram nesse instante na crista do cume da borda, com suas armas brilhando fracamente no tom vermelho. Imediatamente, abriram fogo contra os Sentinelas, fazendo que os campos de defesa das máquinas se incendiassem. Os Sentinelas reagiram ao ataque, e rajadas alaranjadas de energia assassina queimavam as tropas Sangheili. Alguns deles eram atingidos repetidamente, carbonizados e mortos, mas, de acordo com suas ordens, os Sentinelas recuavam e atiravam esporadicamente.

Onde estava o comandante Sangheili? Onde estava Ussa 'Xellus?

Mken redirecionou os Olhos e encontrou Ussa em um grupo ainda menor, rumo a uma pequena fenda, uma ravina inclinada na direção do Sítio Um. Eles estavam chegando rapidamente ao terreno, em uma manobra de flanqueamento, enquanto os San'Shyuum estavam ocupados com o assalto principal.

– Teremos que cortar esse assalto de Ussa pelos flancos...

Mken não terminou a ordem. Um clarão de luz amarela atordoou sua visão, e o terreno inclinou-se debaixo dele.

– Eles derrubaram os campos de força! – gritou o intendente, enquanto retornava para o transporte, atirando contra algo que Mken não conseguia ver. – Eles os destruíram pelo subsolo! Há um túnel na...

Mais uma rajada de energia amarela veio do solo que colapsava, a partir de um buraco artificial que agora revelava os assassinos Sangheili, responsáveis por detonar os túneis sob o gerador de campo de força.

O intendente gritou, queimado pelo terrível raio de energia, e seus olhos se derretiam para fora da cabeça. Mken engasgou ante o cheiro de carne queimada vindo do intendente.

– Astuto – murmurou Mken em admiração, apressando-se em direção à escotilha enquanto mais dois raios que saíam do túnel acertaram o Olho, detonando-o, e um terceiro cortou o ar indo exatamente para onde Mken tinha estado um instante antes.

Mas Mken estava na escotilha agora, gritando por uma decolagem de emergência. Seu cinto gravitacional impediu que ele fosse arremessado impotente enquanto o transporte ascendia pelo ar.

– Forças de ataque, aqui estão minhas ordens! – berrava Mken enquanto flutuava até a cadeira de comando do transporte. – Abandonem o Sítio Um! Levantem voo e abram espaço para o bombardeio do *Dreadnought*!

– Ele está fugindo – observou Ussa 'Xellus, com sua cabeça indo para trás ao ver o transporte levantando voo para órbita. – E ele deve estar dando as ordens agora mesmo. – Alguns disparos foram dados por seus assassinos em direção ao veículo, mas ele já estava efetivamente fora do alcance.

Seu segundo em comando, um grande Sangheili coloquialmente chamado de Ernicka, o Retalhador, estava atirando contra outros transportes que já decolavam do ponto de escavação conhecido pelos San'Shyuum como Sítio Um. A energia de seu rifle acertou um deles, mas isso foi pouco efetivo. Suas tremendas mandíbulas tremiam de frustração e raiva, com as fileiras de dentes rangendo.

– Eles estavam prontos para partir – meditou Ussa. – Todos muito prontos. E essas máquinas de ataque parecem estar curiosamente se segurando. Eu suspeito... Eles irão disparar sua arma orbital.

– Eles não podem disparar na escavação sem danificar o Domo Sagrado – disse Ernicka. – Mesmo eles não ousariam tamanha blasfêmia!

– Assim eu imaginava – respondeu Ussa. – Agora não tenho tanta certeza. O domo é feito com energia e metais sagrados Forerunners. Dependendo da magnitude do... Sim! – Os quatro dedos em forma de garra de sua mão se fecharam em um punho, que ele bateu contra sua própria armadura peitoral, como se ferisse a si mesmo em repreensão. – Fui um idiota. Rápido: para as rampas de transporte!

– Se cairmos desse jeito, não nos levantaremos por...

– Eu disse rápido! E avise a força de ataque para que recue, e àqueles que nós trouxemos para o terreno elevado ordene que pulem das rampas de transporte imediatamente! Não há um segundo a perder!

Equipado com uma nova cadeira, Mken acelerou em direção à sala de controle, gritando para o oficial de comunicação:

– Ligue o *Dreadnought*! Eu quero o feixe modulado de limpeza no Sítio Um! Rápido!

– Meu precioso Alto Lorde – disse o oficial de comunicações –, é um privilégio...

– Apenas fique quieto e obedeça!

Houve um momento para que o oficial transmitisse a ordem e outro para que a matriz de armas do *Dreadnought* – que os San'Shyuum tinham adicionado à ancestral nave Forerunner – carregasse sua capacidade de fogo, usando a energia que os Forerunners pretendiam usar para outros propósitos, alguns deles desconhecidos.

– Feixe modular preparado e apontado, Alto Lorde.

– Atire!

Mken podia ver o *Dreadnought* em uma tela, em órbita sobre a Linha Púrpura, bem acima da agitada atmosfera do Planeta do Azul e Vermelho; a convergência das armas da espaçonave pulsava com uma energia azul brilhante. Como uma lâmina de fogo, a energia subitamente estocou contra a atmosfera. A tela se dividiu para mostrar o impacto no Sítio Um.

Mken rezou silenciosamente aos Profetas para que a rajada estivesse modulada corretamente. O sistema operacional tinha assegurado que o raio não danificaria o Domo Sagrado que estava exposto pela escavação. Mas deveria destruir tudo o que estivesse vivo ao redor.

A superfície brilhava com o poder destrutivo do *Dreadnought*, mas, para alívio de Mken, o Domo Sagrado parecia não ter sofrido nada.

– Estamos recebendo o número de incinerações orgânicas – disse o oficial de comunicações.

– Quantos? – Mken exigiu saber.

– Seis, sete... não mais.

Mken aquiesceu.

– Atire contra o Sítio Dois! Destrua todos os soldados que estão lá!

– Alguns já estão se retirando para os bunkers...

– Então queime os que você puder! Rápido!

– É meu privilégio obedecer.

Mken tocou os controles de sua cadeira flutuante.

– Kucknoi, você conseguiu embarcar?

– Estamos no transporte, Alto Lorde – confirmou o pesquisador principal do Sítio Um. Sua voz trazia um tom acusatório ao continuar: – Entendo que você está *atacando* a escavação?

– Que não será prejudicada, apenas cauterizada. Nós modulamos o ataque para ter certeza disso. Kucknoi, havia *túneis* sob meu ponto de desembarque. Você sabia disso?

– Não, até que foram revelados. Há uma grande quantidade sob a superfície que nós ainda não investigamos, Alto Lorde.

– E sob o Sítio Um?

– Há um salão subterrâneo, observado por nosso ressonador de subsuperfície. Acreditamos que possa ser um grande relicário. Nós tínhamos acabado de encontrar uma entrada e estávamos na esperança de abri-lo, quando essa interrupção prematura nos arrancou de nosso trabalho...

– Se nós não os tivéssemos interrompido, posso assegurar que os Sangheili fariam isso. Eles os teriam cortado em pedaços. Há algum modo pelo qual os Sangheili possam entrar no salão subterrâneo, de cima, sem a necessidade de uma grande escavação?

– Há esses tubos de ventilação que um Sangheili de cada vez poderia usar, acho. Nós decidimos não utilizá-los... Eles não se adequavam às nossas cadeiras ou aos cintos antigravidade.

Mken resmungou:

– Sem dúvida. E com certeza Ussa 'Xellus sabia a respeito deles. Eles são criaturas ágeis, capazes de ir exatamente aonde nós não conseguimos. Temos que mandar os Sentinelas e limpar esses Sangheili dali.

Mas até lá, e Mken sabia disso, Ussa provavelmente já teria saído dali. Ele teria encontrado uma saída da antiga estrutura Forerunner e já estaria pronto para atacar novamente os San'Shyuum.

Mken estava surpreso com seus próprios sentimentos: em seu íntimo, estava feliz que Ussa tivesse escapado, embora ele ainda preferisse destruir os Sangheili a permitir que o comandante sáurio continuasse a interromper suas escavações.

Sim, havia potencial nesse Ussa 'Xellus. Mken tinha consciência de que, para os outros San'Shyuum, os Sangheili eram meros obstáculos. Mas Mken era também um San'Shyuum de visão.

Se os Sangheili não fossem completamente exterminados, então, talvez, em algum dia distante...

E para o Sangheili conhecido como Ussa...

Se esse Ussa não tiver sido aniquilado, nós nos encontraremos de novo. Posso sentir...

PARTE 1

Um Lugar de Refúgio

CAPÍTULO 1

Espaçonave *Dreadnought*
Sala de Conferências
A Era da Reconciliação

Apesar de seu atual status como Ministro da Segurança das Relíquias, o Alto Lorde Mken 'Scre'ah'bem, Profeta da Convicção Interior, sempre ficava um pouco intimidado pela Câmara de Decisão. Aqueles que ele deveria venerar supostamente tinham se sentado ali, neste tempo, nessa longa, vasta e translúcida mesa no interior do *Dreadnought*. Os San'Shyuum usavam suas próprias cadeiras, mas o resto da sala permanecia exatamente como os Forerunners tinham-na deixado. A mesa em si parecia imbuída de fractais, com arabescos entrelaçados que se animavam, movendo-se para formar imagens maiores, tridimensionais, que ficavam planas, depois voltavam às três dimensões. A área era ladeada não por uma janela, mas algo como simplesmente uma parede transparente. O eixo da espiral da galáxia brilhava em um fulgurante azul, pontuado por uma nebulosa escarlate e púrpura, girando com uma imensidão indizível, até mesmo se transformando, ainda que caoticamente parecendo ser uma forma única e fixa.

Quem eram os San'Shyuum para estarem aqui nessa nave, Mken se indagou, quem eram os San'Shyuum para se empoleirarem aqui como um bando de pássaros rakscraja que habitavam as videiras da antiga Janjur Qom?

Entretanto, aqui estavam eles, cheios de oficiosa importância, como se esperassem pela delegação de paz dos Sangheili.

Com Mken à mesa estavam Qurlom, o Ministro San'Shyuum da Reconciliação Relativa, e GuJo'n, o Ministro da Submissão Gentil. A guerra tinha dado a GuJo'n, o diplomata chefe, pouco a fazer até recentemente... Seu trabalho tinha sido apenas uma sinecura, puramente teórico. Agora, ele inconscientemente trançava os tufos em uma de suas barbichas, enquanto parecia embevecido com exagerado senso de seu status renovado. Suas novas vestes escarlates tinham sido esplendidamente bordadas em linhas douradas para representar os sistemas estelares interligados. Um tipo pretensioso, na opinião de Mken. Mas ele ondulou sua mão de três dedos no tradicional sinal que dizia *estimados colegas, vamos começar*, e GuJo'n retornou o gesto com maestria.

Qurlom, o mais velho na Hierarquia, mais pragmático, simplesmente começou com:

– A inscrição no Tratado de União ainda não está seca, e os descrentes, os contestadores, os hereges já começaram a se manifestar. – Qurlom era bem sério a respeito da Grande Jornada; de fato, ele era um fiel tão dedicado que não desperdiçava tempo em nenhum ritual que não fosse de natureza religiosa, como os de caráter social. Ele sempre se lançava diretamente para o trabalho, sem delongas. – Algo precisa ser feito. – Qurlom usava uma veste branca coberta por um manto platinado flutuante; em sua roupa, um simples desenho: sete círculos interligados em uma cadeia circular, os sete Anéis Sagrados.

– Eu ouvi esses rumores de sedição – admitiu Mken. – Há Sangheili que resistem a nosso novo Covenant. Mas isto era previsível: uma flutuação aqui e ali, logo desaparecem... Assim que fizermos de alguns deles um exemplo.

– Não! – Qurlom contorcia o longo e enrugado pescoço com ênfase. As barbichas foram sacudidas com raiva e sua cadeira antigravidade estremeceu. – Não traga à luz essa heresia, Convicção Interior!

– Eu certamente não traria uma heresia à luz – Mken disse calmamente.

– Talvez esses questionadores entre os Sangheili não considerem isso como uma questão religiosa, mas cultural – sugeriu GuJo'n suavemente, fazendo um gesto elaborado que significava *eu não o contradigo.*

Qurlom bufou:

– Ah, mas você me contradiz, *sim*, GuJo'n. Não há dúvida de que são hereges.

– O meu entendimento – disse GuJo'n – é que os Sangheili objetam a se render por *qualquer* motivo, pois é contrário a sua essência aliar-se a seus conquistadores. Eles questionam a submissão... Mas podem se adaptar com o tempo.

– E você realmente acredita nisso? Tenho documentos sugerindo que o líder desses hereges, esse Ussa 'Xellus, não apenas *objeta* o Tratado de União. Ele *age*!

Mken se lembrou do Planeta do Azul e Vermelho, de muitos ciclos solares antes, quando ele ainda era um mero Alto Lorde. Ussa 'Xellus tinha escapado do planeta e continuara lutando, com uma perícia característica, em muitas batalhas que se seguiram contra os San'Shyuum em outros mundos.

Com sua voz quase um rosnado, Qurlom continuou:

– Esse Ussa 'Xellus declara, eu faço uma citação... – Ele tocou o braço da cadeira, trazendo uma tela holográfica que cintilou até se definir no ar sobre a mesa, e leu o texto que se projetava lá. – "Essa Grande Jornada, o que é isso? Apenas uma nova rendição, pelo que posso dizer! Será que os Forerunners realmente nos chamaram para que nos elevássemos até a sombra desses Anéis? Ou isso é um embuste dos San'Shyuum para nos exterminar? É um terreno nebuloso no qual os Sangheili não ousariam pisar!"

– Bem inflamatório, de fato – concordou GuJo'n. – Quem forneceu essa citação? Talvez algum aproveitador?

– Mais uma vez você me repreende, GuJo'n – estalou Qurlom. – Você implica que minha informação é falaciosa.

– Estou apenas curioso a respeito das fontes dessa informação.

– E eu gostaria de saber também, Qurlom – colocou Mken, gentilmente.

– Minhas fontes são os próprios Sangheili – replicou Qurlom. – Aqueles que estão comprometidos com o Tratado de União não querem ser passados para trás, eles estão silenciosamente fornecendo vigilância de todos os dissidentes.

Mken deu um sinal de aprovação.

– Você tem se aprofundado, Qurlom, e fico feliz em ver isso.

– E então, Profeta da Convicção Interior – Qurlom deu ao título espiritual de Mken um tom de ironia –, o que devemos fazer a respeito disso?

– Idealmente, isso deveria ser resolvido pelos Sangheili – disse GuJo'n.

– Sim – concordou Mken. – Então, devemos conversar com a Comissão... e vejo que eles acabaram de chegar. Trataremos disso com eles.

No momento em que a Comissão chegou, a nave tinha se virado no espaço, e a colossal estrutura superior do *Dreadnought* girava muito lentamente enquanto a nave corria por sua órbita. E agora, enquanto os Sangheili eram anunciados, Mken, através da parede transparente, pôde ver o esqueleto da nova construção. Destinada a se tornar um tipo de concha ao redor do *Dreadnought*, a capital móvel chamada de High Charity estava sendo manufaturada por robôs e por trabalhadores do Covenant, todos labutando na base rochosa, há muito tempo arrancada do mundo natal de Janjur Qom. Um campo de força mantido na atmosfera era necessário para os trabalhadores, pois mantinha os detritos e o vazio do espaço fora do lugar. Já era um habitat. Algum dia seria muito mais.

A seu tempo, a própria High Charity se tornaria um veículo interestelar, assim como um novo e móvel centro de poder San'Shyuum. Assim, High Charity ainda era apenas um rascunho de seu potencial, com sua forma semiglobular pegando a luz das estrelas conforme a cidade gradualmente aumentava. Muito em breve, o antigo *Dreadnought* completaria sua desativação como arma e abraçaria os termos do Tratado de União; que, por sua vez, seria colocado sobre um altar ungido em High Charity, permanentemente fixo. Tinha sido a mais mortal arma conhecida da galáxia, agora era um símbolo de desarmamento, pelo menos entre os membros do Covenant.

E o Covenant ainda tinha presas afiadas.

Mken olhou para a Comissão visitante, que consistia de dois Sangheili, os comandantes Viyo 'Griot e Loro 'Onkiyo. Atrás deles estavam dois guardas de honra, a quem os San'Shyuum se referiam como as "Elites Sangheili", em parte para satisfazer seu apetite por honoríficos, mas também para se expressar adequadamente ante a não categórica habilidade de combate dos

Sangheili. Em contrapartida, as Elites geralmente se referiam aos San'Shyuum como "Profetas", embora apenas alguns realmente detivessem tais cargos formais.

Os guardas de honra ficaram ao fundo, fazendo uma reverência respeitosa; os demais membros da Comissão também pararam, mas apenas porque não lhes foram oferecidos assentos, já que isso implicaria igualdade com os San'Shyuum. Eles permaneceriam de pé por horas, como meros peticionários. Mken mal conseguia diferenciá-los: ambos tinham uma espécie de mandíbula com maxilas divididas em quatro partes, que se juntavam como na boca de um artrópode; possuíam também múltiplas fileiras de dentes afiados e a pele sáuria em tons de cinza, com olhos como os de serpentes. Seus enormes braços e coxas eram grossos, com músculos próprios para a luta, e esses dois especificamente usavam reluzentes couraças e capacetes de prata, que adicionavam a seu volume corporal, mas Mken entendia que eram tipos diplomáticos entre seus pares. Notara que Viyo, à direita, era um pouco mais alto, e seu capacete tinha sobre ele três aletas, que emulavam as mandíbulas Sangheili, ostentando detalhes azuis alternando com prata.

Viyo flexionou a mão de quatro dedos em forma de garras, como se procurasse por uma arma que não estava lá, olhando em volta, inquieto. Mken duvidava que os Sangheili tivessem empregado qualquer tipo de verdadeiros diplomatas até que o Tratado de União tivesse sido executado, e esses dois estavam claramente desconfortáveis nas funções a eles atribuídas.

Tendo concluído as formalidades, Mken perguntou:

– Comissário Viyo, o que são essas implementações? Seus soldados estão em movimento?

Mken esperava que o dispositivo de tradução em sua cadeira estivesse atualizado. Ao longo do tempo, eles tinham obtido uma maior compreensão do idioma dos Sangheili, a maior parte vinda de interrogatórios de prisioneiros, e a cooperação tinha sido resultado das mais vis torturas, o que talvez não fosse a melhor forma de se aprender uma nova língua.

– Os soldados estão em movimento, Grande Profeta – respondeu Viyo. – As naves estão lotadas de soldados das mais variadas especialidades. Eles logo estarão a postos para todas as expedições San'Shyuum. Todas as descobertas de artefatos Forerunner a partir desse momento serão ferozmente protegidas.

– Exatamente como deveria ser – disse Mken.

– Mas, escute – colocou Qurlom. – Você tagarela a respeito dos artefatos Forerunner. Esses seus soldados, eles estão realmente comprometidos em protegê-los? Devemos saber: eles são devotos da Grande Jornada?

– Com certeza, Ministro! – disse Loro 'Onokiyo, com algo que parecia ser o genuíno entusiasmo de um recém-convertido.

– A Grande Jornada não é sobre estar pronto militarmente – afirmou Qurlom, pomposamente –, embora isso não seja desimportante. Mas, de fato, aqueles que procuram pela luz dos sete Anéis devem ser purificados em seu interior, completamente convencidos das verdades dos Profetas, até o último vestígio de sua existência, e dispostos a morrer pela causa sem hesitação.

– É exatamente assim, ministro. Estamos todos prontos para morrer pela Grande Jornada. Os Sangheili sempre reverenciaram os Forerunners... Agora, nós sabemos como ouvir claramente o verdadeiro evangelho dos Forerunners e lhe obedecer. Estamos purificados sob a luz dos Anéis!

Mken conjecturou, como fazia todos os dias, se ele mesmo tinha sido purificado internamente, se ele mesmo estava totalmente convencido. Ele era o Profeta da Convicção Interior, por causa da pureza intrínseca que pregara no passado... Agora, ouvia seus próprios sermões do passado. No entanto, cada vez mais, à medida que estudava o que poderia ser apreendido das máquinas e dos registros Forerunner, ele se perguntava se o verdadeiro propósito dos Halos era de fato uma propulsão massiva para um plano de existência superior, a Grande Jornada para o paraíso prevista pelos Profetas. Era verdade que os Anéis estavam associados a um processo de purificação, mas o que exatamente eles purificavam e como?

Porém, logo Mken cortou esses pensamentos hereges. *Blasfêmia. Profeta da Convicção Interior, de fato... que ironia. Encontre sua Convicção Interior!*

GuJo'n, enquanto isso, indicava satisfação com a informação das tropas em movimento, usando um gesto que os Sangheili provavelmente não conseguiam interpretar, e acrescentou:

– Muito bem, mas o que é essa história de sedição que vem até nós? Eu me refiro àquele chamado Ussa 'Xellus. Ele e seus seguidores têm sido muito mencionados por nossos espiões.

– Ussa 'Xellus? Aquele verme rastejante não pode ser considerado um verdadeiro Sangheili! – retrucou Viyo 'Griot.

– Ainda assim, ele é um estrategista militar muito efetivo – apontou Mken. – Um que não pode ser subestimado. Eu vi isso pessoalmente, muito tempo atrás, no Planeta do Azul e Vermelho.

– No passado ele serviu aos Sangheili, isso é verdade – admitiu Viyo. – Mas não mais. Ele rejeita o Tratado de União, alegando que é vergonhoso juntar nossas forças às de vocês! Até mesmo negociar a paz com os San' Shyuum é o mesmo que se render. Quando sua sedição foi primeiro notada, rogamos a ele e a seu povo que parassem, já que ele foi uma vez um guerreiro como nós. Mas ele se recusou a ouvir a voz da razão, trazendo guerra para os Sangheili. Os nossos responderam com... métodos menos sutis, usando um tremendo poder de fogo para subjugar toda a autoridade de 'Xellus. Pretendíamos cortar a traição pela raiz, mas aparentemente muitos dos seus sobreviveram. Nós suspeitamos que ele agora se esconda como um covarde em algum lugar nos ermos próximos ao polo sul de Sanghelios, em uma região pouco conhecida chamada Nwari. Não temos recebido informações de nossos espiões há alguns dias, talvez porque eles tenham sido comprometidos. Mas temos nossos assassinos procurando por Ussa 'Xellus no momento. Quando eles o encontrarem, asseguro que vão escolher o momento certo... e vão matá-lo. Seus seguidores estão enlouquecidos, encantados por suas palavras. Parece que, quando ele se for, o culto a seu redor irá se dissolver.

– Irá se dissolver? – Mken se perguntou, em voz alta. – Você nunca ouviu falar em mártires?

Uma colônia mineira Sangheili no Planeta Creck
A Era da Reconciliação

A missão foi um fracasso.

Ussa 'Xellus e sua companheira, Sooln, tinham viajado para a colônia em Creck, a fim de recrutar novos seguidores para a resistência. Creck, cujo nome foi dado em homenagem a 'Crecka, o Sangheili que descobriu o lugar uma geração antes, ficava no sistema Baelion, sendo o 76º mundo explorado pelos Sangheili. Era agora uma colônia mineira do Covenant, operada, especialmente em seu subsolo, por Sangheili. Alguns poucos domos coloniais translúcidos, repletos de cicatrizes que indicavam choques de meteoritos, ascendiam da superfície irregular e repleta de metano do planeta. Eram as pontas do iceberg da colônia. Do outro lado das montanhas que assomavam sobre as cúpulas havia um grande mar meio congelado de cianeto de hidrogênio; dizia-se que havia formas de vida simples ali, como grandes vermes que nadavam e pulavam pela superfície do grande oceano de toxina de tempos em tempos.

Mas os Sangheili estavam ali pelos minerais e metais. Os minerais serviriam para mover suas naves; os metais, para blindar os cascos dessas naves. Eles mergulhavam profundamente em Creck, seguindo gigantescas veias cristalinas abaixo, passando por outros veios em direção ao magma usado para prover a energia básica da colônia.

Ussa e Sooln estavam em um elevador que passava por um dos veios de uma dessas escaldantes usinas. Passaram algum tempo ali, viajando sob o disfarce de engenheiros, fingindo inspecionar paredes fatigadas pelo calor e conversando o mais discretamente possível com aqueles que trabalhavam nos geradores. Um desertor de Creck tinha dito a Ussa que havia descontentes ali. Quem não se sentiria usado, trabalhando em escavações geológicas de energia? A estrutura não podia ter o clima controlado de forma eficiente, o calor era insuportável.

Mas seu principal contato, Muskem, tinha perecido um dia antes de Ussa chegar. Muskem tinha inexplicavelmente caído em um poço borbulhante de magma, onde foi instantaneamente incinerado. Ussa tinha uma forte suspeita, depois de falar com o oficial encarregado, de que alguém pudesse ter causado o desafortunado acidente.

Ussa quase nem foi para Creck. Parecia um risco tolo. Contudo, mais uma pessoa contatara Ussa. Era um Sangheili que se denominava 'Quillick, uma palavra antiga, de Sanghelios, significando "pequeno caçador", um pequeno animal conhecido por pegar mamíferos para fazendeiros. Claramente era o codinome do Sangheili. O contato de 'Quillick estava arquivado junto ao de Muskem: *Há um lugar onde muito pode ser encontrado para ajudá-lo.*

É um mundo que ninguém conhece. Mas eu sim... Lutei ao lado de seu tio Tarjak, sob as árvores de pedra...

O que isso poderia significar? Era uma fantasia de um excêntrico? Mas a indicação a respeito de Tarjak e das árvores de pedra se referia a uma história que seu tio tinha lhe contado, uma que ele relutara muito em contar. Agentes do Covenant dificilmente saberiam sobre Tarjak e as árvores de pedra – a galeria construída de petrificações, uma floresta há muito extinta. Lá houve uma pequena, porém cruel, batalha, clã contra clã, que se seguiu por muitos ciclos sangrentos.

A nota tinha prometido *lugar onde muito pode ser encontrado para lhe ajudar. É um mundo que ninguém conhece.* Ussa tinha ficado intrigado o bastante para se arriscar a ir até a colônia de Creck.

Agora, ele tinha pouca esperança de encontrar esse tal de 'Quillick, e era difícil saber quem mais contatar ali. Nenhum Sangheili em sã consciência admitiria abertamente juntar-se à resistência contra o Covenant – e poucos o fariam mesmo em segredo. *O Tratado de União está escrito*, era a frase que Ussa tinha ouvido tantas vezes que tinha vontade de gritar sempre que alguém a repetia para ele. *E não pode ser apagado*.

Agora Ussa repetia o dito banal a sua companheira, mas sua voz estava amarga:

– O Tratado de União está escrito... e não pode ser apagado. Isso foi dito repetidamente. Alguém pegou esses Sangheili.

– Como pode ter tanta certeza?

– Ouvi-los todos repetindo a mesma declaração... Eles devem ter recebido ordens para tanto. E cada um dos Sangheili com quem falei parecia acabado. Eles sabiam que estavam sendo covardes desonrados.

Sooln coçou uma de suas mandíbulas pensativamente:

– E o que mais podem fazer? Não é como se houvesse um inimigo claro de Sanghelios contra quem lutar. Se fosse o caso, eles estariam no coração da batalha. Mas trata-se do Concílio das Cidades-Estados... É Sanghelios em si, ameaçando-os. Ainda assim, eles sabem que não deveríamos nos render ante os San'Shyuum.

– E Muskem era nosso contato para achar 'Quillick. Nossa visita aqui pode ser uma perda de tempo.

O elevador zumbiu por uns momentos, esfriando no instante em que deixou a zona de atividade vulcânica. Então, Ussa olhou com carinho para Sooln, que era compacta, talvez um pouco arrogante e audaz para uma fêmea Sangheili, mas também delicada e pequena... Ou pelo menos assim Ussa a via. A mente dela era mais rápida e mais analítica que a dele, como ele sabia; ela tinha a capacidade para a ciência que faltava a ele.

– Sooln, talvez você esteja falando desse jeito a respeito do Tratado de União para me agradar. Talvez você deseje, pelo bem de nossa vida juntos, que eu aceite o Covenant...

Ela fechou suas mandíbulas em sinal de contentamento:

– Eu penso como você. Não confio nos San'Shyuum. A visão deles a respeito da Grande Jornada é uma fantasia.

– Eu temo que não deveria tê-lo trazido aqui. Você acredita que alguém tenha nos detectado? A morte de nosso contato me preocupa...

– Não notei nenhum drone nos seguindo; não vi nenhum espião à espreita nos observando. Houve aquele velho Sangheili ontem, mas ele não chegou a falar conosco...

– Que velho Sangheili?

– Você não notou? Ele nos seguiu pelas minas desde o espaçoporto. Mas era lento, cansado, cheio de cicatrizes... Não conseguiu manter nosso ritmo. Pensei que talvez quisesse se juntar a nós, mas, quando olhei para trás novamente, ele não estava mais lá. Parecia muito fraco para ser um agente do Covenant.

Ussa rosnou levemente consigo mesmo:

– Logo saberemos, de uma maneira ou de outra. Porque... – Mas ele se interrompeu, assim que chegaram ao nível residencial da colônia.

As portas do elevador se abriram e os dois saíram para a rua escura, entre os prédios atarracados e funcionais, e caminharam juntos em direção ao espaçoporto, onde a nave deles os esperava. Ussa teve o cuidado de não se apressar enquanto passavam por dois atentos guardas em patrulha, embora o que mais quisesse fazer fosse justamente apertar o passo. Ele se perguntou se Ernicka, o Retalhador, estava mantendo a ordem nas cavernas em Sanghelios. Talvez eles já tivessem sido encontrados e derrotados. Mas com certeza ele receberia um comunicado se acontecesse um ataque...

Perguntou-se também se Sooln e ele ainda estavam a salvo naquele lugar. Ele a tinha trazido porque ela tinha acesso à documentação de engenharia, ou seja, era capaz de criar uma identidade falsa plausível para eles. Ela sabia as terminologias corretas para visitar as minas e os geradores. Porém, suponha-se que o disfarce deles fosse descoberto? Ele poderia muito bem tê-la levado a um fim trágico ali.

Ainda assim, cruzaram a praça sem incidentes. Os dois se projetaram por entre uma multidão de taciturnos Sangheili, mineradores cobertos de pó vindo de seus turnos de trabalho, e então se apressaram entre duas estruturas de processamento em direção ao porto.

Tiveram permisão para passar por entre os guardas do portão, por um jovem Sangheili mal desviando o olhar da tela de seu comunicador, indo então em direção à espaçonave dos dois.

A *Lâmina do Clã*, uma nave azul e vermelha em formato de um dardo, grande o bastante para um punhado de viajantes, estava abastecida e preparada para partir. Ussa 'Xellus confirmou tudo isso remotamente por meio de sua interface no pulso. Mas, quando ele se aproximou da escotilha, notou alguém vindo das sombras.

Era um Sangheili idoso, em um uniforme de subcomandante já muito remendado. Faltava a maioria dos dentes em suas mandíbulas, e um de seus olhos tinha sido substituído por uma velha cicatriz.

– Você... Era esse quem estava nos seguindo ontem! – exclamou Sooln.

Ussa procurou por sua pistola, mas então viu o velho guerreiro levantar o braço. Sua mão esquerda não estava lá.

– Não atire em mim, irmão, até que você tenha pelo menos falado comigo – resmungou. – Não estou armado.

Esse aqui faz o Ernicka parecer jovem, pensou Ussa.

– Quem é você, velho guerreiro?

– Sou 'Crecka – respondeu simplesmente o Sangheili idoso.

Ussa bufou:

– Bobagem.

– Sou ele. Também sou conhecido por outro nome: 'Quillick.

– Você é 'Quillick?

– Sim. E preciso falar com você a sós. Do lado de dentro.

– E como saberemos se você não é só um assassino velho e astuto?

– Você já estaria preso agora, se soubessem de sua identidade aqui, não sendo caçado por um assassino. Você é muito importante para ser simplesmente assassinado, Ussa 'Xellus. Por favor, pode me revistar, depois me permita entrar em sua nave, se quiser, e direi por que estou aqui.

Ussa resmungou, mas de fato revistou o velho em busca de armas escondidas e não achou nada. Havia algo que inexplicavelmente inspirava confiança nesse Sangheili.

– Entre, se você precisa. Mas estamos deixando o planeta em pouco tempo. Não vai demorar muito para obtermos a liberação para decolagem. Apenas alguns momentos.

Os três logo estavam na pequena ponte de comando da espaçonave; Ussa no assento do piloto, Sooln checando sistemas ao lado dele. Mas Ussa tinha sua cadeira virada na direção do velho guerreiro, parado no deque atrás do painel de controle, com os braços mutilados dobrados sobre o peito.

– Rápido – disse Ussa a ele. Sua mão não estava longe da pistola enquanto proferiu isso.

– Sou quem eu disse ser. Estava observando você, Muskem e eu o esperávamos. Mas não tinha certeza se você também estava sendo observado por outra pessoa. Estava relutante em falar.

– Fale agora. Estamos sozinhos.

O velho guerreiro esfregou pensativamente a cicatriz que ficava no lugar de seu olho.

– Muitos ciclos atrás, fui o único sobrevivente de uma nave derrubada por inimigos. Nunca soubemos de qual raça eram. Eles não falavam uma língua civilizada. Tudo isso aconteceu no ponto mais distante da galáxia em relação a onde estamos, nos Sistema dos Gigantes Miasmáticos. Eu consegui escapar, pilotando a nave pelo hiperespaço até outro sistema, escolhido quase aleatoriamente. Era o mais distante que consegui chegar. Lá, vi algo muito peculiar... Era um mundo feito de uma liga de metais que eu nunca tinha visto antes.

– Você quer dizer que era um tipo de estação espacial.

– Não. Um planetoide. Mas envolto inteiramente no metal. Nunca tinha visto algo do tipo. Um artefato tão grande, algo além da crença.

– Isso é difícil de acreditar, também.

– Sem dúvida – concordou 'Crecka. – Eu tive que ver por mim mesmo. Pousei sobre o casco externo, em um local que parecia ter um ponto de entrada... e encontrei um portal. Desci por dentro da pele de metal, e, em um deque inferior, uma máquina veio flutuando para me saudar. Era uma máquina inteligente, construída pelos antigos! Já tinha navegado por meu computador de bordo, com algum tipo de escâner. Acredito que foi assim que aprendeu a falar nossa língua. E então me contou algumas coisas; mas se recusou a divulgar sua origem. A coisa tinha um nome: Enduring Bias, era como se chamava. Tinha sido deixada para vigiar o planeta, o "mundo defensivo", era como se referia ao lugar, até que seus criadores retornassem. Aquilo me ordenou a prover informações sobre os Sangheili e a tornar a mim mesmo disponível para estudo. Mas escapei. A máquina ficou... confusa; muitos de seus sistemas não funcionavam mais, e não foi muito difícil escapar. Consegui voltar ao hiperespaço e acabei aqui, próximo ao que agora é chamado de Creck. Uma varredura me mostrou que havia minerais valiosos aqui. Eu reportei este mundo, mas não o outro. O outro era repleto de relíquias, de coisas dos ancestrais, dos Forerunners. Eu tinha medo de que Enduring Bias pudesse matar qualquer um que eu mandasse até lá. Por que isso tinha sido dito a mim como ameaça, caso eu partisse...

– E você manteve isso em segredo até agora... E com todas essas relíquias lá?

– Sim. Eu era um guerreiro, não um cientista. Lutei e fui ferido em dezesseis das grandes Batalhas de Clãs de Sanghelios. O olho eu perdi lutando ao lado de seu tio sob as árvores de pedra!

Ussa aquiesceu.

– Ele mencionou alguém chamado 'Quillick, porque esse alguém espionava o inimigo para eles, como um 'Quillick se esgueiraria silenciosamente pelas sombras.

– Ele se referia a mim! Mas não é minha amizade com seu tio que me traz aqui. Eu conheço sua causa. E a minha também. Esse mundo pode ser um refúgio e um recurso para os seus, para os *nossos*. Longe do Covenant.

Ussa ponderou. Se esse velho guerreiro – que tinha lutado ao lado de seu próprio tio – fosse confiável, então ele poderia estar oferecendo a chave de algo que realmente daria poder para a rebelião contra o Covenant. Mais uma vez se perguntou se aquele poderia ser algum tipo de armadilha, mas, se fosse isso, por que ir por esse caminho? O velho 'Crecka estava certo: poderiam simplesmente tê-lo prendido ali. E poucos poderiam saber a respeito da história de 'Quillick e das árvores de pedra.

O coração de Ussa palpitou com excitação diante das possibilidades que apareciam em sua imaginação. Mas ainda assim poderia ser uma *armadilha*, mesmo se 'Crecka não soubesse disso. Caso o Covenant soubesse a respeito do planetoide.

– Pense melhor: você deve ter dito a *alguém* a respeito do planeta de metal. Alguém... em algum lugar.

– Não! Eu temia ser executado se contasse o que tinha visto. O que aprendi no mundo defensivo... Ah, poderia ser morto também só por ter entrado no planetoide e me comunicado com a máquina, algo que era considerado heresia na época. Não era um jeito honrado de morrer. Mas, enquanto você estava nas minas, eu conversei com meu filho. Ele é um engenheiro aqui. Eu entreouvi o que você dizia, queixando-se do Covenant. Eu já tinha ouvido falar a respeito de Ussa 'Xellus e sua companheira. Vocês combinavam com a descrição. Então, vim aqui para ajudar. Porque desejo voltar àquele mundo e acredito que o lugar oferecerá refúgio para vocês. Você e eu... Nós somos parecidos. Nunca deveríamos ter nos rendido aos San' Shyuum.

O velho guerreiro interrompeu uma tosse com a mão amputada, e Ussa ponderou de novo em silêncio. Será que 'Crecka simplesmente estava senil, carcomido pela guerra, imaginando coisas? Porém, o ancião tinha algo que soava verdadeiro, como um bem temperado metal de uma espada forjada em Qikost. E ele realmente tinha lutado ao lado de seu tio. Ussa não podia evitar acreditar na história, por mais fantástica que pudesse parecer.

Sooln falou com eles:

– Um lugar como esse, um mundo que é uma grande relíquia Forerunner, não pode cair nas mãos do Covenant. Nós devemos pelo menos checar para ver se é real, Ussa. O que temos a perder? Ele está certo: pode ser nossa chance! Pense no potencial de um lugar como esse!

– Você acredita que é real, então?

– Temos que ver com nossos próprios olhos. Temos que arriscar. No momento, não há muitas possibilidades para a causa...

Ussa passeou pelo deque e disse, por fim:

– É difícil imaginar que espiões construiriam uma história como essa. – Ele se voltou para 'Crecka. – Você pode nos mostrar esse mundo coberto em metal... imediatamente?

– Tenho as marcas do caminho. Estou pronto para levá-los até lá. Essa provavelmente será minha última viagem para qualquer lugar. Estou morrendo, como podem ver. Porém, desejo ver essas maravilhas mais uma vez, a última, e quero ajudar. Vocês estão certos: o Covenant é errado. Simples assim.

Os disfarces tinham ajudado; a partida do espaçoporto estava garantida. Com mais alguns minutos, eles estavam em órbita, abrindo caminho por uma abertura no hiperespaço que era como uma ferida brilhante no tecido do espaço-tempo.

Atravessaram o hiperespaço, onde o tempo não é percebido com facilidade.Tiveram oportunidade de descansar, comer e ouvir histórias de 'Crecka sobre as batalhas dos Clãs de Sanghelios. Aos poucos, Ussa passava a confiar mais no velho camarada.

Mas, ainda assim, ele podia estar indo rumo a uma missão idiota. Tinha falhado em recrutar mais convertidos, a não ser que o velho 'Quillick contasse como um.

Talvez essa viagem fosse apenas um salto desesperado pela escuridão do espaço.

Um mundo inexplorado
851 AEC
A Era da Reconciliação

Eles estavam em órbita de algo extraordinário.

Ussa esperou, com os dedos pairando sobre os controles, pronto para executar manobras evasivas. De certa forma, ele esperava medidas defensivas de algum tipo vindas da esfera colossal, recoberta de metal prateado e acinzentado. Mas, em vez disso, nenhum ataque veio do mundo defensivo, como 'Crecka o chamava, mas apenas assinaturas de um pulso de energia interna emanavam do lugar.

– Venha, deixe-me mostrar o portal – falou 'Crecka. – Está no lado oposto... É o único que eu conheço.

Eles aceleraram, saindo da órbita e indo em direção às coordenadas. Desceram, em uma espiral cuidadosa. Ussa ainda se perguntava o tempo todo se isso era algum tipo de armadilha, mas estava muito intrigado para desistir.

O escudo metálico do planeta se assomava, e detalhes se definiam pela névoa da pseudoatmosfera. As juntas apareciam aqui e ali à medida que curiosas antenas brotavam.

Ussa 'Xellus estremeceu assim que a *Lâmina do Clã* se aproximou do objeto retangular, quase se nivelando com a superfície curva, a qual 'Crecka identificava como um portal. Ussa sentiu um medo supersticioso enquanto projetava a nave para dentro do retângulo. Seus contornos pareciam crescer em si mesmo, com paredes subindo ao redor da nave espacial, vindas de dentro do planeta.

Em poucos instantes, uma cela tinha se formado sobre eles, e os instrumentos da nave mostraram que o ambiente estava pressurizado e o ar era respirável. Não havia indicação de micro-organismos perigosos.

– Venham – chamou 'Crecka, parecendo quase animado. – Tragam armas, a inteligência tem as dela. Ela pode estar irritada comigo. Mas também pode estar só blefando.

– Se é que ainda está operante – disse Sooln.

– Eu posso estar velho, mas não tanto – disse 'Crecka. – Eu não era um jovem quando encontrei este lugar, que é incrivelmente antigo. Vocês verão.

Quantas vezes eu quis voltar... Mas parecia imprudente fazê-lo sozinho, e até agora não tinha aparecido ninguém em quem eu confiasse. E nenhuma grande necessidade. Mas essa causa... Aí está a necessidade...

– Sabedoria é o fruto da idade – comentou Ussa, citando um sermão Sangheili e colocando brevemente a mão sobre o ombro do guerreiro ancião.

Ussa e Sooln traziam rifles de plasma, e 'Crecka, uma pistola que Ussa tinha lhe dado. Juntos, emergiram da escotilha da nave e desceram a rampa em direção ao piso, que se mostrou ser mais do que mero metal.

Uma porta se abriu, como se os reconhecesse. Eles passaram por ela, encontrando o caminho por uma série de corredores e descendo em direção a uma plataforma que fornecia uma imponente vista: um mundo fechado dentro de uma casca, como um tanque em que cientistas em Sanghelios costumam manter pequenos animais. Mas este "tanque" era de uma impensável e gigantesca escala, e conseguia guardar todo o planetoide. Luz brilhou do eixo no andar abaixo, e de painéis em estruturas invertidas projetadas pela artificial cela convexa; eles se afunilavam como gigantes estalactites artificiais.

Abaixo dos restos escarpados de algum antigo planetoide, eriçava-se vida vegetal, que brilhava entre riachos e cachoeiras. Criaturas voadoras que ele não conseguia distinguir se agitavam através de uma névoa rósea, que engrossava no horizonte. Um transporte mecanizado passou voando, um tipo de vagão aeronáutico que parecia um pedaço do maquinário que tinha visto antes. Um motor de carga de algum tipo. Estava lá, e então subitamente tinha sumido.

O ar cheirava a plantas exóticas, água e minerais; e havia um cheiro de ozônio em algum lugar, carregado na brisa artificial.

De repente, a plataforma em que eles estavam se desvinculou, surpreendendo Ussa e Sooln, antes de descer, lentamente, até o solo. Estavam em uma área que parecia muito aleatoriamente disposta para ser um jardim cultivado, mas também muito ordenada para ser selvagem.

Ussa andou até a corrente de água que fluía nas proximidades. Sua água perfeitamente transparente não mostrou algas, mas algo passou nadando e foi embora.

– Esse lugar é tão... intacto! – sussurrou Sooln, assombrada.

– Sim – disse 'Crecka. – A máquina me contou que tudo isso está aqui por muitos e muitos milênios. Chamava isso de "nível eco". Foi construído para durar. E é seguro para nós... É seguro para todo o seu povo viver aqui.

Uma sombra passou por sobre eles. Ussa olhou para cima, escutando uma voz masculina suave e empostada, falando o idioma Sangheili:

– Eu lhes desejo boas-vindas ao Escudo 0673. Eu sou Enduring Bias.

Um mecanismo grosseiramente hexagonal e flutuante, dotado de três lentes brilhantes em um dos lados mais próximos, movia-se com facilidade pelo ar, sacudindo e virando para ter uma melhor visão deles. O dispositivo tinha aproximadamente o tamanho do peitoral de um Sangheili, em algumas partes com uma superfície repleta de detalhes, em outras elegantemente simples.

– Eu sou Ussa 'Xellus. – Parecia não haver motivo para se manter o disfarce. – E esta é minha companheira, Sooln. Você já conhece 'Crecka, eu presumo.

– Sim. Eu talvez tenha evitado que ele escapasse, mas temo que um tipo de fadiga existencial me levou a isso, um desejo de companhia, na verdade. Minha tendência original, minha intenção geral programada, está nublada pelas eras, e, na medida em que eu estou ciente disso, é aparentemente irrelevante agora. Eu percebo que vocês estão relacionados geneticamente com uma das raças semeadas pelo Bibliotecário... Então, não é inapropriado para mim deixá-los se abrigar aqui. Agora... vocês deverão informar suas intenções.

Sanghelios
Nwari do Sul
851 AEC
A Era da Reconciliação

Jovem e forte, mas sem uma musculatura Sangheili completamente madura, Tersa 'Gunok tinha dificuldade em acompanhar o ritmo de Ernicka, o Retalhador, mas estava animado só de poder estar a serviço de um grande guerreiro.

Estavam transportando engradados de alimentos secos a partir das carretas para as naves pousadas no chão de pedra da cratera vulcânica. Neve ressoava para baixo de tempos em tempos, soprada dos limites da cratera pelos ventos frios do polo sul de Sanghelios. Os pulmões de Tersa tremiam, e os nós de seus dedos estavam queimados pelo frio.

Porém ele se apressou atrás de Ernicka e para dentro da nave, entrando orgulhosamente no elevador ao lado do Retalhador. Silencioso como de costume, Ernicka emanava uma aura de respeito a todos que faziam suas tarefas. Estavam todos unidos, afinal, no juramento de sangue da Decisão Final: *Estamos preparados para morrer lutando ao lado de Ussa 'Xellus, na batalha conta o Covenant. Isso é honra, e honra é propósito.*

Cada um deles tinha feito esse juramento, e cada um o escutou ser proferido.

O elevador parou e Tersa, com braços doloridos, carregou o engradado e o colocou junto com os outros.

– Comandante – disse uma voz vinda da grade na antepara –, temos notícias de Ussa 'Xellus. Ele retorna com informações importantes. Venha à ponte de comando para recebê-las...

Ambos os corações de Tersa tamborilavam em conjunto. Esse esconderijo nas cavernas estava prestes a terminar. Ussa em breve os tiraria das sombras, conduzindo-os em direção a um brilho solar de honra renovada.

Talvez fosse bobagem tornar Ussa 'Xellus seu ídolo, sua mãe o tinha alertado para não segui-lo. Mas ela estava em casa com seu próprio sustento; ela não tinha visto o que Tersa testemunhara...

A memória ainda estava nítida, cravada em sua mente.

Tersa vinha treinando sob a guarda de Ussa porque seu pequeno clã tinha um pacto ancestral com a família de 'Xellus. E ali Tersa viu o que aconteceu com aqueles que não apoiavam o Covenant.

Ele tinha ouvido, no ciclo anterior, Ussa falando para uma multidão na base, em uma grande sacada pavimentada:

– Se vocês desejam seguir o Covenant, então saiam daqui agora! Eu não vou me render aos San'Shyuum! Também não farão isso aqueles que são leais a meu clã! E não se enganem, essa história de que estamos fazendo uma aliança e não nos rendendo é uma mentira! O que são os Sangheili senão honrados? A honra de cada um de nós representa nossa alma, e nossa alma é nossa honra! Não podemos nos submeter ao Covenant. É melhor morrer que viver sem dignidade.

Profundamente tocado, Tersa se juntou àqueles que gritavam concordando com Ussa.

Viu, porém, outros deixarem o lugar naquele dia. Espiou dois deles pegando seus transportes voadores e programando-os para irem rumo a lugares distantes.

Talvez tivessem sido aqueles dois os que precipitaram o que aconteceu em seguida. Talvez fossem eles que denunciaram a localização de Ussa, com certeza para ficarem bem aos olhos do Covenant.

Tersa estava na amurada, observando o ambiente de um lado e as montanhas austeras e onduladas próximas da base de 'Xellus do outro, quando o ataque veio. Ele estava fazendo um exercício junto a dois amigos, usando binóculos. Quando levantou as lentes em direção a seus olhos, viu os pontos negros formando um enxame no horizonte. Pelas lentes, os pontos se tornaram nove aviões de combate de baixa altitude, grosseiramente moldados como os predadores voadores com asas de couro conhecidos como *'sKelln*.

– Soem o alarme! – berrou Tersa.

– Sim, alarme e essas coisas – seu animado amigo N'oraq gritou de volta, bocejando.

Tersa percebeu que N'oraq achou que era apenas parte do exercício, e que Tersa estava apenas brincando, que não tinha visto os aviões de combate.

– Olhe lá! – disse, entregando seus binóculos. – *Veja!*

Tersa pessoalmente soou o alarme, e rostos assustados se viraram para ele. Alguns fizeram caretas, pensando que ele não passava de um jovem em pânico. Mas, um instante depois, souberam quem estava errado, assim que os aviões arremeteram e soltaram explosivos sobre o lugar. Projéteis foram disparados, um deles partindo N'oraq ao meio.

E então pilares de fogo surgiram; sangue azul-escuro jorrou em fontes. Os Sangheili gritavam enquanto eram arremessados, feridos, pelo ar, e outros corriam em busca de abrigo, procurando por armas antiaéreas.

Cinco varreduras do inimigo sobre a base depois, apenas um dos nove atacantes aéreos tinha sido abatido, atingido pelo próprio Ussa 'Xellus com um lança-chamas.

A base queimada... e centenas de mortos. Os aviões tinham ido, sem maiores incidentes. Mas todo mundo foi capaz de ver os Anéis Sagrados, símbolo do Covenant, sobre suas asas.

Tersa passou um longo dia ajudando a lidar com os mortos e feridos.

E, desse dia em diante, jurou que nunca mais faria uma coisa sequer pelo Covenant. Não daria a eles nem um tostão.

Em seguida, o conflito ampliou-se, tornando-se uma guerra civil em Sanghelios. A guerra, em alguns lugares, tinha a magnitude suficiente para danificar relíquias Forerunner, maquinário sagrado sob a terra. Ussa levou seus seguidores até Nwari, onde poderiam se esconder. E era ali que as naves estavam esperando. Ussa usara a maior parte da fortuna do clã 'Xellus para pagar por aquelas naves a fim de levá-los até o vulcão adormecido.

Agora, enquanto trabalhava na caverna, Tersa suspirava. Ele tinha tomado um caminho sem volta naquele dia. *Siga um herói do clã para a batalha*, dissera sua mãe, *e você tem a chance de lutar com honra e voltar. Siga um rebelde e você será esmagado, atacado sem chance de revidar... ou executado.*

Será que ele veria sua mãe de novo? Estaria ela a salvo do Covenant? Ele não sabia e temia que nunca viesse a saber.

E Tersa não devia pensar nisso. Especialmente não com Ernicka carrancudo ao lado dele.

– Você, jovem, volte e ajude a organizar as armas. Trarei notícias em breve.

– Sim, comandante.

Tersa apressou-se, um pouco irritado por ser chamado de jovem e perguntando-se se Ussa tinha conseguido recrutar os soldados necessários para a revolução... Ou se ele tinha qualquer outro plano, totalmente diferente.

Com Ussa, ninguém conseguia antever nada, não até que a decisão já tivesse sido tomada.

As montanhas de Nwari eram desoladas, proibitivas. Mas muitas das cavernas escondidas sob elas eram quentes, borbulhando com termas aquecidas pela atividade vulcânica. Calor, Ussa sabia, não era o bastante.

Ele parou em um balcão natural de pedra, observando os clãs Sangheili enquanto eles trabalhavam nos carregamentos, seus seguidores fazendo tarefas a eles confiadas apenas para mantê-los ocupados. Havia uma inquietação generalizada entre eles, e muitas vezes os clãs olhavam para Ussa, como se perguntassem se ele os tinha trazido até ali apenas para encontrarem um terrível fim.

Os Sangheili tinham evoluído em terras úmidas, de uma região tropical, e seus instintos se rebelavam contra estadias prolongadas em anfiteatros naturais escuros como aquele. Os espaços friamente reverberantes, a umidade vinda constantemente das piscinas borbulhantes, as sombras do lugar, que pareciam resistentes às luzes – talvez por causa da névoa sulfurosa das fontes –, tudo isso fazia qualquer Sangheili normal olhar para o acampamento com desgosto e desconfiança. Mas Ussa tinha trazido seu povo até ali, lembrando que em tempos antigos os clãs já tinham se abrigado sob as montanhas de Sanghelios.

Tendo recuado até ali, Ussa ordenara uma aproximação subterrânea pelo norte, usando rajadas de plasma para derreter as pedras e selar a entrada o mais silenciosamente possível. As cavernas eram vastas e labirínticas, mas Ussa sabia que as autoridades do Covenant poderiam ter adivinhado por onde ele andava. Então, se eles tentassem a entrada ao sul do vulcão inativo, tudo estaria perdido.

Ernicka, o Retalhador, se aproximou de Ussa, sombriamente rangendo os dentes, o que indicava que as notícias não eram nada boas.

– Grande líder – retumbou Ernicka –, os ouvintes detectaram novas perturbações. Os batedores inimigos estão testando as passagens seladas. Eles parecem saber onde estamos.

– É muito cedo para que já saibam disso – observou Ussa, vendo a névoa prateada ondular no ar, produzindo uma neblina quente nas luzes sobre os trabalhadores dos clãs. – O que isso sugere?

– Que provavelmente não estejamos sendo tão cuidadosos em nossa realocação quanto desejávamos?

– É uma possibilidade. Outra é... – Ussa olhou ao redor, e não havia ninguém por perto. Porém, fez um gesto para que Ernicka o seguisse até um canto mais afastado, próximo da amurada. Barulho vinha dos clãs, como também o som de molas; agora que tinham se movido para longe da rampa, ninguém seria capaz de ouvi-los. Mas, mesmo assim, Ussa sussurrava, e Ernicka mal conseguia ouvir. – Outra possibilidade é a de que haja espiões entre os nossos com meios para transmitir mensagens.

– E como devemos lidar com isso? – perguntou Ernicka, com urgência no sussurro.

– Estou ponderando a respeito.

– Seria uma coisa difícil de se fazer... Interrogar nossos próprios companheiros de clã.

– Sim, e quais deles interrogar? Onde estão os suspeitos? Todo mundo? Não temos tempo para esses assuntos. E não arriscaria perder a lealdade de inocentes ao torturá-los ou a seus camaradas.

– Então, o que faremos?

Ussa parou por um momento, pensando, e então perguntou:

– Quão perto estamos de todos os transportes estarem completamente cheios e abastecidos?

Ernicka coçou a cicatriz de batalha em seu peito, pensativo.

– Todas as três naves estão quase prontas. De fato, poderíamos ir agora, deixando alguns suprimentos para trás. Mas não podemos ir com espiões a bordo.

– Devemos ser capazes de trazer às claras pelo menos um desses espiões hipotéticos. Talvez haja só um. Mas seria mais que o bastante. Ernicka, se partirmos rapidamente, levando todo mundo conosco, podemos providenciar que ninguém saiba para onde vamos. Apenas três de nós conhecem a rota. Os San'Shyuum não a conhecem; como também é o caso dos Sangheili pró-Covenant. Aos espiões não será dada a menor chance de transmitir o destino... Se algum deles sobreviver ao que planejo.

– E qual é o plano, Ussa?

Ele se aproximou de Ernicka, sussurrou algo e, então, adicionou:

– Fique sempre a alguns passos de distância. Defenda minha retaguarda.

Então, Ussa virou-se paras as multidões que se aglomeravam abaixo da laje natural e ergueu os braços, gritando em uma voz potente e ressoante:

– Eu me dirijo a todos os clãs! – Suas palavras ecoavam pelas estalactites que se projetavam do teto curvo do lugar; logo abaixo, rostos borrados pela névoa se viraram na direção dele, com o burburinho se silenciando e todos se pondo a ouvi-lo atentamente. – Machos! Reúnam-se em torno de nossas armas e levem-nas até os transportes! Fêmeas! Aquelas de vocês que estiverem chocando ovos, peguem-nos em seus braços e também levem todos aos transportes! Nós partiremos em breve! Eu tenho um meio para atacar aqueles leais ao Covenant! Atacarei os clãs que nos obrigaram a rastejar ante os San'Shyuum! Então, tomaremos os céus; vamos nos esconder nos lugares escuros da galáxia e criaremos uma nova Sanghelios! Restauraremos o orgulho de nosso povo! Apenas nós encarnaremos seu orgulho! Apenas nós lutaremos por seu orgulho! Clãs, o coração de vocês palpita no mesmo ritmo do meu?

A invocação final gerou uma resposta ritual, como se fosse um ancestral raio de sol que estivesse aquecendo ovos.

E a resposta foi dada.

– Com seus corações os nossos trovejam! – gritaram, em um uníssono maltrapilho, mas profundamente sentido. Cada um dos Sangheili podia sentir, com seu sistema vascular binário, os dois corações trabalhando em conjunto.

– Então, andarei entre vocês e os ajudarei nos preparativos da jornada! Usarei minhas próprias mãos para trabalhar a seu lado!

Gritos de alegria e murmúrios trepidantes saíram da multidão, mas Ussa 'Xellus já descia da rampa de pedra da laje em direção ao chão da caverna. Ele sentiu o cheiro adoravelmente fedido das crias brincando por entre os ninhos, escutou mais gritos de "Com seus corações os nossos trovejam!", ouviu exclamações de espanto enquanto caminhava no meio da multidão... Alguns ironicamente o viam como uma espécie de profeta, um ser divino.

E, então, todos se separaram, de acordo com as ordens de Ussa; enquanto isso, Ernicka o observava, a pedido do próprio Ussa, alguns passos atrás.

Ussa parou próximo de uma incubadora para chocar ovos, pegou um deles e colocou-o gentilmente em um suporte. Embora fosse costumeiramente um trabalho feminino, um grande líder o fazia de vez em quando para demonstrar o amor por seu povo. Um murmúrio de aprovação se seguiu. Depois, aplausos foram dados com as mandíbulas, e ele seguiu andando, batendo levemente nas cabeças peladas e escamadas das crianças Sangheili, examinando armas de plasma enquanto eram levadas para os transportes, levantando um engradado de carne-seca e colocando-o em uma empilhadeira. Todos ao redor dele, para não acabar fazendo menos que seu líder, se ocuparam, empacotando tudo freneticamente.

– Grande Líder! – foi o chamado de um macho esguio e sem capacete, que colocava com cuidado uma caixa cheia de lâminas de energia em outra velha empilhadeira. O Sangheili manteve uma mão na caixa aberta de espadas enquanto se virava na direção de Ussa, baixando a cabeça em sinal de respeito. – Posso fazer uma pergunta?

Ussa o reconheceu: era um conhecido traficante de armas.

– Sim, Vertikus, qualquer um pode me perguntar qualquer coisa. O que deseja saber?

– Esse mundo para o qual vamos... Como levaremos novas armas para lá? Temos algumas aqui: essas são genuínas espadas Qikost. As lâminas são as melhores e as mais mortais. Será que conseguiremos aprender a fazê-las nesse novo mundo? Será que ele é tão longe a ponto de não conseguirmos mandar uma delegação secreta até Qikost?

– Você deseja saber se esse mundo fica perto ou longe de Sanghelios, é isso? – perguntou Ussa, olhando de relance para a caixa cheia das perigosas lâminas de energia. Elas foram forjadas com metal e são aquecidas por dentro com poder de energia destrutiva. – De fato é longe, mas não direi a você onde fica esse lugar. Eu guiarei todos nós até lá. Só direi que precisamos ir imediatamente, pois tomei uma decisão que não pode ser revertida. Isso não pode esperar.

Vertikus emitiu um silvo de resignação, o equivalente Sangheili a um suspiro, e então agiu rapidamente, pegando uma das lâminas do engradado e colocando-a ameaçadoramente contra a garganta de Ussa, enquanto rosnava:

– Isso realmente não pode esperar!

Mas Ernicka, o Retalhador, apareceu subitamente, pulando na frente de Ussa, com sua própria lâmina interceptando a de Vertikus, fazendo que faíscas vermelhas pulassem com o contato. A arma de Ernicka parou a do suposto assassino quando essa estava à distância de um fio de cabelo do pescoço exposto de Ussa, que já conseguia até sentir o calor da luz da lâmina de Vertikus queimando sua pele.

Maior e muito mais experiente, Ernicka forçou Vertikus para trás com um único empurrão. Então, o atacante cambaleou e caiu no chão.

Outros Sangheili avançaram, arrancando a espada do punho do traidor.

– Idiotas! – gritou Vertikus, debatendo-se. – Ussa os levará para a perdição! O Covenant é nossa única esperança de redenção!

Ele tentou correr, mas a multidão o segurou.

– Esperem! – ressoou Ussa. – Precisamos interrogá-lo! Ele pode ter conhecimento de...

Mandíbulas se abriram, garras cortaram, sangue púrpura Sangheili espirrou, e Vertikus, atacado por dez de uma só vez, já tinha sido dilacerado.

– É tarde demais, Ussa – disse Ernicka, embainhando a espada. – Mas você não pode culpá-los.

– Não, não posso. Que seja. Livrem-se do corpo do traidor. Carreguem os transportes. Partiremos antes que o Covenant perceba.

– Você se referiu a algum tipo de ação... Pretende atacar antes que partamos ou...

Ussa emitiu um som raquítico que expressava ironia.

– Não. Isso era apenas para expor o espião.

– Você se arriscou terrivelmente, Ussa, andando tão corajoso entre eles.

– Confio em você, Retalhador. Eu sabia que você me protegeria.

– Eu até gostaria, Ussa, que nós atacássemos os escravos do Covenant antes de partirmos. Estou pronto, caso você dê essas ordens.

– De certa forma, já atacamos esses idiotas. Escapamos deles, e então saberão de nossa fuga, o que irá abalar sua confiança. Iremos ao mundo defensivo que 'Crecka encontrou. Após algum tempo, usaremos esse mundo como uma base para preparar o retorno a Sanghelios, rearmados e fortificados por uma nova geração. Pode ser que em algum momento o Covenant nos encontre. Mas, se eles o fizerem, nós os enganaremos de novo. Vamos crescer, construiremos uma nova população e um novo exército. E, algum dia, destruiremos o Covenant. Assim o será, Ernicka. Agora, vamos inspecionar os transportes. Já está quase na hora de deixarmos Sanghelios.

– Deixar nosso lar para sempre... Isso causa dor, Ussa.

– Nós retornaremos um dia, ou nossos filhos. Por enquanto, Sanghelios está onde quer que seja nosso destino, Ernicka. Nós somos a verdadeira alma do planeta.

Então, juntos, eles atravessaram as passagens de pedra, indo em direção aos transportes que estavam próximos, esperando no chão rochoso do cone de um vulcão extinto.

Dali, olhando para cima, era possível ver o céu. Ussa viu as luas de Sanghelios e um conjunto de estrelas, além da boca vulcânica.

E, em algum lugar lá em cima, Ussa e seus companheiros de clã construiriam um novo mundo.

Era um lugar distante, sem nome. E, ainda assim, Ussa 'Xellus tinha estado lá e sabia que o lugar se tornaria algo com vida, como um ovo que se quebra ao sol. A casca precisa se quebrar para uma nova vida aparecer...

CAPÍTULO 2

High Charity
Sala de Decisão
850 AEC
A Era da Reconciliação

— Nossos assassinos falharam. Suspeitamos que nosso espião tenha sido pego e executado. E parece que Ussa 'Xellus ainda está vivo.

Mken, o Profeta da Convicção Interior, não conseguia discernir se o comandante Sangheili tinha um tom de desculpas na voz – a tradução ficava desordenadamente indeterminada de vez em quando –, mas sua linguagem corporal parecia sugerir isso. Ele estava ali parado com sua cabeça comprida, de maxilares fendidos, flexionada em reverência.

– Então, onde está ele? – quis saber Mken, e Qurlom, a seu lado, rosnou concordando.

Comandante Viyo 'Griot mexeu as botas banhadas no metal, que rangeram baixinho no deque, como se pontuassem seu desconforto.

– Apenas confirmamos que Ussa 'Xellus saiu de Sanghelios. Um punhado de seus adeptos, apenas seis, ficou para trás. Eles planejavam segui-lo, mas não foram capazes de fazer isso. Viram as naves partirem e perceberam que a intenção de Ussa de deixar o planeta era clara. Esses desertores vieram rastejando até nós, cheios de remorso... o que claramente não lhes trará nenhum benefício.

– É surpreendente que Ussa tenha permitido que eles ficassem vivos – retumbou Qurlom pensativamente, enquanto digitava um comando na cadeira antigravidade para produzir um chá pungente. Ele inalou o vapor fragrante antes de provar a bebida; na idade de Qurlom, o uso de remédios naturais era intenso.

– Talvez isso não seja tão surpreendente – apontou Viyo. – Ussa se comporta de maneira incomum e paradoxal. Se por um lado ele pode ser misericordioso, de um jeito mais intenso do que ao que estamos acostumados, por outro ele insiste em agir de acordo com o modo tradicional: "força é caráter", como dizemos, e, naturalmente... – Ele pareceu hesitar, talvez por medo de não ser político.

– Sim? – solicitou Mken.

– E, naturalmente: *nunca se render*.

Viyo desviou o olhar, com suas mandíbulas se abrindo até formarem uma careta.

Mken estava ligeiramente satisfeito. Os San'Shyuum e o próprio Tratado de União polidamente insistiam que os Sangheili não tinham se rendido. Eles tinham, ao contrário, *alegremente* escolhido jogar seu destino nas mãos dos San'Shyuum, escolhendo sabiamente seguir um caminho que levava até a Grande Jornada. Os Sangheili tiveram a experiência de uma epifania espiritual coletiva, percebendo que os Profetas dos San'Shyuum estavam certos o tempo todo.

Mas Mken sabia que muitos Sangheili alimentavam uma vergonha secreta, uma crença silenciosa de que eles tinham se rendido, afinal.

Qurlom sorveu o resto do chá fazendo barulho e então perguntou:

– As intenções de Ussa pareciam claras a esses que ficaram para trás. O que determina a clareza deles? Quais *são* as intenções de Ussa?

– Eles alegam que Ussa encontrou um mundo repleto de relíquias Forerunner, um mundo inexplorado, Ministro. Apenas ele, sua companheira e seu segundo em comando conhecem o caminho ou qualquer detalhe a mais sobre sua natureza.

– E ninguém mais sabe onde esse mundo fica? – perguntou Mken. – Eu acho isso um absurdo.

– Apesar de realmente parecer absurdo, ninguém mais sabe a localização desse lugar – confirmou 'Griot. – E também não sabemos que curso tomaram. Isso foi mantido em segredo. Ussa deve ter percebido que havia alguém infiltrado em seu clã.

– Eles entraram no hiperespaço... E depois?

– Parece que mudaram de curso muitas vezes; não conseguimos rastreá-los.

– Ainda assim precisamos continuar procurando – disse Qurlom. – Esse Ussa 'Xellus é um herege pérfido e vil. Não deve ser permitido que ele espalhe seu veneno.

– Garanto que vamos encontrá-lo – afirmou o comandante 'Griot, com ardor. – Ele arruinou todos os Sangheili. Nos chama de... – novamente hesitou – De *covardes*. O maior insulto para nosso povo. Inimaginável.

– É ele o covarde – apaziguou Mken. – Ele fugiu com sua comitiva, deixou seu mundo natal e se escondeu! Não há nada de heroico nisso.

Mas, internamente, Mken suspeitava que não havia covardia nessa atitude. Ussa 'Xellus era, como 'Griot tinha dito, incomum. Seus motivos eram completamente inescrutáveis. Mas covardia? Não.

Parecia que os traidores Sangheili tinham algum grande esquema em mente.

E, nesse momento, o Profeta da Convicção Interior estava intimamente convencido de uma só coisa: quando finalmente soubessem de tudo sobre a verdadeira finalidade desse jogo, seria de fato um conhecimento terrível.

Um mundo defensivo Forerunner inexplorado
850 AEC
A Era da Reconciliação

– Grande Ussa 'Xellus, eu não questiono sua liderança! Os clãs aceitaram você. Quem sou eu para desafiar um kaidon?

Ussa retrucou ironicamente:

– Você é 'Crolon. Sempre foi 'Crolon. E sempre será o que você sempre foi. Um incômodo a meu lado.

Salus 'Crolon fechou suas mandíbulas com firmeza, a variante Sangheili para um sorriso. Mas não se manteve quieto por muito tempo.

– Como diz o antigo ditado: "Só um covarde está sempre calmo." Mas grande Ussa... Onde nós estamos agora? Viemos para o lugar mais estranho de todos. Pelo menos as cavernas a que nos levou antes estavam em Sanghelios. Mas isso aqui é muito longe de nosso mundo.

Ernicka, o Retalhador, lançou um olhar sombrio de suspeita na direção de 'Crolon. Ussa murmurou de lado para Ernicka:

– Não tire conclusões precipitadas. Não confunda uma personalidade irritante com a de um traidor.

Ussa tinha visto muitos bons guerreiros serem mortos ao lado dos traidores de fato em Sanghelios. Os kaidon comuns tinham um jeito muito simples de lidar com deslealdade, tipicamente separando a cabeça dos traidores de seus corpos. Algumas vezes a execução era levada mais por impulso do que por um julgamento justo. Matar um inimigo de verdade, isso sim era honrado. Tecnicamente, 'Crolon era um guerreiro, como todos os machos Sangheili. Destruir um soldado por simples melindre era um ato desnecessário.

Então, Ussa permaneceu calmo, observando o ambiente a seu redor.

– Sim, 'Crolon, é verdade, esse lugar é estranho para os Sangheili. E, mesmo assim, acredito que foi feito para nós ou para aqueles que se sentissem como nós.

Eles estavam fundo no subsolo, mas não em uma caverna. Estavam sob o escudo exterior do mundo a que os seguidores de Ussa agora se referiam como o Refúgio.

Ali próximo estava o Túmulo de 'Crecka, uma meia cúpula simples de metal com o nome do guerreiro falecido inscrito. O ancião tinha falecido pouco depois de sua segunda, e última, ida ao mundo defensivo. Ele estava caminhando pelos jardins naturais do andar ecológico, deitou-se no chão... e simplesmente nunca mais acordou. Ussa pretendia construir um grande monumento em homenagem ao velho Sangheili algum dia, pois aquele refúgio só se tornara possível graças a ele.

Porém, talvez todo o planeta defensivo fosse seu monumento, afinal. O mundo artificial era banhado em metal, como o túmulo de 'Crecka, ou pelo menos é o que parecia, a julgar por seu exterior esférico todo metalizado. Do que o mundo era realmente composto, o que os Forerunners tinham forjado, isso continuava a ser um mistério. No interior do invólucro de metal estava um esburacado planetoide; a superfície rochosa tinha sido cultivada a fim de se tornar tolerável para a ocupação e completada com vegetação, montes, vales e riachos, além de edifícios de propósito desconhecido, que poderiam ser usados como moradias e, o mais importante, uma atmosfera respirável. Raios de sol artificiais iluminavam a superfície côncava que cercava o mundo; no horizonte, gigantes formações se projetavam como estalactites, como se fossem as torres das cidades de Sanghelios de ponta-cabeça. Algumas dessas estruturas pareciam estar relacionadas com a distribuição de energia do escudo daquele planeta.

Abaixo da crosta interna de pedra, terra e água vinha outra camada do mundo artificial, abrigando os mecanismos internos desse antigo santuário: gerador de atmosfera, conduítes de eletricidade, manutenção. Algumas partes pareciam inacabadas, e de fato Ussa estava convencido de que o mundo defensivo não tinha sido completamente terminado pelos Forerunners. Ele tinha uma forte suspeita de que era um novo modelo, com novas capacidades e que nunca tinha sido realmente testado, o que ele pretendia fazer, se fosse possível, quando a hora chegasse.

Seria perigoso. Os resultados poderiam tanto destruir quanto salvar seu povo. Ussa avaliou que as chances de qualquer um dos resultados eram aproximadamente as mesmas.

– Saibam que esse mundo é uma criação Forerunner – prosseguiu Ussa. – E, portanto, é sagrado. Porém, ele foi pensado como um refúgio pelos Forerunners, e nós o usaremos exatamente dessa maneira. Temos enormes tarefas a realizar. Vai levar um longo tempo, muitos ciclos, e vai exigir esforços incansáveis de todos. Vamos viver aqui nessa superfície, mas a maior parte do trabalho será realizada a seguir, nas camadas internas, nas galerias artificiais abaixo de nós.

– Mas, grande Ussa – disse 'Crolon, mantendo um tom suave de respeito, ainda que proferisse palavras que demonstravam insistência –, estamos terrivelmente despreparados para funcionar como parte de... dessa grande máquina para a qual você nos trouxe. Nós não sabemos o que estamos fazendo aqui! Esses artefatos Forerunner, a maioria dos aparatos que vemos... Isso é tudo um mistério para nós. Conhecemos o funcionamento do material Forerunner, até conseguimos discernir a função de alguns. – Os Sangheili tinham recorrido à engenharia reversa da tecnologia Forerunner na última etapa da guerra com os San'Shyuum. – Mas isso...

– Sua atitude, 'Crolon – redarguiu Ussa rapidamente –, é o tipo de coisa que nos manteve na sombra dos San'Shyuum. Sangheili como você eram relutantes a aprofundar-se no significado dos dispositivos Forerunner. Mas nós aprendemos que o que é sagrado pode também ser útil e talvez se tornar ainda mais sagrado como resultado disso. Nós lutamos até quase um armistício com os San'Shyuum, usando o que nós aprendemos. Se não fosse a covardia dos que se renderam ao Covenant... Mas é por isso que estamos aqui.

– Sim, kaidon – disse 'Crolon, quase se lamentando e abaixando a cabeça em um gesto de submissão superficial. – Seu desejo é a lei. Ainda assim, como os mecanismos desse mundo são totalmente novos para nós, poderia haver grande perigo em se meter com eles. Ousaremos...

– 'Crolon! – rosnou Ernicka. – Ussa é quem vê o mundo dos céus! – Ernicka estava invocando uma antiga expressão Sangheili, referindo-se a um ser capaz de dominar muitas artes, uma pessoa de gênio e visão. – Ele estudou esse lugar ao lado de Sooln 'Xellus, muito antes de virmos para cá! Essa não é sua primeira visita! Ele conhece todos os aparatos muito bem!

Isso, claro, Ussa refletiu, não era inteiramente verdade. Ele entendia algumas das grandes criações dos Forerunners, mas havia muito mais a aprender, junto com seus seguidores leais. Poderia levar uma vida para decifrar tudo, isso se fosse possível fazê-lo. Mas ele também tinha encontrado a inteligência artificial, Enduring Bias, que lhe explicou o que ele mais precisava saber, pelo menos depois que a entidade finalmente decidiu que as explicações, ou algumas delas, de alguma forma estavam ligadas a seus próprios fins.

Sooln tinha uma fascinação particular por Enduring Bias e se mantinha envolvida em longas conversas com a Voz Voadora, que era como alguns Sangheili chamavam a coisa. A maioria dos Sangheili ali respeitava Sooln, mas, sendo ela uma fêmea, não inspirava total confiança; o patriarcado Sangheili naturalmente não estava disposto a confiar em uma mulher nas questões de liderança mais críticas. Porém, Sooln tinha dons técnicos inegáveis, e Ussa tinha aprendido a valorizá-la.

Antes que 'Crolon pudesse resmungar sobre Sooln não saber se colocar em seu lugar, Ussa se pronunciou, elevando o tom da voz por sobre o barulho da multidão:

– Clãs! Vocês confiaram em mim até agora! Eu os trouxe de um mundo para outro! Devem confiar em mim nisto: atravessamos a Grande Torrente!

– A Grande Torrente era um rio mítico que corria ferozmente e que, uma vez ultrapassado, nunca poderia ser atravessado de novo. – Não podemos voltar atrás! Acredito que estejamos a salvo aqui; o Covenant não sabe nada a respeito deste mundo! É um lugar desconhecido, e eles não deverão encontrá-lo! Se acaso se aproximarem, saberemos com antecedência. Sobreviveremos! Temos comida, água, ar e, sobretudo, esperança! Rejubilem-se... Lembrem que os verdadeiros Sangheili estão sempre preparados para se sacrificar! Agora essa é a *nossa* casa! Nosso lar! Sim, e é também Sanghelios! Porque Sanghelios está onde quer que seja nosso destino!

E seus seguidores levantaram os braços no ar, estalaram as mandíbulas e gritaram em sinal de aprovação.

High Charity
850 AEC
A Era da Reconciliação

– Devo dizer que High Charity tem um novo Ministro, Mken – disse Qurlom em voz baixa. – E um novo Ministro para se acompanhar de perto.

– Outro, não...

– Sim! E é um que merece uma atenção especial.

Eles estavam descendo em um raio trator antigravidade violeta, com suas cadeiras lado a lado. Em um curto espaço de tempo, chegaram aos Compartimentos de Conforto, a residência dos Altos Lordes.

Enquanto desciam, Mken olhava fixamente para cima. Embora Mken tivesse há muito tempo se acostumado com os transportes gravitacionais, ele sempre tivera um desconforto com alturas, escolhendo nunca olhar para baixo nessas situações... já que não tinha nada sob seus pés além de luz e de um longo, longo tubo ao redor do transporte.

Um novo Ministro...

Mken olhou de relance na direção de Qurlom. O velho San'Shyuum estava curvado, olhando corajosamente para as profundezas enevoadas.

– Ministérios parecem se proliferar – disse Mken. – Certamente numa velocidade maior do que os próprios San'Shyuum. Em breve, existirão mais Ministérios que membros de nossa espécie.

– Você fica feliz por ser jocoso, Mken. Um péssimo hábito, mas esse não é um assunto para divertimento. Os hierarcas criaram o Ministério da Segurança Preventiva. E o Ministro... é seu velho amigo R'Noh. – Qurlom fez um gesto de ironia ao dizer a palavra *amigo*.

– Não, é sério? Eles escolheram R'Noh Custo?

– Sim, ele mesmo. Vocês dois estiveram às turras muitas e muitas vezes. Eu imaginei que você ainda não sabia... e que deveria ser avisado.

Chegaram ao nível residencial e seguiram com suas cadeiras para fora do transporte, descendo uma passagem translúcida em direção ao corredor transversal.

De repente, quando chegaram ao lugar onde se separariam, Mken murmurou:

– Qurlom, obrigado por me avisar a respeito do novo Ministro.

Qurlom olhou ao redor para ver se estavam sozinhos e puxou uma de suas barbichas, pensativo.

– Eu mesmo fui um da Hierarquia, como você sabe. O motivo para minha renúncia ao cargo não foi uma questão de saúde, como procurei transparecer. Pelo menos não saúde no sentido literal da palavra.

Mken estava surpreso com essa revelação.

– Então... O que foi?

– Senti algo de podre lá entre os hierarcas. Alguns... não sei quais... estavam mais preocupados com suas ambições pessoais que com o Caminho para a Grande Jornada. Você, pelo menos, parece ter de fato a convicção interior que o levou a seu cargo. Fico feliz em poder dar-lhe um aviso, mas não me tome como um aliado contra R'Noh. Apenas considere o que a expressão "Segurança Preventiva" pode realmente significar...

Qurlom fez o gesto que significava *siga bem e seja discreto* e virou a cadeira para flutuar na direção de seus aposentos.

Mken olhou em sua direção, meditando: *Sim, a expressão "Segurança Preventiva" é bastante inquietante.*

O novo Ministério poderia ser um perigo para a High Charity, caso não estivesse trabalhando para o benefício de todos os San'Shyuum, mas sim para um dos hierarcas. Todos os indícios apontavam que o hierarca por trás do novo Ministro era o afetado Profeta da Excelente Fragrância, que humildemente preferia ser chamado apenas de Excelente. Ele podia ter escolhido o nome Profeta da Excelente Fragrância como seu título honorífico, mas Mken o conhecia como Quidd Klesto antes da ascensão. Excelente era o mestre da agressão sutil, um chantagista, com consequências extremas para aqueles que lhe atravessavam seu caminho. Em pouco tempo, suas ameaças deram frutos venenosos.

E, sim, Mken tinha uma vez atravessado o caminho de Excelente. Tinha ido até outros dois hierarcas a fim de colocar-se contra ele em um assunto lamentável: um plano para raptar fêmeas de Janjur Qom.

Excelente tinha fingido esquecer o assunto, mas não pretendia perdoar Mken. Nunca.

Mken se virou, ansioso para deixar essas preocupações para trás. Ele queria muito ficar sozinho com sua esposa, a graciosa Cresanda... Sentir o longo pescoço dela se enrolando no seu a fim de saborear seu rosto se esfregando suavemente em suas barbichas, ela contraindo gentilmente os lábios contra sua pele.

Seu desejo por tais intimidades parecia aumentado ultimamente, e ele se perguntava se haveria certos hormônios, específicos, envolvidos. Poderia ser...?

Mken virou-se para a porta da frente de sua residência, enviou o código de abertura da cadeira para a porta e passou pelas salas com o conhecido aroma de incenso. Sentiu uma onda de alívio quando a porta se fechou atrás dele. Aqui, podia ser ele mesmo.

Os Reformistas San'Shyuum, que tinham invadido o *Dreadnought*, ocupando-o para usá-lo como um método de fuga, tinham feito incursões secretas para estocá-lo com plantas, madeira, sementes e outras provisões fornecidas por Janjur Qom. Depois que o *Dreadnought* chegou às estrelas, um deque inteiro foi adaptado com luzes especiais para o cultivo de pequenas árvores e plantas para serem usadas para chás de ervas e como alimentos frescos. As telas esculpidas que cobriam a maior parte das paredes da casa de Mken foram trabalhadas em madeira que crescera a bordo. A fonte de pedra em um dos cantos, tilintando baixinho, fora feita com pedaços de rochas que vieram junto com o *Dreadnought* ao decolar do mundo natal. A iluminação, de um verde sombreado, era uma tentativa de replicar o tom de luz que atravessava as altas copas nas florestas densas das planícies de Janjur Qom.

Olhando ao redor, com satisfação, Mken parecia aliviado por estar fora de sua cadeira. Ele mantinha sua relativa firmeza física em segredo para os outros San'Shyuum, à exceção de Cresanda. Mken não precisava da cadeira antigravidade, pelo menos no High Charity, não tanto quanto os outros. Ele tinha sido descuidado a respeito disso, muitos ciclos solares atrás, com seu intendente, e aquele episódio ainda era uma de suas fontes de ressentimento. Infelizmente, ou talvez felizmente, o intendente tinha sido morto no Planeta do Azul e Vermelho.

Mken muitas vezes deixava a cadeira oscilando no canto do cômodo de entrada de sua residência. Ele gostava de usar os músculos. Cresanda também se movia pelo lugar sem a cadeira dela, e agora deslizava em direção a ele, com o pescoço sinuoso movendo-se com prazer gracioso por ver o esposo.

– Amado Mken, eixo de minha vida, você já chegou!

– Deixamos nossa conferência um pouco mais cedo hoje, minha querida. Qurlom estava fatigado, e os outros, ocupados. – Mken acrescentou, provocativamente: – Estou incomodando? Devo ir à estação de vaporização de ervas e fofocar com os atendentes?

– Não se atreva! Fique exatamente onde está! Tenho um ótimo chá para você. Sente-se.

– Prefiro ficar de pé por um momento. Estive nessa cadeira o dia todo.

Cresanda tinha se aproximado, e Mken procurou esfregar seu pescoço contra o dela, beliscando a corcunda feminina em suas costas, logo abaixo do longo pescoço.

– Ah, seu maroto! – repreendeu ela, devolvendo a provocação para também provocar.

– Há algo, ultimamente, que me faz... ansiar por você. Claro que eu sempre me senti assim. Mas recentemente... estar perto de você... é a única coisa na qual eu consigo pensar!

– Você? Você não é do tipo que pensa nessas coisas com muita intensidade. Você é mais do tipo que gosta de ponderar sobre arte clássica ou planejar grandes coisas para a espécie. Você não me engana, Mken. Ainda assim, pode haver uma razão para isso... Talvez.

Mken recuou sem fôlego, mal podendo falar, olhando nos grandes olhos verde-amarronzados da esposa.

– E qual seria essa razão?

– Sim... – disse Cresanda, e seus olhos brilhavam de excitação interna. – O período de Rendimento Reprodutivo.

– Sério?

– Sério. Está em mim! E, já que você e eu não estamos no Rol dos Celibatos e como nosso povo está com essa trágica necessidade de prole, de continuação... Sugiro que, quando a vontade nos atingir esta noite, pensemos na possibilidade de gerar um novo San'Shyuum... – Ela desviou os olhos, tímida. – Mas, talvez, a convergência não seja de seu interesse. E nós podemos esperar mais outros ciclos por outra oportunidade. E talvez eu prepare calmamente seu chá, suas proteínas, e então nós conversaremos sobre o progresso da construção da High Charity ou talvez uma nova cor para o trono...

– Não me provoque assim! – Mken entrelaçou-se mais uma vez a Cresanda, com seu pescoço colado ao dela. – E não zombe de mim. Você sabe que não há nada que eu queira mais que fazer um filho com você. Ainda assim...

Ela recuou, olhando para ele com gravidade.

– Ainda assim... O quê?

– Há... considerações. – Ele baixou a voz, embora regularmente tomasse suas precauções para se certificar de que nenhum mecanismo de vigilância tivesse sido plantado em sua casa. – Você sabe que existem... questões a respeito de meu afastamento do Rol dos Celibatos.

– E? – acenou Cresanda. – *Qual o problema?* Você já cuidou disso há muito tempo.

– Sim. Eu me certifiquei de que não estaria reprovado, o que seria injusto. – Havia poucos San'Shyuum, pelo menos no espaço, e por isso havia uma tendência para a deterioração genética entre eles. Era difícil ficar fora do Rol dos Celibatos, lista que designava aqueles que não eram aprovados para a reprodução. – Mas ainda há questões, e ainda quase estou no Rol. E R'Noh Custo tem noção disso. Além disso... há um novo Ministério.

– Pfff! Parece que sempre há um novo.

– Foi exatamente o que eu disse ao velho Qurlom. Mas a mais recente adição é chamada de Ministério da Segurança Preventiva. E R'Noh foi apontado para o cargo.

– Segurança Preventiva... Para que *serve* isso?

– Suspeito que seja para lidar com questões de segurança, antecipando-as. Dessa maneira, R'Noh e talvez seu padrinho, Excelente Fragrância, poderão condenar quem eles quiserem, justificando o ato como uma *prevenção* do perigo que essa pessoa poderia representar para o High Charity – bufou Mken.

– O quê? Tal Ministério não pode durar muito tempo. É loucamente injusto! As pessoas não vão apoiar isso!

– Acho que você está certa: depois de algum tempo, ele será desfeito. Mas *enquanto isso*... podemos correr um risco, caso resolvamos nos reproduzir. R'Noh não é meu amigo. Se ele descobrisse a respeito da gravidez, e ele descobriria, isso poderia levar a uma traição de sua parte. Contra nós dois.

Cresanda olhou para o chão.

– Entendi. Então, vamos falar apenas de construções e de polimento de cores. E de nada mais.

Ele apertou-lhe as mãos.

– Cresanda! Por favor, não me entenda mal! Eu não poderia esconder isso de você. Mas... só queria que você soubesse. Que *há* um risco. Queria ser justo com você, e...

Ela colocou a mão sobre os lábios dele.

– Mken, é sempre um risco começar uma família. Tudo que é bom é um risco. Apenas no medo há a completa segurança. E dessa maneira vive-se nas garras do temor para sempre. Nós não viveremos dessa maneira.

Então, ela se aproximou ainda mais, e, entrelaçado com ela, Mken sentiu que realmente tinha chegado em casa.

CAPÍTULO 3

O Refúgio: um mundo defensivo Forerunner inexplorado

850 AEC

A Era da Reconciliação

— Há de fato apenas duas escolhas – disse Salus 'Crolon, ajustando um seletor em sua câmera. – E é nisso que acredito. Ou Ussa é nosso verdadeiro profeta, o líder que nos levará a passar por todos os perigos até a terra prometida, ou ele está simplesmente errado, tendo nos tirado de nossa casa e levado até um mundo alienígena... sem propósito algum. Claro que eu nunca exporia a segunda interpretação dos fatos. Não! Eu não teria coragem de questionar nosso líder, nosso kaidon! Mas... alguns poderiam dizer...

Tersa 'Gunok sentia-se desconfortável ao ouvir 'Crolon jorrar o que poderia muito bem ser considerado sedição. A retórica do velho Sangheili andava no limite, nunca realmente escorregando pela borda a ponto de cair em traição. Mas aquilo poderia ser suficiente para que muitos kaidon decidissem decapitá-lo e desmembrar seu corpo.

Mesmo assim, Tersa tinha sido designado para trabalhar com 'Crolon, e ele não podia simplesmente esnobar seu parceiro de trabalho, especialmente pelo fato de 'Crolon ser um veterano, se comparado a Tersa. Juntos, eles examinavam o lado sul dos incompletos dispositivos Forerunner, no estoque que ficava sob o segundo revestimento interno do Refúgio. Outros Sangheili, felizmente fora do alcance da voz deles, pesquisavam a margem oposta da área de quatro hectares, repleta de objetos misteriosos. A grande câmara, com seu teto de arqueamento metálico, continha milhares de artefatos Forerunner, relíquias, peças de aparelhos sagrados, tudo guardado em campos estáticos azuis, dispositivos que poucos além de Ussa 'Xellus e Sooln conseguiam entender. E ainda era de duvidar, de acordo com 'Crolon, que mesmo o kaidon e sua companheira fossem capazes de desvendar todos os segredos desses mecanismos.

Ponderando a respeito dos murmúrios de Salus 'Crolon, Tersa usou sua câmera para obter uma imagem tridimensional de um objeto cilíndrico que girava lentamente dentro de seu campo estático. As marcas em espiral em sua superfície branca e brilhante pareciam reagir à aproximação de Tersa, como se o estivessem sondando, à medida que ele fazia o mesmo. E isso era possível. Não era essa uma criação dos Forerunners? Não estaria, portanto, misticamente infundido com sua inteligência, sua essência?

Que segredos vibravam dentro dessas relíquias?

Por eras, os Sangheili acreditaram que as relíquias Forerunner deveriam apenas ser reverenciadas, e que ninguém deveria mexer nelas. Aqueles entre os Sangheili que, seguindo uma certa tendência científica, secretamente sondaram além do ponto permitido foram inevitavelmente condenados à morte assim que suas investigações blasfemas vieram à luz. Mas havia aqueles que secretamente estudaram as relíquias em laboratórios escondidos, investigando os interiores enigmáticos dos artefatos. Esses poucos hereges tinham mantido registros secretos e compartilhado seus dados em uma espécie de submundo científico, utilizando códigos, criptogramas.

Então, os San'Shyuum chegaram, expulsando os Sangheili de suas colônias interestelares, apropriando-se de relíquias Forerunner, abertamente cometendo a blasfêmia de utilizar os artefatos para seus próprios propósitos, expurgando muitos clãs e afugentando outros, que correram como um bando de vermes guinchantes. Não havia honra para os Sangheili em serem obrigados a recuar cada vez mais, e os San'Shyuum estavam mais perto do que nunca de Sanghelios.

Era impossível lutar de uma maneira efetiva contra o *Dreadnought* e os poderosos armamentos dos Sentinelas San'Shyuum. Então, o submundo dos cientistas Sangheili emergiu, confessando seus pecados e afirmando que a sabedoria secreta dos Forerunners era a única esperança para os Sangheili.

Se não utilizassem pelo menos algumas dessas descobertas para criarem armas ou construirem novas frotas de ataque, melhores e mais rápidas, eles perderiam a guerra, e os San'Shyuum localizariam Sanghelios, dominariam o planeta, o pilhariam e, então, certamente cometeriam um genocídio, destruindo todos os Sangheili em seu mundo natal. Guerreiros morreriam sem honra, executados com armas disparadas remotamente, sem nunca terem tido a oportunidade de enfrentar seus adversários no campo de batalha; fêmeas e até mesmo filhotes, recém-saídos dos ovos, seriam queimados pelo *Dreadnought* como simples micro-organismos indesejados.

Os Sangheili estavam desesperados, e o submundo dos cientistas pôde enfim viver; seus segredos foram colocados em uso. Uma grande guerra interestelar explodiu pela galáxia, com ataques contra o *Dreadnought* e sua variedade de naves menores. Mas, ainda que fosse bem-sucedida em manter sua linha de defesa, a frota Sangheili não conseguia triunfar... A nave central Forerunner era poderosa demais.

Entretanto, em alguns momentos os Sangheili ganharam terreno e cercaram os San'Shyuum usando espertamente o hiperespaço e táticas de guerrilhas, evitando que o *Dreadnought* colocasse efetivamente em uso todo seu poderoso arsenal.

E, assim, algo semelhante a um impasse foi alcançado, embora os San' Shyuum ainda tivessem a vantagem da grande nave, aquele tripé gigantesco pulsando com poder no espaço. O *Dreadnought* não podia estar em todas as partes ao mesmo tempo. Os San'Shyuum, tendo poucos soldados, precisavam de um exército. Assim Ussa 'Xellus havia explicado. Então, eles se voltaram aos Sangheili e negociaram o Tratado de União.

E por quê?, Ussa exigiu saber, quando fomentou pela primeira vez sua rebelião. *Então, aceitaremos a oferta dos San'Shyuum!? Devemos ser uma força do pescoço da serpente!? Agora nós nos tornamos uma casta inferior!*

Mas apenas alguns poucos clãs ouviram Ussa. O restante, temendo pela segurança de Sanghelios, tinha se submetido ao Tratado de União.

Ussa, na busca por um novo lar para seus seguidores, na expectativa de que seu próprio país fosse destruído pelo Covenant, tinha encontrado o mundo defensivo desconhecido. Levou-os, então, a se aprofundarem nos segredos dos Forerunners, tecnologias escondidas que seriam usadas como forma de escapar à predação daqueles que os venderam ao Covenant. Um dia, isso tornaria possível a restauração da verdadeira honra Sangheili.

Era assim que Tersa entendia tudo, era em que ele ardentemente acreditava. Mas ali estava 'Crolon, tagarelando, casualmente semeando dúvidas. Salus 'Crolon já não expressava essas dúvidas se estivesse próximo de Ussa, Sooln ou Ernicka. Mas, nos arredores de sua nova, pequena colônia, 'Crolon fazia suas perguntas corrosivas, de forma implacável.

– Só quero dizer que podemos nos perguntar a respeito desses enigmas – disse calmamente, enquanto virava sua câmera para o novo artefato, uma pirâmide flutuante duas vezes mais alta que um Sangheili, com figuras intricadas em cada uma de suas faces. A câmera de escaneamento apitou, e a imagem holográfica do interior e do exterior da pirâmide fora projetada em azul e verde para cima por um momento, confirmando sua digitalização. – Ou Ussa está certo... ou estamos perdidos. Não há meio-termo. – 'Crolon agora olhava ao redor para ver se ninguém mais estava escutando a conversa. Ele sabia claramente que estava andando em terreno perigoso. – E suponha que ele esteja errado... Nós não iríamos perecer aqui, longe de nossa terra natal, em um lugar que nunca seremos capazes de compreender? Talvez esse mundo seja um templo Forerunner! Talvez ele esteja sendo contaminado por nossa simples presença!

Tersa se contorcia internamente ao ouvir aquelas palavras. Ele era jovem e sabia seu lugar; era esperado que ele respeitasse 'Crolon. Aquilo era tudo o que ele poderia fazer, se quisesse se abster de uma discussão. Ele respirou fundo, cruzou as mandíbulas laterais firmemente por um momento para mostrar que sorria com paciência e murmurou:

– 'Crolon... É como Ussa disse: cruzamos a Grande Torrente. Não há mais volta. Estamos comprometidos. Acredito que estamos *corretamente* comprometidos. Não há nada além de vergonha em nos curvarmos ante o Covenant. E, na verdade, essa *é* nossa única escolha. O que você acha que nos aconteceria se voltássemos para Sanghelios? Seríamos condenados à morte por nos insurgirmos contra o Tratado de União.

– Oh, estou apenas especulando, apenas puxando conversa – respondeu 'Crolon, suavemente. – No entanto, pode haver outra maneira. Um acordo pode ser feito, talvez...

– Com quem? Isso soa como traição!

– Mantenha sua voz baixa, criança, ou fará que Ernicka venha atrás de nós dois! Não foi isso que eu quis dizer. Sou do tipo que pensa de forma lógica e metódica, que olha para todos os lados de um dilema.

– Não vejo dilema nenhum aqui. Vejo apenas o caminho que tomamos. De todos os Sangheili, somos os únicos que ainda temos honra.

– Oh, certamente, mas... Bem, foi apenas um pensamento ou dois, nada mais. Espero poder contar com sua discrição, meu rapaz. – Então, ele limpou a garganta e falou mais alto: – Ah! Ali vem o Retalhador! Saudações, Ernicka!

– Vocês dois – ribombou Ernicka, o Retalhador, chegando até onde eles estavam – estão tagarelando muito mais do que sondando qualquer coisa. Ussa e Sooln precisam decifrar esses aparelhos, e nós precisaremos deles! Tratem de trabalhar! – Como se fosse uma forma de dar ênfase, ele mantinha a mão no cabo de uma lâmina de energia com a bainha em seu quadril.

– Está brilhantemente correto como sempre, Ernicka – disse 'Crolon, exalando humildade enquanto voltava ao trabalho manual.

Tersa manteve a cabeça baixa e não disse nada. Ele voltou para sua tarefa, pensando que, com alguma sorte, ele não seria nomeado para trabalhar com 'Crolon no dia seguinte. Porém, Tersa sentiu como se, enquanto ouvia 'Crolon, tivesse ingerido uma dose de um veneno sutil. E se eles *estivessem* manchando esse lugar sagrado? E se Ussa 'Xellus fosse simplesmente um fanático perdido, que os tinha levado até o coração vazio de um mundo enigmático onde iriam definhar, onde morreriam arruinados junto à crescente insanidade de seu líder?

Pelos Forerunners e por tudo que era sagrado... E se Salus 'Crolon estivesse certo?

High Charity
850 AEC
A Era da Reconciliação

Mken estava em seu escritório particular, debruçado sobre hologramas granulados de antigas esculturas Forerunner. Alguns dos artefatos talvez não fossem esculturas de verdade, mas dispositivos que apenas pareciam obras de arte. Muitas vezes era difícil dizer.

Ele fez que a imagem rodasse e observou suas curvas e depressões, suas voltas arrebatadoras. A forma parecia sugerir evolução, espirais galácticos, uma torre em um molde redondo, tudo se contorcendo em conjunto...

Seu conhecimento a respeito dos Forerunners os identificava como seres que tinham mantido, por algum tempo, uma forma material, orgânica; mas então, de alguma maneira, eles foram capazes de canalizar algum tipo de inspiração divina que os transformou, permitindo que fizessem a Grande Jornada para um reino superior, por intermédio da ação dos sete Anéis. Os Anéis, definidos em posições espiritualmente significativas da galáxia, tinham sido projetados para convocar energias espirituais sublimes que queimassem as mentiras e libertassem as almas, a fim de acelerá-las em direção ao coração da divindade.

Os San'Shyuum acreditavam que os Forerunners tinham deliberadamente deixado seus traços pela galáxia como sinais, como pedaços de um enigma sagrado que, uma vez resolvido, permitiria que outras raças com fé suficiente trilhassem o caminho da Grande Jornada, eventualmente se juntando aos próprios Forerunners.

Mas, se os Forerunners fossem como avatares da divindade, então quem seria essa divindade? Existiria alguém acima dos Forerunners, alguém a quem todos deveriam se curvar?

Deveria haver. E, talvez, o fim da Grande Jornada fosse o glorioso encontro final com essa divindade.

Porém, Mken foi mais uma vez salpicado por dúvidas sobre a Grande Jornada e a finalidade da ordem Halo, criada pelos Forerunners. A descrição de seu propósito não soava como se tratasse de armas? Não havia de fato referências – se tivessem sido traduzidas corretamente – que sugeriam que essas energias eram capazes de grandes demonstrações de poder?

Mas é claro que essas referências eram obscuras, na melhor das hipóteses. Provavelmente haviam sido mal traduzidas. E Mken nunca se atreveu a compartilhá-las com outros profetas. A rigor, ele deveria trabalhar até encontrar interpretações que não fossem heréticas.

Os Anéis Sagrados foram certamente reais, apesar de terem gerado mitos próprios entre os San'Shyuum. Mken se perguntava se eles ainda nem existiam, se ainda estavam por lá, na galáxia, e se de alguma forma poderiam ter permanecido intactos. Poderiam os San'Shyuum encontrá-los e descobrir o verdadeiro propósito da Grande Jornada?

E quem sou eu para questionar a Grande Jornada? Sou um herege por pensar sobre isso? Não passo de um pequeno ser, de um pontinho no universo. Os Forerunners tinham o próprio universo como propósito, eram semideuses cujos poderes de invenção cruzaram a esfera do natural para o sobrenatural, ou assim parece ser. Quem sou eu para questionar isso? Quem sou eu? Sou o Profeta da Convicção Interior? Ou apenas um San'Shyuum que fez a infantil dança da ondulação com os outros?

– Profeta da Convicção Interior? Você está aí?

Mken se endireitou, assustado, e sua cadeira antigravidade balançou ligeiramente em seu campo. Ele olhou para cima e viu a tela de sua área de trabalho piscar, indicando uma chamada visual, com uma mensagem verbal ressoando no ar.

Ele acionou os controles brilhantes com os dedos, convocando uma resposta com a precisão de um hábito enraizado, e a imagem holográfica de R'Noh apareceu diante dele. R'Noh usava um robe prata repleto de detalhes, ramificando-se em uma gola alta, cor de cobre, que não era como o de um membro da Hierarquia, apenas parecendo sugestivamente com um, como se tratasse de uma cópia infantil.

Os grandes olhos escuros de R'Noh brilhavam com ameaça; suas narinas estavam dilatadas, como se ele fosse algum antepassado primitivo San' Shyuum em uma caçada, farejando sua presa.

– Ah! Aí está você, Convicção Interior!

– Sim, R'Noh, estou aqui. E aí está você. Informe, por favor, seu propósito. Estou envolvido em estudos. Estudos sagrados.

– Mas talvez você possa *dispor* de um minuto ou dois, não é? – Havia apenas um leve sabor de deboche em suas palavras.

Mken considerou recusar. Mas por que se dar ao trabalho? Ali estava R'Noh, recentemente empossado para chefiar um absurdo Ministério recém-formado. *Segurança Preventiva*.

– Certamente, R'Noh.

– Obrigado, Convicção Interior. Isso não vai tomar muito de seu tempo. Há algumas questões, e pode ser que uma delas traga a solução para o problema apresentado por outra.

– E que problema você traz para *mim*, R'Noh?

– Ah, eu não deveria estar trazendo essas questões a você? Você fala como se considerasse meu status o mesmo de nosso último encontro.

– Não, não, Segurança Preventiva. Eu soube que você é um Ministro, agora. Eu deveria ter lhe dado os parabéns antes. Eu acabei de ficar sabendo. Felicitações. Agora, em que posso ajudá-lo?

Mken queria muito sumir com a cara de R'Noh, com um movimento de seu dedão sobre a holoimagem. Como se estivesse esmagando algum chitinous rastejante e insignificante. Ah, os pensamentos vis...

Em vez disso, ele acenou com o gesto que significava *feliz por servir*.

– Obrigado, Convicção Interior. Então, irei direto ao assunto. Você sabe como uma seleção genética pode ser difícil, demorada, cansativa e constrangedora. Não queremos impor uma sobre você. Mas somos automaticamente informados quando alguém consulta uma interface médica a respeito de gravidez.

Mken piscou.

– Sério? E desde quando?

– Ah, isso é uma decisão... recente. Há pouco tempo foi decidido que o novo Ministério era uma boa ideia e a partir daí... a informação preventiva foi aprovada.

– Preventiva. Como em antecipação. Entendo. Alguma fêmea andou verificando se estava grávida, e isso é motivo de preocupação para mim por quê?

– Porque é sua companheira.

Mken lutava para manter a compostura. *Não se irrite*.

– E qual é o problema? Não estamos no Rol dos Celibatos.

– Sim, bem, sobre isso... Para alguns de nós que estiveram analisando essa questão parece que vocês poderiam, sim, muito bem estar no Rol... Exceto por algumas coisinhas aqui e ali, talvez.

– Você está alegando corrupção? Você não está no cargo há tanto tempo assim, eu não esperava que fosse ficar louco pelo poder tão rapidamente,

R'Noh. Será que não lhe ocorreu que você está fazendo uma acusação muito grave?

– Eu não estou acusando ninguém de nada, Convicção Interior. Mas só considere a natureza do novo Ministério. Temos de procurar deter problemas antes que eles criem raízes e cresçam. Isso significa que devemos nos debruçar em torno de tais problemas, o que pode incluir análise de rumores. Incluindo aqueles sobre você.

– E ainda assim você diz que não estão me acusando de nada?

– Estamos apenas... inquirindo. Talvez haja uma sombra de suspeita. Talvez não. Mas...

– Eu afirmo novamente: não estou no Rol dos Celibatos. Assim, nenhuma ilegalidade está sendo cometida aqui. Estamos autorizados a ter descendentes. Não é de sua conta se minha companheira pensa na possibilidade de gravidez.

R'Noh fez o gesto que significava *estou apenas pensando em voz alta*.

– Ah, mas se houver razão suficiente para suspeitas, alguém pode ser incluído no Rol dos Celibatos a qualquer momento, Convicção Interior.

– E é por isso que você estendeu a mão a mim? É porque devo esperar que você esteja advogando a respeito disso... dessa mancha em minha reputação? – Mken estava trabalhando duro para manter a si mesmo calmo e imóvel. Ele não deixaria esse desgraçado ver suas barbichas balançando com raiva.

– Porque, Convicção Interior, ninguém ainda decidiu advogar sobre isso. Certamente, seria preciso reunir informações. Fazer interrogatórios. Quem sabe quão longe isso poderia nos levar? Mesmo que nada seja encontrado, o inquérito por si só é uma mácula na reputação de uma pessoa. Você sabe como são nossos irmãos, tão propensos a tirar conclusões precipitadas. Rumores vão se redobrar sobre si mesmos, reproduzindo-se e multiplicando-se. – R'Noh parecia bastante satisfeito com a graça.

– Tudo isso é pressão sobre minha cabeça. Há algo que você quer de mim. Fale logo o que é. Tenho trabalho a fazer.

– Você é um sujeito perceptivo. E digo isso sem negar ou confirmar sua suposição. Mas, Convicção Interior, coincidentemente há algo que queremos que você faça para nós.

– Nós?

– Sim. De fato, o plano vem de sua eminência, Excelente Fragrância, e, mais humildemente, de mim.

– O hierarca. O Alto Profeta da Excelente Fragrância. Ele aprova isso... essa chantagem? Essa extorsão?

– O quê? Estou ouvindo direito? Você está acusando Excelente de extorsão? Com certeza não, Convicção Interior!

Mken rangeu os dentes. Ele queria dizer: "É preciso ter coragem para extorquir alguém abertamente; então talvez isso fosse bem improvável, já que o Excelente é um covarde, alguém que luta pelo poder apenas quando os outros estão de costas..." Mas, em vez disso, apenas perguntou:

– O que é esse "algo" que vocês querem de mim?

– Nós apenas queremos que você lidere uma equipe secreta até Janjur Qom. Onde irá obter um determinado objeto... e fêmeas geneticamente saudáveis para fins de reprodução.

Mken estava chocado.

– Você não pode estar falando sério. Eu disse a você o que pensava desse plano hediondo quando o propôs pela primeira vez!

– Sim. Eu me lembro claramente disso. Você praticamente me humilhou diante dos hierarcas.

– Oh. Entendi. E agora esse é o troco, uma vingança para aquele constrangimento?

– Talvez tenha um elemento de, como você diz, *troco*. – As narinas de R'Noh se dilataram mais uma vez. Seus olhos se estreitaram. – Mas devo dizer a você que os planos de rapto forçado foram descartados. Foi decidido que nós só pegaremos aquelas fêmeas que quiserem vir de livre e espontânea vontade para High Charity. Mandamos os Olhos para nosso mundo natal e encontramos um assentamento onde acreditamos ser possível obter espécimes dispostas. Um lugar chamado Crellum. Uma mensagem holográfica foi exibida para algumas fêmeas. E há algo mais. Nas proximidades há um lugar chamado "a gruta da Grande Transição", onde podemos vir a encontrar a própria Visão Purificadora do Caminho Sagrado. E, com ela, um... Dignitário.

Mken bufou.

– Não há nenhuma prova de que a Visão Purificadora realmente exista. Há muitos contos a respeito de tal artefato, mas nada nunca foi encontrado.

– Não obstante, os registros daqueles que serviram no *Dreadnought* antes que ele partisse mencionam a possibilidade da existência da relíquia em um certo ponto de Janjur Qom. Eles aparentemente receberam um sinal sagrado por meio das luzes da nave. Se a relíquia estiver realmente lá, isso irá fornecer uma seriedade adicional para nossa causa. Afirmação sagrada adicional é necessária nesse momento de turbulência espiritual que se segue ao Tratado de União.

Sem dúvida, muito desse discurso de turbulência espiritual era R'Noh parafraseando Excelente Fragrância. R'Noh não passou nenhum momento significativo contemplando qualquer coisa espiritual.

– Muito bem, envie sua expedição. Mas não há razão nenhuma para me envolver nela.

– Oh, mas há, sim. Na verdade, há duas razões. Primeiro, precisamos de seus conhecimentos em relação à terra natal.

– É improvável que eu tenha informações práticas a respeito de qualquer coisa útil a tal expedição...

– Mas você *tem* o que nós precisamos! – A interrupção de R'Noh era uma ultrajante quebra de protocolo. Ele continuou, suavemente: – Você estudou a área em questão, Profeta da Convicção Interior. Sabe muito sobre a borda sudeste do Reskolah.

– Reskolah? – O coração de Mken bateu com força ao som do nome histórico. Era uma área que, segundo os rumores, continha muitas relíquias perdidas. Era quase tentador. Mas absurdo. – Estudei mapas topográficos, os dados mais recentes que pude desenterrar. Mas... há muito que eu não sei.

– Ainda assim, você é o mais adequado, e o escolhido pelo Excelente Fragrância, para liderar o Time de Apropriação.

– Então é assim que você chama isso? Não passa de um desajeitado eufemismo para invasão. Talvez precisemos matar San'Shyuum para fazer uma boa imagem de nossa apreensão de relíquias e desse suposto recrutamento...

– *Matar* San'Shyuum, Convicção Interior? Por quê? Você está falando de *Estoicos*! Hereges! Eles têm sorte por só estar perdendo apenas algumas de suas mulheres e relíquias, e nós simplesmente precisamos nos reproduzir.

Com o Rol dos Celibatos e a raridade de nossos ciclos de fertilidade, nossa população encolhe. Se os Sangheili se dessem conta de nossa população decrescente, poderiam repensar sua lealdade.

– Então, por que simplesmente não relaxar as regras do Rol dos Celibatos?

– Ele foi criado por um motivo. É necessário para evitar que nossa genética se degenere, Convicção Interior. Temos razões para acreditar que os Estoicos, pelo menos, têm uma boa genética. São mais numerosos... Não são susceptíveis a serem desafiados pela endogamia. E, além disso, a própria Visão Purificadora do Caminho Sagrado é valiosa, acima de qualquer conta. Precisamos ter certeza de que os Sangheili são realmente leais, de que foram realmente convertidos. O brilho de tal relíquia apagaria qualquer dúvida e os uniria definitivamente sob nossa liderança!

– E se eu for morto? R'Noh, você acha que esses San'Shyuum Estoicos de nosso planeta natal não nos detectariam? Acha que ficarão parados, alegremente, enquanto abocanhamos suas fêmeas e fugimos com elas?

– Suponho que nada do tipo vá acontecer. Esperamos evitar confrontos. Na verdade, queremos evitar qualquer detecção. Mas... não podemos ter a certeza. Você estudou Janjur Qom a distância. E tem alguma experiência militar. Vai entrar clandestinamente e escapar com igual discrição. Você *provavelmente* não será morto. Se isso acontecer, sua eminência o Profeta da Excelente Fragrância ficará muito triste.

– Fico tocado – disse Mken secamente.

– E ele, então, precisará encontrar outro para enviar. O plano *seguirá*, entretanto. Agora, Profeta da Convicção Interior, você deve se preparar para partir em direção a Janjur Qom, a toda velocidade...

CAPÍTULO 4

O Refúgio: um mundo defensivo Forerunner inexplorado
850 ACE
A Era da Reconciliação

– Sooln, você parece preocupada. Infeliz. O que a Voz Voadora disse a você?

– Não estou infeliz, talvez um pouco inquieta com algo que Enduring Bias disse, do mesmo modo que o sangue fervente fica inquieto no caldeirão.

Ussa fechou as mandíbulas em um sorriso Sangheili. Ele gostava do modo como Sooln se expressava. Sempre com um toque poético. Era uma das qualidades dela pela qual nutria afeição.

– Conte-me, então, por que seu caldeirão está fervendo.

Eles caminhavam por um recanto nomeado de Jardim de Ussa por Sooln. A paisagem era arbórea, rústica. Ficava na estrutura secundária do mundo defensivo, muito abaixo do céu metálico, a superfície protetora, alta, curva e côncava daquele ponto de vista. Enduring Bias tinha lhes explicado que os Forerunners construíram a proteção para evitar diversos perigos.

Havia plantas de diferentes formas ali – algumas entrelaçadas, outras como explosões congeladas no tempo – e uma brisa artificial soprava dos afloramentos de pedra cinza e dourada. Ussa sentia um grande conforto em passear com Sooln nesse local. De alguma forma, isso dava a sensação de uma jornada pela paisagem de suas próprias vidas juntos. Afinal, ela era sua parceira, a depositadora de ovos – embora seu filho, Ossis, morto em batalha, tivesse sido o único fruto até então –, e, mesmo quando Ussa partia para a guerra, ela nunca estava longe de seus pensamentos.

Por fim, Sooln falou:

– Ussa, Enduring Bias me contou que este mundo tem possibilidades secretas. É o último de muitos mundos defensivos criados, um esforço que aparentemente foi encerrado de forma prematura. Possuía uma configuração de backup, uma possibilidade de sobrevivência mesmo se fosse danificado. Algo que os outros não possuíam. Este aqui era especial. Mas a necessidade de disparar os Anéis surgiu antes que ele pudesse ser finalizado...

– Então... é como imaginamos? Na meta-análise?

– Sim. Enduring Bias afirma que, se ativado da maneira correta, este mundo pode se desfazer, e as partes sobressalentes podem sobreviver.

– Gostaria de uma visualização? – perguntou a inteligência, com uma voz gentil, surgindo do alto. A máquina voadora zumbiu mais para baixo, posicionando-se à frente dos dois, como se desejasse lhes fazer companhia. Suas três lentes piscavam.

Ussa bufou baixinho e exigiu saber:

– Você estava nos *espionando* ali de cima? Nos seguindo?

– Claro, Ussa 'Xellus! Estou aqui para supervisionar este mundo, afinal – replicou Enduring Bias. Havia algo casualmente peculiar no tom da máquina que sempre irritava Ussa.

Ussa entendia bem as crenças do Covenant, e não havia menosprezado seus ensinamentos. Ele tinha ouvido, ao monitorar as transmissões vindas de High Charity, que os San'Shyuum possuíam uma inteligência distribuída ou, melhor dizendo, um dispositivo pensante chamado o Oráculo, com defeito. Diziam que esse dispositivo permanecia quase sempre mudo, apenas às vezes dispensando algumas pistas sagradas. Mas, para Ussa, Enduring Bias, embora capaz de demonstrações fantásticas de cálculo intelectual, parecia algo não muito sério: sem dignidade e, certamente, sem poderes adivinhatórios. Era mais uma prova de que o Covenant estava errado.

– Está tudo bem, marido. Enduring Bias escolheu trabalhar conosco – disse Sooln, tocando o braço de Ussa. – Ele me garantiu, e eu acredito.

– "Ele"?

– A voz me parece masculina. Sim, Enduring, por favor, mostre a visualização. A não ser que... Ele tem permissão para mostrar a imagem aqui, Ussa?

Ussa olhou ao redor. Eles pareciam estar a sós.

– Sim.

No mesmo instante, um raio de luz desenhou uma imagem holográfica à frente deles: um globo fulguroso, em três dimensões. Era o mundo defensivo em que estavam, o Refúgio, como o chamavam, visto do espaço.

– Aqui está o Escudo 0673, no qual vocês agora habitam – disse Enduring Bias, com uma voz monótona. – Fui trazido para cá logo após sua criação, mas antes de ser testado. Quando as instalações do Anel foram utilizadas, ninguém voltou para me buscar. Entendi, então, que estava sozinho. Por isso foi possível acessar meu sistema de priorização e controle, já que eu estava, como se diz, ocioso, sem um propósito claro após a ativação...

– Menos sobre você e mais sobre o mundo defensivo – disse Sooln.

– Espere – interrompeu Ussa. – As instalações do Anel. Você sabe *onde* estão esses anéis agora?

– Esta informação foi tirada de minha memória quando fui trazido para cá. Havia questões de segurança envolvidas. Agora, tenho apenas um conhecimento parcial sobre os Anéis. Muita coisa foi eliminada. É muito desagradável ter um lapso de memória. Não recomendo. Sempre se chega ao lapso, procura-se e não se encontra nada, mesmo onde deveria haver algo. Isso sempre me pareceu...

– Foco – atalhou Ussa.

– Peço perdão. Muitos milênios aqui, sem ninguém com quem conversar, me deixaram um pouco falante demais e talvez um pouco senil, se é que o termo pode ser aplicado a uma máquina.

– O que você sabe sobre os Anéis e os mundos defensivos? – perguntou Ussa, rangendo as mandíbulas desesperadamente.

– Apenas o que já falei antes: que os Anéis emanaram uma determinada energia que destruiria toda a vida consciente. E, no entanto, essa emanação de alguma forma tinha sido projetada para proteger a biodiversidade da galáxia. De... não sei o quê. Acredito que justamente essa informação tenha sido retirada de mim.

– Mas o que você sabe da chamada... Grande Jornada?

– O termo não me é familiar.

Sooln olhou para Ussa.

– Achava que você não acreditava na Grande Jornada – ela disse.

– E não acredito – assegurou Ussa. – Mas talvez os Forerunners acreditassem. Eles foram para *algum lugar*. Estou apenas pensando que, se eu conseguisse provar que a Grande Jornada é um mito, que as instalações dos Anéis tinham outro propósito... um propósito bélico, eu suspeito... então talvez pudéssemos forçar alguns idiotas de Sanghelios a sair do Covenant.

– Ah – disse Enduring Bias. – Acredito que informações a esse respeito tenham sido retiradas de minha memória...

– Sim, sim – interrompeu Ussa. – Seu lapso. Continue, então. Mostre-nos a visualização do metaobjetivo do mundo defensivo.

– Essa é uma tarefa fácil.

O mundo defensivo no holograma possuía junções em sua proteção metálica. Enquanto Ussa e Sooln observavam a projeção, essas junções começaram a vazar luz. Uma radiação branca correu pelas fendas, delineando todos os segmentos que compunham aquela camada protetora. O mundo defensivo pareceu explodir em câmera lenta, como se a gigante esfera metálica fosse um quebra-cabeça de três dimensões e uma miríade de mãos invisíveis pinçasse as peças, separando umas das outras, movendo-as, em uma velocidade constante a partir do centro do mundo semiartificial. Era como uma explosão lenta e fluídica e uma desmontagem organizada, tudo ao mesmo tempo.

– Está mais devagar do que em tempo real – disse Enduring Bias. – Vocês vão notar que parte da atmosfera e de fluidos está sendo despejada para fora, de forma que parece de fato uma explosão real. Dentro dos componentes herméticos do mundo defensivo, a atmosfera permanece.

– E então?

– E então os componentes se movem para a próxima órbita que, como lembram, é composta basicamente de asteroides. Os componentes continuariam em comunicação. No entanto, não posso afirmar se o processo funcionaria com certeza, pois não foi testado, e atualmente o maquinário pode estar defeituoso.

– Se tentássemos...

– Com que propósito? Por que iriam querer tentar? – perguntou Enduring Bias.

– Não sei se tentaria. Mas, por motivos pessoais, há essa possibilidade. Em determinadas situações. Mas... poderia haver um resultado negativo? Letal?

– Certamente. O resultado poderia ser negativo. Meus cálculos dizem que há uma chance de 49% de que o resultado seja letal para todos os organismos biológicos deste mundo. – Após um instante, Enduring Bias acrescentou, alegremente: – Vamos tentar? Estou curioso para saber se funciona.

– Não – grunhiu Ussa. – Não vamos tentar. Apenas se necessário.

High Charity
850 AEC
A Era da Reconciliação

– Grande Hierarca, Profeta da Excelente Fragrância, é uma honra incalculável estar aqui.

– Interessante escolha de palavras, Convicção Interior – disse Excelente Fragrância, com um antigo gesto esvoaçante que significava *o que significa isto?*.

Mken tinha marcado a reunião, pensando que talvez todos os hierarcas estariam presentes, em uma tentativa de persuadir Excelente Fragrância a desistir da missão. Mas, a julgar pelo ambiente e pela postura do hierarca, Excelente Fragrância tinha adivinhado a intenção de Mken.

Eles estavam no Salão San'Shyuum da Orientação Sagrada, onde o hierarca tinha posicionado elegantemente seu trono antigravidade em uma plataforma, de forma que olhava de cima para baixo para Mken. O Profeta da Excelente Fragrância estava com uma postura levemente curvada, expressando de forma inconsciente, na opinião de Mken, uma excessiva autoconfiança advinda da experiência daqueles que governam e aspiram a um poder ainda maior. O manto dourado e ziguezagueado brilhava sob a iluminação do grande salão. O símbolo dos sete Anéis, no Arranjo Sagrado, era projetado holograficamente sobre ele; um único Anel brilhava da coroa no centro de sua cabeça. Todo esse simbolismo era pensado, obviamente, para intimidar Convicção Interior, bem como os guardas de elite armados e vestidos com suas armaduras brilhantes, posicionados em ambos os lados da plataforma. O hierarca estava sentado no centro dessa plataforma – quando os demais hierarcas estavam presentes, ele se sentava à direita.

– Antes de continuar, ó Excelente Fragrância – disse Mken, com docilidade fingida –, devo esperar pelos outros hierarcas?

Ele sabia muito bem que o Excelente havia reservado a sala, por assim dizer, apenas para si e seu séquito, e que os demais dois hierarcas nem haviam sido informados a respeito da reunião. Mas Mken queria lembrar ao Excelente dessa violação de protocolo.

– Não será necessário. Os outros estão totalmente a par da expedição de restauração genética – disse Excelente Fragrância, com um abano de mão desdenhoso e professoral.

R'Noh surgiu na grande câmara, movendo-se deliberadamente com uma ostentosa desenvoltura, como se para regozijar do reflexo luminoso da autoridade do hierarca.

– Ah, aí está, Ministro – disse Excelente, com a voz sedosa e fazendo um gesto de *já era hora*, emitido de modo afável. – Conversou com o capitão da nave?

– Sim, grande e sagrado hierarca – respondeu R'Noh, ao se ajoelhar. – A nave ainda está sendo carregada e abastecida, mas ele acredita que estará pronta ao fim deste ciclo diário.

– Mas – e então Excelente virou o olhar fingidamente cordial para Mken – e nosso Profeta da Convicção Interior? Está pronto?

– Não posso ficar pronto, ó hierarca, para uma tarefa na qual deposito pouca fé. Exijo consultar o triunvirato dos hierarcas para que eu possa ajudar na seleção de outro candidato para a expedição. Isso, se, de fato, o triunvirato aprovar...

Excelente Fragrância endireitou-se, e o longo pescoço coiceava como uma cobra prestes a dar o bote.

– Mken 'Scre'ah'ben! – O uso do nome original de Mken servia para colocar o "Profeta da Convicção Interior" em seu lugar. – Você está acusando um hierarca da Busca Sagrada de quebrar o protocolo do Conselho?

R'Noh emitiu um som desdenhoso diante da repreensão. Mken manteve-se controlado.

– Não estou insinuando nada semelhante a isso, ó hierarca. Apenas sugiro que o objetivo dessa jornada está aquém de nós, e que ela não é necessária. Já é hora de revermos a necessidade de um Rol dos Celibatos. Em vez de uma expedição insana e arriscada, vamos analisar...

Excelente bateu com o punho no braço de seu trono antigravidade, o que provocou a emissão acidental de imagens holográficas randômicas e girou a cadeira no ar. Mken quis rir, mas, dada a situação, decidiu não ser uma boa ideia.

– Eles são, afinal, San'Shyuum, dignos de respeito. Nosso povo, embora...

Fingindo que o giro do trono não tinha acontecido, embora até mesmo R'Noh tivesse precisado suprimir outra risadinha desdenhosa diante da cena, Excelente Fragrância apontou um dedo acusatório para Mken, questionando:

– Esqueceu que os ditos Estoicos se apropriaram de nosso mundo natal, Janjur Qom, roubando-o dos mártires sagrados? Pegar suas fêmeas é um ato de liberação, não abdução. E a Visão Purificadora do Caminho Sagrado e o Dignitário associado a ela, estes, por si sós, já justificam a tentativa!

– Se talvez pudéssemos envolver os outros hierarcas...

Excelente fez um gesto rápido, raramente usado, que significava *cale-se ou morra calado*.

– Não quero mais saber dessa casuística política! O triunvirato concordou que eu supervisione a restauração de uma nova linhagem! O método não foi especificado... Portanto, eu o especificarei!

Excelente pareceu se dar conta de que estava se expondo, que o tirano feroz que ele era de verdade preferia a aparência de um San'Shyuum esperto e sério, de sabedoria sutil. Ele se recostou e acariciou distraidamente o pelo de uma de suas barbelas.

– Você fez que eu me exaltasse. Não vou mais tolerar insubordinação. Aqui estão meus termos, "Profeta da Convicção Interior". – A zombaria pingava do tom com que pronunciou o título. – Você pode fazer sua escolha. Vai sofrer uma investigação severa, completa e talvez não totalmente imparcial sobre sua exclusão do Rol dos Celibatos. Uma exclusão que acredito ter sido fraudulenta. E vai sofrer as consequências legais disso. Ou vai liderar a expedição a Janjur Qom.

– Com todo respeito, grande hierarca, não sou um comandante militar.

– Discordo. Você atuou no Planeta do Azul e Vermelho, e em outros lugares, durante a guerra. Não temos mais ninguém disponível com tal experiência. Você supervisionou as expurgações e as apropriações de recursos.

– Isso foi há muito tempo.

– Silêncio! Já chega... Escolha!

Mken respirou longa e profundamente. Então, curvou-se diante do inevitável, curvando-se também diante do Excelente Fragrância.

– Eu liderarei a expedição, repleto de vontade de servi-lo, grande hierarca.

– Bom. Vá e prepare-se para a partida o mais rápido possível. Não conte isso a ninguém. Depois, dirija-se ao porto de lançamento trinta e três. A equipe já foi escolhida. Incluindo os soldados de elite... meus Sangheili... que enviarei...

– Com todo respeito, Excelente Fragrância, mas preciso elaborar um plano. Analisar a situação do mundo natal, escolher o ponto preciso...

– Mais uma vez você procrastina! A pesquisa foi baseada em uma inteligência de supervisão fidedigna. O plano foi elaborado de acordo com um modelo específico. Já está pronto. Você está livre, no entanto, para refiná-lo de acordo com o andamento. Agora, suma de minha frente e prepare-se para a partida.

Mken fez um gesto de obediência e virou-se para sair. Ao passar com sua cadeira por R'Noh, ouviu o comentário maldoso do Excelente:

– R'Noh, se bem me lembro, este tal "Profeta da Convicção Interior" não o denunciou como um idiota caprichoso quando você sugeriu uma missão para arrebatarmos fêmeas dos Estoicos?

– Ora, sim, sim, grande hierarca!

– Não é uma ironia magnífica que ele tenha de liderar tal missão?

– Ah, com certeza. – R'Noh deu uma risadinha enquanto Mken saía. – Acho magnífica.

– Mken – chamou o hierarca a suas costas –, lembre-se de que *ninguém* deve saber sobre a missão... Exceto aqueles que o acompanharão.

Mken parou, semivirado.

– Certo, grande hierarca. Mas... e quando retornarmos? Certamente teremos que...

– Sim, sim, quando terminada a missão e você estiver de volta, bem-sucedido, então iremos anunciá-la. O sucesso vai proteger a missão das críticas, que já são esperadas. Agora vá e *garanta* o sucesso.

Mken gesticulou *obediência contente* e saiu lentamente, procurando preservar a dignidade que ainda lhe restava... Uma pequena e preciosa quantidade.

Ao deixar o salão, parou em uma bolha de observação, direcionando a cadeira para a janela que avistava o roxo borrado de uma nebulosa. Sair e voltar a Janjur Qom... Ele sonhara tanto com isso, a vida toda. Mas não nessas circunstâncias... Os Estoicos possuíam recursos militares. Que chances ele tinha de sobreviver a essa missão? Pareciam mínimas.

O mais provável era que Mken fosse morrer lá, longe de sua amada, sem conhecer seu filho. Isso era uma loucura descabida.

CAPÍTULO 5

High Charity
850 AEC
A Era da Reconciliação

"Pelo sangue de meu pai, pelo sangue de meus filhos, a cada batida de cada coração dentro de meu peito, eu juro defender o Covenant."

Seguindo as ordens do San'Shyuum conhecido como R'Noh, um soldado Sangheili chamado Vil 'Kthamee recitou o juramento com outros de sua raça, antes de subir na corveta *Vitalidade Vingativa*. A nave os levaria até Janjur Qom, sob o comando do Profeta da Convicção Interior. Vil sempre tinha achado o juramento emocionante, mas depois, quando pensava no assunto, sentia-se desconfortável, com amargor. O Covenant era relativamente novo, tendo o Tratado de União sido escrito havia pouco tempo. E também pouco tempo antes os Sangheili ainda estavam lutando contra os San'Shyuum. Quanto de sua ascendência, quantos de seus irmãos de chocadeira tinham morrido sob as explosões fulminantes e assassinas do *Dreadnought*?

No entanto, agora ele servia aos mesmos San'Shyuum.

Rendição? *Não era* rendição – a desonra de tal coisa era algo que um Sangheili não poderia nem imaginar. Não, era uma aliança, que estava salvando Sanghelios.

Ainda assim, havia aquele amargor em suas mandíbulas ao pensar nos mortos. Se os mortos pudessem falar, diriam que os Sangheili eram seres indignos?

E havia ali uma ironia ainda mais cruel: Vil vivia em uma parte do que havia sido Janjur Qom, o mundo natal dos San'Shyuum, aqueles que tinham exterminado tantos Sangheili. A grande massa de pedra e terra, do tamanho de duas montanhas, recolhida pelo *Dreadnought* quando este emergiu de Janjur Qom, tinha sido removida da nave e transformada em um asteroide; seria a fundação do verdadeiro pedestal de High Charity. E já havia labirintos nele, estruturas herméticas subterrâneas, espécies de fortaleza, quase autossuficientes, onde viviam Sangheili que serviam como guardas, protetores dos San'Shyuum.

Havia seis guerreiros Sangheili treinados, e seu comandante Trok 'Tanghil, dentro da corveta parada na plataforma de lançamento. Pouco antes de entrar na câmara de vácuo, Vil observou as linhas curvas e vastas da corveta iridescente; eram duas camadas interligadas, com o meio inchado feito um Sangheili rastejante após ter engolido uma lesma saltitante viva, como se algo enorme ainda não estivesse completamente digerido em sua barriga. Como todas as naves do Covenant, havia algo de orgânico em suas formas, emulando as linhas ondulantes encontradas na natureza.

Dentro, flutuando despretensiosamente da esquerda para a direita, em uma missão de engenharia qualquer, havia um Huragok, um ser que desafiava o contraste entre máquina e organismo biológico. A coisa – não podia ser considerada uma espécie, pois não tinha evoluído até aquele estágio – tinha sido criada artificialmente, era o que diziam, pelos próprios Forerunners, que os construíram com complexidade nanocelular para atuar como mecanismos de conserto e melhoria, como engenheiros de manutenção para os aparelhos conhecidos agora como relíquias sagradas. A cabeça serpentina de um Huragok lembrava um pouco a de um San'Shyuum, pelo menos era o que Vil achava, mas os organismos-engenheiros possuíam três nodos de sensor ocular de cada lado da cabeça. Possuíam um enorme amontoado de sacos translúcidos, com gases roxos e rosados, alguns para elevação, outros para propulsão, outros para estocar químicos, além de dois tentáculos com penugem, para sondagens, voltados para a frente. Cada extremidade dos tentáculos se articulava em cílios, de pontas microscopicamente finas, capazes de trabalhar em interfaces eletromagnéticas; sob a roupa da parte de baixo do corpo se agitavam quatro outros tentáculos. As dóceis criaturas pareciam desejar apenas comida e trabalho, e não resistiam à dominação San'Shyuum.

O Huragok provavelmente iria junto com a expedição. Vil já tinha trabalhado com ele antes, e mais de uma vez. Ele o reconheceu pelo agrupamento de sacos de ar que lhe era particular. Esse Huragok era conhecido como Flutuante de Teto e sabia interpretar alguns gestos de mão e certas insígnias holográficas. Era bom que esse Huragok fizesse parte da tripulação, pois Flutuante de Teto era eficiente, e Vil sempre considerara sua presença como estranhamente reconfortante. Talvez eles trouxessem certo conforto justamente por não possuírem nenhuma outra intenção a não ser reparar, manter, seguir ordens... As criaturas eram quase sinistramente de confiança.

Depois de sair da câmara de vácuo para dentro da nave, Vil olhou o líder San'Shyuum chamado Convicção Interior. O profeta estava sentado, taciturno, na cadeira antigravidade ao pé da rampa que levava à ponte da corveta; um intendente armado atrás dele observava os Sangheili com atenção. R'Noh, o Ministro da Segurança Preventiva, não participaria da viagem, mas havia muitos outros San'Shyuum na corveta: o capitão, chamado Vervum; o chefe de comunicações, S'Prog; e um canhoneiro, chamado Mleer. Mas a nave era projetada para atividades clandestinas, não batalhas espaciais de grande porte, e Vil pensou que ele e os outros Sangheili estavam em maior número que os San'Shyuum, que, além do mais, eram de pouca serventia em uma briga mano a mano.

Um pensamento involuntário surgiu na mente de Vil: ele imaginou a si e aos companheiros Sangheili tomando a nave, assassinando os San'Shyuum, redirecionando a corveta para Sanghelios assentando-se em segredo em uma parte remota do planeta ou talvez em uma de suas luas.

No mesmo instante, envergonhou-se. Como poderia sequer imaginar tal coisa? Ele tinha feito um juramento – muitos juramentos, um nó inexpugnável de promessas – para defender o Covenant. Por meio desses compromissos, ele tinha devotado sua alma ao Covenant. Como poderia imaginar um motim?

Devo mudar minha forma de pensar ou me entregar.

Ele não podia mais sonhar com sedição.

Vil carregou sua mochila e o rifle de energia direta até o alojamento da tripulação, guardando o equipamento sob a cama e pensando se, afinal, ele morreria no solo desconhecido de Janjur Qom. Eles tinham uma espécie de missão, era o que se sussurrava pela caserna. Seriam informados a respeito quando chegassem à órbita do destino. Mas qual era o objetivo, e por que a nave seguia sozinha para um mundo conhecidamente repleto de apóstatas hostis, apenas os San'Shyuum sabiam.

O Refúgio: um mundo defensivo Forerunner inexplorado
850 AEC
A Era da Reconciliação

Tersa retornou ao salão das colunas de cristal para pegar sua câmera de escaneamento. Ele a tinha esquecido, na pressa de sair para a refeição do meio do dia. A comida consistia basicamente de matéria vegetal local, bastante aceitável, e um pouco de carne artificial, sintetizada pelo fabricante de proteína que tinham trazido de Sanghelios. A massa proteica não era apetitosa, mas Tersa era jovem e possuía um apetite voraz. Havia uma pequena fauna vagando pelo mundo defensivo. Alguns Sangheili foram incumbidos de analisar se sua carne era comestível. Todos estavam animados por carne fresca, e logo.

Tersa precisava da câmera de escaneamento na sala a seguir em sua lista de avaliação; o equipamento não tinha sido de muito uso no salão de colunas de cristal. Os enormes pilares transparentes, embora obviamente vibrando de energia, permaneciam teimosamente resistentes ao escaneamento. Sooln dissera que Enduring Bias teria de ser chamado para identificá-los.

E ali estava Enduring Bias, logo acima, flutuando entre duas colunas. Devia estar ali para identificar o propósito da sala. O planeta defensivo era imenso, e todos sabiam que Enduring Bias tinha perdido parte de sua memória.

Estranhamente, ele parecia estar emanando uma imagem do Refúgio, do mundo defensivo em si, visto do espaço. E, ao mesmo tempo, murmurava algo para si mesmo, em uma linguagem irreconhecível.

Ou seria o holograma aquilo que parecia ser? Tersa começou a duvidar disso, quando a IA voadora fez a imagem explodir. Depois se reunir outra vez. E então explodir de novo...

Tersa não sabia se possuía autorização para se dirigir a Enduring Bias. Ele era apenas um jovem Sangheili, e Enduring Bias era uma relíquia Forerunner "viva", algo sagrado, e apenas Sooln e Ussa, e, talvez, Ernicka, o Retalhador, falavam com ele. Que Tersa soubesse, pelo menos. Mas ele tinha não só o apetite, mas também a curiosidade dos jovens, e não resistiu à oportunidade, já que não havia mais ninguém por perto.

– Você identificou o propósito desta sala? – perguntou ao se aproximar.

– Oh! – Enduring Bias girou para encará-lo, focando as três lentes azuis-brilhantes em Tersa. – Eu estava tão concentrado na modelagem externa que não notei sua entrada. Preciso reajustar meus analisadores periféricos. Preciso trabalhar muito em mim mesmo. Tenho tido problemas com modelagem visual internalizada, prefiro projetar.

– Em que língua você estava falando?

– Desenvolvi um hábito aqui, ao longo dos milênios conversando comigo mesmo. Costumo usar a linguagem dos criadores. Como posso lhe servir?

– Servir? A mim? – Tersa ficou tentado. Talvez ele pudesse perguntar a verdade sobre os Forerunners. Ele os conheceu? Eram mesmo deuses? Criaturas sobrenaturais? Se sim, por que parecia haver um sistema de descarte biológico ali? Havia descarte biológico sagrado?

Mas uma questão mais importante surgiu na mente dele:

– Você estava fazendo imagens deste mundo explodindo? Agora há pouco?

– Sim e não.

– Isso lá é resposta? Sim e não?

– Você nunca notou que muitas coisas são positivas e negativas ao mesmo tempo? Na verdade, sistemas computacionais primitivos usam códigos compostos de sim e não, um e zero, um um zero um um zero zero. E a própria estrutura do universo pode ser definida como uma flutuação entre sim e não, se considerarmos os efeitos quânticos na presença de partículas e o impulso original de...

– Mas... e a imagem? Do planeta sendo destruído.

– Quanto a isso, seu líder, Ussa 'Xellus, requisitou que eu explorasse a viabilidade da ativação do Grande Desconstrutor. O processo pode ser encarado como uma espécie de explosão. Não se trata de uma explosão real, e sim, na verdade, de uma desconstrução organizada. Entretanto, há uma inevitável mescla de caos.

– O Desconstrutor... está relacionado com esta sala?

– Você deu um admirável salto intuitivo, talvez o resultado de cálculo consciente subjacente. Sim! Esta sala é de fato o gerador energético e foco do processo de desconstrução. Eu estava aqui garantindo que o processo poderia ser ativado, se necessário. Ativei um modelo projetado para checar a emissão de energia da desconstrução completa. Felizmente, a completa desmontagem deste planeta parece totalmente possível!

– Que... boa notícia. Mas por que Ussa iria querer... desconstruir o mundo?

– Ele não me informou a respeito do propósito implícito.

– Isso não iria nos matar?

– Esta é outra questão que é mais bem respondida não com simples afirmativas ou negativas, mas com talvez sim, talvez não.

– Ah, entendo. – Tersa sentiu um calafrio nas mandíbulas e na espinha.

– Preciso priorizar agora e deixar sua agradável companhia. Sooln me convocou. Bons algoritmos, jovem Sangheili!

E Tersa observou, com tremor crescente, Enduring Bias distanciar-se, conversando enigmaticamente consigo mesmo enquanto voava.

Nave Covenant *Vitalidade Vingativa*
Perto de High Charity
850 AEC
A Era da Reconciliação

A *Vitalidade Vingativa* zumbia com suas energias parcamente contidas, preparando-se para gerar um portal no hiperespaço. Mken, o Profeta da Convicção Interior, sentia o poder subjugado da nave vibrando sob sua cadeira enquanto se aproximava da parte de trás do deque de lançamento. Ele desejou poder descer da cadeira, mas isso confundiria os Sangheili.

Era uma coisa curiosa: quando o poderoso *Dreadnought*, incrivelmente gigante, viajava pelo espaço, não se sentia muita coisa. Mas, quanto menor a nave, mais se sentia, como se naves menores fossem mais reativas aos campos gravitacionais, à radiação e às diminutas partículas atravessando o vazio. Mken gostava da sensação. Havia algo de romântico nela. Talvez fosse a mesma sensação de se estar nas frotas navais, navegando pelos mares de Janjur Qom, nos velhos tempos, quando os San'Shyuum eram fisicamente fortes e os navios, feitos de madeira.

Mken levou a cadeira para mais perto da *dropship* de desembarque. Um meio de transporte de tropas relativamente compacto, a nave possuía a forma de uma eilifula, criatura encaramujada encontrada nos oceanos San' Shyuum. Era azul-arroxeada e, como a corveta, capaz de se camuflar aos ambientes para não ser avistada. Na parte posterior, no espaço para carga, cabiam três San'Shyuum, Sangheili e dez fêmeas San'Shyuum. As fêmeas não ficariam muito confortáveis ali, mas a viagem de volta seria curta. Ou chegariam, ou seria dada a ordem de que fossem assassinadas.

Trok 'Tanghil, o velho e cheio de cicatrizes comandante Sangheili, que não possuía mais parte de uma das mandíbulas inferiores devido a um antigo confronto militar, estava na portinhola que dava acesso à *dropship*. A seu lado havia um jovem soldado Sangheili, que Mken conhecia apenas como Vil. Ele tinha a impressão de que Trok poderia ser tio de Vil. Mas entre os Sangheili, ele sabia, um tio era praticamente o pai, e às vezes era *mesmo*, embora paternidade direta não fosse revelada na linhagem.

Um Huragok flutuava no postigo. Ao entrar, acenou com uma contorção dos tentáculos para Vil.

– Flutuante de Teto avisa que a nave está funcionando adequadamente, em todos os sistemas.

– Talvez o Profeta queira inspecionar por conta própria... – sugeriu Trok.

– Não – disse Mken, e olhou para Vil. O jovem Sangheili devia ser inteligente, por compreender com tanta rapidez a linguagem de sinais do Huragok. – Se o Huragok afirma que está operacional, então está. Eu iria apenas bater minha cadeira em algum painel de controle e torná-la não operacional.

– Mas você está escalado para a expedição de busca – ressaltou Trok, desnecessariamente. – Terá de adentrar o veículo. Quer ajustar sua cadeira? O Huragok pode até fazê-lo. – Trok possuía um ar genuinamente confuso.

Era provavelmente um dos muitos Sangheili sem senso de humor algum, e não entendeu a piada autodepreciativa do Profeta da Convicção Interna.

– Era apenas uma brincadeira – disse Mken. – Até um Profeta deve brincar, às vezes. – Ainda mais um Profeta com um futuro tão doloroso. – Quem mais está escalado para a missão?

– Eu, Vossa Eminência – respondeu Trok. – E o outro San'Shyuum.

Mken ponderou.

– Talvez eu precise alterar a tripulação para essa parte da missão. Sinto que o maior perigo é um ataque à própria *dropship*. Preciso que permaneça nela para protegê-la.

Trok resmungou:

– Vejo a sabedoria do Profeta.

– Devo levar o Huragok comigo, pois há uma relíquia especial que esperamos encontrar e pegar. Ele pode ser útil. O soldado Vil 'Kthamee pode vir conosco para se comunicar com ele. Eu não possuo essa habilidade.

Vil pareceu ficar tenso diante disso, mas Mken já estava decidido. A imagem do piloto da *Vitalidade Vingativa* apareceu no holograma sobre o painel da cadeira de Mken.

– Senhor, estamos prestes a entrar no hiperespaço! Todos os passageiros e membros da tripulação devem tomar seus lugares.

– Muito bem, capitão. Chegarei a meu posto rapidamente. – Mken virou-se para os outros: – Vocês ouviram. A seus lugares! Estamos a caminho de Janjur Qom.

Quanto tempo havia se passado? Mil ciclos solares, desde que um San' Shyuum descendente de Reformistas tinha pisado em seu mundo natal?

Sua mão de três dedos tremia enquanto tamborilava no braço de sua cadeira e seguia a seu posto. O verdadeiro lar de seu povo... E ele iria conhecê-lo.

Havia uma grande chance de não voltar vivo...

Mas talvez, apesar de tudo, valesse a pena.

CAPÍTULO 6

Nave Covenant *Vitalidade Vingativa*
Orbitando Janjur Qom
850 AEC
A Era da Reconciliação

Abaixo de Mken, um mundo se espalhava. Nuvens espiralavam em volta de uma cratera gigante, o imenso mar azul conhecido como o Grande Apothtea; vegetação verde-escura cobria uma boa parte do continente principal, enquanto regiões mais periféricas eram mais desérticas. Mken reconheceu várias características de seus estudos nos velhos hologramas. Não seria ali que Zelfiss, a lendária fortaleza de Granduin, destruída pelos Estoicos, tinha desmoronado no mar? E ali ficava a cratera, antigo túmulo do *Dreadnought*, parcialmente submerso sob a superfície de Apothtea, mas que agora marcava a ascensão da nave, com a cicatriz de onde os Reformistas tomaram um punhado divino do planeta, enquanto a gigantesca nave subia em direção às estrelas.

O planeta abaixo era Janjur Qom.

Partes de Janjur Qom pulsavam com vida – água, vegetação, luzes. Outras pareciam pedregosas e inférteis. Essas regiões, supôs Mken, podem ser as marcas da fúria Forerunner. Ele tinha encontrado um antigo texto que fazia referência à punição ao mundo de seu povo, muito tempo atrás, pela rebelião contra os deuses. Mas a maioria acreditava que a história era apenas um mito, usado para inspirar medo nos rebeldes e explicar as excentricidades do planeta. Ou seria verdade? Teriam os sagrados, os realizadores do

Caminho para a Grande Jornada, ficado tão furiosos com os pecados de seu povo a ponto de queimarem vastas áreas populadas?

Como alguém poderia seguir um caminho construído por essas divindades? Poderia uma chama punitiva ser a manifestação da luz divina do cosmos?

Talvez sim. Os fogos da destruição estavam por toda parte. Flagelos aniquilavam espécies inteiras; secas surgiam e desapareciam; asteroides mortíferos se chocavam contra planetas habitados.

E sóis se autodestruíam.

De fato, a própria estrela no centro desse sistema – o sol que já vinha aquecendo Janjur Qom por bilhões de ciclos – era encarada por alguns como particularmente instável. Certos astrônomos San'Shyuum tinham sussurrado sombriamente que o fim estava por vir, um dia...

Mas a Grande Jornada prometia transcendência, uma fuga da flecha inexorável do tempo, da erosão sem fim que é a entropia. Se a Grande Jornada fosse real...

Mas claro que era. Isso ou o Covenant, o Caminho e a vida inteira de Mken não possuíam sentido algum.

Talvez quando ele encontrasse a Visão Purificadora do Caminho Sagrado – se é que a relíquia estaria de fato onde Excelente Fragrância tinha apontado –, talvez assim pudesse enxergar seu caminho com clareza. A relíquia certamente seria uma luz inspiradora; ao menos era o que diziam os rumores sobre ela.

Mas a visão de Janjur Qom por si só já o comoveu profundamente. Enquanto observava o planeta, pensou: *Aqui está a mãe que nunca conheci. Esta é minha verdadeira linhagem. Este é o ventre de meu povo. Mais de um milhão de ciclos solares da história San'Shyuum se passaram aqui. Foi aqui que os San'Shyuum emergiram do mar; onde começaram a cultivar, a construir, a criar a civilização. Onde derramaram sangue na luta pela soberania.*

O solo de Janjur Qom estava impregnado com o sangue dos ancestrais de Mken. Mais de um milênio antes, a família Reformista de Mken tinha fugido do planeta, no *Dreadnought*, em direção às estrelas.

Ao observá-lo, pela primeira vez na vida, Mken se sentiu comovido, como não se sentia havia muitos ciclos. Sentia uma emoção crescendo dentro de si, dentro das células, dos genes de seu ser. *Janjur Qom!* Ele queria gritar, queria chorar com a glória e a angústia do planeta.

Mas o grito não foi emitido. Ele precisava manter a pose de austeridade. Ele precisava ser o Profeta da Convicção Interior.

– Você parece estar meditando profundamente, Eminência – disse alguém logo atrás dele. – Sinto perturbá-lo, mas...

Assustado, Mken girou a cadeira e se deparou com Vervum L'kosur, o capitão e navegador da nave, sentado em uma cadeira antigravidade, olhando Mken com seus olhos escuros, grandes e zombeteiros. Mken percebeu que esse tal Vervum não se deixava impressionar pelo Profeta da Convicção Interior. E instantaneamente suspeitou que ele fosse um homem de R'Noh, um espião a serviço do Ministro da Segurança Preventiva. Era bem possível que ele mesmo fosse um agente do Ministro. Certamente R'Noh vinha recrutando servidores para o novo serviço de inteligência.

A cadeira de Vervum era decorada com os hologramas do brasão militar do Covenant, como orlas de luz colorida, e ele usava um uniforme com estrelas costuradas, indicando os sistemas nos quais tinha servido.

– Vejo que serviu, como eu, no Planeta do Vermelho e Azul – comentou Mken, ao tentar se recompor. – Estava no *Dreadnought*?

– Eu estava no planeta, protegendo o time de busca de relíquias, ó profeta.

– Ah. Você e os outros fizeram um ótimo trabalho.

– Os Sentinelas fizeram quase tudo. Sinto que o sedicioso Ussa 'Xellus tenha lhe escapado, ó profeta.

Interessante escolha de palavras. *Lhe escapado.* Colocando toda a culpa sobre os ombros de Mken.

Sim. Provavelmente era um agente de R'Noh. Mken fez uma nota mental para tomar cuidado com uma possível traição do capitão.

Seria possível que R'Noh quisesse que Convicção Interna fizesse o serviço, se arriscasse, e então fosse eliminado, assassinado em Janjur Qom, para que não levasse crédito pelo sucesso da missão?

Se sim, R'Noh estava assumindo demais. O próprio Mken duvidava do sucesso da missão. Havia muitas variáveis no planeta abaixo, muitos Estoicos. Muita história malcontada entre Estoicos e Reformistas.

Mas, se tivessem sucesso, R'Noh estaria superestimando seus conhecimentos a respeito do Profeta da Convicção Interna, esperando que ele fosse bobo o bastante para permitir uma punhalada nas costas.

Não vou facilitar para você, R'Noh.

– Capitão, você está monitorando transmissões de Janjur Qom?

– Sim. A linguagem deles é arcaica, mas conseguimos compreender. Não parecem estar cientes de nossa posição orbital. Eles possuem alguns satélites, tecnologia simples. Mas, no geral, parecem ser os mesmos Estoicos de quando nosso povo partiu. Como era de esperar, resistiram ao progresso. Não parecem ter capacidade de penetrar no nosso escudo dissimulador.

– Então vamos posicionar a nave na zona de descida... E prepare a nave de desembarque para o pouso.

O Refúgio: um mundo defensivo Forerunner inexplorado
850 AEC
A Era da Reconciliação

Tersa estava terminando de escanear os objetos voadores codificados no Subnível Quatro – objetos cuboides flutuantes, retangulares e tridimensionais, que ocasionalmente mudavam de forma, tornando-se tetraedros, octógonos, piramidais, voltando depois ao formato de cubos retangulares. Ele logo notara que os objetos mudavam de forma quando escaneados ou quando se aproximava deles. Pareciam perceber sua presença. Tinha a estranha sensação de que ele era mais observado do que o contrário. Se falasse, murmurando sozinho, os objetos emitiriam sons suaves de sino, como se respondessem em uma língua cristalina.

Ele deu um passo atrás e olhou ao redor, pelo imenso salão, um pouco assustado. De vez em quando, sentia-se perturbado pelo mundo defensivo, ainda mais quando sozinho sob os arcos e nos corredores, nas câmaras e nas galerias. Os Forerunners, que tinham construído esse mundo, pareciam estar por toda parte... e ao mesmo tempo em parte alguma. O trabalho deles estava lá, seus artefatos, a arquitetura, a personalidade de sua cultura. A maior parte daquilo tudo era enigmática para Tersa, e para quase todos os outros, como deveria mesmo ser. Era realmente permitido entender os deuses?

Mas às vezes Tersa achava que os Forerunners estavam próximos, observando-o, talvez logo depois daquela esquina ou por detrás de algum painel. Algo absurdo de pensar, claro. Todos eles já tinham deixado esse plano existencial – o Covenant dizia que tinham feito a Grande Jornada. Ussa disse que ninguém sabia para onde os Forerunners tinham ido ou se jamais voltariam, muito menos o Covenant. Mas mesmo assim os traços que deixaram eram sagrados para os Sangheili.

Ele lembrou o que ouvira de Enduring Bias sobre o Desconstrutor. O que Ussa planejava? Desconstruir o mundo defensivo... Isso era loucura.

Esqueça isso. Você não é capaz de entender os planos de Ussa.

Mas, mesmo assim...

'Crolon e 'Drem surgiram. 'Drem era um Sangheili mais alto e magro que a maioria; usava uma armadura enferrujada, braçadeiras e botas de couro do quase extinto e terrível thremaleon barbado de Sanghelios. Usar a pele espinhosa do lagarto era uma afetação, em geral apenas para dar a impressão de pertencimento a esses cultos de Vitória ou Morte. *Mais falastrões do que brigões, aquele povinho da Vitória ou Morte*, dizia o tio de Tersa. *Tudo ostentação.* 'Drem tinha as velhas tatuagens rúnicas da Vitória ou Morte em seu pescoço, Tersa observou.

Naquele instante, 'Drem se assemelhava mais à morte do que à vitória: parecia abalado, com os olhos sombrios, quase ocos.

– Eu não suporto esta sala – disse ele, em uma voz desafinada. – Sinto uma vibração dentro de mim aqui. Não é natural. Não é certa.

'Crolon assentiu:

– Verdade.

'Drem tinha se tornado o companheiro de 'Crolon. Eram um par desagradável para a maioria. Mas 'Crolon era evasivo e desinibido, e às vezes os partidários lhe davam ouvidos.

– Sinto uma estranheza aqui também – admitiu Tersa. – Mas, se fosse perigoso, Sooln saberia. Enduring Bias nos avisaria. Tenho certeza de que não há motivo para preocupação.

– O que pode acontecer – disse 'Crolon, com sarcasmo amargo – em um ambiente criado por deuses? Em uma sala nas profundezas de um planeta desconhecido? Ora, *nada* de errado pode acontecer aqui, tenho certeza.

– Estou aqui há algum tempo – disse Tersa. – E, como podem ver... estou inteiro.

– Talvez seja só questão de tempo – retrucou 'Drem. – Talvez esteja esperando por mais de nós para fechar sua armadilha.

Tersa o encarou.

– Armadilha?

– Sim. Vai saber para que servem essas coisas.

– Eu tenho uma teoria – acrescentou 'Crolon. – Será que essas formas vibratórias não servem para testar almas? Já viram como são reativas? Podem estar nos analisando. Os Forerunners, os deuses, os mensageiros do cosmos, poderiam estar usando-as para decidir quem deve viver ou morrer. Quem merece ficar ou não. Quando decidirem...

Ele fechou as mandíbulas, o gesto Sangheili para um dar de ombros resignado. 'Drem se afastou das figuras geométricas flutuantes. E, então, deu mais um passo para trás.

– Essas coisas podem ver... dentro de mim? Na minha alma?

Tersa abanou a mão, descartando a ideia.

– Essa é a teoria do 'Crolon. O mais provável é que façam parte do sistema de energia do mundo defensivo. Ou que sejam usadas para comunicação.

– Você tem razão: elas *são* usadas para comunicação! – disse Enduring Bias, ao zunir pela sala adentro.

A entrada abrupta de Enduring Bias fez 'Drem sibilar e rosnar.

– O anjo negro surge pelas nossas costas!

– Que qualidade cultural interessante há nesta apelação: *anjo negro*. Nem sei o que responder – comentou Enduring Bias, virando-se com curiosidade para escanear 'Drem.

– O que esta coisa está me fazendo? – murmurou 'Drem, afastando-se. – Sinto um formigamento! Uma intrusão!

– 'Drem, ele está apenas escaneando você – explicou 'Crolon. – É o olho dos Forerunners, uma relíquia sagrada.

– Uma relíquia eu sou – disse a máquina. – Uma relíquia de tempos antigos. Mas nunca me senti como algo sagrado.

– Você disse que eu tinha razão sobre as comunicações? – quis saber Tersa.

Como um jovem de qualquer espécie, ele adorava ter razão, evento tão raro.

– Sim – concordou Enduring Bias. – São distribuidores de comunicação. Esse lugar já foi chamado de câmara de geometrias sensíveis. Essas formas geram um campo quântico de ação a distância, permitindo comunicação instantânea por meio de barreiras do mundo defensivo. Claro, é preciso saber o código. A frase de entrada. Mas, infelizmente, eu não a possuo mais. Mas esperamos resgatá-la. Alguns de meus arquivos ainda podem ser corrigidos.

'Drem encarou as figuras flutuantes.

– Comunicação... E está por toda parte? Então, de certa forma, observa tudo o que fazemos?

– Seria mais preciso dizer que está *ciente de você* em qualquer lugar do planeta onde você esteja.

– Não confio numa coisa dessas – murmurou 'Drem. – Ussa nos trouxe até aqui para viver assim? Não está certo.

– Ele nem sabe como usar esses aparelhos – disse Tersa.

– É o que esta máquina diz. Mas Sooln é a companheira de Ussa, e ela controla a máquina.

– Ela não me controla! – retrucou Enduring Bias. – Isso é uma ofensa. Tenho um propósito muito maior. Sou programado e instruído para fazer meu melhor a fim de monitorar e mesmo reparar este mundo defensivo. Embora precisemos de alguns Engenheiros por aqui. Os Huragok seriam muito bem-vindos. Você não trouxe nenhum Huragok?

– Huragok? Quem são? – perguntou 'Crolon.

– Observem sua aparência nesta reprodução – disse Enduring Bias, projetando a imagem de uma estranha criatura flutuante composta de esferas e tentáculos ondeantes. Era uma imagem familiar.

– Eu nunca vi um – disse Tersa –, mas, nas guerras, meu tio viu algo assim quando invadiram um navio San'Shyuum. Ele me contou sobre eles... Estão com os San'Shyuum agora, consertando coisas.

– Estão? – quis saber Enduring Bias; o seu único olho azul-brilhante chamuscava com interesse renovado. – Os San'Shyuum. Sooln me contou sobre eles. Acredito que sejam uma raça com certas conexões antigas com meus criadores. Mas os Huragok foram retirados daqui quando foi tomada a decisão de que as instalações não seriam testadas. Infelizmente, ninguém me consultou a respeito disso. Eu preciso de Huragok. É de desejar que os San'Shyuum fossem os novos habitantes deste mundo, se de fato eles têm Huragok à mão...

– Que deslealdade é esta? – cuspiu 'Drem. – Os San'Shyuum são o inimigo, e esta máquina quer trabalhar para eles em vez de para os Sangheili!

– Apenas expressei o que, acredito, possa ser caracterizado como observação abstrata – explicou Enduring Bias.

– O que isso quer dizer? – 'Drem exigiu saber.

– Significa – disse 'Crolon pensativamente, olhando para a máquina – que Enduring Bias desejaria que os San'Shyuum estivessem aqui. E trabalha próximo de Ussa...

– Não. Ele só quer os Engenheiros – disse Tersa, preocupado que algum tipo de rebelião pudesse estar se formando. E que ele estivesse bem no meio dela. Ou, ainda, que acabasse morto se não tomasse partido. – Ele...

– Ele? Essa coisa é ele? – interrompeu 'Drem. Ele fungou. – É apenas uma coisa. Uma simples máquina.

– Eu uso um tom de voz masculino – explicou Enduring Bias. – Parece gerar mais respeito pelos integrantes de sua cultura, por razões desconhecidas por mim. A minha hipótese é a de uma estrutura patriarcal clássica, com as tentativas esperadas de suprimir a...

– O que estou tentando dizer – interrompeu Tersa – é que Enduring Bias quer os Huragok para consertarem coisas. Consertarem as máquinas.

– E para fazerem alguns reparos em mim mesmo – acrescentou Enduring Bias. – Sim. Neste ponto em que estamos, contanto que não provoquem danos significantes nas instalações, sou indiferente aos ocupantes. Os criadores se foram. Não sei para onde. Estou de fora das comunicações. Fora da discussão. Fora do círculo.

– Bem... "Indiferente aos ocupantes"? – 'Crolon coçou a mandíbula. – Você aceitaria a presença dos San'Shyuum?

– Obviamente. Mas apenas se trouxessem os Huragok... – disse Enduring Bias. Então, a máquina percebeu, por fim, a necessidade de diplomacia:

– Não rejeito os Sangheili. Na verdade, a que se chama Sooln 'Xellus consertou parte de meu mecanismo. E estabelecemos uma nova ligação. Afinal, sempre me sujeitei aos desejos de meus programadores. E, de certa forma, fui reprogramado.

– Sooln reprogramou você... E você desejaria que os San'Shyuum estivessem aqui para trazer os Huragok? – murmurou 'Crolon. – Interessante.

– Isso é misturar o que não precisa ser misturado – disse Tersa. E, usando uma antiga expressão Sangheili, acrescentou: – É misturar sangue com óleo.

– Certamente – disse 'Crolon. – Eu jamais questionaria as decisões de Ussa. Eu apenas observo isso e aquilo e... reflito. Mas sou leal a Ussa e a Sooln e à... como foi que Ussa disse hoje cedo? À "missão do novo Sanghelios".

– Eu não deveria ter deixado o velho Sanghelios! – murmurou 'Drem. – Este lugar parece mais uma armadilha que um refúgio. – E, então, ele olhou sombriamente para Tersa. – Você não vai mencionar a ninguém o que ouviu aqui, criança.

Tersa cerrou os dentes.

– Sou jovem, mas não sou criança.

'Drem zombou:

– É mesmo? Mas ainda tem gema de ovo no pescoço.

– Vamos, 'Drem – chamou 'Crolon. – Hora da refeição noturna.

– É lavagem, não carne de verdade – resmungou 'Drem, ao seguir 'Crolon para a saída.

Tersa olhou para Enduring Bias.

– Espero que não repita sem querer o que ouviu por aqui. Se o fizer, pode provocar derramamento de sangue.

– Isso seria insalubre – disse Enduring Bias. – Bastante desagradável.

Com isso, ele foi embora. Tersa imaginou se deveria relatar a discussão e se Ussa poderia compreender mal o que ele lhe diria.

Pois parecia a ele que havia ocorrido subversão ali. Por enquanto, apenas palavras. Mas, em Sanghelios, ele sabia que algumas palavras poderiam fazer cabeças rolar.

CAPÍTULO 7

Reskolah, Janjur Qom
850 AEC
A Era da Reconciliação

Oculto sob o campo de invisibilidade projetado pela *dropship*, mas sem perder o próprio campo de visão, Mken enxergava o planeta brilhando sob as estrelas noturnas. Plaon, a velha lua maltratada, ainda não tinha se levantado, mas ele podia ver criaturas pairando no céu e sentir os ventos aromáticos de Janjur Qom.

O Profeta da Convicção Interior experimentava uma estranha mistura de animação e opressão. O ar ali parecia falar com seu mais primitivo ser interior. O cheiro da floresta de vinhas entrelaçadas por perto – um odor botânico, uma combinação de decomposição e de vida nova que Mken nunca tinha sentido antes – lhe parecia impossivelmente familiar. Sua composição genética parecia reconhecer o aroma. Algo nas profundezas de seu cérebro reagiu, deixando-o animado, zonzo.

Mas o campo gravitacional não modificado do mundo natal de sua espécie era mais do que ele podia aguentar. High Charity possuía uma gravidade bem menor que aquela. Ele tinha superestimado a força que reunira na keyship. Janjur Qom não era especialmente grande ou denso – era "Janjur Qom Normal". Infelizmente, Mken e os colegas San'Shyuum do *Dreadnought* não eram Janjur Qom Normal. Os Estoicos ali, ou os descendentes deles, seriam mais fortes, mais em forma, mais geneticamente diversos. E isso tornava os locais particularmente perigosos, no caso de um encontro pessoal. Dado o contexto, possivelmente tão perigosos quanto os Sangheili.

Preferiram não baixar diretamente para a gruta. Se os Estoicos os estivessem monitorando, isso trairia um dos objetivos principais da expedição. E os Estoicos não deveriam ficar sabendo por que eles estavam ali novamente, depois de tanto tempo. Então, primeiro, verificariam se estavam sendo observados. Mken escolheu aproximar-se da gruta com cuidado. E esse pouso, a certa distância do primeiro destino, permitiu que Mken tivesse uma ideia intuitiva de Janjur Qom.

Ele se afastou da rampa dianteira da *dropship*, deixando a cadeira para trás. Ali, porém, ele se sentia como um bebê dando os primeiros passos. Para ele, era como se o próprio mundo natal o estivesse punindo, e a todos de sua espécie, por tê-lo abandonado. Tinham deixado sua mãe, Janjur Qom, e agora ela descia a mão pesada da gravidade sobre eles, para que soubessem qual era seu lugar.

Absurdo. Você está se tornando vítima de uma imaginação desvairada.

Ele olhou na direção dos Sangheili, como o jovem soldado Vil 'Kthamee, que se locomoviam com facilidade enquanto patrulhavam os perímetros do campo em torno da torre de tiro e das barreiras de combate móveis.

– A gravidade é maior do a que estamos acostumados – grunhiu o capitão Vervum, direcionando sua cadeira para flutuar ao lado de Mken. – Estou surpreso por ter se dado ao trabalho de deixar sua cadeira para trás.

Mken gesticulou: *não é algo tão difícil.*

– Este é nosso planeta natal. Quero senti-lo, como um San'Shyuum dos tempos antigos. Eu sou historiador.

– Não estamos aqui para estudar história – disse Vervum.

– Você está usando um tom desrespeitoso, o qual não aprecio, capitão – falou Mken.

– Não era minha intenção ofendê-lo, ó profeta.

Mken gesticulou: *não ficarei ofendido.*

– A gravidade artificial da keyship está diminuída, muito diminuída, na verdade. Penso se não deveria ser mantida mais alta, alguns graus, por uns dois ciclos solares, até que fortaleçamos nossos corpos.

– Eminência, nossos membros não são o que deveriam ser, com ou sem treino – disse Vervum, em um tom mais respeitoso. – Essa é uma das razões para estarmos aqui: o abastecimento com sangue fresco, a fim de garantir uma forma física melhorada a nossos descendentes.

– Eu visitei inúmeros planetas, muitos com gravidade mais baixa que esta. E sempre pensei se deveríamos nos esforçar mais para...

Mas ele se interrompeu. Não tinha se esquecido de que Vervum poderia ser um agente de R'Noh, provavelmente a serviço do Ministro da Segurança Preventiva. Mken não queria dizer nada que pudesse ser intencionalmente mal interpretado ou tido como oposição herege à Hierarquia.

Mken gesticulou: *continuarei mais tarde*. Mas essa não era sua intenção.

Uma luz se espalhou pelo solo musgoso quando a portinhola da *dropship* abriu-se para eles.

– Quase na hora de seguirmos para o alvo – observou Vervum.

Mken percebeu que ele estava ali teimosamente de pé, com as pernas doendo pelo peso do planeta, quando o que de fato queria era voltar para sua cadeira. Estava evitando fazê-lo por simples orgulho inconsciente, apenas porque Vervum estava lá. Ele suspirou, virou-se e sentou-se outra vez, com um suspiro de alívio quando o campo gravitacional ambiente reduziu o fardo de seu corpo até o nível a que estava acostumado. Ajeitando-se, Mken olhou para o céu, de certa forma esperando ver algum tipo de embarcação San'Shyuum Estoica sobrevoando. Os Olhos remotos revelaram que os Estoicos não tinham avançado muito em termos tecnológicos desde a guerra. Não ficou claro o porquê, embora, talvez, eles sentissem que progresso poderia provocar a ira dos deuses – especialmente após a violenta partida do *Dreadnought* nas mãos dos Reformistas, o que eles obviamente enxergavam como blasfêmia. No entanto, os Estoicos possuíam veículos de ataque aéreo não muito diferentes daqueles da época da guerra, um milênio antes. Eram simples, de ar comprimido e combustível de ignição a gás, tanto para navegar quanto para disparar as armas. Mken não tinha certeza absoluta se o campo de invisibilidade de *Vitalidade Vingativa* seria totalmente impenetrável à detecção. No caminho até ali, lera o relatório sobre as capacidades dos Estoicos. Eles possuíam um tipo de escaneamento refletor para detectar naves em sua atmosfera. Certa vez, um Olho remoto fora perseguido por uma aeronave

Estoica. E os Estoicos provavelmente sabiam muito bem que havia espécies hostis equipadas com métodos de navegação espacial na galáxia. E estariam atentos a esses hostis, bem como ao possível retorno dos odiados Reformistas.

O que os Estoicos fariam se capturassem Mken? Eles o matariam? Ou algo pior?

A ideia de nunca mais ver Cresanda era pior do que a morte. Ela teria um filho seu – um filho concebido em raro momento de profunda intimidade biológica, que combinava com a intimidade emocional dos dois. Poucas fêmeas San'Shyuum ainda possuíam a capacidade de se tornarem férteis. Algo tão incomum e precioso... E ele poderia nunca conhecer a criança. Suspirou. Era um erudito, não um guerreiro. Mas ali estava ele, em um planeta cheio de inimigos.

Seu pai costumava dizer: *Os sábios enfrentam tudo com o semblante calmo*.

Mken olhou para o céu outra vez e não viu nada além de um rakscraja ossudo manobrando no ar, com suas asas pálidas refletindo a luz das estrelas. Ele acariciou uma de suas próprias barbelas, pensando: *Vamos ao que interessa*.

A equipe de excursão levaria a *dropship* para a gruta da Grande Transição. E depois para o vilarejo de Trellem. Mken tentou lembrar o que tinha lido sobre a gruta. Sabia que ela estava associada à iconografia de uma deusa lendária, uma Forerunner misteriosa que seu povo há muito associava com renascimento. Mken pensara que ela era um mito, apenas um símbolo. Mas quem saberia ao certo?

Ele sentiu uma emoção atenuada, quase fantasmagórica, ao considerar a possibilidade de entrar na gruta da Grande Transição. Há muito tempo, ela vinha sendo protegida como algo sagrado, e proibido, pelos Estoicos. Os Olhos remotos enviados do *Dreadnought* ao planeta sugeriram que agora ela estava esquecida, malcuidada e abandonada... Mas havia o risco de que eles ainda a protegessem, depois de todo esse tempo.

Mken ouviu um estranho som de ar passando por um tubo e se deparou com um Huragok flutuando, como uma criatura marítima que de algum modo tivesse sido transferida para o ar. O Huragok voltava para a *dropship* após verificar o campo de invisibilidade. Vil 'Kthamee vinha logo atrás da criatura, como se o pastoreasse. Certamente o jovem Sangheili, que não parecia nem um pouco incomodado com a gravidade planetária, possuía um relacionamento peculiar com o Huragok.

Trok 'Tanghil já estava abastecendo a torre de tiro enquanto permanecia em guarda com rifles de energia direta. Vervum entrava na nave, preparando-se para pilotar o veículo arqueado.

Apenas Mken ficou para trás. Após mais um olhar nervoso para o céu, ele dirigiu a cadeira pela portinhola estreita, para dentro do veículo da excursão. Deu a ordem de seguirem para a gruta.

Vil 'Kthamee estava acinturado a um assento ao lado do tabique, de frente para Loquen 'Nvong, que olhava para ele com uma expressão de divertimento quieto e condescendente.

Virando o rosto, Vil espiou pelo miradouro. A paisagem de árvores e outras vegetações – verdes, prateadas e turquesas – passava sem cessar abaixo, enquanto a *dropship* voava sobre as copas. Acima, as estrelas brilhavam com força, emprestando um verniz azul e branco às cores. A distância, via as luzes de uma cidade. Ele enxergou uma estrada, esburacada e cheia de mato, que logo sumiu de vista. Passaram sobre um rio, de onde um anfíbio enorme e lustroso emergiu, chacoalhou-se e depois desapareceu. Seguiram em frente.

– Aproveitando a paisagem? – perguntou Loquen, mal-humorado, enquanto passava o dedo pelo rifle de plasma. A arma bifurcada estava apontada para cima, mas um movimento rápido da mão de Loquen poderia direcioná-la para Vil.

Olhando Loquen, Vil abanou a mão de forma evasiva.

– Novo mundo. Estou curioso como qualquer Sangheili estaria – disse ele.

Vil acompanhava a excursão para servir como intérprete do Huragok. Ficou surpreso ao ver Loquen 'Nvong. Vil tinha imaginado que a expedição visava evitar conflitos de qualquer tipo. Era para ser uma missão clandestina. Então, por que enviar o enorme e perigoso Loquen, sempre disposto a uma briga?

Embora Loquen fosse jovem, o guerreiro Sangheili era arrogante. E Vil já o tinha presenciado sacrificando outros soldados em troca de glória pessoal. Loquen mantinha as mandíbulas semifechadas a maior parte do tempo – um sinal, entre os Sangheili, de aviso: *Não me ameace. Estou em alerta.*

Vil escutou o Flutuante de Teto emitindo um som para chamar sua atenção. Ele olhou para cima, e o Huragok estava de fato flutuando perto do teto da fuselagem. O organismo-engenheiro batia e emitia sons dos tentáculos. Era algum tipo de pergunta, mas emitida rápido demais para que o soldado pudesse entender.

Vil sinalizou *repita*. Quando o Huragok repetiu a questão, Vil já tinha tocado no intérprete holográfico de pulso. O aparelho escaneou o Huragok e traduziu os símbolos para runas Sangheili.

"Muito trabalho", falou o Huragok. "Como começar? O mundo lá fora tem milhares de aparelhos que precisam de conserto."

Vil entendeu. Ele tinha ouvido falar de como os San'Shyuum tinham se dividido em duas grandes facções. Uma partira para as estrelas, e o grupo que permanecera não avançara tecnologicamente, mas herdou um mundo com incontáveis relíquias Forerunners, a maioria necessitando reparos. E de algum modo o Huragok já tinha pressentido esses mecanismos do lado de fora. Mas como?

– Como você sabe o que há lá fora? – perguntou ao Huragok.

Vil tinha um lado científico do qual muitos Sangheili não compartilhavam. Eram todos tecnologicamente capazes, mas os mais pragmáticos, e essa era uma característica de quase todos os Sangheili machos, não possuíam muita curiosidade a respeito dos princípios subjacentes à tecnologia.

"Chamado", respondeu Huragok.

– Chamado? Como assim? – Vil apertou o módulo tradutor preso a seu lóbulo auditivo para que a tradução fosse feita de forma oral.

"Com a frequência de comunicação dos Engenheiros. Receptividade à frequência integral. Quando há necessidade de reparo, máquinas desenhadas pelo criador enviam sinal de pedido de reparo. Fiquei um tempo perplexo. Nunca tinha recebido antes. Mas lembro que aprendi. As máquinas enviam o chamado para mim."

Desenhadas pelo criador. Ou seja, Forerunners. K'ckel, um primo de Vil (ou talvez seu irmão, já que os Sangheili eram criados de um modo que escondia a identidade real do pai de alguém), tinha lhe contado a respeito. K'ckel era pesquisador júnior em um quartel-general de Qikost, uma das duas luas de Sanghelios. Ele lhe explicara sobre as inteligências distribuídas, encontradas quase intactas, intelectos maquinários que se referiam aos "criadores". O termo "criador" tinha ajudado a aumentar a aura divina dos Forerunners. Quem seriam os criadores senão deuses?

– O Profeta da Convicção Interior já tem planos para você – disse Vil.

"Tantos chamados. Tantos."

Vil sentiu a nave desacelerar. Olhou pelo miradouro e viu que desciam sobre uma ravina.

Poucos momentos depois, estavam preenchendo a câmara de ar comprimido em uma noite abafada. O ar parecia parado. No entanto, as plantas em volta da nave farfalhavam como se remexidas pelo vento. Algo zuniu ao sobrevoar: criaturas pequenas, como insetos, zumbiam na proximidade para perto e depois para longe.

Como os outros, Vil tinha sido tratado com nanoagentes microscópicos, com efeito antibiótico, que os protegiam com eficiência assombrosa, destruindo os antígenos locais que invadissem seu sistema antes que provocassem qualquer dano. O ar era respirável em Janjur Qom e a gravidade, suportável, ao menos para um Sangheili. Mas os insetos voando ficaram mais ousados, e logo sugaram a pele de Vil. Eram minúsculos, organismos quase diáfanos, que pareciam combinar pernas com asas. Morriam quase instantaneamente ao sugar o sangue. Vil supôs que a culpa não fosse dos nanoagentes, mas sim do sangue alienígena dos Sangheili.

Porém, o profeta San'Shyuum, lá em cima, em sua cadeira antigravidade, coçava as picadas nos braços. Seu sangue era uma iguaria exótica aos parasitas.

Com o Huragok flutuante a seu lado e o rifle de plasma nos braços, Vil seguiu os San'Shyuum em uma trilha escura e úmida que serpenteava no centro da ravina, indo em direção às paredes de pedra de um dos lados. Os San' Shyuum, Convicção Interna e o capitão Vervum, lideravam o grupo, com luzes suaves saindo de cada cadeira antigravidade. Loquen seguia atrás. O Sangheili sedento por guerra na retaguarda deixava Vil um tanto nervoso.

Dos dois lados, havia uma cerca viva de folhagem flexível, que farfalhava conforme o grupo passava, aquietando-se em seguida. De vez em quando, galhos tentaculares se esticavam e acariciavam os intrusos, como se os inspecionassem, saboreassem. Os San'Shyuum tinham avisado que isso poderia acontecer, mas garantiram que os toques eram inofensivos, apenas um exame por parte dos organismos, que eram tanto animais quanto vegetais. Uma flor grande se abriu ainda mais, logo acima. O olho dentro dela os inspecionou.

Odores desconhecidos invadiam as narinas de Vil. Alguns eram adstringentes, outros, nauseantemente doces, alguns, com um toque de putrefação. Os cheiros familiares de minerais e água também surgiam. Ele podia sentir a antiguidade, a alteridade daquele planeta. E algo – fosse no movimento das plantas, no olhar das flores – sugeria certa hostilidade daquele mundo.

Era como se todo o planeta, Janjur Qom inteiro, dissesse silenciosamente: *Vocês não pertencem a esse lugar. São invasores, estrangeiros em meu corpo vivo. Vou envolvê-los, dissolvê-los...*

Pensamento estranho em um mundo estranho. Mas Vil sempre fora mais imaginativo que a maioria dos Sangheili. O tio frequentemente o censurava por isso.

De repente, o caminho estreito se abriu em um pequeno prado, repleto de pedras. Além dele, um penhasco magnífico assomava, com seus os relevos escarpados em destaque sob a luz estelar.

Eles se enfiaram por entre as pedras mais baixas, aproximando-se da base da parede do penhasco. Acima, o topo era coberto por outro tipo de planta: espessa, densa e marrom.

Conforme a expedição se aproximava, uma nuvem se dissipou, e um pouco mais de luz chegou até a parede de pedra, expondo um painel com entalhes erodidos, uma espécie de barra acima de uma sombra semirretangular tão escura que só poderia ser a entrada para alguma passagem. O Profeta da Convicção Interior mirou a luz da cadeira para cima, para as imagens sobre a barra. Os entalhes em baixo-relevo estavam divididos em dois: uma fileira de imagens de cada lado, em perfil hieroglífico, e ambas viradas para dentro, na direção de uma forma que circundava uma estrela.

As formas esculpidas à esquerda eram bípedes, representando vagamente hominídeos. Apresentavam crânios e mandíbulas diferentes tanto dos Sangheili quanto dos San'Shyuum, na opinião de Vil. Era difícil enxergar qualquer coisa na luz irregular. As figuras da direita eram obviamente San'Shyuum, embora sem cadeiras antigravidade. Eram mais eretos que os San'Shyuum do *Dreadnought* e tinham linhas mais elegantes.

Vil escutou algo se mover atrás dele. Era uma presença pesada, gemendo, que atravessava a vegetação rasteira. Loquen ouviu ao mesmo tempo.

– Algo está se movendo na floresta – declarou Loquen, subitamente. – Não essas plantas irritantes, algo maior.

– Há muitas feras em Janjur Qom – disse o capitão Vervum. – Os Estoicos se instalaram em áreas pequenas. A natureza tomou conta de muita coisa. Fiquem alertas, mas não atirem sem motivo.

– E falem baixo – ralhou o profeta. – Os dois.

E o Profeta da Convicção Interior direcionou a cadeira para a escuridão da abertura retangular.

CAPÍTULO 8

O Refúgio: um mundo defensivo Forerunner inexplorado
850 AEC
A Era da Reconciliação

Ao ver Ernicka, o Retalhador, marchando sob o alto teto do Salão dos Banquetes, Tersa sentiu-se tentado a ir até ele para reportar o que tinha ouvido de 'Crolon e 'Drem.

Na opinião de Tersa, 'Crolon e 'Drem planejavam uma insurreição. Ou talvez estivessem apenas cogitando uma, o que já era perigoso o suficiente.

O guerreiro Sangheili cheio de cicatrizes – sempre o último a comer, por escolha pessoal – carregou uma caçarola de purê de proteína, do sintetizador até o fundo do salão, e a depositou sobre uma das mesas de armar. O ambiente zunia com conversas.

Tersa hesitou. Ficou parado à porta, pensando se Ernicka o consideraria um dedo-duro desonrado se lhe contasse o que 'Crolon dissera, se repetisse as insinuações de que havia alguma conexão obscura entre Ussa, Sooln e os San'Shyuum. 'Drem se mostrara ainda mais abertamente receoso com o Refúgio e, por extensão, com Ussa.

Mas, quando Tersa de fato considerava relatar o acontecido, imaginava-se repetindo a conversa a Ernicka, e tudo aquilo parecia soar como uma reclamação sem sentido. Talvez fosse...

Contudo, ao ouvir 'Crolon e 'Drem falando daquele jeito, Tersa tinha sentido um calafrio.

À direita de Tersa, se sentavam os próprios 'Crolon e 'Drem. Geralmente os dois eram os primeiros a comer. Nesse momento, estavam debruçados sobre suas refeições, envolvidos em uma conversa particular. 'Crolon pareceu pressentir a observação de Tersa. Virou-se, olhou para ele diretamente e, depois, murmurou algo a 'Drem.

'Drem assentiu, e ambos se levantaram e se aproximaram do jovem Sangheili. Tersa tentou ignorá-los, dirigindo-se para a área das mesas.

– Um momento, jovem guerreiro – disse 'Crolon, com afabilidade. Ele e 'Drem bloquearam o caminho. – Você tem tempo para um pouco de sabedoria?

– Muito tempo para muita sabedoria e pouco tempo para pouca – respondeu Tersa, citando o tio. Ele olhou para os dois. – O que foi?

– É o modo como anda nos olhando – disse 'Drem. – Desde aquele dia, naquela sala com as formas falantes. E com aquela maldita máquina, Enduring Bias.

– E como eu ando olhando para vocês?

– 'Drem tende a fazer julgamentos subjetivos – disse 'Crolon. – Mas eu queria me certificar de que você não nos entendeu mal. Não pensou que estivéssemos falando algo desleal a Ussa, certo?

– Eu não diria desleal – disse Tersa, olhando para o pote de proteína. Estava ficando com fome. Seu estômago roncava.

– O que você diria, então? – perguntou 'Drem. Ele inclinou a cabeça para o lado. Possuía o ar de um Sangheili que se achava astuto.

– Ussa é um kaidon justo e imparcial – disse Tersa, irritado. – Tenho certeza de que vocês não têm nada a esconder dele. Ussa não tiraria conclusões precipitadas. Não é o estilo de liderança dele.

– E isso significa que *está* pensando em nos delatar? – quis saber 'Drem.

– Estou pensando na minha refeição – respondeu Tersa. – E também em logo caçar algumas formas de vida neste planeta. Só isso.

Ele tentou passar por eles, mas 'Crolon o impediu com a mão.

– Apenas para deixar tudo às claras: deixe-me lembrá-lo de sua parte na discussão.

– Minha parte?

– Sim. Você concordou com tudo o que dissemos. Na verdade, levou a questão para outro nível. Lembro-me de você ter dito que estávamos correndo grande perigo aqui e que achava Ussa um possível traidor do próprio povo.

– O quê? Eu não disse nada disso! Voz Voadora estava lá! Ele pode relatar o que foi dito.

– Ele não esteve presente o tempo todo – disse 'Crolon, com a voz macia. – 'Drem e eu somos seus superiores. E somos dois contra um. Se reportarmos que você falou sobre sedição, bem... Por que Ernicka e Ussa acreditariam em você e não em nós?

Tersa os encarou, em choque.

– Vocês ficariam desonrados com essa mentira!

– Bom, é assim que me lembro também – disse 'Drem. – Ou como *vou* me lembrar... se você disser algo. Se tentar nos trair, você é quem será traído.

– É apenas o bom senso de clã, recém-chocado – disse 'Crolon, dando um tapinha no ombro de Tersa. – Acho que agora nos entendemos.

E, com isso, 'Crolon e 'Drem se afastaram. Tersa tinha perdido o apetite.

Reskolah, Janjur Qom
850 AEC
A Era da Reconciliação

– Você acredita mesmo que é isso? – perguntou Vervum. – Que essa é a gruta da Grande Transição?

– Não há do que duvidar – respondeu Mken. – Os entalhes no painel sobre a entrada são exatamente como descritos. A localização está correta. Tem de ser aqui!

– Mas... está vazia.

E estava mesmo, ou ao menos era o que parecia. A passagem aberta na pedra do penhasco seguia por cinquenta passos e depois chegava a uma parede nua. Não havia mais entalhes, nem ídolos ou maquinário – nada, a não ser o chão de pedra rachada, coberto em certos pedaços por um fungo alaranjado, e paredes talhadas rudemente. As botas protetoras dos Sangheili ecoavam após qualquer movimento; o Huragok apitava e balançava no ar, gesticulando às vezes para Vil. O outro Sangheili, Loquen, não deixava de olhar para trás, para a entrada. Ele estava convencido, ao que parecia, de que havia algo perigoso por perto. E ele podia ter razão.

Mas Mken não estava pronto para desistir, não ainda. Ele tinha trazido o Huragok para a excursão por um motivo.

– Eu já esperava por isso, de certa forma – afirmou.

Mken direcionou a cadeira até a parede nua que os esperava do outro lado da passagem. Com uma careta ao sentir o empuxo da gravidade, levantou-se e inclinou-se para a frente, passando os dedos pela parede.

– Eminência – disse Vil, aproximando-se –, talvez este não seja o fim da passagem... Talvez esta seja a *verdadeira* porta.

Mken olhou para ele, com surpresa.

– Hipótese astuta. Eu estava pensando o mesmo.

– Se o Huragok pudesse investigar, Eminência...

– Sim. Mas eu estava procurando por algo que pudesse ser investigado. Esperava encontrar algum dispositivo, algum mecanismo de ação inserido em uma fenda, algo assim. Mas, por enquanto...

Vil voltou-se para o Huragok e sinalizou com o tradutor holográfico. Os símbolos coloridos que apareceram no ar entre Vil e o Huragok se misturaram às sombras e às cores e luzes fracas emitidas pelas cadeiras San'Shyuum.

O Huragok inclinou a cabeça para assimilar os símbolos, depois emitiu um apito e chicoteou os tentáculos em resposta.

Vil estalou as mandíbulas em afirmativa.

– Sim, Flutuante de Teto está...

– *Quem* flutua no teto? – perguntou Vervum, intrigado.

– Esse é o nome do Huragok: Flutuante de Teto. Ele diz que detectou aberturas mínimas, nas quais apenas os cílios mais finos de um Huragok podem penetrar. Flutuante de Teto acha que a parede não pode ser aberta sem a presença de um Huragok.

– Ótimo. Então deixe o Engenheiro testar sua hipótese – permitiu Mken, dando um passo para o lado.

Vil sinalizou, e o Huragok flutuou até a parede, como se fosse uma nuvem, e então passou as pontas de seus tentáculos sobre a pedra. Metodicamente, começou perto do teto e continuou sua investigação tátil para baixo. Em cerca de um minuto, emitiu um grunhido duplo de satisfação. As pontas dos tentáculos pareceram penetrar na parede, de forma inconcebível.

A criatura emitiu um som subvocal, quase um ronronar, parecendo feliz em poder interagir com o maquinário, analisá-lo, consertá-lo, ativá-lo...

Houve um momento em que todos pararam de respirar, à espera. Os pensamentos de Mken se voltaram à coisa que se movia na vegetação rasteira do lado de fora, imaginando a possibilidade de os Estoicos estarem cientes daquela intrusão.

Ele se afundou, satisfeito, na cadeira, checou o sistema de comunicação, procurando por qualquer aviso ou mensagem vindo da *Vitalidade Vingativa* em órbita, que permanecia escaneando a superfície em busca de movimentações hostis. A última mensagem era: *Sem indícios de inimigos. Tudo está bem. Continuamos em alerta*. Foi enviada antes de Mken liderar a entrada pela passagem. Ele não tinha certeza se conseguia captar o sinal do transmissor em meio àquelas rochas.

O Huragok se afastou, e a parede se abriu como uma cortina: uma abertura ao meio se expandiu, e a barreira se movia para a direita e para a esquerda.

– Esplêndido trabalho! – exclamou Vervum.

O ambiente a seguir... não era nada. Não havia escadas nem nichos. Mken ficou chocado e decepcionado. Parte dele esperava vestígios dos Forerunners... Talvez até mesmo a Visão Purificadora do Caminho Sagrado. Dizia-se que a gruta tinha sido criada com o único propósito de abrigar o artefato.

– Foi retirado daqui. Saqueado – sugeriu Vervum.

Vil pigarreou.

– Mas há poeira no chão, capitão, sem rastros. Eles precisariam de um Huragok para entrar, afinal.

Mais uma vez Mken olhou para Vil, surpreso. Ele parecia jovem demais e... *Sangheili* demais para ser tão astuto.

Talvez ele subestimasse os Elites, e todos os Sangheili. Afinal, eles já tinham desenvolvido a tecnologia de viagem espacial interestelar quando os San'Shyuum os descobriram. Uma corrente de talento científico fluía sob toda aquela ira marcial.

Mken virou-se para o Huragok, que emitia trinados impacientes enquanto balançava os tentáculos.

– O que ele está dizendo?

Vil apontou o tradutor na direção do Huragok, para entender os sinais.

Enquanto Mken observava, notou padrões repetitivos nas configurações dos tentáculos do Huragok; cada sinal era rápido demais. Às vezes, a ponta de um tentáculo se tornava uma rolha; às vezes, formava uma série de Os e Vs; em outras, cruzava com um segundo tentáculo, criando um ideograma vivo.

– Diz que detecta um sinal do ambiente. Algo está pedindo para ser reparado e ativado.

– Aquela parede no fundo... é outra porta? – pensou Mken, em voz alta.

Vil repassou a questão ao Engenheiro. O Huragok negou e acrescentou: "Sigam."

A criatura planou até a parede traseira e pareceu contemplá-la silenciosamente sob as sinistras luzes multicoloridas das cadeiras antigravidade. Depois, traçou um pequeno retângulo. Mken se aproximou e espiou o ponto, quase centralizado na parede. Era um local um pouco mais liso que a pedra ao redor. Enquanto ele observava, Flutuante de Teto acariciou o espaço e seus cílios finíssimos desapareceram em aberturas invisíveis.

O retângulo brilhou, emitindo uma luz agitada. Em seguida, saiu da parede, com um leve ranger, tornando-se um tijolo destacado. O Huragok executou outro ajuste, e Mken se assombrou quando um holograma se acendeu: uma projeção circular azul e prata brilhando, saindo do tijolo. Era um aro grande o suficiente para um San'Shyuum atravessar.

Então, o aro encolheu e tornou-se o centro de outra construção. Mken reconheceu como algo a que símbolos rúnicos tinham se referido vagamente no passado, uma das maiores criações dos Forerunners. Possuía seis pontos emanando do ponto central, como pétalas de uma flor. No centro, de formato circular tridimensional, outro aro brilhava, como núcleo. A forma se expandiu. Mken o reconheceu como o "Halo", o primeiro Anel sagrado que tinha visto. Quase chorou de alegria. Na face interior do aro, apareceu a topografia de um mundo. Terras, montes, vales, cursos d'água, lagos, estruturas artificiais... Tudo sob uma pele translúcida de atmosfera. O interior do aro era um mundo vivo...

Mken se sentiu um Profeta da Convicção Interior como há muitos ciclos não se sentia. Estava tocado pelos símbolos brilhantes e transparentes que flutuavam e se moviam sobre o bloco. As imagens eram projetadas para cima a partir do tijolo saliente. Era um projetor holográfico antigo e sofisticado.

E era verdadeiramente uma Visão Purificadora.

Mas Mken duvidava de que o projetor pudesse ser um Dignitário. O tijolo e o holograma traziam a Visão dos Forerunners. Onde estava, então, o Dignitário?

– Isso trará a confirmação – sussurrou Mken. – Atrairá muitos ao Caminho. Os que contemplarem isso *acreditarão*. Os Halos estão em algum lugar, à nossa espera. E quando os encontrarmos, quando os ativarmos, esse será o começo da Grande Jornada. Mas precisamos do Dignitário para encontrá-los, de acordo com as antigas profecias inscritas nos corredores do grande *Dreadnought*.

– Precisamos ir – interrompeu a anomalia rascante da voz de Loquen, vinda do corredor de entrada. – Retire o dispositivo da parede, Eminência. Acabei de checar a entrada. Há várias coisas por lá. Não consigo enxergá-las claramente, mas não acredito que sejam amistosas. Precisaremos lutar para passar por essas coisas, antes que mais delas cheguem...

Loquen apareceu à vista com a arma apontada para a passagem. Mken rosnou:

– Soldado, este é um momento sagrado, não é hora de pânico. Não atire, a não ser sob ataque.

– Ei, você – chamou Vervum, indicando Vil. – O Engenheiro consegue retirar a Visão dos Forerunners da parede sem prejudicá-la?

Vil repassou a pergunta a Flutuante de Teto e o Huragok respondeu com uma afirmativa.

– Sim, senhor – confirmou Vil.

– Ordene que retire, com cuidado extremo – disse Mken. – Sem causar danos. E que desligue o holograma, por enquanto.

Vil fez a tradução, e o Huragok completou a extração em segundos. Ficou evidente que o ícone holográfico tinha sido feito para ser removido, quando descoberto.

Vervum se dirigiu para o projetor no tentáculo do Huragok. Porém, Mken fingiu não perceber a intenção e pegou o aparelho da Visão Purificadora antes. Em seguida, guardou em um bolso de sua túnica.

– Ótimo!

– E agora, Eminência? – perguntou Vil.

– Precisamos do Dignitário – disse Vervum, e a irritação comprimia sua voz.

Mken gesticulou *claro!* e se voltou para Vil.

– Diga a nosso talentoso amigo Flutuante de Teto para procurar o Dignitário. Pode estar atrás da parede. Ele pode tentar pelo soquete onde estava a base da Visão.

Vil sinalizou. O Huragok emitiu uma resposta sonora e esticou dois tentáculos para sondar o encaixe. Algum tempo depois, a criatura emitiu um som quase alegre.

A parede tremeu e se abriu, deslizando elegantemente após ceder em um trecho de sua superfície que parecia um quebra-cabeça. Atrás dela, dentro de outro nicho, flutuava um artefato de metal cinza, formado por ventoinhas simétricas, aparadas em painéis finos de luz azul. O trabalho Forerunner era reconhecível. Para Mken, o Dignitário parecia vivo, pois movia-se levemente no ar e virou seu olhar azul-claro para eles. Não era pequeno nem grande: um San'Shyuum poderia pegá-lo nos braços. Seu núcleo constituía-se de um globo de metal cinza polido, dentro do qual brilhava uma luz azul consciente; as ventoinhas eram como lâminas intricadamente estilizadas, estendendo-se do pequeno globo, com uma ventoinha bipartida acima e extensões que lembravam braços dos lados, como um hieróglifo primitivo de um deus-sol.

– É isso? – perguntou Vervum. – O Dignitário?

Mken estava sem fôlego, mal podia falar de tanta animação.

– O design, como um todo, é consistente com o de um Dignitário, embora não seja como os outros. Mas acredito que... *sim*! Tem de ser! Devemos levá-lo imediatamente para a nave. As inscrições do *Dreadnought* previram, há muitas gerações, que os Forerunners tinham construído um tipo específico de Dignitário, diferente dos outros. Um tipo capaz de mostrar o caminho para os Anéis Sagrados. Alguns acreditavam que um exemplar pudesse estar escondido aqui, há eras, sob o nariz de nosso povo. E, por fim, a fé se provou verdadeira. Vamos voltar para a nave, guardar as relíquias e, então, seguir para a segunda parte da missão.

– Não – disse Vervum, e aproximou a cadeira para trás de Loquen. – Não acho que isso irá acontecer. Há outra coisa planejada para você, ó Profeta da Convicção Interior...

Mken virou a cadeira e ficou surpreso ao se deparar com Loquen apontando o rifle para ele... o próprio Profeta da Convicção Interior. E, então, Vervum gesticulou: *faça as pazes com seus ancestrais*.

Mken já esperava algum tipo de traição da parte de Vervum, mas não algo tão descarado. Mas que seja. Havia armamentos em sua cadeira. Teriam se esquecido disso?

Ele tocou o nodo de armamento... e não obteve resposta.

– Ah, já desativamos suas armas – disse Vervum, com um sorrisinho cínico. – Não devia ter se afastado de sua cadeira após o pouso.

– Você não planejou isso direito – disse Mken. – Nem o fez a mão que o manipula. R'Noh supõe que consegue me tirar do caminho, tomar crédito por tudo o que for conquistado aqui. Mas não, não é tão simples assim. – Ele estava ganhando tempo. Pensando...

Vervum gesticulou: *com todo respeito, você se engana*. Acrescentou um giro extra do dedão, a fim de mostrar que o gesto tinha sido usado em tom de zombaria.

– Você confirmou o local. Você e o Huragok abriram o repositório da Visão. Você ativou e confirmou a natureza da Visão Purificadora. E encontrou o Dignitário para nós. Para recrutar as fêmeas, você é inútil. Nós damos conta disso. Portanto, sua utilidade acaba por aqui. E o Ministro da Segurança Preventiva – ele fez o gesto de ironia cômica – acredita que você poderá se tornar um problema de segurança.

– Ah... E sob que argumento ele prevê isso? – Mken notou que Vil, de lado, sinalizava algo para o Huragok.

– Isso não vem ao caso agora. Entregue a Visão para mim. Senão, ela pode ser danificada quando você for executado.

Mken cogitou ceder. A Visão era mais importante que ele.

O Huragok dirigiu-se para o nicho, posicionando-se entre Loquen e o Dignitário, como se para proteger o artefato. Vil andou para trás, chegando até a parede. Mken entendeu a deixa e recuou com ele, com a mente preparada para o desafio.

– Não, não vou entregar nem a Visão nem o Dignitário a você, Vervum. Não tem autorização para levá-los consigo.

Vervum bufou.

– Autorização? Eu me dou a autorização. Loquen, faça o que deve ser feito. Acredito que eu consiga me comunicar com o Huragok. Livre-se do soldado também.

Loquen virou o rifle para Vil.

– Este primeiro então, pois está armado.

Os rifles de energia direta eram divididos em duas partes, uma superior e outra inferior. Eram como mandíbulas – talvez um design que mimetizasse, ainda que de forma inconsciente, os Sangheili –, e, pela expressão de Vil, era como se ele nunca tivesse olhado para um do ponto de vista do alvo.

Loquen atirou, mas Vil já tinha dado um passo para o lado, de reflexo, e mirado seu próprio rifle. O soldado disparou uma rajada de plasma superaquecido.

O outro Sangheili também se moveu, e o tiro atingiu o ombro esquerdo de Loquen, que cerrou as mandíbulas de dor e cambaleou para trás. O contra-ataque passou de raspão por cima da cabeça de Vil.

Um raio brilhante de energia zumbiu do braço da cadeira antigravidade de Vervum. Mas ele não tinha muito treinamento nas armas da cadeira, e a explosão queimou as costelas de Vil. A armadura do soldado bloqueou o tiro quase que inteiramente. Ele sentiu uma dor intensa, mas sem sofrer qualquer ferimento grave.

Enquanto isso, o Huragok acariciava a parede de pedra e, de repente, a barricada voltou a se movimentar. A câmara se fechava outra vez.

Vil atirou novamente, mas Loquen já tinha se retirado para as sombras, tornando-se um alvo difícil. Por um momento, Vil sentiu uma relutância inata em atirar em Vervum: era seu superior, além de um San'Shyuum e o capitão da nave.

Em vez disso, Vil atirou para um ponto ao lado de Vervum, na escuridão, enviando diversas rajadas para a passagem, na direção da vegetação rasteira. E, então, as paredes de pedra se fecharam completamente.

CAPÍTULO 9

O Refúgio: um mundo defensivo Forerunner inexplorado
850 AEC
A Era da Reconciliação

O nome dela era Lnur 'Mol, e Tersa sabia muito bem que não deveria ficar encarando. Ela estava ocupada servindo alimentos aos trabalhadores. Não tinha tempo para ele, que não deveria estar ali encarando o brilho dos dentes na mandíbula dela – dentes tão afiados, tão brancos. Não deveria ficar analisando a silhueta daquele corpo, o brilho do verde precioso dos olhos, a disposição simetricamente perfeita das quatro mandíbulas. Ela não estava de armadura, usava apenas elegantes adereços de couro.

Não. Encarar Lnur não era aconselhável. Ele a vira apenas algumas vezes, sem coragem de conversar com ela; não tinha iniciado os rituais de cortejo. E Tersa tinha tarefas pendentes, precisava ajudar Ernicka a consertar as lâminas de energia. Lnur estava na oficina, no Nível Dois, apenas para trazer alimento aos cinco Sangheili machos que trabalhavam ali.

Ela lhe entregou uma cumbuca com purê de proteína. E, então, o surpreendeu puxando conversa.

– Esta já está pronta? – perguntou ela, inspecionando. – Meus dois irmãos de ovo fazem design e reparo de armas. Eu gosto de observá-las.

– Vou testá-la – disse ele.

Ele inseriu o carregador e apertou o ativador. A lâmina metálica da espada zumbiu. Enquanto observavam, a arma assumiu uma cor avermelhada, ao esquentar. Era capaz de carbonizar o que não cortava sem cauterizar.

– Parece que está funcionando – comentou ela.

A voz dela era agradável. Para Tersa, era como música.

– Quer testar? – perguntou ele, acenando para o alvo de madeira sintética do outro lado da sala.

Fêmeas Sangheili não eram recrutadas como guerreiras, mas todas sabiam os princípios de combate, a fim de defenderem a casa e os ovos em caso de invasão, caso estivessem sozinhas.

Ela olhou ao redor, acanhada pela presença dos machos trabalhando perto de Tersa. Ernicka não olhava na direção deles, intencionalmente. Os outros apenas observavam disfarçadamente, com as mandíbulas cerradas em sorrisos divertidos.

Então, Lnur endireitou os ombros e disse, em desafio:

– Sim. Obrigada. Caso um dia seja necessário...

Tersa gostou ainda mais dela. A recusa em sentir-se intimidada por antigos papéis de gênero era estranhamente atraente. Sugeria que ela era ousada na intimidade e na ação.

Mas, claro, ele pensou enquanto andavam na direção do alvo, Lnur era uma Sangheili – e ele nunca tinha ouvido falar de uma fêmea Sangheili que tivesse verdadeiramente desfiado a velha ordem patriarcal. Sooln talvez fosse mais ativa no mundo tecnológico que muitas fêmeas; ela aconselhava o próprio Ussa 'Xellus. Mas não ia longe demais. Em seu íntimo, ele imaginava se algum dia uma fêmea Sangheili tentaria se rebelar de maneira significativa. Mas, claro, esta seria logo fuzilada.

O pensamento o deixou transtornado.

Tersa aproximou-se do alvo e, mais uma vez, ativou a energia abrasadora da espada. Fez um corte de teste. O alvo possuía o formato mais que adequado de um San'Shyuum, o único inimigo que possuíam fazia décadas. E a lâmina atingiu, cortando e queimando, ao mesmo tempo, o pescoço da imagem.

– Parece que está funcionando – disse ele. Olhou para Ernicka, que trabalhava a algumas mesas de distância, fingindo não perceber os dois. – Aqui, Lnur. Tente.

Cuidadosamente, Tersa entregou a arma a ela e deu um passo atrás, talvez um passo mais largo do que daria se estivesse ao lado de um soldado experiente.

Ela o olhou, levemente aborrecida por isso, e então atacou o alvo com fúria. A lâmina chiou e cortou o pescoço do alvo San'Shyuum pela metade.

Ela girou o punho com habilidade, e a espada se soltou, liberando fumaça no ar.

– Você a deixou finamente perigosa! – disse ela, usando um elogio tradicional aos artífices de armamentos.

– Ele deixou, não é mesmo? – disse 'Crolon, ao entrar. Ele carregava uma caixa de espadas para serem atualizadas. Pausou perto, a fim de observar os dois jovens Sangheili e o alvo. – Você parece ter experiência razoável, jovem fêmea.

– Minha mãe me ensinou... Para a...

– Eu sei, para a defesa da casa e dos ovos – interrompeu 'Crolon, divertindo-se. – Quantas vezes ouvi essa desculpa de uma fêmea que não conhece seu lugar?

Tersa sentiu a raiva subir, como água fervente em um cano. Pegou a espada de Lnur.

– 'Crolon... Você é como um skorken do pântano atacando uma ave. Desculpe-se com minha amiga. Ou pegue uma dessas espadas em sua caixa.

A sala ficou em silêncio, e Ernicka observava de sua mesa de trabalho. 'Crolon olhou para Tersa, surpreso.

– Ora! Então, você tem dentes na mandíbula! Interessante. E interessante também toda essa atividade socialmente corrosiva aqui. Não vou lutar com você, jovem Sangheili. Não para que possa impressionar uma fêmea.

Lnur arfou, envergonhada, diante da frase.

'Crolon continuou:

– Ussa ordenou que não desperdiçássemos tempo em brigas internas. A não ser diante de grande provocação ou com permissão superior.

– Mas você vem me provocando, me ameaçando... E agora insultou minha amiga. Se continuar, pedirei a permissão de Ernicka.

– Como ousa? – 'Crolon o encarou friamente e, em seguida, andou até a mesa e deixou a caixa, em silêncio.

Ernicka olhava Tersa com uma mistura de aprovação e irritação.

– De volta ao trabalho, Tersa! – gritou ele.

– Estou indo.

– Desculpe se causei problemas... – murmurou Lnur.

– Desculpe se a envergonhei! – Tersa sussurrou, pesarosamente. – Eu não devia ter falado... ter assumido que você fosse... uma amiga. Digo... eu mal a conheço... Quer dizer, não tive a intenção...

– Está tudo bem – disse ela. – Se depender de mim, você *é* meu amigo.

Ela se virou e andou para a porta.

Com grande esforço, Tersa conseguiu não ficar encarando.

Reskolah, Janjur Qom
850 AEC
A Era da Reconciliação

Mken, Vil e Flutuante estavam presos na gruta.

O Huragok tinha acionado a parede para que a câmara interna se fechasse; parecia uma vedação permanente, uma barreira inteiriça entre eles e os inimigos. Loquen e Vervum estavam do lado de fora e, além deles, algo se movia camufladamente pela vegetação rasteira. Algo perigoso.

O brilho da cadeira antigravidade de Mken e o Dignitário ofereciam luz fraca ao ambiente. O Huragok emitia um som pesaroso e balançava os tentáculos para Vil 'Kthamee. Mken esperava ansiosamente pela tradução.

Vil bufou.

– Ele é capaz de usar os dispositivos escondidos nas paredes. Ele percebe um pouco do que está acontecendo lá fora. É como eu esperava... Mas talvez mais tarde eu me arrependa de ter feito isso.

– Explique-se – exigiu o Profeta da Convicção Interior.

– Atirei para além de Loquen e do capitão, pela porta, mirando na vegetação rasteira, para agitar aqueles que estivessem ali caçando. Assim, pensariam que Loquen tinha sido o primeiro a atirar neles. E, então, *eles* destruiriam o San'Shyuum... não eu.

Mken ficou impressionado com o pensamento estratégico de Vil 'Kthamee e também com sua honestidade. O jovem soldado não era bobo a ponto de pensar que poderia matar um San'Shyuum e não sofrer as consequências, quaisquer que fossem seus motivos.

– Então você convenceu o Huragok a nos fechar aqui para que ficássemos a salvo... Mas ele consegue nos libertar?

– Sim, é o que ele diz. – Vil sinalizou para Flutuante, que respondeu. – O Huragok diz que eles estão lutando lá fora, neste mesmo instante; algo está atirando projéteis neles... Loquen e o capitão estão revidando. Ah... Vervum... foi morto.

Mken sentiu um calafrio. A nave *Vitalidade Vingativa* poderia ser dirigida por qualquer um que soubesse os comandos de retorno do *Dreadnought*. E Mken os conhecia. Mas Vervum era o agente do Ministro da Segurança Preventiva. Mken teria preferido contorná-lo em vez de matá-lo para evitar as explicações aos Hierarcas. A história da morte de Vervum poderia facilmente ser distorcida contra Mken quando R'Noh e Excelente Fragrância ficassem sabendo dela.

O Huragok sinalizava outra vez. Vil traduziu:

– Agora... Loquen está disparando sua arma e correndo para a floresta. Os seres hostis estão entrando na gruta! São San'Shyuum, mas diferentes daqueles que conhecemos em High Charity. Não usam cadeiras. São mais... – O soldado se interrompeu, obviamente decidindo, por educação instintiva, não usar os termos escolhidos pelo Huragok para comparar as duas espécies de San'Shyuum. – Possuem projéteis. Talvez a gás. Um deles pegou Vervum e a cadeira. Mas precisam carregá-la. Ela está quebrada. O Huragok gostaria de poder consertá-la...

– Apenas o que é relevante, soldado, por favor.

– Sim, Eminência. Estão saindo da gruta. Parecem não conhecer esta sala.

– Com sorte, não sabem que estamos aqui, então. Talvez pensem que nosso grupo se dividiu.

– Sim, Eminência. Suspeito que estejam indo procurar por nós em outro lugar.

Mken virou para olhar o Dignitário. E novamente ele pareceu devolver o olhar em silêncio.

– Agora... – Mken direcionou a cadeira para se aproximar e abriu os braços para alcançar a relíquia sagrada. Ela o surpreendeu, flutuando em sua direção para se acomodar em seus braços. Era como se ele a segurasse no colo. – Estou com as eras em minhas mãos – murmurou. – O passado e o futuro.

Mken estava profundamente tocado. Encontrar um artefato tão importante, tão intacto...

– É uma bela relíquia – disse Vil, com reverência, ao olhar para o Dignitário.

– Sim. Você não pode falar sobre ela com ninguém em High Charity, não sem autorização. Entende?

– Entendo, Eminência.

– Bom... O Huragok pode abrir a parede. Vamos em frente.

– Para Crellum, Eminência?

Mken pensou, de repente, se deveriam voltar para Crellum. Não seria mais importante levar os artefatos sagrados para bem longe de Janjur Qom? Ele possuía o Dignitário. As fêmeas pareciam algo desnecessário, em comparação. Mas, mesmo quando discutira com R'Noh e Excelente Fragrância em High Charity, ele já sabia que o material genético novo das fêmeas poderia ser vital. Fora relutante em participar da missão, mas ali estava ele. E, se não voltasse com as fêmeas, R'Noh e Excelente Fragrância poderiam revidar, impedindo que Cresanda tivesse o filho deles. Ela poderia até ser presa.

Ele tinha que prosseguir com a missão.

– Sim – respondeu Mken. – Vamos para Crellum pegar as fêmeas. Que o espírito da Grande Jornada nos proteja. Agora, diga ao Huragok para nos tirar daqui. Está ficando abafado.

Vil traduziu o comando, e o Huragok abriu a parede. A luz da lua e o ar fresco os receberam no corredor que dava de volta ao prado. A distância, uma espécie voadora noturna emitiu um trinado.

Eles observaram e escutaram. Não havia mais nada: nenhum sinal dos Estoicos, nenhum inimigo. A parede tinha funcionado como disfarce. Inconscientemente, Mken puxou o Dignitário mais para perto.

– Bom. Vamos continuar. De volta à *dropship*.

– E então para a corveta, Eminência? Para guardar as relíquias?

Mken ficou tentado. Porém...

– Não... Não há tempo. Temos de completar o resto da missão. E os Estoicos não nos aguardam em Crellum. Assim espero.

O que sobrou da expedição à gruta retornou à *dropship* sem problemas, embora durante o caminho Mken esperasse um ataque da escuridão a cada passo.

Quando chegaram, ele viu que nuvens tinham se ajuntado, empurradas pelo vento suave do leste, e a lua subia para se reunir a elas.

Vil cumprimentou Trok 'Tanghil quando se aproximaram, mas Trok estava boquiaberto olhando para o Dignitário que Mken agarrava junto ao peito.

– Isto é...?

– É o que é – Mken respondeu, bruscamente. – Isso é tudo o que você precisa saber. Todos a bordo. Preparem-se para a decolagem!

Trok piscou.

– Certamente, mas... Não devemos esperar pelo capitão, Eminência, e pelo soldado Loquen?

Mken hesitou, imaginando se Trok era de confiança para saber a verdade. Mas era melhor errar pelo excesso de cuidado.

– O capitão foi morto pelos Estoicos primitivos. E o soldado chamado Loquen correu para a floresta. Acreditamos que esteja morto também.

Trok coçou a mandíbula quebrada. Tinha dificuldades em compreender.

– Ele *correu*? Quer dizer, ele estava tentando flanquear o inimigo, é isso?

– Não. Ele entrou em pânico.

Trok ficou confuso.

– Ele era impulsivo, mas nunca pensei que fosse desonrado!

Mken encerrou o assunto:

– Não temos tempo para esta discussão. Precisamos seguir para Crellum.

– Como queira, Grande Profeta, mas... – Tork espiou a vegetação escura. – Acha que foram seguidos?

– Você tem algum indício de que a nave foi descoberta?

– Nosso campo de invisibilidade parece que está funcionando, ó Profeta.

– Então provavelmente estamos seguros, por enquanto. Encontraram alguns de nós, mas não todos. Assim suponho. Trok, você é capaz de pilotar a *Vitalidade Vingativa*?

– Sim, sou. Não sou experiente como Vervum é... Ou era.

– Você será o capitão, então, quando a hora chegar. Rápido!

Vil 'Kthamee ajudou Mleer a guardar a torre de tiro na estante de armamentos. No tabique oposto, Mken depositava a base da Visão Purificadora em um armário de relíquias, com o Dignitário ao lado. O San'Shyuum prendeu a teia protetora ao redor do artefato e trancou o armário.

Vil correu até a popa, certificou-se de que os tentáculos do Huragok estavam firmes à parede, e então seguiu até o assento a ele designado.

Ao se afivelar, olhou em volta, avaliando a situação.

Havia seis Sangheili restantes, e todos estavam a postos quando a *dropship* levantou no ar, com Trok pilotando.

– Trok! – chamou Convicção Interior. – Para cima, o mais alto que pudermos.

Subiram abruptamente. Vil observou por uma portinhola enquanto a pequena nave ultrapassava a fina cobertura de nuvens. Sob a luz prata de Plaon, a lua de Janjur Qom, as nuvens pareciam um brilhante campo coberto de neve.

Vil imaginou se Loquen tinha sido capturado pelos Estoicos. Os San' Shyuum que habitavam Janjur Qom eram considerados mais selvagens que os de High Charity. Não deviam pensar duas vezes antes de torturar.

Loquen talvez não fosse tão resiliente quanto acreditavam. Afinal, ele fugira para a floresta, em uma situação em que a maioria dos Sangheili teria lutado até a morte. O que Loquen lhes contaria se fosse pego e ameaçado? Sabia o suficiente para fornecer aos Estoicos a localização de High Charity? Será que entenderiam sua linguagem?

O *Dreadnought* poderia ser movido de onde estava, mesmo agora. Mas com High Charity apenas parcialmente completa poderia ficar vulnerável se, de algum modo, os Estoicos possuíssem os meios.

Então, outro pensamento atingiu Vil: e se *ele* fosse pego pelos Estoicos? O que diria sob ameaça?

Nada. Ele, Vil 'Kthamee, não seria pego com vida. Não se a escolha dependesse dele. Se por algum acaso o deixassem inconsciente, e assim fosse capturado, ainda assim não revelaria nada, por nada.

Mas e quanto a Loquen? Vil sabia que uma selvageria aparente poderia camuflar o medo. Ele suspeitava que Loquen, se ainda estivesse vivo, não seria de confiança.

CAPÍTULO 10

O Refúgio: um mundo defensivo Forerunner inexplorado
850 AEC
A Era da Reconciliação

Tersa e Lnur estavam no jardim de Ussa, no nível eco do mundo defensivo. Ela posicionava a mão na dobra do braço dele; era o jeito antigo de uma fêmea caminhar com um macho, uma forma de cortejo informal, sem compromisso. Mas mesmo o toque casual fazia as narinas de Tersa se abrirem; ele não era capaz de evitar sonhar com ela... Como seria criar filhos no ventre metálico do Refúgio? Será que eles nunca veriam o verdadeiro céu?

O sol artificial dentro do mundo defensivo iluminava as pequenas árvores, os afloramentos rochosos, a água fluindo. A luz era refratada e filtrada de forma segura pelos campos de energia translúcidos e, portanto, não havia radiação perigosa. Acima, os misteriosos aparelhos em forma de sincelos que saíam do teto côncavo de metal brilhavam fracamente; sombras cruzavam de forma irregular aqui e ali, projetando listras díspares pela área do jardim. Algo farfalhava suavemente no mato.

– Tersa, às vezes imagino se o metal que parece tão sólido ali em cima um dia poderia simplesmente se abrir, e se naves Covenant viriam atrás de nós. É possível que tenham nos seguido até aqui, de alguma forma?

– Eu acredito que... Bom, *preciso* acreditar que Ussa 'Xellus tomou todas as precauções. Ele não teria deixado rastros, e estamos muito distantes de Sanghelios. Não. Esse lugar é exatamente o que dizemos que é: um Refúgio.

Intimamente, Tersa pensou que não havia como saber ao certo. Ele sabia que o Covenant tinha muitos recursos; os San'Shyuum eram espertos, e os kaidons das cidades-estado em Sanghelios jamais deixariam de procurar pelo traidor Ussa 'Xellus. Clãs separados, cidades separadas, isso era permitido. Mas aqueles que ousavam renunciar Sanghelios para sempre iam contra o cerne cultural daquele povo.

Mas o instinto de Tersa era o de proteger Lnur dessas preocupações.

Como um agouro, uma sombra caiu sobre eles, mas era apenas uma condução robótica que voou de passagem logo acima. Em um instante, já não estava mais lá, levando a sombra consigo.

– Você acha mesmo que vamos ficar aqui pelo resto da vida? – perguntou ela.

– Não sei. Gosto de pensar que usaremos o local como base e que, quando a hora certa vier, faremos algum tipo de investida e talvez até perseguiremos o Covenant, ou ao menos exploraremos um pouco este sistema solar. Não é natural para um Sangheili não ter um adversário em vista, algo contra o qual nos colocarmos à prova.

– Concordo... Vegetar aqui, apenas estudando, não nos confrontarmos com nada... Isso vai nos degenerar.

Continuaram a caminhada, seguindo um riacho que descia suavemente. Depois de alguns momentos pensativos, Tersa falou:

– Não há muitos de nós aqui... Precisamos permanecer unidos. Mas um guerreiro Sangheili precisa se testar contra um inimigo. Me ocorreu que, se não encontrarmos inimigos lá fora, vamos encontrá-los aqui dentro. Nos dividiríamos em facções, e isso seria uma situação explosiva em um mundo autocontido como este. Como um motim em uma nave espacial. Alto risco para todos. E o tipo errado de risco.

– Eu já pensei nisso também... Principalmente depois daquele encontro com 'Crolon. Já ouvi rumores sobre ele e alguns outros...

Ele olhou para ela. Ela era jovem e às vezes fofocava, algo que ele não queria encorajar. Fofocas poderiam levar a situações como a que ele tinha acabado de mencionar. Poderiam ser a semente das facções, da divisão, do motim e, por fim, da falência da colônia.

– Não gosto de 'Crolon – continuou ela, tristemente. – As fêmeas de meu clã têm uma forte tradição de proteção aos ovos. – Ela olhou para ele. – Muito forte.

– Sim? Não muito... ortodoxa?

Ela hesitou.

– Vou ser honesta com você, embora esteja me arriscando. Sim. Não muito ortodoxa. – Então, acrescentou, com ar desafiador: – Acreditamos que as fêmeas podem se tornar guerreiras. E mais do que isso. Mas... não é algo de que falamos abertamente. Não com machos, pelo menos.

Ele sentiu uma palpitação interna, uma mistura de assombro e admiração. O que Lnur estava dizendo era uma heresia, mas também algo muito corajoso. E "entre seus corações", como dizia o ditado Sangheili, ele sabia que ela tinha razão.

– Talvez, ao ouvir isso – continuou ela, um pouco mais alto que a cachoeira à frente –, você não queira mais falar comigo. Talvez não queira nem mais ser visto comigo. Não o culpo. Mas eu queria que você soubesse.

– Acho que eu *já* sabia, pela maneira como manejou aquela lâmina de energia. Lnur, me sinto honrado pela confiança.

Ela apertou as mandíbulas em um gesto que combinava deleite e gratidão.

– Você sabe escolher as palavras, Tersa. Pelo menos as que fala para mim.

Ao ouvir isso, Tersa sentiu um leve frêmito pela confirmação, um reconhecimento de destino talvez, como uma onda de energia sobre eles...

Foram até a beira de uma ribanceira sobre uma várzea. O riacho caía sobre o rochedo, mergulhando o suficiente para aumentar o som da cachoeira.

Tersa ouviu então algo que penetrava o ruído da água. Vozes. 'Crolon... e 'Drem. E mais alguém. Ele não entendia o que diziam.

– Está ouvindo vozes?

– Sim. É... 'Crolon?

Tersa e Lnur olharam um para o outro. Então, em silêncio, aproximaram-se da beira e olharam na direção do lago abaixo.

Havia quatro Sangheili reunidos ali: 'Crolon, 'Drem, Scorinn e Gmezza, o Coxo. Scorinn era uma fêmea; Gmezza, o Coxo, cujo apelido tinha recebido após um ferimento que tornara sua perna direita menor que a esquerda, era o companheiro dela. As vozes chegavam até o alto, deformadas pelo som das águas.

– Se não agirmos, vamos todos morrer, de qualquer jeito – dizia 'Crolon. A frase seguinte foi obstruída pelo barulho da cachoeira. Tersa ouviu apenas:

– ... alternativa, contanto que...

– Mas Scorinn e eu precisamos de provas. A ideia de que Ussa vai cometer um... – Tersa perdeu quase todo o restante da fala de Gmezza. – ... difícil... não posso... podemos ser executados...

– O que 'Crolon diz é verdade! – insistiu 'Drem, com a voz alta o suficiente para atravessar os borrifos e os chiados da cachoeira. – Você já deve ter notado que Ussa quase nunca permite que carreguemos armas. Por quê? E aquele aparelho voador sabe de tudo! Quer convocar os San'Shyuum!

– Não faz sentido – disse Scorinn. – Se Ussa planeja mesmo isso, por que ele convocaria os...

– Silêncio, fêmea, os machos estão falando! – latiu 'Drem.

– 'Drem! – advertiu o Coxo. – Ela é minha companheira...

– Gmezza – interveio 'Crolon. – Não foi você mesmo que eu ouvi dizer ontem que este lugar era um erro? Eu odiaria ter de...

– Olhem! Alguém está ali em cima ouvindo! – gritou 'Drem. – No topo da cachoeira!

Lnur tentou instintivamente se mover para trás, mas escorregou. Ela cambaleou na beirada.

Tersa agarrou o braço dela e a equilibrou.

– Precisamos ir embora agora!

Saíram rapidamente. Tersa desejava que Ussa não tivesse proibido o porte de armas sem permissão. Grupos de caça foram permitidos. Havia criaturas peludas e emplumadas no nível arbóreo e pedregoso do Refúgio, a maioria pouco conhecida, mas nenhuma perigosa, e muitas delas tinham sido classificadas por escaneamento como comestíveis. A partir de então, a colônia não iria depender tanto do sintetizador de proteína.

A ordem a respeito das armas foi controversa, quase prejudicial a um Sangheili. Mas Ussa estava preocupado com o confinamento, com brigas que poderiam surgir e dividir o pequeno grupo, fragilizando-o para quando fosse necessário o confronto com um inimigo real. Ussa tinha declarado que armas seriam distribuídas se o mundo defensivo fosse atacado; às vezes, eram permitidas em sessões de tiro ao alvo e treino.

Mas Tersa precisava de uma naquele momento. 'Crolon poderia muito bem estar atrás deles. Se, como parecia, ele estivesse planejando uma insurreição, iria querer saber logo o que tinham ouvido. E ele provavelmente tinha visto Lnur. Ela estava em perigo...

Lnur parecia pensar o mesmo. Ela parou, pegou um galho quebrado, ressecado e esbranquiçado pelo tempo, e o segurou com força.

A hora não podia ter sido melhor. De repente, 'Drem surgiu, pulando de cima de um rochedo para bloquear o caminho dos dois. Trazia uma faca de trabalho na mão. Era um objeto usado em construções, mas mortal. Respirando com força, ele guinchou:

– Os outros são mais lentos, mas logo estarão aqui! Vamos ter uma conversinha! – E brandiu a lâmina.

Tersa deu um passo à frente de Lnur.

– Saia da frente, seu idiota!

'Drem rosnou:

– Você vai me insultar?

Ele atacou, mas Tersa desviou com facilidade. A evasão deu a Lnur uma chance de revidar com o galho. Ela golpeou 'Drem com tudo na cabeça, e ele girou e caiu, gemendo e com a mão no local em que foi atingido.

– Bela pontaria! – disse Tersa, com admiração.

– Vamos! – chamou Lnur, saltando por cima de 'Drem.

'Drem começava a se levantar, brandindo a faca. Tersa chutou o punho dele com força o suficiente para tirar a arma. Então, correu atrás de Lnur.

Não era uma coisa honrada fugir, em vez de ficar e lutar com 'Drem, mas também não seria certo, de algum modo, matá-lo. Além disso, três companheiros de 'Drem estavam se aproximando, e Lnur não teria quem a protegesse.

Por outro lado, ela não parecia precisar de muita proteção. Talvez, ele pensou, ela deveria proteger a *ele*.

– Será – disse Tersa, ao se aproximar de Lnur – que deveríamos tê-lo matado?

– Também pensei nisso.

Reskolah, Janjur Qom
850 AEC
A Era da Reconciliação

A *dropship* atravessava a noite o mais lentamente possível, a fim de não chamar atenção. Seus ocupantes observavam os contornos de uma ravina profunda, cortando um planalto verdejante. Havia um rio abaixo, mas Mken 'Scre'ah'ben não estava admirando a paisagem.

Curvado desconfortavelmente na cadeira antigravidade, atrás de Trok 'Tanghil, que dirigia a espaçonave, Mken encarava o holograma topográfico de Crellum, projetado por cima da cadeira. A imagem era transmitida desde a *Vitalidade Vingativa* em órbita, com seus escaneadores penetrando a cobertura de nuvens. Com o passar das mãos por cima dos controles, Mken virava a imagem para um lado e para o outro, e a expandia para visualizar melhor o assentamento. Crellum constituía-se de apenas duas fileiras de casas ovais de madeira e gesso. Era uma comunidade de pescadores em torno de um grande lago, com algumas das casas fincadas na água, sobre estacas. A mente culta de Mken notou que algumas construções eram do estilo antigo, e suas linhas evocavam o formato de uma caveira San'Shyuum vista de cima.

Mas ele estava concentrado em movimentos, observando a imagem por diferentes espectros em busca de sinais de calor. Via muitos vultos seguindo pelo caminho entre as casas; deviam ser garfrens, animais de grande porte, criados por conta de seu leite, sendo guiados de uma espécie de curral. Ele adorava a colcha de pele de garfren que havia sobre sua cama no *Dreadnought*. Estaria Cresanda sob ela neste momento, revirando-se, sem conseguir dormir por estar preocupada com ele?

Não pense nela agora, ralhou Mken em pensamento, focando no holograma.

Em torno da vila, crescia uma vegetação rasteira densa, pontuada por algumas árvores solitárias entre os arbustos. A maior parte da floresta que um dia havia crescido ali tinha sido desmatada por conta da madeira, séculos antes. Algo se mexia de forma estranha na vegetação, várias formas do mesmo tipo que ele não reconhecia. Entre as formas, havia figuras que poderiam ser San'Shyuum.

Mas Mken não viu nada que se assemelhasse a uma força armada, nenhum veículo de voo, nenhuma nave, nada parecido com torreões de tiro.

Trok 'Tanghil olhou por cima do ombro.

– Como está o terreno, Eminência? Os hostis estão agitados?

– Se eles armaram uma armadilha para nós, é perspicaz demais para que eu possa identificá-la. Hora de descer e arriscar. As fêmeas devem estar a nossa espera.

– Será que nossas... nossas convidadas especiais estão mesmo esperando por nós? – perguntou Trok, virando o olhar para o para-brisa para direcionar a nave.

– A mensagem foi enviada por holo, por meio de um Olho... Duas delas responderam. A última mensagem indicava que sete outras estavam dispostas. Quase não há jovens machos nessa região de Reskolah, e, quando eles estão por perto, aparentemente tratam as fêmeas de maneira selvagem.

– Os machos desse assentamento morreram em batalha?

– Foram recrutados... Se estão mortos, não sabemos.

– Estamos nos aproximando de um possível campo de pouso. Parece estar livre. Nosso campo de invisibilidade deve estar funcionando.

– Bom. Vamos descer. Coloque os soldados e os outros em formação assim que pousarmos.

– Assim o farei, Eminência.

A nuvem acima tinha se dissipado por um momento, permitindo que a luz da lua entrasse de forma irregular para dançar sobre as ondulações do amplo lago. Acompanhado por três Sangheili, Mken seguia lentamente pela praia sinuosa, indo em direção ao pequeno vilarejo de Crellum. Ele utilizava um cinto antigravidade, não tão eficiente quanto a cadeira. Porém, o brilho holográfico dos instrumentos da cadeira teria colocado qualquer soldado Estoico em alerta: *Aqui está o Reformista invasor que estão procurando*.

E Mken sabia que estava sendo procurado. Já deveriam saber que aqueles dois encontrados do lado de fora da gruta não eram os únicos.

Com ele seguiam o comandante Trok 'Tanghil e dois soldados Sangheili, Vil 'Kthamee e Ziln 'Klel, atarracado e assustadiço, agarrado ao rifle. Os Sangheili tinham a reputação de uma coragem beirando à loucura, mas de algum modo R'Noh havia selecionado dois soldados medrosos para essa expedição: Loquen e esse outro. Mais traição de R'Noh. Contudo, o Ministro da Segurança Preventiva não tinha previsto o talento de Vil 'Kthamee. Ele teria um grande futuro à frente. Mken garantiria isso.

Mken esperava que a nave ficasse em segurança com os outros. Estavam com pouco pessoal. Se ela fosse tomada, apesar do campo de invisibilidade, a missão estava acabada.

O Profeta da Convicção Interior parou e seu séquito armado obedeceu ao sinal para que todos fizessem o mesmo. Não queria cair em uma armadilha. Prestou atenção. Escutou apenas vozes ao longe, carregadas pelas ondas. Sentia o cheiro das águas cheias de vida daquele lago; ouviu o ronco e o esguicho de uma criatura enorme por ali, talvez um *ilpdor* faminto. Os imensos predadores de seis pernas eram anfíbios. Mken esperava que não viessem para a margem experimentar o grupo. Precisariam utilizar os rifles de plasma para matar as criaturas, e isso chamaria atenção desnecessária.

Em Crellum, lâmpadas brilhavam das janelas, usando a energia captada do sol durante o dia por plantas sobre o teto, de acordo com o sistema de análise da corveta. As luzes criavam círculos de iluminação nas janelas redondas das casas losangulares. Mken viu barcos atracados, que batiam contra estacas pelo movimento das ondas. A luz refletia na água em torno das casas sobre palafitas. De vez em quando, avistava um San'Shyuum caminhando, vendo sua silhueta contra as luzes. Apenas um parecia macho, e se movia com dificuldade, como se fosse bem idoso.

Somos idiotas por estarmos aqui, pensou. *E se algo acontecer à Visão Purificadora e ao Dignitário na nave? Deveríamos levá-los para a órbita. Eu deveria estar estudando os artefatos, não me metendo nesse acampamento primitivo.*

Mas ele tinha de cumprir o combinado em determinado horário. Tinha de cumprir...

Suspirou.

– Vamos em frente.

Mken liderou o caminho, com dificuldade para se mover, desejando possuir um cinto antigravidade mais potente.

A mensagem tinha dito que eles deveriam se encontrar com uma fêmea chamada Lilumna, na margem do lago. E logo ali... Não era a silhueta de uma fêmea San'Shyuum?

Sim. E havia algo em sua postura, em sua linguagem corporal, que expressava nervosismo, estado de alerta, de espera...

– Deve ser ela – sussurrou Mken. – Não se afobem com as armas. Fiquem aqui.

Ele caminhou em direção a ela, com a mão pousada casualmente sobre a pistola presa à cintura. Mas ele não era muito bom com a arma. As cadeiras antigravidade possuíam armas próprias e cuidavam das miras, também.

Pela Grande Jornada, isso pode acabar mal...

A fêmea parecia mais assustada que perigosa, quando Mken se aproximou.

– Você é Lilumna? – perguntou, suavemente.

Ela o encarou. Então, com os olhos faiscando sob a luz da lua, ela chegou mais perto.

– Sim – respondeu ela, com a voz trêmula. – Você é...

– Sim. Meu nome é Mken. Sou extramundo. De High Charity. Fui enviado para encontrar você.

Ela o encarou, depois se aproximou. Trajava um robe solto no alto e ajustado nas partes baixas, bordado com antigos símbolos tradicionais de Reskolah e relacionados à fertilidade. Era uma túnica típica de fêmeas San'Shyuum em busca de parceiros.

Lilumna o olhou de cima a baixo, com o cenho franzido.

– Você não parece... muito bem. Todos são como você lá? – O sotaque era pesado, e as palavras arranjadas de um modo um pouco estranho, mas ele entendia o que ela dizia, e ela parecia entendê-lo.

Ele não gostou do comentário brusco.

– Apenas não estou acostumado com a gravidade aqui. – Não era a explicação completa. Mas, se ele admitisse que o Reformista típico era mais frágil que os machos em Janjur Qom, talvez ela nunca partisse com ele, e a missão estaria perdida. Sentindo-se estranhamente culpado, continuou: – Não somos todos parecidos, não. Você e as outras ainda estão dispostas a vir conosco?

Ela fez um movimento sinuoso com o pescoço de serpente e um gesto manual que ainda significava a mesma coisa em High Charity. *Eu decidi. Será feito.*

– Excelente, Lilumna. Mas devo perguntar: há soldados aqui? Alguém procurando por extramundos?

– Não vi nada do tipo hoje à noite. Mas havia uma patrulha folasteed à tarde, fazendo perguntas. Ninguém falou com eles, são brutais. Nós os desprezamos totalmente. Temos muitos motivos para querer sair de Janjur Qom. Há poucos machos, com quem ninguém gostaria de acasalar. Quanto a mim... – Ela olhou para o céu. – Quero ver o que há lá em cima, além da lua.

– Você verá – assegurou ele, mas ainda pensando no que uma patrulha folasteed poderia ser. A palavra lhe era desconhecida. – Pode avisar as outras?

Lilumna pareceu acenar. Depois, fez um gesto manual equivalente a um dar de ombros.

– Elas pediram que eu o encontrasse antes... Eu devo decidir. Sempre fui intuitiva. Você parece honesto. Vou acreditar que não procura por escravas.

– Não procuro, e vocês não serão. Terão a oportunidade de conhecer muitos machos, poderosos Profetas da Grande Jornada, que procuram por novas companheiras.

Lilumna apontou o lago.

– As outras estão nos observando... ali. – Ela respirou fundo e pareceu tomar sua decisão. Levantou ambas as mãos sobre a cabeça, em um gesto que significava: *é seguro vir*.

– Não vejo ninguém...

– Ali... – disse Lilumna. – Está vendo agora?

Então, Mken viu o *ilpdor*, com suas pernas se movendo, ritmadas, enquanto ele nadava na direção deles, de boca aberta...

Essa Lilumna iria servi-lo de alimento ao gigantesco predador aquático?

Parecia absurdo. No entanto, a grande besta escamosa avançava na direção deles...

CAPÍTULO 11

O Refúgio: um mundo defensivo Forerunner inexplorado
850 AEC
A Era da Reconciliação

— Você está preso, Tersa – disse Ernicka, o Retalhador. – E você também, Lnur 'Mol. Desculpem, mas é necessário. O kaidon exige que vocês se rendam... ou morram.

Eles foram até o Salão dos Banquetes sem saber o que os esperava. Os olhares hostis dos Sangheili eram um prenúncio. E, então, Ernicka surgira dos fundos com um rifle de plasma em suas mãos.

Tersa trazia consigo uma lâmina de energia. Ele colocou a mão na empunhadura da espada, preparado para sacá-la. Ernicka levantou o rifle.

– Por favor, se você dá valor a mim – disse Lnur, com a voz quase inaudível –, largue a arma. Devemos confiar em Ussa.

Tersa odiava se submeter a uma corte na qual seria difamado, na qual o rei e o príncipe dos mentirosos Sangheili, 'Crolon e 'Drem, apontariam suas patas caluniosas para ele. Porém... Lnur tinha dito a única coisa que o desarmaria. Ele a valorizava acima de tudo.

Tersa murmurou um aceite, sacou a arma, girou o cabo e estendeu a empunhadura para Ernicka.

O experiente Sangheili baixou o rifle e pegou a lâmina de energia.

– Sábia decisão. Venham comigo.

Ele parecia confiar na honra dos dois, caminhando à frente deles no caminho para o Salão Estratégico, onde Ussa mantinha seu tribunal.

A sala retangular era mais um dos muitos locais do mundo defensivo que pareciam inacabados. Enduring Bias tinha explicado que, apesar disso, era uma das construções mais avançadas dos Forerunners. Havia materiais e tecnologias ali que não poderiam ser encontrados em parte alguma. Tinham sido desenvolvidos pouco antes de o Flood, como Enduring Bias o chamava, ter ameaçado sobrepujar a galáxia. A grande guerra impediu o término daquele mundo defensivo, habitado apenas por pequenas criaturas implantadas ali para compor sua ecologia.

O Salão Estratégico era, então, apenas uma sala grande e vazia, com paredes cor de aço e teto cristalino, que emitia uma luz suave. De um lado, os ajudantes do tribunal de Ussa tinham erigido um pódio amplo com plásticos extrínsecos encontrados jogados pelo planeta. Ali, enquanto Ernicka, Lnur e Tersa avançavam para dentro do recinto, o kaidon estava sentado em uma cadeira simples de madeira, feita das árvores do nível ecológico.

Atrás de Ussa, na parede, havia uma pintura inacabada de Sanghelios, retratado ao lado do mundo encouraçado do Refúgio: o novo símbolo da colônia. O mural era um trabalho em andamento de Sooln.

Ussa se moveu pensativamente na cadeira e olhou para eles, com pesar.

– Ouvi a acusação de 'Crolon e 'Drem de que conspiram contra mim. De que atacaram 'Drem e tentaram assassiná-lo, a fim de silenciá-lo. Esse é o cerne, apesar de, obviamente, ele ter sido tediosamente loquaz. O que vocês têm a dizer?

– 'Crolon e 'Drem mentem para encobrir a própria perfídia – declarou Tersa. – Eu os ouvi mais de uma vez conversando sobre sedição. Estavam tentando recrutar Gmezza e Scorinn.

Lnur olhou com reprovação para Tersa. Scorinn era tia de Lnur, uma espécie de segunda mãe para ela. Ela tinha pedido que não mencionasse o nome de Scorinn. Mas Tersa não fizera promessas e, ali, sentiu que não havia escolha. Também poderiam esperar que Scorinn e Gmezza dissessem a verdade.

– Gmezza e Scorinn... – Ussa deslizou o dedão pensativamente sobre uma mandíbula. – Não sabia disso.

– E, se eles estavam lá – perguntou Lnur –, por que 'Crolon não contou?

– Sim, é de se pensar – concordou Ussa. – Mas, se eles conversavam sobre traição, por que vocês não vieram até mim?

Tersa suspirou.

– Estávamos conversando a respeito, Grande Kaidon. Mas... Lnur estava preocupada com Scorinn. E sabíamos que seria nossa palavra contra a deles. Eu teria vindo se tivesse mais provas ou se tivéssemos ouvido a conversa com mais clareza. Mas não tínhamos certeza de algumas partes... Apenas ouvimos a distância, não queríamos provocar execuções sem provas.

– Especialmente não a execução de Scorinn, certo? – grunhiu Ussa. – Bem, teremos Gmezza e Scorinn aqui. Ernicka, mande buscá-los!

– Será feito, Ussa – disse Ernicka, sinalizando para os guardas na porta.

– Há outro que pode testemunhar por nós, Grande Ussa – continuou Tersa. – Enduring Bias!

– É mesmo? – Ussa parecia distraído ao responder. – Sooln procurou por Voz Voadora mais cedo e não conseguiu encontrá-lo. Geralmente é o que acontece quando ele está inspecionando a carapaça externa. Vamos encontrá-lo, mas pode demorar. Enquanto isso, sentem-se aí, no chão, e esperem. Mandarei trazer água e comida para todos. E veremos se irão viver ou morrer.

Reskolah, Janjur Qom
850 AEC
A Era da Reconciliação

Mken ainda não tinha se recuperado do assombro que sentiu ao ver oito fêmeas San'Shyuum cavalgando o *ilpdor.* Nunca tinha ouvido falar que esses imensos predadores pudessem ser domesticados. Mas, ao que parecia, aquele tinha sido. Alto e largo, movia-se ao longo da praia arenosa com as fêmeas enfileiradas sobre seu dorso. Com variantes da cor do tecido lustroso, todas vestiam o tradicional traje de *estou disposta a considerar o acasalamento*.

Pareciam muito à vontade sobre o gigante anfíbio carnívoro, mas o *ilpdor* era um pouco desengonçado para trotar, com as garras dos pés ligadas por membranas menos confortáveis no solo que na água. Ele cheirava a anfíbio escamoso e a lodo, carregando atrás de si algas e uma espécie de parasita, posicionada em forma de saia grotesca.

Sentindo uma combinação desconfortável de fadiga e ansiedade, Mken ficou a uma boa distância, à direita da criatura de seis pernas e mandíbulas cheias de dentes. Uma língua azul pendia para lamber as fileiras de presas, e os olhos facetados se voltavam para Mken, que não pôde se livrar da sensação de que a coisa imaginava qual seria seu sabor.

À direita de Mken, Lilumna andava com um vigor que tornava vergonhoso o modo arrastado com que Mken se locomovia. Ao lado dela, estavam os três Sangheili. Vil 'Kthamee de vez em quando olhava para as fêmeas sobre o *ilpdor.* O soldado Sangheili parecia se divertir, se é que Mken interpretava corretamente o fechar daquelas mandíbulas, mas era difícil dizer quando um Sangheili estava se divertindo.

– Lilumna – disse Mken suavemente –, eu sempre me gabo de conhecer muito a respeito de Janjur Qom, embora este seja meu primeiro dia aqui. Mas não me lembro de relatos de um *ilpdor* domesticado.

– Não é bem domesticado, é uma espécie de parceria. Peixes grandes se tornaram raros no lago. Os homens da capital colocaram redes por aqui, muitas vezes, e os reduziram. Minha irmã, Burenn, a que está na frente, encontrou essa criatura faminta quando ainda era pequena. Se já fosse maior, teria devorado minha irmã. Mas ela a alimentou com carne e queijo de garfren e, de algum modo, desenvolveram uma ligação. Agora, ela nos ajuda a pegar o peixe que sobrou, empurrando-os na direção de nossas redes. Nós alimentamos a criatura, e ela mantém os piores predadores a distância. Demos-lhe o nome de Erb. Não pode ficar muito tempo fora da água, mas...

– Eminência! – Trok chamou baixinho. – Chegamos à viragem! O sinal confirma: a *dropship* está a caminho.

– Agradeça aos Navegadores pelo sinal – murmurou Mken, olhando para o céu. As nuvens tinham se fechado outra vez, e havia pouca luz. – Não enxergo onde estou...

Em poucas horas, talvez muito menos, viria o amanhecer, com luz excessiva. Precisavam ir para a nave o quanto antes.

Todos seguiram Trok para o caminho na vegetação rasteira. O *ilpdor* grunhia e gemia, relutante em se afastar tanto do lago. Burenn estapeou o pescoço de Erb e se curvou para lhe cochichar algo que o instigasse a seguir. Ele fungou com tristeza, mas continuou a seguir o Profeta da Convicção Interior e os guardiões Sangheili por entre os arbustos densos e inquietos.

Conforme a estranha procissão seguia em frente, videiras se esticavam e pareciam cheirá-los. Erb se estranhou com as plantas enxeridas e as afastou.

Estavam a cem passos da *dropship* quando o inimigo os encontrou. A princípio, foi difícil distingui-los.

– Soldados! – gritou Burenn. – Estão vindo no folasteed!

Mas Mken, em seu cansaço, tinha se esquecido de perguntar o que eram folasteeds. Ao longe, eram apenas rústicas silhuetas de animais de montaria de quatro patas saindo do mato, cerca de dez deles. Havia um som enérgico e uma peculiar reorientação vindos da vegetação rasteira. Ele ouviu alguém ou algo uivando, como em um grito de agonia.

Então, as nuvens se abriram e a luz da lua inundou o vale. Mken viu San' Shyuum de armadura, carregando rifles de projéteis enormes e desajeitados, e montados em... O que era aquilo, afinal?

Os folasteeds eram feitos com a própria vegetação, como se as videiras grossas e as plantas, as pequenas árvores, os arbustos, todos eles se juntassem por debaixo dos cavaleiros, que eram carregados por esses formatos de quatro patas, com cabeça e torso. Possuíam as linhas gerais de corcéis, encontrados, dadas as devidas variações, em muitos planetas, mas se formavam e se desfaziam ao longo do mato. A silhueta do corcel permanecia, assim, consistente sob os cavaleiros, formando-se conforme estes avançavam. Era como se a própria floresta criasse montarias *de si mesma* para os soldados; como se os cavaleiros deslizassem sobre plantas vivas em vez de montarem um único corcel.

– O que é isso? – exclamou Mken.

– Eu diria que se trata de... fundição genética! – murmurou Vil 'Kthamee ao disparar sua arma. – Os vegetais foram reprojetados para trabalhar para os Estoicos!

Isso fez um sentido confuso para Mken. Os Estoicos não utilizavam tecnologia concreta. Mas se permitiam muito mais. Seus cientistas se envolviam em experimentos com engenharia genética da botânica selvagem.

Os folasteeds já quase os alcançavam. Empunhando a arma, Mken gritou:

– Lilumna! Fiquem atrás de Erb! Mantenha todas as fêmeas para trás!

Ele atirou com a pistola de plasma, sem saber se atingiria aquilo que mirava. Mais iluminação veio da luz estroboscópica dos rifles de plasma, que cuspiam energia luminosa na patrulha que se aproximava.

E, então, Mken viu Loquen; ele estava sendo carregado pelas videiras, não por um folasteed, mas por uma multidão de galhos que se esticavam da vegetação para passá-lo adiante, de um arbusto a outro. Ele gritava quando as videiras arrancavam pedaços de sua pele e quando dois galhos cutucaram seus olhos. Loquen estava sendo exibido, Mken percebeu, para assustá-los, para que perdessem a coragem.

– Me soltem! – berrava Loquen. – Eu mostrei onde eles estavam. *Me soltem agora!*

Mas os galhos rapidamente destroçaram Loquen, jogando pedaços ainda quentes na direção dos Sangheili e do Profeta.

Os cavaleiros circundaram o pequeno grupo de extramundos, com seus corcéis rasgando raízes quando precisavam cruzar a trilha, reforçando-se com mais material botânico.

Vil atirou neles, com sua mira infalível. Um caiu, com os olhos queimados. Outro caiu do corcel e rolou, agarrando-se a seu torso queimado.

Ziln 'Klel gritou em desafio, colocando o medo de lado e correndo na direção do inimigo, atirando. Mken afastou-se do ataque, enquanto projéteis zuniam a seu lado. Atirou com a pistola até queimar os dedos com o calor que vinha delas. Um dos cavaleiros caiu, rugindo de dor.

Um projétil atingiu o torso de Ziln 'Klel, que gritou e perdeu o equilíbrio. Então, outro o atingiu na cabeça, espatifando-a. O corpo dele caiu de modo hesitante, como se fosse feito de pano.

Foi a vez de Trok cair, grunhindo de dor ao ser atingido. Mas ele não estava morto, não ainda. Sua arma já não possuía energia e, deitado de costas, ele pegou a lâmina. Projéteis avançavam sobre Mken, e ele sabia que sua hora estava se aproximando. Eles não errariam para sempre.

Então, um rugido se ergueu e o *ilpdor* agora estava entre os inimigos, montado apenas por Burenn. A San'Shyuum gritava ordens, agarrada ao pescoço da criatura, enquanto o animal se agachava sobre as quatro pernas traseiras, erguia as garras dianteiras e abria sua enorme mandíbula. Erb rasgou plantas e soldados, arrancando-os de cima dos corcéis, sacudindo-os para quebrar seus pescoços e jogando-os de lado.

Vil jogou granadas, que explodiram em florescências incandescentes azuis e brancas, como se zombassem das plantas reais ao redor. Dois cavaleiros caíram, com os corcéis detonados e as armaduras retalhadas...

Outro cavaleiro – o último – pulou da montaria e atirou sem parar na garganta do *ilpdor* que destruía o folasteed ao longo da trilha. O *ilpdor*, jorrando sangue verde, atacou seu agressor e triturou a cabeça dele dentro de sua mandíbula... E, então, Erb desequilibrou-se e caiu de lado. Burenn saltou no último instante, evitando ter a perna esmagada.

Erb estremeceu e arfou, cuspiu a cabeça do inimigo... Depois, morreu.

Chorando, Burenn ajoelhou ao lado da terrível e malcheirosa criatura, abraçando sua cabeça sanguinolenta junto ao peito.

– Venha, Burenn – chamou Mken, que, atordoado, ajudava Trok a se levantar. O comandante havia sido baleado em uma das coxas, mas provavelmente chegaria a High Charity com vida, se é que algum deles chegaria até lá. – Precisamos ir. A *dropship* está próxima. Temos de nos apressar. Onde estão as outras fêmeas?

– Estamos aqui – disse Lilumna, liderando as outras seis fêmeas San' Shyuum das sombras. – Precisamos fugir. – Ela puxou a irmã, Burenn, até que esta ficasse de pé e a abraçou. – As plantas não possuem mente própria, são controladas pelos cavaleiros. Mas podem se sentir ameaçadas e nos atacar, em breve.

O atirador San'Shyuum Mleer veio mancando até eles, de olhos arregalados.

– Eu vi a batalha! Há mais deles?

– E se houver? – rosnou Trok. – Qual sua utilidade, agora?

– Eu não sabia se deveria abandonar a nave... minhas ordens...

– Ele tem razão, Trok – disse Mken, ajudando o guerreiro a se arrastar em direção à nave. – Mleer, ajude Trok. Preciso saber se as relíquias estão a salvo. Vamos embora de Janjur Qom... o quanto antes.

Deixariam o verdadeiro lar rumo a um mero substituto: High Charity. Mas tinham as fêmeas. E tanto a Visão Purificadora quanto o precioso Dignitário. Mken os levaria em triunfo para R'Noh, tentando, de alguma forma, não jogá-los na cara do Ministro.

CAPÍTULO 12

O Refúgio: um mundo defensivo Forerunner inexplorado
Salão Estratégico
850 AEC
A Era da Reconciliação

'Crolon, 'Drem, Gmezza e Scorinn tinham sido convocados ao Salão Estratégico e colocados diante de Ussa 'Xellus. Tersa, ao lado de Lnur, em um canto, observava-os com atenção. 'Crolon e 'Drem estavam carrancudos; Gmezza e Scorinn, aterrorizados.

– Não conversamos sobre sedição, Grande Ussa – disse Gmezza. Ele deu um passo torto para se aproximar do pódio onde Ussa estava sentado, meio curvado na cadeira, prestando atenção.

Ernicka, o Retalhador, com o rosto como uma nuvem de tempestade, se postou entre os dois.

– Está tudo bem, Ernicka – disse Ussa, olhando para todos à frente, mas deixando o olhar permanecer mais tempo sobre Lnur. – Ele não está armado. E não o temo.

– Apenas pedimos uma explicação – disse Scorinn, com o olhar baixo. – Queríamos saber por quê... Ouvimos rumores... Nós... Nós pedimos perdão, kaidon, por termos...

– Não tolero sedição – interferiu Ussa. – Se ocupo o posto de líder, é isso que sou. Se não me aceitam, que assim seja. Mas aqueles que desejam minha liderança devem aceitar minha palavra. Não há outra possibilidade. E é assim que funcionam um clã e um kaidon. No entanto... nem toda dúvida pode ser considerada traição. Se fosse assim, todos seriam executados em algum momento. – Ele olhou para 'Crolon e 'Drem. – Ouvi de Gmezza e Tersa que vocês dois insinuaram que planejo destruir a todos... Aniquilar o mundo defensivo. Que planejo convidar os San'Shyuum para serem meus aliados.

– Oh, mas não falamos *isso* – disse 'Crolon, com suavidade. – Não ouviram direito. O som da cachoeira deve ter atrapalhado. Ouvimos Tersa falar de um método de desconstrução do planeta, deste mundo defensivo, e também a máquina Enduring Bias falando com afeição dos San'Shyuum. Mas, na realidade, estávamos preocupados com Tersa, não com o Grande Ussa. Na verdade...

– Ouvi alguém usar minha designação informal? – falou Enduring Bias, ao entrar voando pela sala. A Voz Voadora passou por cima da cabeça deles e planou sobre a plataforma, virando-se para olhar o grupo reunido diante de Ussa. – Suspeito que alguém estivesse me parafraseando indevidamente. E não foi a primeira vez.

– Você já conhece nossos costumes, Enduring Bias – falou Ussa, sem olhar para o dispositivo. – Sabe o que achamos da quebra de regras e daquelas a respeito de sedição: traição, perfídia, níveis perigosos de deslealdade. Há algumas linhas finas, em alguns casos... Mas talvez você saiba de comentários destes dois – e inclinou a cabeça para 'Crolon e 'Drem – que possam ser considerados desleais.

– Permitam-me um instante, vou entrar em contato com as células observadoras das dependências...

– Células observadoras? – repetiu Ussa. – O que é isso? Não conheço o termo.

– Informei Sooln a respeito – explicou Enduring Bias. – As células observadoras são organizadas pelo centro de comunicações: a Câmara de Geometrias Sensíveis. As células são implantadas nas paredes de todas as instalações. Foi mais uma inovação especial para este mundo... Algo assombroso, certamente. Enquanto conversávamos, organizei uma breve seleção de observações interessantes feitas pelos dois Sangheili em questão.

Então, Enduring Bias exibiu, de forma holográfica, uma filmagem de segurança com 'Crolon e 'Drem falando. Começava com a conversa que tiveram com Tersa na Câmara de Geometrias Sensíveis e seguia com a discussão no Salão dos Banquetes, incluindo a insinuação de que forjariam testemunhos contra Tersa, se necessário. Depois, passava a uma conversa particular que tiveram em um canto do dormitório, na qual 'Drem afirmou que "para nos salvarmos da loucura de Ussa, ele precisa morrer!". Ao que 'Crolon respondeu: "Mantenha a voz baixa, meu amigo. Apenas vou dizer: não discordo. Precisamos organizar o povo contra ele. E alguém deve ser escolhido como novo kaidon. Estava pensando que eu mesmo poderia ser um candidato..."

– Já ouvi o suficiente – disse Ussa com firmeza, fuzilando 'Crolon com o olhar.

– Mas há muito mais! – exclamou Enduring Bias.

– Isso basta.

– Você acredita nesse anjo negro? – 'Drem olhou para os lados, em desespero. – Uma máquina! Não um Sangheili de carne e sangue? Eu sabia que ele era demoníaco. Eu senti isso!

– Oh, 'Drem! – apaziguou 'Crolon. – Ussa não seria ingênuo a ponto de confiar em uma máquina, em vez de em um dos seus! Ele vai suspeitar que a Voz Voadora criou essas imagens, essas conversas... Certamente ela possui a capacidade de fazer isso.

– Eu *tenho* essa capacidade – concordou Enduring Bias. – No entanto, não foi necessária, pois essas conversas são reais.

– Essa coisa não pode ser dos Forerunners! – gritou 'Drem e apontou, afastando-se na direção da porta. – É dos... dos San'Shyuum! De nossos inimigos!

– Ernicka, coloque esses dois sob custódia – ordenou Ussa, apontando para 'Crolon e 'Drem. – Prenda-os no depósito número sete. Vamos ordenar uma convocação para que sejam executados em breve.

– Não! – 'Drem virou-se para correr. Ernicka apressou-se em segui-lo e sacou a lâmina de energia. Lançou a arma, que entrou na espinha de 'Drem. O Sangheili caiu em espasmos de agonia, urrando.

Tersa achou a cena repugnante. E, aparentemente, Ussa também, pois falou:

– Ernicka, termine o que começou.

Ernicka andou até 'Drem e arrancou a lâmina fumegante. Então, em um movimento limpo, separou a cabeça do traidor de seu pescoço.

'Crolon observava tudo com desespero.

– Grande Kaidon... Eu...

– Ernicka, pegue um sentinela e acompanhe o que ainda vive até o armazém – comandou Ussa.

O Retalhador virou de forma ameaçadora para 'Crolon.

– Você ouviu o kaidon. – Brandiu a lâmina de energia. – Vá. Estou logo atrás.

'Crolon andou desajeitadamente pelo salão. Escorregou na poça formada pelo sangue de 'Drem, que se espalhava, quase caindo de cara nela. Ernicka agarrou firme o braço de 'Crolon e o acompanhou assim pelo resto do trajeto.

– Quanto a vocês quatro – disse Ussa, virando-se para Tersa, Lnur, Gmezza e Scorinn. – Saibam que há um mecanismo de desconstrução deste mundo, mas não está relacionado a sua... destruição. – Ussa hesitou, como se não estivesse seguro do que falava. – Precisam acreditar em mim.

– Sempre acreditei, Grande Ussa – afirmou Tersa. – E hoje tive a certeza de que minha confiança é fundamentada.

Ussa apontou Gmezza.

– E cuidado com o que fica falando por aí... Você e sua companheira!

– Sim, kaidon!

– Agora, voltem a seus afazeres! Vocês quatro estão me cansando. Quero me reunir a sós com Enduring Bias. Novas questões surgiram...

Vitalidade Vingativa
Na órbita de Janjur Qom
850 AEC
A Era da Reconciliação

– Comandante, estamos prontos para deixar a órbita? – perguntou Mken, nervoso, ao observar o monitor de escaneamento. Até então não havia sinais de ataque vindos da superfície. Contudo, os Estoicos possuíam tecnologia suficiente para serem perigosos, até mesmo para uma espaçonave como a *Vitalidade Vingativa*, em órbita desde que chegaram ao planeta. Janjur Qom brilhava de forma magnífica através de uma escotilha, mas Mken estava com pressa em deixá-lo para trás.

Trok 'Tanghil se remexeu no assento do capitão para aliviar a dor de seu ferimento. O projétil havia sido removido, e um unguento e uma atadura tinham sido aplicados, mas Mken sabia que o velho guerreiro ainda sofria. Trok estreitou os olhos para enxergar um relatório e resmungou para si mesmo.

– Eu avisei que não possuía o conhecimento de Vervum, Eminência. Parece que ele travou os motores. Acredito que sairemos em breve, mas...

– Sei que está ferido, Trok, mas também é o único capaz de fazer isso.

– Não estava reclamando do ferimento, Eminência – murmurou Trok. – Apenas avisando que precisaremos de mais tempo.

– Eu sei... Esqueça. Apenas faça o mais rápido possível. Vou verificar como as fêmeas estão.

Tinham abaixado a gravidade artificial da nave para que se igualasse à de High Charity. Desse modo, Mken levantou-se da cadeira e seguiu a pé para o porão da corveta, reformulado para garantir conforto aos passageiros.

Visitava as fêmeas apenas para se manter ocupado. Sua mente estava atormentada com indagações sobre o Dignitário. Conforme seguia pelo corredor, a mão passava da base do projetor para a Visão Purificadora no bolso de seu manto. Ele não podia carregar o Dignitário para lá e para cá, então pelo menos mantinha a Visão Purificadora por perto. Ele a levaria até a cabine de um oficial e espiaria o holograma mais uma vez.

Era inacreditavelmente precioso. Mken tinha acessado o Dignitário o suficiente para saber que ele continha de fato coordenadas galácticas para os Halos da lenda, especificações dos artefatos e a respeito de sua manufatura, bem como onde haviam sido originados e informações sobre seu objetivo final. Ele não tinha analisado tudo, precisava de ajuda dos outros Profetas, mais experientes em tecnologia de relíquias sagradas. Mas, em algum ponto na volta a High Charity, por que não examiná-lo de novo? O artefato ainda estava na *dropship*, seguro no porão de remanejamento da *Vitalidade Vingativa*. Mken quase podia ouvi-lo chamando por ele.

As fêmeas estavam sentadas em suas poltronas acolchoadas, com os cintos afivelados e tensas. Eram quatro de um lado e cinco de outro, ao longo da fuselagem da nave. Lilumna olhava assombrada por um painel de vidro para Janjur Qom.

Mken se voltou para a irmã dela, Burenn:

– Queria dizer obrigado. Você salvou nossas vidas ao trazer seu... seu *amigo* Erb para lutar.

A voz de Burenn estava trêmula:

– Eu esperava que minha mãe ficasse cuidando de Erb. E agora...

– Gostaria que soubesse que... se eu tivesse uma filha gostaria que ela fosse como você. Quero agradecer novamente... Todos queremos. – Mken se virou para Lilumna, que ainda apreciava a vista de Janjur Qom. – Então, o que está achando?

– É tão vasto, tão brilhante... – Lilumna balançou a cabeça. – Eu sabia... Sabemos o básico sobre o nosso mundo e, no entanto... Eu não sabia. Até ver...

– Sim. Eu entendo.

– Há algo que você talvez não entenda – disse Lilumna, ao voltar os olhos para ele. – Quando olho para o planeta, n-não quero mais ir embora. De repente, percebo o quanto nosso mundo natal é grande. Deve haver San' Shyuum melhores que os de Reskolah. Outros machos... melhores! Devem estar em alguma parte de Janjur Qom! Burenn e eu... Nós não temos mais certeza se queremos ir com você!

Mken fez um gesto de compaixão sentida.

– Entendo como se sentem, mas... temos um compromisso. Deve acreditar em mim quando digo que não podemos retornar a Janjur Qom. Estamos indo para High Charity. – Ele pigarreou e puxou uma barbela, hesitando. Mas, por fim, decidiu falar: – Do lado de fora da porta pela qual acabei de passar há dois guardas armados. Não vão permitir que deixem este porão até termos passado pelo hiperespaço... E já a caminho.

– Então... nós *somos* escravas, afinal!

– Não! Claro que não. Garanto-lhes isso. Mas, aqui, devem seguir as regras da nave. E eu a comando, por enquanto. Insisto que permaneçam aqui. Não serão escravizadas em High Charity. Isso eu prometo.

Mken virou-se e atravessou a porta, fechando-a atrás de si. Olhou para Vil 'Kthamee e Mleer, do outro lado. O que aconteceria se tivessem de usar as armas para conter as fêmeas? Lilumna seria atingida?

Vil seria forçado a matá-la?

Sentindo um nó nas entranhas ao pensar naquela possibilidade, Mken seguiu em direção à ponte.

– Eminência – a voz de Trok surgiu no comunicador –, a nave está pronta.

– Então vá! Tire-nos de órbita!

Mken tinha acabado de chegar à ponte quando ouviu o chiado de aviso do escâner e olhou para o monitor. Viu um enorme projétil vindo na direção de *Vitalidade Vingativa*.

A corveta tinha começado a sair de órbita quando foi atingida pelo míssil.

O deque balançou, a nave estremeceu e um rugido reverberou pelos corredores, em uma onda de energia que chegou até a ponte. Mken caiu pesadamente de lado.

– Fomos atingidos! – gritou Trok, tentando reaver o controle da nave. – Um ataque transversal! Direto de Janjur Qom! Se já não estivéssemos partindo, estaríamos...

– Qual a extensão do dano? – perguntou Mken, ao tentar se levantar.

– Leve... no porão doze!

A constatação atingiu Mken como se fosse outro projétil. *Fomos atingidos próximos ao porão onze... próximos de onde a dropship está*.

E o sagrado Dignitário estava lá.

Mken conseguiu ficar de pé, fazendo careta de dor, e cambaleou para o corredor.

– Tire-nos daqui! – gritou ele, ao seguir para a parte de trás da *Vitalidade Vingativa*. A corveta ainda balançava, em parte por conta da despressurização, com a atmosfera artificial sendo sugada pelo espaço. Mken sabia que aquela parte seria automaticamente lacrada pelo mecanismo de resposta vital da nave, mas o precioso ar saindo pela brecha desestabilizava o veículo.

Ela balançava no espaço, para lá e para cá, e a gravidade artificial ondulava pela inércia. E, assim, Mken era dolorosamente jogado de um tabique para o outro, enquanto se esforçava para chegar à popa.

Em algum lugar soava um alarme, um anúncio automático feito em um tom despreocupado: *"Porões dez e onze estão sofrendo despressurização rápida. Evacuem as áreas para as áreas lacradas. Perigo de morte súbita a quem não evacuar os porões dez e onze. Porões dez e onze estão sofrendo despressurização rápida. Evacuem para as áreas..."*

– Eminência! – gritou Vil 'Kthamee, quando Mken surgiu pela escotilha. – Você está bem?

Mleer estava boquiaberto, e Mken percebeu que estava sangrando.

– Isso não importa! As fêmeas! Tirem-nas daqui, levem-nas aos alojamentos da tripulação!

– Sim, Eminência! – exclamou Mleer.

Vil 'Kthamee abriu a porta de metal, e eles entraram. Encontraram as fêmeas agarradas ao cinto de segurança que as prendia no lugar. Muitas xingavam Lilumna e Burenn pela razão de tê-las convencido a participar dessa jornada infernal.

A corveta balançou outra vez, o metal rangeu. Vil e Mleer desafivelaram as fêmeas e as enviaram para a frente da nave, uma a uma.

– O que aconteceu? – Lilumna quis saber, quando viu Mken. A voz pouco audível soava por cima do alarme e do anúncio: *"Porões dez e onze estão sofrendo despressurização rápida...*:

– Um míssil, da superfície! – berrou Mken, ao se estabilizar de pé e correr para o porão de remanejamento.

Ela olhou ao redor em frenesi e perguntou:

– Isto está apenas começando?

– Acho que estamos fora de alcance agora... – O que era, claro, apenas um palpite. Conheciam muito pouco da capacidade militar dos Estoicos. – Siga Vil 'Kthamee!

Burenn estava nos fundos do compartimento, onde Mleer a ajudava a ficar de pé, quando Mken alcançou a porta do porão de remanejamento. Ela tinha ferido a cabeça durante o ataque e escorria sangue até seus olhos.

Ao menos a nave se balançava menos. Ficava mais fácil para Mken se locomover. Ele tinha se ferido no primeiro impacto, mas conseguia seguir com confiança, ignorando a dor.

– Por aqui! – Mleer gritou para as fêmeas, liderando apressadamente o caminho até a ponte.

Mken verificou o medidor de pressurização na porta que dava para o porão onze: normal. Mas exceto por isso...

Sua pulsação batia enlouquecidamente enquanto pensava nas implicações do Dignitário, o artefato sagrado que continha a chave do Covenant para a Grande Jornada e que estava, naquele momento, ameaçado pelo vazio do espaço.

Mken apalpou a porta. Ela deslizou para o lado e ele entrou. Lacrou-a atrás de si e então se voltou para as prateleiras e os armários ao longo das paredes; continham tudo de que precisava: trajes pressurizados, carregadores atmosféricos, ferramentas...

"Porões dez e onze estão sofrendo despressurização rápida. Evacuem as áreas para as áreas lacradas. Perigo de morte súbita..."

– Trok! – berrou Mken, correndo para os armários. – Está me ouvindo?

– Sim, Eminência! – surgiu a voz no comunicador.

– Então encontre uma maneira de desligar esses alarmes e esse aviso maldito! Preciso me concentrar!

– Imediatamente, Eminência!

Não foi de imediato. No entanto, quando Mken removeu as botas, o clangor e o anúncio repetitivo já tinham silenciado. Ele ouvia gemidos e ruídos vindos do porão de remanejamento.

Rápido!

Com as mãos trêmulas, Mken vestiu o traje pressurizado, projetado para ser rapidamente ajustado, pois possuía sensores inteligentes que se autoguiavam pelos membros. Enquanto se vestia, chamou Trok pelo comunicador:

– Trok! Qual é o status da nave?

– Os motores estão funcionando, mas a um quarto da força. A *Vitalidade* está se preparando para formar uma abertura no hiperespaço, mas está demorando. Não houve mais ataques vindos da superfície do planeta.

– Eles devem ter nos visto decolando ao amanhecer. Luz pode comprometer o campo de invisibilidade. Temos sorte por termos conseguido partir.

– O Huragok está trabalhando para reparar as linhas de força. Esperamos em breve seguir com força total, Eminência.

– Qual o status do porão de remanejamento?

– Aguarde, por favor, enquanto verifico... – Ele bufou algo ininteligível em um dialeto Sangheili. Uma praga. E então: – Tivemos uma selagem temporária na fissura... mas a selagem se rompeu! O porão está se despressurizando novamente!

Mken ouviu um rangido agudo vindo do porão de remanejamento, e sua boca ficou seca. Com o capacete em mãos, correu para a porta, e na câmara seguinte observou por uma janela. À direita, viu o rasgo que o míssil tinha feito na pele de metal da nave: trechos pontiagudos do casco tinham se retorcido para dentro. Observou estrelas brilhando além do corte na antepara. Dentro do porão – que era, na verdade, um pequeno hangar para a *dropship* –, destroços não identificáveis, restos de metal e detrito eram impelidos na direção do buraco. O último deles levava a *dropship* virada de ponta-cabeça consigo, lentamente, emitindo guinchos, em direção à antepara. A *dropship* se quebrava sob o olhar de Mken: pedaços se rasgavam e voavam na direção do esfomeado vazio do espaço.

Ele colocou o capacete e virou-se ao ouvir um zumbido na porta atrás. Não tinha lacrado a porta?

Ela se abriu, e Burenn entrou. A fêmea San'Shyuum olhava, atordoada, ao redor.

– Mken... Por favor... Eu estou...

– Saia daqui! Vou despressurizar esta sala! Saia!

– Não consigo! – Ela piscou, prestes a desmaiar, e se recostou no umbral da porta. – Mleer me deixou para trás... a porta, selada... trancada! Não consigo sair!

– Então espere por mim aí! Volte e feche a porta!

– Eu não abri a porta.

– O quê?

– Ela se abriu e eu entrei...

– Trok! – berrou Mken, voltando-se para olhar pela janelinha na porta outra vez. No hangar, a *dropship* batia contra o rasgo na antepara, prestes a sair no espaço, como uma fêmea parindo.

– Sim, Eminência?

– Por que as portas estão abrindo sozinhas aqui embaixo?

– É o sistema de suporte vital... O estrago à nave provocou uma carga de energia que o retesou. Algumas portas não estão lacrando e abrem por conta própria. O computador da nave parece priorizar o fechamento das portas necessárias para salvar o resto! O Huragok está tentando controlar isso, mas...

– Por favor... – gemeu Burenn. Mken virou-se e a viu desmaiar no chão. E ela bloqueava a porta oposta, que não fecharia com ela ali. Se ficasse deitada naquele lugar quando ele abrisse a porta do porão de remanejamento, a fêmea seria levada violentamente com o ar despressurizante para o vácuo. E não havia tempo para colocá-la em um traje de suporte vital.

Mken voltou-se para a janela na porta do porão e viu a *dropship*, já aos pedaços, bloqueando o buraco, e ainda era possível ver o casco se contorcendo. E algo mais. Em meio aos destroços da *dropship*, Mken viu o brilho azul do sagrado Dignitário. Prestes a ser perdido para sempre.

Se ele não levasse Burenn para outro lugar, ela morreria. Se ele a ajudasse, muito provavelmente perderia o Dignitário.

O Dignitário era mais importante. Mas... Burenn tinha salvado sua vida em Janjur Qom. Salvado toda a missão. E o artefato biológico de seu precioso material genético saudável era menos importante do que o Dignitário?

Sim. Esqueça-a! Pegue o Dignitário.

Mas...

Internamente clamando pela ajuda dos espíritos Forerunners, Mken virou-se furiosamente para Burenn, o mais rápido que podia no pesado traje. Ela respirava, ainda estava viva. Ele a arrastou pela porta, para longe da popa da nave e para dentro da sala onde as outras fêmeas tinham viajado até então. Agora, elas estavam em um lugar mais seguro, bem como o imbecil do Mleer, em pânico.

– Trok! É possível lacrar a porta para o doze outra vez?

– O Huragok está trabalhando nisso, Eminência!

Mken queria gritar de frustração.

– Rápido! Estamos prestes a perder o Dignitário! – Ele vestiu o capacete do traje pressurizado e retornou à sala ao lado para a porta do porão de remanejamento.

Mken chegou bem a tempo de ver o casco rasgado da *dropship* explodir para fora e os pedaços da nave voarem pelo espaço. Ela foi incapaz de resistir à poderosa sucção e foi puxada inexoravelmente para o vácuo.

– Trok! O Dignitário! Pode rastreá-lo? Os pedaços da *dropship*, o Dignitário... devem estar no mesmo poço gravitacional! Podemos... podemos voltar? Podemos...

Houve uma pausa longa e crepitante. Por fim, Trok reportou-se:

– Sinto muito, Eminência. Nossos instrumentos estão seguindo tudo o que foi expelido do porão. Estão caindo de volta a Janjur Qom. Também o Dignitário... O campo energético dele é bem distinto. Está caindo na atmosfera do planeta. Nós o perdemos.

– Não, Trok, não. Eu não suporto isso. Olhe outra vez. Por favor.

– Sinto muito, Eminência. Tarde demais.

CAPÍTULO 13

O Refúgio: um mundo defensivo Forerunner inexplorado
Salão Estratégico
850 AEC
A Era da Reconciliação

Ussa 'Xellus tinha acabado de acordar e seu primeiro pensamento foi que teria de lidar com a execução do traidor 'Crolon... e depois tentar apaziguar os temores entre os seus, que passaram a se autoproclamar "Ussans". Precisava garantir que permanecessem unidos.

Sooln entrou no quarto de dormir, e seus olhos faiscavam de preocupação.

– Ussa, 'Crolon se foi!

– O quê?

– Ele fugiu!

– Quando? Como isso aconteceu?

– Não sabemos ao certo... Enquanto a maioria dormia. Não sei como ele conseguiu.

– Convoque Enduring Bias.

Minutos depois, Ussa e Sooln corriam para o depósito que tinham usado como cela. Enduring Bias já planava perto da porta aberta.

– Isso tudo é muito interessante. Mas devo informá-los...

Ussa encarava uma pequena poça de sangue no deque de metal do depósito vazio.

– A porta estava trancada... Havia um guarda posicionado do lado de fora.

– Eu apenas queria dizer... – Enduring Bias começou outra vez.

Sooln interrompeu a Voz Voadora:

– Pode nos mostrar o que aconteceu?

– Sim. Acabei de recuperar as informações relevantes. Isto foi gravado mais cedo. – A Voz Voadora se inclinou para que as lentes focassem para baixo e projetassem a imagem holográfica, mostrando o exterior da cela visto do teto. Havia uma sentinela, um Sangheili que Ussa conhecia como 'Kwari, apoiado na porta, quase dormindo. Quando o depósito foi escolhido como cela, pequenos buracos foram furados na porta para permitir a entrada de ar ao prisioneiro. 'Kwari tinha retirado o capacete e o colocado no chão.

De repente, uma fina lâmina de metal, mais delgada que uma unha de criança, foi enfiada por um dos buracos para dentro da membrana auditiva de 'Kwari. Ele gritou de dor e fúria. Então, ouviram um barulhinho zombeteiro de 'Crolon, feito com o bater das mandíbulas.

– *Covarde!* – berrou 'Crolon, ao retirar a lâmina. – *Isso é o que acontece com os desonrados!*

Furioso, 'Kwari fez exatamente o que 'Crolon esperava: virou-se e abriu a porta. Então, entrou e empunhou a lâmina de energia.

– Vou puni-lo por isso! Vão encontrar você apenas vivo o suficiente para ser executado!

E então 'Kwari gritou de dor, cambaleando para trás. A lâmina delgada tinha sido enfiada em seu olho direito até o punho.

'Crolon arrancou a espada do sentinela agonizante, cortou sua cabeça e correu.

– Esse idiota – murmurou Ussa.

– Para onde ele foi? – perguntou Sooln para Enduring Bias.

– Isso é o que estou tentando contar, Ussa 'Xellus. Ele foi para o posto de lançamento de embarcações. Ficou ali por alguns minutos até que eu o detectasse. Não consigo observar tudo ao mesmo tempo, sabe? Preciso acessar informações visuais específicas antes de...

– Lançamento de embarcações! – exclamou Ussa. Sem pensar, empunhou a lâmina de energia. – 'Crolon é engenheiro... Ele consegue pilotar as naves menores! Se ele escolher a nave certa, ela será capaz até de pilotar a si mesma.

Algo flutuou no corredor perto de Ussa e desacelerou: um dos transportadores aéreos de carga – na verdade, simples caixas, largas o suficiente para carregar um montante razoável de material.

– Entre no transportador – zuniu Enduring Bias –, vamos até lá.

– Não deveríamos pedir ajuda? – perguntou Sooln.

– Não há tempo – respondeu Ussa, dirigindo-se para o transportador.

– Então... simplesmente feche a porta do hangar que leva ao posto de lançamento! – Sooln voltou-se para a IA, e ela e Ussa subiram no transportador.

– Sinto informar que ele sabotou os controles do hangar – disse Enduring Bias, enquanto voavam na direção do poço de elevador que os carregaria até o posto de lançamento. A Voz Voadora planava logo acima deles, com velocidade.

– Isso significa que o próprio 'Crolon está preso lá! – falou Ussa.

– Talvez não. Embora eu tenha perdido o controle, ele foi capaz de ativar uma saída de emergência back-up, de forma que a porta seja controlada apenas por sinal remoto, vindo de dentro da nave.

Eles subiram pelo poço do elevador a uma velocidade atordoante. O transportador se remexia com o ar pressurizado, e Ussa segurou Sooln com uma mão, mantendo a outra apoiada no parapeito do transportador.

Então, desaceleraram e passaram a se mover horizontalmente, ao longo de um corredor de metal cinza. O transportador e Enduring Bias atravessaram uma porta aberta até um centro de controle que mirava o hangar. O transportador desacelerou ainda mais, e Ussa saltou e correu até a janela.

Abaixo, ele viu três naves. Uma delas era uma pequena interestelar chamada *Lâmina do Clã*. E era ela que brilhava na área de controle quando um sinal vindo de dentro da nave ordenou que a parede se abrisse.

– Ele está na *Lâmina do Clã*! – berrou Ussa.

– Sim. Temo que o hangar esteja respondendo a uma ativação do motor de plasma. Sabe que ele deseja partir e está preparando sua saída.

– Deve haver um jeito de impedi-lo! – exclamou Ussa ao olhar ao redor pela sala de controle. Mas ele não conhecia nenhum daqueles equipamentos. Havia antigos símbolos tridimensionais mexendo-se lentamente sobre painéis de material desconhecido. Ele não saberia operar aqueles controles. E um dos painéis havia sido quebrado. Pela aparência, rasgado por uma lâmina de energia. – Algum de vocês consegue consertar isto? – perguntou Ussa.

– Não, apenas com muito estudo – respondeu Sooln. – Ele provavelmente danificou os controles sem saber exatamente o que estava fazendo.

– Eu conseguiria – disse Enduring Bias. – Se tivesse um Huragok. Podemos importar um? Seria esplêndido. Poderíamos usar o Engenheiro para muitos consertos críticos.

– Olha, 'Crolon já se foi – disse Sooln, observando pela janela.

Ussa seguiu o olhar dela e viu que a *Lâmina do Clã* tinha deslizado pela abertura, subindo pela rampa até o nível externo.

– Talvez possamos ir até lá e trazê-lo de volta...

– Eu tenho um focalizador de energia que pode ser usado para propósitos destrutivos – disse a Voz Voadora. – Mas não alcançará a nave... que já está subindo para a órbita.

– Se ele se foi, se foi – murmurou Sooln, dando as costas. – Mas... o que ele vai fazer, Ussa? Voltar para o Covenant?

– Na minha opinião, creio que não – respondeu Ussa. – 'Crolon é muito preocupado com a própria sobrevivência. O Covenant pode executá-lo apenas por ter se aliado a nós. Ele vai procurar por um lugar seguro para se esconder.

Mas Ussa não tinha certeza disso. 'Crolon poderia pegar as coordenadas do mundo defensivo por meio da própria *Lâmina do Clã*. E se ele tentasse negociar essas coordenadas com o Covenant em troca de sua vida? E então?

– Talvez também devêssemos procurar outro lugar para onde levar nosso povo – sugeriu Sooln, com a voz pesada de relutância.

– Podemos precisar fazer isso – concordou Ussa, ao dar as costas para a janela. – Vou pensar a respeito. No entanto, há uma alternativa, mesmo se o Covenant nos encontrar aqui... E, talvez, a longo prazo, essa possa ser a melhor opção.

Dreadnought, High Charity
850 AEC
A Era da Reconciliação

– Por que devemos acreditar em um Sangheili, ó Profeta da Convicção Interior? – Excelente Fragrância soou educadamente entediado ao perguntar.

Mken sentiu os Sangheili ao lado dele ficarem tensos diante da retórica zombeteira.

– Não entendi a questão, Excelente Fragrância – disse Mken, embora, na verdade, tivesse entendido muito bem.

Os grandes e ensombrecidos olhos do Excelente rolaram para observar os Sangheili, Vil 'Kthamee e Trok 'Tanghil, parados à direita de Mken, diante da Câmara do Alto Conselho.

O Alto Conselho deveria incluir um número seleto de San'Shyuum e Sangheili, representantes dos governos nomeados como parte do Tratado de União. Mas, por enquanto, as únicas autoridades na plataforma vítrea e translúcida eram o triunvirato dos Hierarcas. Os três estavam sentados em seus tronos gravitacionais, circulares e de metal, segurando confortavelmente os membros inferiores de cada Hierarca San'Shyuum. Os tronos discretamente incluíam, Mken sabia, canhões de gravidade que poderiam aniquilá-lo em um instante, se esta fosse a decisão de um Hierarca.

Os Hierarcas estavam alinhados ao longo da plataforma em suas cadeiras quase sem peso. Atrás do triunvirato, um fundo decorativo brilhava com painéis roxos e azuis. Cada Hierarca trajava um robe de mangas largas em cores similares às dos painéis; as mãos, de três dedos e um dedão, estavam postas perto dos controles dos tronos. Nas cabeças, capacetes dourados com coroas que seguiam o formato da testa apresentavam um holograma azul, no formato de um halo. Do espaldar do trono, atrás dos colarinhos dos Hierarcas, surgiam grandes imagens de ouro bifurcadas, que sobrepujavam suas cabeças.

À esquerda de Mken estava o Profeta da Gloriosa Jornada, bem magro, de costas curvadas, com os olhos bem separados e um rosto quase triangular. Em seguida, o Profeta da União, de meia-idade, ereto no trono, e seus olhos faiscavam inteligência. No terceiro trono gravitacional, sentava-se Excelente

Fragrância. De pé, com os braços cruzados ao lado do estrado e de frente para Mken, estava o Ministro da Segurança Preventiva, R'Noh Custo. R'Noh parecia pensativo, apoiando-se em um pé e depois no outro. Sua expressão era de raiva, desafio, mas sua linguagem corporal era temerosa.

O testemunho de Vil 'Kthamee e Mken tinha sido condenatório. Trok não estivera na gruta quando o agente de R'Noh, Vervum, havia tentado assassinar Mken. No entanto, ele vira Vervum sabotando as armas da cadeira antigravidade de Mken. No momento, supôs que Vervum apenas a ajustava. Mas, dado o testemunho, parecia que Vervum havia desabilitado os armamentos da cadeira.

– Você não entendeu minha pergunta! – disse Excelente Fragrância, com assombro fingido. – Certamente!

Mken olhou para os Sangheili.

– Excelente Fragrância, com todo respeito. – Ele fez um gesto de respeito também para enfatizar que não era sua intenção ofender os Hierarcas. Não seria bom para Cresanda que seu marido fosse desintegrado com um canhão de gravidade. – Os Sangheili são nossos aliados no Covenant. Devemos confiar neles, e vice-versa. Trok 'Tanghil é um comandante bem respeitado. O soldado 'Kthamee ganhou meu respeito. Ele salvou minha vida.

– Você está parcialmente correto – disse o Profeta da União. – O Covenant deve ser baseado em respeito mútuo. Tenho certeza de que Excelente Fragrância não teve a intenção de soar como soou. Os Sangheili são, de fato, nossos aliados. Mas vamos analisar a situação. Você recebeu a ordem de um Hierarca para trazer um grupo de fêmeas San'Shyuum; isso você conseguiu. Também lhe foi pedido que trouxesse a legendária Visão Purificadora e o Dignitário que a acompanha. Você afirma que teve o Dignitário em mãos, mas que o perdeu. Como pôde ter perdido algo tão imensamente precioso é inexplicável. É de estranhar que nos perguntemos se por acaso alterou a história para evitar a culpa?

– Aceito toda e qualquer responsabilidade – disse Mken. – Eu estava no comando da expedição. Mas vocês ouviram Trok 'Tanghil dizendo que podem acreditar na palavra deste jovem soldado. E ele depôs sobre o que aconteceu. O Huragok também pode ser consultado.

– O Huragok! – zombou Excelente Fragrância. – Agora estamos consultando organismos artificiais criados para consertar máquinas!

– É verdade que não podemos aceitar um Huragok como testemunha – disse secamente o Profeta da Gloriosa Jornada, chacoalhando a mão em um gesto desdenhoso. – Eles quase não possuem vontade própria... É fácil demais influenciá-los. Além de ser difícil comunicar-se com eles.

Vil 'Kthamee remexeu-se no lugar e abriu a boca para falar. Mken pensou que ele iria discutir sobre a possibilidade de se comunicar com Flutuante de Teto e então esticou-se e apertou o ombro do Sangheili, como um aviso. Vil fechou as mandíbulas e apenas murmurou algo baixinho para si mesmo.

Pensativo, o Profeta da União puxou uma barbela e disse:

– Deixando os Huragok de lado, não podemos ignorar a... a *probabilidade* de que Vervum, um agente do Ministro da Segurança Preventiva, tenha tentado assassinar o Profeta da Convicção Interior.

– E foi essa tentativa, e o que resultou dela, que nos atrasou, ó Alto Profeta – disse Mken, cerimoniosamente gesticulando para mostrar respeito e concordância. – Se não tivéssemos sido atrasados, acredito que teríamos despistado os Estoicos. E, se tivéssemos ido embora sem uma batalha com a patrulha folasteed, provavelmente teríamos deixado Janjur Qom a tempo de evitar o ataque do míssil, que nos custou o Dignitário.

– Se você tivesse guardado apropriadamente o Dignitário em outro local da nave – disse Excelente Fragrância –, você o teria aqui e agora. Isto é: se em algum momento de fato o teve em suas mãos.

Mken fechou os punhos. Queria muito usar o armamento de sua própria cadeira em Fragrância. Em vez disso, gesticulou *assim você diz*.

– Vocês viram os danos na nave – disse alguém atrás de Mken, que se virou para ver o velho Qurlom flutuando sala adentro em sua cadeira gravitacional. – Os sistemas da *Vitalidade Vingativa* gravaram a presença do Dignitário.

– Qurlom – rosnou Excelente Fragrância –, você não é mais um Hierarca, não tem direito a...

– Oh, mas eu tenho o direito, sim! – disse Qurlom. – Consulte o Livro dos Hierarcas. Reveja as regras! Não sou ativo... Estou aposentado, mas ainda tenho permissão de emitir minha opinião aqui quando quiser. E minha opinião é de que tudo isso é uma perda de tempo. Mken não fez nada de errado. Agiu heroicamente! A Grande Jornada o abençoou... e os deuses da Jornada decretaram, é bem evidente, que ainda não merecemos o Dignitário que irá nos mostrar a localização dos Halos. Mas acabei de ver a Visão Purificadora. Vocês a viram? Quer dizer, a exibição das imagens no dispositivo?

– Vimos – afirmou o Profeta da União.

– Então precisam ser cegos para não ver o que ela está nos dizendo! A perda do Dignitário é um julgamento do alto sobre nós! Ainda não somos merecedores! Mas a Visão Purificadora nos informa que estamos no Caminho... E nos dá pistas... que um dia podem nos levar ao Halo!

– Respeito o raciocínio teológico de Qurlom – disse Grande Jornada. – É experiente e sempre honrado. Portanto, voto para que não consideremos o Profeta da Convicção Interior culpado pela perda do Dignitário.

– E a questão da tentativa de assassinato? – indagou Qurlom. – Ouvi a história dos próprios lábios de Convicção Interior. Quem deve ser culpado? O Ministério da Segurança Preventiva, que por si só já é um conceito perigoso, e aquele idiota do R'Noh! – Qurlom apontou o dedo curvado e artrítico para R'Noh. – Que este novo Ministério absurdo seja eliminado e seu Ministro rebaixado para terceiro assistente no Tratamento de Esgoto! Se não pudermos provar que ele está por trás da tentativa de assassinato, podemos no mínimo supor que esteja! Que ele seja enviado para os confins da galáxia para supervisionar minas! E então talvez teremos um mínimo de justiça!

– Eu... Não! – disse R'Noh. – Eu... Não foi...

– Silêncio! – Excelente Fragrância havia virado o trono e urrava para R'Noh. – Mais uma palavra e eu votarei por sua execução! Obviamente você permitiu que uma desavença pessoal com Convicção Interior obnubilasse seus compromissos ministeriais! Vá! E não diga mais nada!

Mken grunhiu para si mesmo ao ouvir o comando enfático de *silêncio*. Claramente o Hierarca quis silenciar R'Noh antes que o agora ex-ministro soltasse algo que envolvesse seu verdadeiro mestre.

Tremendo, R'Noh olhou, pasmo, para Excelente, que devolveu um olhar sombrio. Sua linguagem corporal silenciosamente emitia cautela, quando seus dedos deslizaram na direção dos controles do trono.

R'Noh percebeu o movimento e virou-se para a saída. Marchou para fora do Salão, murmurando coisas inaudíveis.

– Talvez – disse União – devêssemos observar a Visão Purificadora outra vez.

– Devemos, Alto Profeta da União – disse Qurlom. – Mas outra coisa surgiu: temos indícios de onde Ussa 'Xellus pode estar. Recebi informações de que o traidor pode estar em um planeta não explorado. E não é só isso: esse seria um dos antigos planetas habitados por Forerunners.

– Intrigante... e triste! – exclamou Excelente Fragrância. – Heresia! Essa criatura odiosa ousa denegrir a criação dos Forerunners! – Ele se virou e deu a Mken um olhar superficialmente empático, mas que possuía diversas camadas, obscuras e profundas. – Temos de retomá-lo. E acredito que conheço o San'Shyuum ideal para restaurar a ordem no Covenant. Minhas desculpas, pois você terá de deixar High Charity após ter retornado por tão pouco tempo...

– Cresanda – disse Mken, aliviado, quando ela entrou pela porta principal da habitação do casal. Ela usava um cinto antigravidade filigranado com flores sobre o robe; raramente usava uma cadeira. Mken estava parado ao lado da sua, com uma mão sobre ela, respirando pesadamente. Ele estivera fazendo agachamentos, apoiado na cadeira, pois ainda pensava em como se sentira fraco, fisicamente, no campo gravitacional do mundo natal dos San'Shyuum.

Cresanda olhou para ele com ironia.

– Você andou se exercitando outra vez. – Ela tirou o xale e o pendurou em um gancho. Usava o xale maternal, não porque estivesse grávida (havia um xale especial para esse momento), mas porque, como fêmea San'Shyuum casada, responsável por guiar as jovens solteiras, ela tinha de manter a aparência adequada. Tinha sido designada para ajudar as jovens futuras noivas de Janjur Qom a se ajustarem à nova vida em High Charity.

Mken sentou-se e bufou.

– Chega por hoje. Como estão as novas fêmeas, Lilumna e as outras?

– Estão resignadas a ficar... e a se casarem.

– “Resignadas” não soa como algo cheio de entusiasmo.

– Há certa saudade de casa. Mas também estão animadas e bastante encantadas com este lugar.

– Elas conheceram alguém?

– Estão aqui há poucos dias, meu querido. – Ela se posicionou perto dele e o enlaçou pelo pescoço. – Claro que há possíveis candidatos, mas apenas os observaram no passeio. Esse tipo de coisa. Ficaram um pouco chocadas com o físico de alguns de nossos machos. Creio que em Janjur Qom eles sejam mais fortes e eretos. Mas gostaram da cortesia e da gentileza dos machos que conheceram. Acho que vai dar tudo certo.

– Hum. Se o Excelente conseguir fazer de seu jeito, a procriação será em laboratório.

– As ideias dele são sempre de repugnante mau gosto.

– Sim. Considero sua última decisão, a *meu* respeito, particularmente de mau gosto.

– Eles vão mesmo obrigar você a liderar aquela expedição? Você voltou faz tão pouco tempo... Quase foi morto, duas vezes. E em nosso mundo natal!

– Bizarramente, o mundo natal é um dos lugares mais perigosos que já visitei. Mas, sim, foi confirmado. Excelente convenceu os outros Hierarcas de que devo ser o Profeta encarregado da expedição porque, como ele diz, “permiti que Ussa ‘Xellus escapasse” há muito tempo e agora devo me redimir. Ele espera que eu morra. Sabe que suspeito que ele esteve por trás da tentativa de assassinato, ou seja, que era ele por trás do plano de R’Noh. Um titereiro controlando o outro. Sim, Cresanda. – Ele suspirou. – Sabe, certo Sangheili, Salus ‘Crolon, foi capturado em uma nave associada a Ussa ‘Xellus. Ele gentilmente se ofereceu para nos mostrar onde fica esse misterioso mundo Forerunner. Não que precisemos da informação, a nave já a possui. Mas ‘Crolon ainda pode ser útil...

– Você vai para esse lugar?

– Vou, assim que reunirmos a tripulação. Em breve, com força considerável. E vou confrontar Ussa ‘Xellus mais uma vez...

CAPÍTULO 14

O Refúgio: um mundo defensivo Forerunner inexplorado
Salão Estratégico
850 AEC
A Era da Reconciliação

Ussa 'Xellus encontrou sua companheira, Sooln, com Enduring Bias, no nível ecológico. A Voz Voadora flutuava logo acima de Sooln, ouvindo-a enquanto ela apontava para o riacho. Ele não perguntou o que faziam ali ou sobre o que conversavam. Não importava.

– Ussa! – ela chamou, enquanto ele saltava sobre o riacho para se juntar a eles. Observou-o com atenção enquanto ele se aproximava. – Algum problema?

– Temo, Sooln, que a escolha foi tirada de nossas mãos. É tarde demais para deixar o Refúgio. Parece que Salus 'Crolon de fato chegou ao Covenant ou foi capturado por eles. A frota do Covenant está aqui. Está orbitando este planetoide.

– São notícias graves – concedeu Enduring Bias. – Mas, por outro lado, apresentam possibilidades interessantes.

– Temo que as possibilidades possam ser interessantes demais – disse Ussa, ao olhar para o curvado céu cor de metal, para as estruturas protuberantes como estalactites estilizadas que pareciam emanar uma luz interna quase invisível.

– Que curioso ter me acostumado a este estranho lugar – comentou Sooln. – Mas sinto falta de Sanghelios. Talvez seja nossa chance de voltar.

Sooln olhou para Ussa, que não estava olhando de volta, mas sentia o olhar.

– Sooln... Não viveremos o suficiente para voltar a Sanghelios.

Ela se aproximou e pegou as mãos dele nas suas.

– Você quer dizer que... morreremos aqui hoje? Ou amanhã? O Covenant vai...

– Não sei se morreremos hoje ou amanhã... ou após muitos ciclos. Apenas não acredito que um dia voltaremos a Sanghelios. Minha esperança é que... os netos ou os bisnetos de nosso povo, aqui no Refúgio, um dia sejam capazes de voltar para lá.

– Então... você vai ativar o Desconstrutor? Não sabemos ao certo os efeitos disso. Enduring Bias me relatou que ainda não foi testado...

– Correto! – intrometeu-se Enduring Bias. – Por isso sou a favor do experimento. A existência pode ser um fardo. Por que não tomar um grande risco para ver um mundo se desdobrar?

Ussa olhou para cima, na direção da Voz Voadora, e pensou: *Que comentário estranho e anômalo para uma máquina. Será que está com defeito?*

Mas, em voz alta, falou:

– Vamos conversar com a frota Covenant primeiro, antes de darmos um passo irreversível, Sooln. Quem sabe? Talvez queiram negociar. Às vezes, coisas estranhas acontecem...

Porta-aviões Covenant *Pacto de Santidade*
Orbitando o Refúgio, um mundo defensivo Forerunner e outrora inexplorado
850 AEC
A Era da Reconciliação

Muitos ciclos circadianos depois, o Profeta da Convicção Interior sentava-se na ponte do *Pacto de Santidade*, observando pela escotilha. Ele estava curvado em sua cadeira antigravidade, fitando a curva de metal cinza do mundo defensivo, como descrito por Salus 'Crolon durante os primeiros interrogatórios; um delgado filme de atmosfera detectável grudava-se ao planetoide, proporcionando-lhe um brilho de luz do sol refletido.

– O que mais há de interessante neste sistema? – perguntou.

– Gigantes gasosas, senhor, nenhuma explorada até o momento – respondeu Trok 'Tanghil, o capitão da embarcação, pois Mken não confiava em mais ninguém. – Nada muito interessante. Há um cinturão de asteroides que pode ser minerado. É tão denso em alguns pontos que escolhi entrar no sistema fora da trajetória usual, quando saímos do hiperespaço.

– Vil 'Kthamee – chamou Mken –, pesquise o que mais podemos saber a respeito deste sistema solar, se houver algo. Há tempo.

– Sim, Eminência. – Vil, parado ao lado de Mken, tinha se tornado o guarda-costas pessoal do Profeta, além de assistente e tradutor oficial para todas as interações com o Huragok. Tal ascensão veloz pelos postos era inédita, mas, no caso, Mken tinha insistido.

Ao espiar o display holográfico, Mken notou formas ovais luminosas que indicavam outras naves da frota Covenant tomando seus respectivos lugares no holo, parecendo os minúsculos insetos que tinha visto em Janjur Qom. *Estranho.*

Ele sentiu uma pontada de angústia ao pensar no mundo natal, tão cheio de tesouros, tão inalcançável para ele. O Dignitário... perdido. Talvez fosse, afinal, como Qurlom tinha sugerido: não estavam prontos para o Dignitário que mostrava a localização dos Anéis Sagrados, e, portanto, ele tinha sido tirado deles.

Inclinando-se para a frente, Mken olhou pelo painel da ponte e viu, bem à direita, duas embarcações da frota Covenant, na realidade bem mais formidáveis que meros insetos voadores. Eram naves de guerra novas e poderosas. Ele às vezes achava que tinha sido uma pena terem aposentado o *Dreadnought*, devido a negociações com os Sangheili, como nave de guerra. Nos velhos tempos, Mken poderia ter utilizado a panóplia de Sentinelas do *Dreadnought*, mas quase todos tinham sido destruídos durante a guerra com os Sangheili. Na verdade, apenas um punhado continuava em High Charity, mais como relíquias de museu do que como armas. Por outro lado, a função original deles cabia agora aos próprios Sangheili.

Mleer, andando com um cinto antigravidade, escoltou o Sangheili, mantendo uma pistola de plasma apontada para o sujeito. Acabado, o Sangheili estava com as mãos presas à frente. Mken o considerou evasivo, ansioso e perspicaz.

– Este é Salus 'Crolon? – perguntou Mken.

– Sim, é ele, Eminência – confirmou Mleer.

Salus 'Crolon bajulou Mken, curvando-se repetidas vezes.

– Fico aliviado por ter sido resgatado de Ussa 'Xellus pelo Covenant, Eminência! Sinto-me honrado, ou melhor, *abençoado* por estar em sua presença!

– Chega dessa bobagem – ralhou Mken. – Estou pensando se devemos usá-lo para negociar com Ussa 'Xellus, já que o conhece tão bem. Ele é, creio eu, o líder desses rebeldes?

– Sim, Eminência, líder... e ditador, na verdade. Ussa exerce poder absoluto sobre eles. Temo que possa ser... contraprodutivo me usar como negociador. Ele já sabe que sou um grande apoiador do santo e sagrado Covenant, que acredito com todo meu ser na Grande Jornada. Que fugi de seu mundo novo na esperança de me religar ao Covenant. Então, não acredito que ele esteja disposto a negociar comigo. Posso exigir que se entregue ao senhor, se quiser... adoraria fazê-lo... mas...

– Sim, sim, entendo. Talvez você possa me dizer qual sua utilidade para mim, então? Durante os interrogatórios, fez referência a inúmeros artefatos Forerunner ali embaixo... Relíquias, de todos os tipos. De fato, parece que o mundo inteiro diante de nós é uma relíquia.

– É quase isso, Eminência – disse 'Crolon, olhando pela escotilha. – Ussa 'Xellus e sua companheira, Sooln, guardam o conhecimento íntimo que possuem dos mecanismos do Refúgio apenas para si... Ou melhor, o dividem apenas com a inteligência diabólica com a qual fizeram um acordo que... – 'Crolon interrompeu-se. Talvez tenha lhe ocorrido que ele pudesse estar se referindo a uma relíquia sagrada.

– Que inteligência diabólica é essa? – quis saber Mken.

– Eu... A coisa não é inerentemente diabólica. Mas... sob influência de Sooln e Ussa, ela se tornou, suspeito, maculada, profanada, desorientada. É conhecida como Enduring Bias. É um aparelho que observa a todos, está sempre observando... Nunca para. – 'Crolon rangeu as mandíbulas com amargor.

Mken bufou.

– Se você é tão a favor do Covenant, como foi parar com Ussa 'Xellus?

– Eu estava tentando atuar como agente para o Covenant, Eminência!

– Sim, tenho conhecimento de que fez essa alegação. Mas Qurlom e os outros examinaram nossos arquivos. Ninguém do Covenant em Sanghelios foi capaz de confirmar que você fosse um agente. Na verdade, nosso único agente parece ter tido um fim desafortunado.

– Os arquivos de Sanghelios são desorganizados – afirmou 'Crolon. – Sou fiel ao Covenant.

Mken virou-se para Vil 'Kthamee.

– Você é um Sangheili, e ouso dizer, um bom julgador de caráter. O que acha?

– Acho que ele é um mentiroso, Eminência.

Mken lançou um olhar questionador para Trok 'Tanghil.

– Concordo com Vil 'Kthamee – afirmou Trok. – Esse traidor fala demais, apenas para tentar confundi-lo com suas palavras.

– Eu, no entanto, não estou nem um pouco confuso – disse Mken. – Mleer, mantenha esse Sangheili preso no corredor. Não precisa vigiá-lo, ponha alguns *subs* para fazê-lo. Repasse o que ouviu aqui para a supervisão de sentinelas, e que eles cuidem dele.

Era uma decisão extremamente difícil. Se ele destruísse o mundo defensivo, erradicaria uma relíquia sagrada, bem como todas as outras relíquias que ela poderia conter. Mas, se o invadisse, poderiam ficar lá por muito tempo, lutando em um ambiente estranho, confrontando um inimigo que conhecia o local muito bem.

Talvez eles pudessem ser persuadidos a se render.

Mas, a julgar pelo que conhecia de primeira mão a respeito de Ussa 'Xellus, Mken duvidava muito que isso fosse possível.

Ussa 'Xellus estava no Salão Estratégico, de pé ao lado de sua cadeira de kaidon, e, na realidade, conversando com Ernicka, o Retalhador, justamente sobre estratégia. De repente, Enduring Bias entrou voando, em velocidade. A máquina viva zuniu pelo amplo salão, tão rápido que Ussa pensou que bateria na parede dos fundos.

Mas a Voz Voadora parou com elegância em pleno ar e reportou:

– Ussa 'Xellus, estou recebendo uma transmissão para você. É da frota em órbita sobre o mundo que agora você chama de Refúgio.

– Que tipo de transmissão?

– Trata-se de uma imagem holográfica instantânea com som. Se responder, o emissário poderá vê-lo e ouvi-lo.

Ernicka grunhiu.

– Você quer transmitir imagens daqui de dentro para o inimigo? – Ele sacou a arma, como se considerasse atirar na Voz Voadora. – Será que os idiotas do 'Drem e do 'Crolon estavam certos sobre esse aparelho, Ussa?

– Oh? – Enduring Bias soou confuso. – Asseguro que não revelei nenhuma informação que pudesse colocá-los em desvantagem ou ameaçasse esta instalação.

Sooln chegou nesse instante.

– Enduring Bias está falando a verdade. Ele não vai nos trair.

– Fico feliz que tenha tanta certeza – disse Ussa, secamente. – Mas acredito que somos forçados a aceitar a palavra dele... Se é que podemos confiar na palavra de uma máquina.

– A minha palavra não se mostrou mais confiável que a de certos Sangheili que vocês conhecem? – perguntou Enduring Bias.

– Boa colocação – concordou Ussa.

Ele estava cansado. O medo por seus clãs se remexia dolorosamente dentro de sua barriga. Mas ele fazia o que tinha de ser feito. Permanecia objetivo e tentava enxergar o próximo passo antes de segui-lo.

– Enduring Bias tem tanta informação sobre este mundo – disse Sooln, ao se virar para Ernicka – que ele poderia já ter feito o upload de toda a configuração do Refúgio para o inimigo, se quisesse.

Ernicka grunhiu.

– Ele... *essa coisa*... o que quer que ele seja... Acho que precisamos continuar a confiar nele.

– Enduring Bias – disse Ussa, ao se acomodar na cadeira –, permita a transmissão de ambos os lados. Mostre apenas minha imagem para eles, nada mais.

– E se rastrearem o sinal? – inquiriu Ernicka. – Podem atirar diretamente em você!

– Estamos em um local muito profundo para que um ataque direto da órbita possa ser feito com eficiência – apaziguou Sooln. – Se quiserem nos atacar, precisarão destruir o planetoide por completo ou invadi-lo.

– Farei que a transmissão seja enviada de diversos pontos de uma vez – garantiu Enduring Bias.

– Então o faça – ordenou Ussa.

Enduring Bias se aproximou, pairou em frente a Ussa 'Xellus, angulou as lentes para baixo e projetou uma imagem holográfica. Ussa viu a imagem em tamanho real de um San'Shyuum trajando um capacete dourado e ornamentado. Um Profeta. Ele estava sentado em uma cadeira antigravidade, mas não do modelo utilizado por um Hierarca. O San'Shyuum ajeitou-se na cadeira e Ussa o escutou.

– Sou conhecido como o Profeta da Convicção Interior – disse o San'Shyuum. – Pode me ouvir e ver?

– Eu o ouço e vejo – respondeu Ussa.

– E eu o reconheço, Ussa 'Xellus. Você se lembra de mim?

– Não.

– Não nos encontramos diretamente, mas, de certa forma, nos confrontamos no Planeta do Azul e Vermelho. Observamos um ao outro a distância, creio.

– Sim? Então você é... Mken 'Scre'ah'ben?

– Sou conhecido por este nome também. No momento, estou sozinho em meu alojamento nesta nave. Não queria que ninguém ouvisse nossa conversa. Prefiro não me preocupar com quem possa estar ouvindo a seu lado. Mas, como estou sozinho aqui, não é necessário que me chame de Profeta da Convicção Interior ou Eminência.

– Que generoso de sua parte.

– É difícil discernir quando um Sangheili está sendo irônico, não sei interpretar o rosto ou a voz de vocês tão bem quanto faço com meu próprio povo. Portanto, se foi ironia, não me importo. Se preferir, pode simplesmente me chamar de Mken, pois acredito que devemos conversar como dois seres racionais, em um encontro frente a frente, tanto com seriedade quanto com informalidade.

– Muito bem. Pode me chamar de Ussa... Mas não pense que informalidade é sinônimo de fraqueza. Vamos a nosso colóquio.

– Aqui está minha oferta então, Ussa: se você e seu povo se renderem, tentarei obter permissão para levar todos, ilesos, de volta a Sanghelios, repatriados. Você e sua companheira devem se submeter a julgamento... e muito provavelmente à execução. Mas seu povo, acredito, ficará a salvo.

Ussa hesitou. Era uma oferta melhor do que a esperada. *Mas seu povo, acredito, ficará a salvo.* Ele poderia confiar nesse San'Shyuum?

Mas não importava. Não podia se render. Esse era o ponto.

– Eu entrei nesta batalha por inúmeras razões, mas a principal, Mken, era a de nunca render os Sangheili.

– Mas os Sangheili são capazes de... paz? Têm de ser! Se não fossem, sua espécie teria sido destruída há muito tempo. Há milhares de Sangheili aqui, nesta frota, ansiosos para vê-los punidos... Pois você traiu a paz deles, o juramento solene do Tratado de União. A maioria dos que entrarão na batalha, se eu autorizá-la, serão Sangheili.

– Eles não são Sangheili de verdade. *Nós* somos, e mantemos a paz, contanto que ela não envolva capitulação. Podemos concordar em retirada mútua, você e eu, e iremos para outro lugar. Assim haverá paz.

– Não posso lhe oferecer isso, não podemos nos retirar. Mas posso prometer que, se liberar seu povo, permitindo que voltem a Sanghelios, vou utilizar toda minha considerável influência para que sejam bem tratados e possam retomar suas vidas no mundo natal Sangheili. E você permitirá sua captura, não há necessidade de ser uma capitulação simbólica. Você e sua companheira. E serão submetidos à justiça do Covenant.

– E serei executado.

– Ou talvez possa lutar até a morte em uma arena. É algo que acontece, acredito, em Sanghelios.

Ussa simplesmente não podia confiar no San'Shyuum – mesmo que esse fosse, talvez, sincero.

– Quando você fez a proposta, disse que tentaria obter permissão. É um modo perspicaz de se colocar! Mas sabemos que é improvável que consiga.

Prevejo meu povo sendo *exterminado* se eu... me permitisse ser capturado, como você sugeriu.

– Eu não sou um Hierarca, mas tenho influência. Faria de tudo sob meu poder para que seu povo não fosse prejudicado.

– O Covenant em Sanghelios os consideraria um risco para a segurança. Não permitiriam isso. Eu conheço meu povo... ou aqueles que já foram meu povo. Cada um de nós seria executado. E os San'Shyuum provavelmente fariam a mesmo suposição.

Então foi a vez de Mken hesitar. Ele se ajeitou na cadeira antigravidade e admitiu:

– Não posso discordar da lógica, mas... todos podem ser persuadidos.

– Não posso confiar meu povo ao seu. Ou mesmo a meus semelhantes em Sanghelios.

– Se você não se render, todos vão sucumbir. Sua melhor chance é confiar em mim.

– Não posso falar por todos... Creio que a maioria se submeteria a voltar a Sanghelios, se eu assim pedisse. Não tenho certeza se preciso fazê-lo. Estou duvidando, Mken, que possa nos destruir com tanta facilidade, a não ser que esteja disposto a acabar com o maior repositório de relíquias sagrados que jamais encontrou.

Mais uma pausa de Mken, puxando pensativamente uma de suas barbelas.

– Até onde sabemos, não há relíquias aí dentro. Pode ser totalmente vazio.

– Você sabe que não... Não teria chegado aonde chegou sem certo conhecimento dos Forerunners.

– Ninguém – garantiu Mken – realmente entende os Forerunners. Supor que os compreendemos é equivalente a uma heresia.

Ussa inclinou-se para a frente em seu trono kaidon e apontou um dedo para Mken.

– Digo-lhe que este lugar está repleto de segredos Forerunners. E isso é um aviso! Se não bater em retirada... se nos atacar... vai destruir tudo o que existe aqui! E quem será o culpado? O Profeta da Convicção Interior!

O San'Shyuum emitiu um som baixo semelhante ao gorgolejo de um riacho estreito. Talvez fosse divertimento... ou desprezo.

– Pode ser que sim, Ussa. Mas você, que se rebelou para proteger o modo de vida Sangheili com artefatos sagrados, possui, de fato, a convicção para destruí-los?

– Acredita que nos rebelamos por isso? Agimos assim porque os Sangheili não devem se rebaixar aos San'Shyuum. E o Covenant é baseado em estupidez. *A Grande Jornada*. Onde está sua prova de que essa Jornada é possível para qualquer um, exceto os Forerunners? Acreditamos que as relíquias sejam preciosas e sagradas, mas nós as usamos bem aqui, neste mundo. É pela liberdade, pela independência de nosso povo que lutamos, Mken!

Mken pareceu abalado pela zombaria blasfema. Porém, decidiu que não era o momento de começar uma discussão teológica.

– Se é por liberdade que luta, então deixe que seu povo lute por ela em Sanghelios. Você vai morrer sabendo que eles teriam uma chance de serem livres lá.

– Agora, Mken, você está tentando me enganar. Você mesmo admitiu que não pode garantir isso. Não, não vamos barganhar com você.

Mken fez uma pausa e depois falou:

– Vou dizer algo agora e não me importo quem ouça. Por que acha que falo assim com você, Ussa 'Xellus? Vou lhe dizer a verdade: é porque o *admiro*. Você sempre encontrou o próprio caminho, seguindo suas crenças sinceras. Lutou bravamente, evadiu com perspicácia, com premeditação e sabedoria. Você é grande! Gostaria que tivéssemos a mesma grandeza no Covenant. Você é maior, de sua maneira, que qualquer San'Shyuum que conheço. Não mentiria a alguém como você.

Ussa ficou surpreso. Mas, como Mken, ele não conseguia julgar sinceridade de outras espécies sencientes. *Pelas ações os conhecerá*, dizia uma antiga máxima Sangheili. Sem provas, ele não saberia dizer se esse San'Shyuum estava sendo honesto. Devia assumir que os votos de admiração de Mken eram apenas lábia, tentando manipulá-lo.

– Não posso confiar em você, não importa quantas palavras suculentas utilize, Mken. Digo que, se nos atacar, e se acreditarmos que não podemos vencer a batalha... venceremos de todo modo. Mesmo que isso signifique nossa destruição, e deste mundo e de tudo que há nele... Mesmo que causemos ruína a nós mesmos!

– Não posso simplesmente remover a frota, Ussa. Os Hierarcas me enviaram para que eu o leve como prisioneiro a julgamento... ou para que eu o destrua. Eu me reporto ao Covenant. Supondo que você seja capaz de tal feito... Não, isso é inimaginável. Deve haver uma alternativa.

– Ofereço-lhe isto então: se bater em retirada, lhe entregaremos relíquias deste mundo, maravilha atrás de maravilha, cortesia dos Forerunners. Uma de cada vez. Algumas a cada circuito deste mundo em volta do sol.

Mken pareceu refletir. Por fim, falou:

– Não creio que os Hierarcas aceitem tal acordo. Sentiriam que o Covenant teria sido passado para trás por um pequeno grupo de rebeldes. Se a notícia se espalhasse... Não, isso não poderia ser tolerado. E eu não conseguiria persuadi-los a confiar em você. Nem os Sangheili.

– Então, chegamos ao fim. Não podemos confiar em vocês, e não podem confiar em nós.

– É o que parece. No entanto, eu *confio* em você, Ussa. Você irradia integridade. São os *outros* que não confiam. Preciso pedir uma última vez: renda-se, pelo bem de seu povo.

Ussa rangeu as mandíbulas.

– Meu povo acabaria torturado e executado nas mãos do Covenant! E estou farto desta discussão. Não há saída. Você não pode atacar este mundo sem destruir incontáveis relíquias. Se tentar invadir... nós iremos destruí-las. E todos os invasores com elas. Bias! Finalize a transmissão!

E o holograma foi desligado. Mken 'Scre'ah'ben desapareceu... e Ussa 'Xellus nunca mais o viu.

Porta-aviões Covenant *Pacto de Santidade*
Orbitando o Refúgio, um mundo defensivo e outrora inexplorado
850 AEC
A Era da Reconciliação

– Você tomou o cuidado de ativar o campo de invisibilidade, Trok? – perguntou Mken.

Eles estavam no centro de comando da *Pacto de Santidade*, acima e atrás da ponte da nave. Era uma sala ampla e baixa, um semicírculo emoldurado por displays e holoprojetores. Diversos oficiais de comunicação estavam parados em seus postos, aguardando ordens e observando atentamente as telas com informações que não compreendiam muito bem: o mundo diante deles era sinistramente misterioso.

– Sim, Eminência – respondeu Trok 'Tanghil, olhando para Vil 'Kthamee, atrás de Mken. – No entanto, parece que fomos rastreados o tempo todo. O dispositivo inteligente utilizado por Ussa 'Xellus pode conter tecnologia Forerunner para enxergar através de nossos campos de invisibilidade. Mesmo assim, desembarcamos trezentos Sangheili e seis Sentinelas, com cem Sangheili e dois Sentinelas em cada um dos três pontos... Aqui, aqui e aqui... – Ele apontou em um esquema do que já era conhecido desse mundo, providenciado pelos escâners e, até certo ponto, pelo conhecimento limitado de Salus 'Crolon. – Encontramos a entrada onde ele sugeriu, mas me preocupa não termos sido atacados ao desembarcarmos...

– Sim. É preocupante. E onde está o desgraçado Salus 'Crolon?

– Ele foi junto, a fim de guiar as tropas até o Ponto Um. Parecia bem relutante.

– Sem dúvida. – Mken pigarreou e refletiu. – Se estão nos rastreando, pode contar que estão esperando pelo momento certo. Pelo terreno adequado para nos atacar. O Covenant será encontrado por tropas rebeldes...

– Olhe! – Trok apontou a imagem tridimensional, em que círculos vermelhos pulsavam e expandiam. – Começou! Contato com o inimigo! 'Tskelk, qual é o relatório do Ponto Um?

'Tskelk, o oficial de comunicações Sangheili à direita de Mken, parecia conversar com seu holodisplay. Após alguns momentos, respondeu:

– Há resistência dura no Ponto de Entrada Um. Parece uma armadilha! Não consigo ter certeza pelo relatório de que...

– Chega – ordenou Mken. – Quero ouvir... E ver, se houver sinal visual.

– Será feito, Eminência.

A imagem transmitida apareceu rapidamente, turva pela movimentação: uma visão tridimensional irregular, aparentemente filmada pelo capacete de alguém. Mken viu os rifles de plasma expulsando jatos de energia e lâminas de energia queimando e rasgando o perímetro.

– Esperaram até que passássemos pelo nível exterior e então vieram por três lados! – disse um Sangheili sem fôlego.

Mken viu Salus 'Crolon correndo na direção da câmera.

– Eles estão atrás de mim! Me viram! Vamos recuar para um ponto seguro! Rápido!

Então, três Sangheili ussanianos convergiram sobre 'Crolon. Eles usavam as cores de Ussa sobre o peito; aparentemente, era a imagem do mundo defensivo, ao lado de Sanghelios. Brandiram as lâminas de energia, retalhando-o até que se transformasse em pedaços quentes e fumegantes.

– Acabou-se Salus 'Crolon – murmurou Trok.

O soldado Elite Covenant transmitindo a imagem atirava flashes azuis e quentes de sua arma nos rebeldes, que surgiam e vinham em sua direção. Ele arfou um relatório ao atirar:

– Não há muitos deles, mas são agressivos e efici... – Não terminou a frase. O golpe de uma lâmina de energia o impediu. A imagem se desfez.

– Podemos enviar mais novecentas tropas, Eminência – disse Ernicka.

– Sim, é melhor se...

Então, outra imagem surgiu: Ussa 'Xellus em pessoa, com fumaça subindo a seu redor e gritaria ao fundo, segurando um rifle brilhante em suas mãos.

– Você! Profeta da Convicção Interior! Está aí? Não consigo vê-lo... Mas certamente você me vê!

– Sim, eu o vejo! – declarou Mken, intrigado. – Pode me ouvir?

– Sua voz vem muito baixa. Quero dizer que previ que enviaria reforços esmagadores. Seguramos o Covenant por enquanto, mas isso não pode continuar. Por essa razão, estou dando a ordem. Este planetoide será perdido para sempre! Ninguém que permanecer aqui sobreviverá. Estou dando a suas forças a oportunidade de baterem em retirada... *Não* de se renderem. Embarque todos! Senão morrerão. Chega de negociações!

E então Ussa desapareceu.

Todos os Sangheili encaravam Mken, pensando qual seria a ordem, e sem ousar darem um conselho sequer.

– Ordene uma retirada, com os feridos! – disse Mken firmemente. – De volta às naves de pouso. Deixe três Olhos para observação e para que mandem todas as informações que puderem. Então, prepare outras seiscentas tropas para o segundo estágio da invasão...

– Será feito de acordo com seu comando, Eminência – disse Trok.

Trok repassou as ordens, enquanto Mken contemplava se essas tropas adicionais seriam necessárias. Suspeitava que não. Toda a pesquisa sobre Ussa 'Xellus mostrava que o líder rebelde era capaz de piedade incomum para um Sangheili, a característica de um grande ser senciente. Na verdade, o único erro de Ussa foi justamente exagerar na piedade: tolerar Salus 'Crolon, ao mesmo tempo em que devia saber que o Sangheili era um problema.

Minutos se passaram, então Trok anunciou:

– Os direcionadores das três tropas estão a caminho... Sem contra-ataques do planeta... Isso é surpreendente... Eles parecem mesmo permitir a retirada...

– Não é surpreendente – murmurou Mken. – São ordens de Ussa.

Os Olhos mandavam imagens de dentro do mundo defensivo onde, também, não encontravam resistência.

Mas também não havia sinal do povo de Ussa.

Os Olhos procuraram e procuraram, enviando imagens tentadoras de artefatos e relíquias Forerunner. Não havia nada exceto corredores vazios, salas cheias de artefatos misteriosos e uma enorme área aberta, uma espécie de jardim, onde criaturas aladas desconhecidas por Mken revoavam.

E então aconteceu. As paredes pareceram brilhar... e derreter. Ondas de calor abateram os Olhos, e os sinais remotos de cada um desapareceram. A imagem pretejou.

– Mostre-me o mundo por inteiro – ordenou Mken. Enquanto a imagem do planetoide coberto por metal apareceu em três dimensões flutuando acima deles, ele continuou: – E ordene a frota: retirada completa, afastar-se, mas manter-se dentro do sistema, de prontidão, frente a frente com o inimigo. Fiquem a uma distância segura, a que julgarem adequada, Trok. Mas perto o suficiente do planeta para que ainda possamos vê-lo.

Conforme se afastavam, o mundo defensivo diminuiu, encolhendo para o que parecia um quarto de seu tamanho.

E então apareceram as rachaduras.

Eram como costuras, na verdade, brilhando de dentro do planeta, azuis em alguns pontos, vermelhas em outros. Os segmentos curvos e precisamente ajustados que compunham o Refúgio se separavam uns dos outros, expulsando um brilho fantástico de energia pelas fissuras, e luz se estendia do planetoide como raios cortantes da aurora. Metal derretido vazava das costuras, que se ampliavam na armadura do planeta, como meteoritos ao contrário, cuspidos para o espaço, e o planetoide reluzia com esse jorro de energia quente.

O metal derretido logo se tornou uma nuvem borbulhante de minerais, gotículas de metal e gás cáustico em volta do mundo defensivo. Lá, Mken presumiu, os Sangheili rebeldes morriam. Ou melhor, já estavam mortos.

– Oh, pela Jornada – murmurou Mken. – Ele o fez. Está destruindo todas aquelas vidas... E todas as relíquias. Tudo.

Como se houvesse escutado suas palavras, o planetoide confirmou o lamento de Mken e explodiu. A bola de fogo turbulenta se tornou uma névoa irregular e expansiva de fragmentos em chamas, e segmentos do planetoide giraram para o vazio.

– Ninguém, nem nada, pode ter sobrevivido a isso – comentou Vil 'Kthamee, com a voz rouca.

– Você tem razão – concordou Mken. – As relíquias... os rebeldes. Tudo se foi. Aniquilados. E a que custo...

– Eminência, fragmentos do planeta estão girando em nossa direção e são altamente voláteis – avisou 'Tskelk. – Estou recebendo notícias de colisões significantes de resíduos em toda a frota!

– Fale para que tomem ação evasiva – disse Mken.

Mken foi até a ponte para consultar-se com o subcapitão. Mas a frota não tinha sido prejudicada. O mundo defensivo tinha se desfeito em fragmentos flamejantes, que se juntaram ao cinturão de asteroides mais próximo.

Observando os monitores, ao pesquisar a área depois do auge da explosão planetária, Mken notou que dúzias de formas grandes, distintas e metalizadas foram distribuídas ao longo da área. Mken esperava encontrar alguma nave de fuga, ao menos algum sinal de vida. Certamente Ussa 'Xellus havia preparado algo. Teria de fato sacrificado a si mesmo e seu povo em troca de sua honra? Eles devem ter pensado melhor, estariam ali, em algum lugar.

Mas Mken não percebeu traço algum de movimento consciente. Fragmentos giravam, chamas surgiam quando gases queimavam, vindos do planetoide rompido. Seriam aqueles ciscos incandescentes os Sangheili em chamas, suas vidas sendo extintas? Ele não tinha certeza. Mas os fragmentos do planetoide brilhavam com uma radiação que sugeria a impossibilidade de vida.

No entanto... poderiam não estar tão inertes quanto pareciam. As partes metalizadas dentro dos destroços em chamas pareciam seguir para um ponto mais seguro no vazio do espaço. Movimentos muito, muito sutis sugeriam expansão seguindo trajetórias definidas. Talvez...

– Senhor? – chamou Trok 'Tanghil, ao ficar ao lado dele. – Devemos continuar a vigilância?

Talvez essa fosse a decisão racional. Talvez não. Mas Mken a tomou rapidamente.

– Não. Ordene que a frota retorne a High Charity. Prepararei meu relatório. Suspeito que não será bem-recebido... principalmente por Excelente Fragrância. Mas Ussa 'Xellus se foi. É o que importa.

Mken virou-se e pensou no que tinha dito. Se sua suspeita estivesse correta, seria agora um traidor?

Mas ele não tinha prova alguma.

Então, talvez fosse melhor deixar o círculo quebrado girar em frente, imaculado, avante no espaço, para além da vista.

Se Ussa 'Xellus ainda estivesse vivo, o Covenant provavelmente nunca mais teria notícias dele.

E Mken tinha uma vida a viver. Tinha Cresanda para quem retornar. Então, por que procurar problemas?

Dentro do Círculo Quebrado
Salão Estratégico
850 AEC

Os transportadores de carga não estavam à vontade, mas cumpriam sua tarefa: mantinham Ussa 'Xellus, Sooln, Tersa, Lnur e os demais estáveis dentro da maior seção do mundo defensivo desfeito. As paredes giravam nauseantemente ao redor deles; vento, gerado pelas voltas dos segmentos, batia e revoava. As luzes piscavam, mas corajosamente emitiam brilho a maior parte do tempo. Ernicka, o Retalhador, parecendo muito nauseado, segurava os lados do formato de caixa vazia do transportador. Dúzias de outros transportadores de carga carregavam centenas de outros ussanianos.

Enduring Bias sobrevoava acima, falando alegremente sozinho de como o experimento seguia e dos resultados positivos. Relatórios de status eram feitos na estranha língua dos Forerunners. Toda a radiação perigosa emitida era redirecionada para fora e bem longe dos Sangheili.

– Grande Ussa, ainda estamos vivos! – disse Tersa, como se estivesse surpreso. Ele se segurava nos lados de um transportador.

– Você está admirado? – perguntou Ussa. Mas ele mesmo estava bastante nauseado, torcendo para que os giros e os solavancos daquela seção do mundo desconstruído desacelerassem e parassem, conforme o planejado. – Bias! Por quanto tempo ainda teremos de enfrentar tanto movimento?

– Até que a frota vá embora. Depois, darei o comando para os campos de estabilidade – respondeu a Voz Voadora.

– Quanto do Refúgio perdemos? – perguntou Lnur.

– Uma boa quantidade – respondeu Enduring Bias. – Mas tudo de acordo com o previsto pelos Forerunners. Eles se preocuparam em projetar um lugar que enganasse o Flood, mesmo que parte do parasita sobrevivesse à Grande Purificação.

– Você restaurou partes de sua memória? – perguntou Sooln. – Essa informação parece nova.

– O que parece novo? – perguntou Enduring com curiosidade.

– O que você disse sobre... o Flood? O que é isso?

– Eu falei algo sobre o Flood? Oh. Eu tive esses intervalos, esses lapsos... Como impulsos de história perdida surgindo e depois se desfazendo... Me pergunto quanto tempo será que ainda durarei...

– Nós precisamos de você – lembrou Ussa. – Precisamos que coloque as coisas na órbita correta. Que posicione o círculo em torno do sol, dentro do cinturão de asteroides para que o Covenant nunca nos encontre, para que possamos viajar entre os segmentos. Faremos uma nova colônia, como os Forerunners previram... Mas precisamos de você para tal.

– Espero ser útil – disse Enduring Bias. – Mas o serei apenas enquanto puder, não mais. Entropia afia a flecha do tempo, que voa ainda mais rápido para mim.

– A Voz Voadora está mesmo começando a soar meio avariada – murmurou Lnur.

– Vamos conseguir – assegurou Ussa. – Tenho uma visão de como tudo irá funcionar. As partes derretidas do planetoide nos escondem e, solidificadas, camuflam os segmentos da colônia. Estaremos seguros aqui. Os verdadeiros Sangheili aumentarão em número e força. Aprenderemos a domar o poder dos Forerunners. E aqueles que nos seguem um dia irão tomar Sanghelios de volta.

PARTE 2

Um convite para a dança do caos

CAPÍTULO 15

Do Profeta das Notas da Claridade sobre a História do Covenant
Um relato que não deve se tornar público até
o falecimento do Profeta da Claridade
Composto em 2552 EC
Originalmente escrito na língua dos San'Shyuum

... e então, de forma imperceptível porém decisiva, a Era do Descobrimento chegou ao fim, com o entendimento de que os Grandes haviam deixado rastros para que seguíssemos, pistas para a Grande Jornada, uma busca que levaria os fiéis a uma transfiguração impressionante, permitindo ascensão ao nível do divino e reunificação com os Grandes, aqueles que também chamamos de Forerunners.

Mas a Era da Reconciliação, precedente à Era do Descobrimento, surge à mente deste escritor, pois a Reconciliação foi a época do Pacto de União, representando um fim para o conflito entre os San'Shyuum e os Sangheili. É verdade, conforme reportado pelos escritos secretos de meu ancestral, o Profeta da Convicção Interior, que houve uma rebelião de curta duração e um expurgo violento em seguida, no evento que hoje chamamos simplesmente de Ruptura; uma certa facção Sangheili, liderada por Ussa 'Xellus, tentou fomentar a resistência ao Pacto e, consequentemente, ao Covenant. É dito que ele e seus seguidores foram aniquilados por um enorme e blasfemo ato de suicídio coletivo, com a destruição deliberada do planetoide que chamavam de Refúgio, que suspeitamos ter sido um mundo defensivo construído pelos Grandes. Esse foi o fim da resistência Sangheili inicial. Daí em diante, a raça guerreira tornou-se executora da vontade do Covenant. Assim se seguiu o começo dos

Sangheili, a quem chamávamos de Elites, do Alto Conselho de Sangheili e San'Shyuum, e o início de uma grande construção: a criação de um lar, nesse mundo que é hoje High Charity: uma Cidade Sagrada, livre para se movimentar pelo vazio; um mundo e um poder, criado ao redor da keyship dos Grandes e a partir de terra sagrada derivada do próprio Janjur Qom, trazendo a piedade da libertação aos convertidos em toda a galáxia. Assim foi a Era da Reconciliação, a verdadeira semente da Era da Conversão.

A nova Era foi provida com a adaptação de todas as outras espécies sencientes com que tivemos contato, na conversão por meio da dominação da própria revelação e, quando necessário, da conquista.

Entres os mais difíceis de converter estiveram os formidáveis Mgalekgolo (também conhecidos como Caçadores) dos anéis da gigante gasosa Te. Essas criaturas, moldadas por princípios diferentes da maioria, eram vermes sencientes com uma mente coletiva capaz de aglomerar pequenas colônias, transformando-as em seres guerreiros. Por fim, conforme os murais nos relatam, diante de uma possível extinção, eles foram domados, submetendo-se, pois, ao Covenant.

Os Yanme'e voadores, chamados simplesmente de Drones por alguns, possuem uma organização social em colmeia, de eussociabilidade e separada por castas, cada uma designada com uma tarefa e todas sujeitas ao desejo da rainha matriarca. São insetoides, porém grandes, como muitas criaturas do Covenant. Foram dominados em seu planeta, Palamok, e uma convocação das Rainhas da Colmeia consignou seus Drones a nosso serviço

Os Kig-Yar foram os próximos a serem incorporados ao Covenant. Essas criaturas de focinho longo, dentuças e cristadas são uma mistura de bestialidade e civilização. Foram encontrados na lua Eayn, que orbita o planeta Chu'ot. São ao mesmo tempo ferozes e covardes, selvagens e assustadiços. No entanto, alguns são atiradores eficientes e, após atraídos ao Covenant, demonstraram-se leais, embora por vezes briguentos com os Unggoy e outros.

De Balaho vieram os pequenos Unggoy – os Soldados do Covenant –, que respiram metano. A meu ver (e ouvir), são um misto de espertos e caricaturescos. Foram dominados após pouca resistência, de início. Após certo tempo, contudo, houve uma rebelião, e às vezes ainda demonstram um surpreendente espírito de independência. Mas estão entre os mais devotados seguidores da

Grande Jornada, sacrificando-se em grandes números no campo de batalha, tão prolíficos que parece sempre haver mais deles prontos a se jogarem no altar da guerra.

Em seguida, do planeta com três luas, Doisac, vieram os grandes e brutos Jiralhanae. Lutadores ferozes, suas guerras os reduziram de uma civilização superior a uma em constante dificuldade, com tecnologia antiquada. Dessa forma, sua resistência ao Covenant durou pouco. Acrescente-se a isso que esses seres pareciam ter um desejo frustrado por significado teológico e, assim, rapidamente adotaram o culto aos Grandes, seguindo o Caminho da Grande Jornada. São como primatas carnívoros crescidos em excesso, às vezes dados a comer a carne dos inimigos derrotados. Massivamente musculosos e andando pesadamente sobre seus pés com dois dedos, essas enormes criaturas, conhecidas agora como Brutos, tendem a constantes disputas e à megalomania. E, embora sejam muito úteis na batalha, especialmente em combate corporal, são conhecidos por debochar às escondidas de outros membros do Covenant – exceto dos San'Shyuum, graças aos Grandes, por quem possuem adoração. Parecem ter um desprezo especial pelos Sangheili e pelo alto posto que os Elites obtiveram. Na verdade, não confio muito neles. Pode ser que...

(Aqui, o texto está danificado, interrompido. A seguir, continua:)

... a guerra com os humanos seguiu bem na maior parte, embora os últimos eventos tenham tomado uma guinada inquietante.

Destruímos muitos de seus mundos coloniais sem perdão ou trégua desde o começo, tendo descoberto suas colônias antes que eles nos descobrissem. A descoberta deles foi por acaso, pelos modos predatórios de uma nave missionária Kig-Yar, quando chegaram a um mundo chamado de Colheita pelos humanos.

Sinais consistentes com presença Forerunner foram detectados ali, mas nenhum artefato intacto foi encontrado. Os Hierarcas concluíram que os humanos haviam destruído sacrilegamente as relíquias sagradas. Após violência ter irrompido entre emissários do Covenant e os humanos, os Hierarcas decidiram, por razões desconhecidas por mim, que os humanos eram perigosos e hereges, precisando ser completamente exterminados. Foi declarada a guerra aos vermes humanos, sob alegação de que estes estavam dispostos a profanar vestígios Forerunner. Apenas comentarei que, curiosamente, outros membros do Covenant, quando descobertos, também haviam sido considerados perigosos e hereges. No entanto, todos tiveram permissão para se juntarem a nós.

Após uma furiosa batalha, o planeta Colheita foi submetido a um bombardeio de plasma e vitrificado, não antes que muitos humanos pudessem escapar. Mais colônias humanas foram encontradas e destruídas. No entanto, por muitos ciclos não fomos capazes de localizar seu mundo natal, que ficamos sabendo chamar-se Terra.

Ciclos solares de guerra seguiram-se conforme lutávamos, passando de uma colônia humana para outra e derrotando-as. Por vezes, tivemos perdas terríveis, mas os humanos venceram apenas um número esparso de batalhas. Éramos uma força invencível, passando por cima dessa civilização, que parecia ao longo do tempo ter incorporado enormes e impressionantes porções da galáxia.

Então, chegamos ao planeta que chamavam de Alcance, que supúnhamos ser o berço de sua civilização, seu mundo natal. Não era. Embora o planeta tenha sido, por fim, vitrificado, os eventos que se seguiram colocaram a guerra em uma nova e alarmante direção.

Uma nave humana, em fuga do planeta Alcance em chamas, chegou ao primeiro Anel Sagrado. Nossa Frota de Justiça Particular seguiu os humanos para o que agora sabemos ser o Halo Alpha, descobrindo-o quase ao mesmo tempo. Uma grande batalha foi travada no Anel Sagrado, e ele foi destruído.

A destruição do Halo feriu nossas esperanças. Todos sentimos a perda com um luto profundo e ressonante.

Há ainda o sonho de encontrar. Talvez algum dia encontremos outros Anéis – mas a esperança de fazê-lo em meu tempo de vida não existe. Enquanto isso, os humanos continuam a criar obstáculos à Grande Jornada...

(Interrupção ao texto devido a danificações.)

... então, dada nossa disposição a incorporar outras raças dentro do Covenant, sempre fiquei intrigado, em segredo, pela recusa irredutível dos Hierarcas em oferecerem aos humanos e a suas colônias um lugar adequado dentro do

Covenant, mesmo que fosse apenas para cessar o derramamento de sangue sem fim. Em vez disso, os humanos foram declarados como hereges pelos Hierarcas, como uma afronta à missão sagrada do Covenant. Seria pela energia deles e por seu expansionismo, que poderiam talvez torná-los concorrentes pelos Anéis Sagrados? Mas por que não poderiam os humanos, como os Sangheili há tanto tempo, tornar-se aliados na busca da Grande Jornada? A engenhosidade deles poderia ser extremamente valiosa para nós. No entanto, agressão sempre foi nossa primeira reação aos humanos.

É loucura escrever isto! Mas dentro de mim está a semente de séculos de historiadores. Trabalhei como engenheiro de comunicações; recentemente, fui promovido a supervisor de muitos pelotões de combate. E agora estou sendo considerado como auxiliar de um Hierarca, o Alto Profeta da Verdade. Mas o profundo desejo pela verdade e pelo conhecimento, por tomar registro dos feitos dos San'Shyuum na galáxia, está em meu sangue, em minha alma. Sempre busquei a claridade, vide o nome que escolhi para mim.

Mesmo assim, corro um risco tremendo ao escrever estas palavras, tão hereges que elas soam. Dessa forma, como meu ancestral Mken 'Scre'ah'ben fez com suas notas, eu as manterei em segredo, pelo menos por enquanto.

High Charity
Os Jardins Suspensos
2552 EC
A Era da Recuperação

Zo Resken, o Profeta da Claridade, usava seu cinto antigravidade para caminhar com companhias pouco usuais nos Jardins Suspensos. Ele era um San'Shyuum relativamente jovem e não ocupava um posto muito alto; assim, era estranho vê-lo associado àqueles dois Sangheili a seu lado. Algo incomum, mas não inédito. Mesmo assim, se alguém notasse, assumiria que os Elites eram para sua proteção pessoal. Aqueles Elites, no entanto, eram muito mais que isso: G'torik 'Klemmee era um comandante importante, e Torg 'Gransamee, um Alto Conselheiro. Torg era considerado tio de G'torik, de acordo com o costume Sangheili... embora muito provavelmente fosse, na verdade, seu pai. Ao menos era o que Claridade acreditava.

Zo olhou ao redor, incapaz de apreciar a vista espetacular de High Charity a partir dos Jardins Suspensos. Ele estava preocupado demais com possíveis ouvintes hostis. Dois Jiralhanae entediados patrulhavam com passadas pesadas em uma plataforma ao longe; eram figuras avantajadas e armadas com baionetas, armas nativas deselegantes, malvistas pelos Sangheili, mas permitidas em pequenos números. Alguns poucos Unggoy anões trabalhavam nos jardins abaixo e pareciam discutir com um focinhento e dentuço Kig-Yar. Não havia ninguém perto o bastante para ouvi-los, e nem drones de vigilância à vista.

Zo, G'torik e Torg foram até os jardins para conversar, pois os espaços ao redor eram amplos; a vegetação, as flores e os lagos, as pedras habilmente arranjadas, formando plataformas altas ligadas por pontes de gravidade: ninguém ali ouviria a conversa.

– Como você sabe, o Halo Alpha foi destruído – falou Zo Resken com a voz triste, quando pararam ao lado de um lago. Algo dourado e com barbatanas se remexeu na água, como um pensamento iluminado em uma mente sombria. – Por um tempo, alguns pensaram se esse seria o julgamento dos deuses. Se não seríamos dignos dos Anéis Sagrados. Certa vez, há milênios, um único Dignitário foi encontrado. Ele poderia ter mudado tudo para nós, mas foi perdido. E acreditou-se que essa perda também tivesse sido um sinal de nosso desmerecimento... – Decidiu não dizer mais nada sobre o Dignitário que o Profeta da Convicção Interior havia encontrado no mundo natal de Janjur Qom. Ainda não estava pronto para discutir os escritos secretos de Mken com ninguém do Covenant.

– Na minha opinião – grunhiu o ancião Torg 'Gransamee –, se foi desmerecimento o que nos custou o Halo Alpha, não foi do tipo espiritual, mas militar.

– Talvez não caiba a nós afirmar isso – disse G'torik com gentileza, lembrando ao tio que conversavam com um Profeta.

– Não se preocupem, podem conversar abertamente comigo – falou Zo suavemente, olhando ao redor outra vez. – É justamente por isso que estamos aqui. Para discutirmos abertamente nossas alianças.

Pensativo, Zo olhou para o alto e notou dois San'Shyuum profundamente concentrados flutuando em cadeiras antigravidade bastante espalhafatosas. Ambos possuíam traços juvenis, com a protuberância nasal, os olhos mais próximos, o queixo mais acentuado e pescoço mais curto. Ele tinha ficado um pouco assombrado ao ver humanos pela primeira vez, pois lhe lembravam os jovens de sua própria espécie.

Ambos, porém, viraram em uma esquina. Zo ficou então observando uma pequena revoada dos angulosos Yanme'e – uma espécie de inseto gigante, com asas transparentes e extremamente rápidas – e depois permaneceu olhando o campo transparente acima, que mantinha a pressão atmosférica em High Charity. Em um display pessoal que havia trazido consigo, abriu imagens de sensor capturadas do que restou do Anel Sagrado e pode ver o campo de destroços dos restos do Halo, girando: um vasto mar rodopiante de fragmentos e líquidos, de solo e metais, de corpos do Covenant e pedaços desses corpos, de máquinas que nunca seriam totalmente compreendidas. Relíquias sagradas – e uma das maiores já encontradas, o Anel Sagrado em si –, agora destruídas. A visão era como um enorme punho pesado pressionando seu coração. High Charity, o grande hábitat, que também atuava como uma gigantesca nave de exploração espacial, tinha sido posicionado no local por pouco tempo até que outra descoberta balançou o Covenant: Halo Delta. Parecia quase inconcebível que outro Anel Sagrado fosse descoberto em tão pouco tempo. Tanta dor misturada ao novo júbilo era quase demais para Zo. Mas, quando High Charity chegou ao novo Anel, surgiu a notícia de que outra catástrofe havia acontecido: um assassinato na alta cúpula.

– E agora – continuou G'torik –, o Alto Profeta do Arrependimento foi morto... assassinado pelo Demônio no Halo Delta. – Foi a vez dele de olhar ao redor com nervosismo antes de prosseguir: – Talvez com a ajuda de alguém...

– Mas Arrependimento se arriscou – disse Zo, mudando o display para o espaço atual do lado de fora de High Charity, onde a imensa faixa de Halo Delta surgia na direção da nave. – Talvez fosse ambição, talvez zelo sagrado, mas ele não consultou os outros Hierarcas antes de levar quinze naves de guerra para buscar a Arca...

A Arca era talvez a maior criação dos Forerunners, um artefato inconcebivelmente gigante em forma de estrela, maior que muitos mundos, capaz de ativar todos os Halos, em toda parte, e assim começar a Purificação para a Grande Jornada pela galáxia. E também, de acordo com a lenda, era o refúgio final dos Forerunners durante a grande batalha contra o parasita conhecido como Flood.

E Arrependimento de alguma maneira descobriu o portal para a Arca – exatamente *como*, ninguém soube. Mas, quando ele chegou com a Frota da Sagrada Consagração ao portal, rapidamente descobriu que aquele era o planeta berço dos humanos. Era o mundo chamado Terra.

Os humanos eram perigosos... e numerosos.

Zo acrescentou amargamente:

– Arrependimento fugiu de modo caótico para o Halo Delta... e desajeitadamente permitiu que humanos o seguissem. Incluindo o Demônio. Foi ele quem matou Arrependimento...

Zo tinha muito respeito pelo Alto Profeta do Arrependimento... mas quem não esbravejaria com ele após essa imprudência?

– O Demônio também pereceu? – perguntou G'torik.

– Nenhum corpo foi encontrado. Alguns dizem que é provável que ele tenha sido morto quando queimamos o local dessa traição.

– Nós já nos arrependemos por termos subestimado aquele antes – disse Torg. – Eu mesmo nunca pensei que uma coisa daquela pudesse morrer.

– O que você disse agora há pouco? – murmurou Zo, olhando para ver se os Jiralhanae não estavam próximos. – Alguém pode ter ajudado o Demônio?

– Talvez aberto a porta para o assassino – sussurrou G'torik. – O que se fala entre os Elites que estavam lá é que centenas de novas tropas chegaram em Phantoms para proteger Arrependimento. Reforços que poderiam ter salvado o Alto Profeta! Mas os Phantoms bateram em retirada antes que as tropas descessem. E a ordem veio de...

Ele parecia hesitante em dizer o nome. Mas estavam reunidos ali por conta da conexão de Zo com aquele que provavelmente dera a ordem: Ord Castro. Mais conhecido como Alto Profeta da Verdade.

– É o que dizem – acrescentou Torg. – Por que ele fez isso, Profeta?

Por quê, mesmo? Zo se encolheu internamente, pensando. Havia algo tão conveniente na perda do Alto Profeta do Arrependimento... Antes, o Alto

Profeta da Verdade precisava dividir o poder com dois Hierarcas... Agora, só restava um outro. Um outro que, em sua senilidade, era obcecado pela contemplação religiosa.

E por que Verdade passava tanto tempo em discussões particulares com Brutos de alto nível como Tartarus? Porém, em voz alta Zo apenas falou:

– Tenho algumas suspeitas. Talvez Verdade tenha tomado em suas mãos a responsabilidade de punir Arrependimento pela expedição audaciosa para a Terra. Há sugestões de outra razão... – Um apito suave soou no comunicador dele. Uma convocação. – Preciso ir... Verdade precisa de mim. Suspeito que Tartarus esteja prestes a chegar.

Zo era o Segundo Administrador do Alto Profeta. O título soava mais importante quando ele foi indicado para a posição. Mas Zo encontrou-se relegado ao papel de um reles assistente. Possivelmente Verdade quisesse Claridade como um apaziguador entre ele e os Elites. Zo tinha sido sortudo o suficiente para presenciar a descoberta do Anel Sagrado – o Halo Alpha – e tinha se dedicado a supervisionar as unidades de combate Elite em suas tentativas de afastar os humanos. Era conhecido por seu bom entendimento com os Sangheili. Tinha acabado de ajudar as tropas a escaparem honrosamente da destruição que se seguiu, quando o Demônio culminou as blasfêmias humanas ao destruir o Anel Sagrado.

E como tudo isso havia sido recompensado? Nomeação para Segundo Administrador.

– Obrigado por conversar conosco – agradeceu Torg. – Os eventos nos deixaram preocupados. E os Elites têm motivos para confiar em você. Contará a nós o que descobrir?

– Não posso prometer nada, mas é o que desejo fazer. – Zo não queria se tornar um espião para os Sangheili. Mas, por outro lado, eles eram seus olhos e ouvidos também. Com a descoberta do Halo Delta logo após o fim trágico do primeiro Anel, parecia razoável solidificar antigas alianças em vez de enfraquecê-las.

E ele possuía suas próprias ambições.

High Charity
O Palácio dos Hierarcas
2552 EC
A Era da Recuperação

Sentado em sua cadeira antigravidade na entrada da câmara de reuniões particulares, o Profeta da Claridade sentia-se nervoso: logo teria de lidar com o chefe dos Brutos, Tartarus. Atrás de si, na sala aos fundos do salão privativo dos Hierarcas, estava o Alto Profeta da Verdade em pessoa.

Zo ainda estava abalado pelo anúncio da morte de Arrependimento. No mínimo, confirmava sua intuição de que Ord Casto, o Alto Profeta da Verdade, era cruel, se certas suspeitas crescentes se mostrassem verdadeiras.

Se Verdade era mesmo cruel, também era minuciosamente cuidadoso. Verdade, como a maioria dos Profetas, confiava quase que supersticiosamente na tecnologia, e Zo supôs que ele não desconfiaria de que alguém tivesse adulterado o comunicador da cadeira dele. Mas havia uma chance de essa suposição estar errada. Verdade poderia ser cuidadoso o suficiente para fazer uma varredura completa.

Zo sentia certo ressentimento por ficar relegado a seu novo posto. Procurava informação, algo que pudesse usar para avançar em seus próprios interesses. Por que ele não poderia ser um Hierarca um dia? Conhecimento poderia significar poder. E Zo possuía certas habilidades tecnológicas: havia começado a carreira como oficial de comunicações, afinal, e naquela mesma manhã havia usado seu conhecimento para implantar secretamente um comando de compartilhamento no comunicador da cadeira de Verdade. Se acionado de forma adequada, seria ligado secretamente e transmitiria diretamente e apenas para Zo as conversas de Verdade, tanto aquelas ao vivo quanto as remotas. Se Verdade descobrisse que o Profeta da Claridade estava na escuta, provavelmente o mataria. Poderia até mesmo usar os armamentos de seu trono para fazer isso com as próprias mãos. Mas, se evidências claras da infidelidade de Verdade à promessa milenar do Covenant fossem descobertas, Zo poderia ser agraciado com oportunidades importantes. Por outro lado, com a partida prematura de Arrependimento, talvez fosse mais sábio simplesmente se candidatar àquela vaga. À luz da descoberta do Halo

Delta e do fim quase certo da resistência humana, assim que o Covenant destruísse a Terra, parecia que a Grande Jornada estava finalmente no horizonte, deixando tais ambições políticas, no mínimo, mesquinhas e até pecaminosas. Mesmo assim, o que estava feito estava feito.

Claridade tentou imaginar como poderia negar responsabilidade se o implante fosse encontrado, mas duvidava que pudessem acreditar nele. Percebeu, somente então, o tremendo risco que corria.

Zo continuava nervoso a respeito da chegada iminente de Tartarus.

A princípio, Claridade tinha sido alocado ali como uma espécie de subalterno salvaguarda entre Verdade e o Baixo Profeta do Comissariado, que havia recebido o controle temporário dos recursos militares da Frota de Justiça Particular. A destruição do Halo Alpha tomou a vida do Comissariado, bem como a da maioria dos outros, e Zo tinha de conviver com a vergonha que todos sentiam pelo que havia acontecido.

Ultimamente, no entanto, Claridade havia se tornado pouco mais que um porteiro. E a maioria dos visitantes nos últimos tempos eram Jiralhanae.

Zo observou ao redor para verificar se tudo estava em ordem. O piso translúcido estava polido; as cortinas, com a imagem de um círculo dentro do qual estava o tracejado do continente de Oth Sonin, o mundo natal dos Jiralhanae, estavam penduradas ao lado do patamar onde Verdade recebia as visitas. As cortinas eram uma concessão, na verdade, uma bandeira de honra para fazer que os Jiralhanae de altos postos se sentissem importantes quando visitassem o lugar.

Parecia supérfluo. O arrogante e violento Tartarus sempre irradiava uma consciência de sua própria importância. Mostrava respeito ensaiado por todos os Profetas, mas parecia se enxergar não apenas como chefe dos Jiralhanae, mas de todos os soldados do Covenant. Fora o Alto Profeta da Verdade quem elevara Tartarus a encabeçar as forças Jiralhanae dentro do Covenant. Portanto, Tartarus demonstrava especial deferência a Verdade. A Zo, porém, o chefe parecia mal conseguir se segurar para não usar seu enorme martelo de gravidade, o legendário Punho de Rukt, no Covenant inferior. Tartarus se mostrava um verdadeiro crente na missão do Covenant – principalmente em sua própria elevação na Grande Jornada. E apenas essa crença absoluta mantinha seu martelo guardado.

Ao ouvir um zumbido, Zo girou a cadeira e ficou levemente aliviado ao ver que se tratava do Alto Profeta da Verdade, cujo trono gemia enquanto ele se aproximava vindo do corredor. Ord Casto vestia a roupa cerimonial completa: o trono antigravidade, o colarinho alto e dourado, o capacete também dourado. Os olhos bem separados com pálpebras pesadas olhavam Zo com crítica, enquanto se aproximava.

Verdade virou-se para ele, inclinando a cabeça ao perguntar, animadamente:

– Ah, Claridade... Confio que tenha sido preciso no protocolo, não é? Apenas como lembrete: é melhor não comentarmos nada dessas reuniões com Tartarus. Como sabe, ciúmes mesquinhos às vezes se infiltram no Covenant. Não vamos encorajar isso.

– Não falei a respeito com ninguém, Eminência.

– Nem mesmo com sua santidade, o Alto Profeta da Piedade?

– Nem mesmo com ele, ó Alto Profeta da Verdade.

Verdade recostou-se no trono.

– Que bom. – E acrescentou com leveza: – Não precisamos incomodar o Alto Profeta da Piedade com todos esses detalhes de cronograma e logística militar. Então... O chefe dos Jiralhanae deve chegar a qualquer momento, com Devoção Soberba.

– O Alto Profeta da Devoção Soberba? – Ele não sabia da vinda de Devoção. I'ra Be'Ar eram um Alto Conselheiro proeminente. Dizia-se que estava na fila para se tornar um Hierarca algum dia. Era colega de Verdade, mas ainda assim não deixava de ser curioso que ele viesse a uma reunião com Tartarus.

A coisa estava se tornando bem desagradável. Primeiro, Tartarus; depois, Devoção Soberba. Alguma coisa naquele San'Shyuum incomodava Zo sempre que se encontravam. Por um instante, Claridade pensou se Verdade seria tão ousado a ponto de considerar um substituto para Arrependimento tão cedo. No final, aquela era uma decisão do Conselho, mas Devoção mantinha muitas alianças ali com aqueles de sua espécie.

– Sim, Devoção virá. Algumas mudanças foram arranjadas. Proveja os refrescos que Tartarus desejar... e ofereça ao Profeta algo feito de acordo com a vontade dele.

– É uma honra fazer sua vontade, Eminência.

– Todos servimos o Caminho juntos, de acordo com nossos postos. Nós temos a, hum, *bebida* Jiralhanae disponível?

– Sim, Eminência.

Os Jiralhanae costumavam beber um líquido grosso, vermelho e nauseabundo, que Verdade mantinha apenas para os Brutos dos altos postos. Dizia-se ser tóxico para outras espécies. Provavelmente, Zo pensou de maneira ácida, Tartarus ficaria igualmente feliz em beber o sangue dos inimigos, direto das feridas.

– Estarei na câmara posterior – avisou Verdade. – Quando chegarem, não entre, apenas sinalize sua chegada primeiro. – Verdade limpou a garganta. – Claridade, mais uma coisa. É melhor que trate Devoção com a maior deferência.

– Sempre, Eminência. Devo anotar o propósito *dessa* visita?

– Não, não registre nenhuma das reuniões deste ciclo. Entre nós, meu querido Claridade, Devoção tomará um novo e importante posto em High Charity. A perda do primeiro Anel foi uma tragédia inominável, mas encontrar o segundo Anel e o mundo natal humano, bem como a passagem para a Arca, tem de ser um sinal dos deuses. Conforme protegemos esses lugares e iniciamos a culminação do Caminho, tudo pelo que trabalhamos nos últimos séculos, precisamos de uma reestruturação dramática do governo. Por esse motivo, não precisarei mais de seus serviços administrativos aqui em High Charity. Vou transferi-lo para a autoridade de Devoção, que irá supervisionar boa parte do governo da Cidade Sagrada enquanto os Altos Profetas e o Alto Conselho se dedicam à tarefa santa de começar a Grande Jornada. Por favor, faça tudo que ele lhe pedir sem questionar.

Zo sentiu uma tontura doentia ao pensar em servir Devoção Soberba. De ruim para pior em apenas alguns instantes.

– Agora, Claridade, fique alerta caso eu precise de algo.

– Será uma honra, Eminência.

Como um adendo, Verdade falou:

– A perda do glorioso Alto Profeta do Arrependimento é uma grande tragédia, não?

– Uma tragédia que manchará nossa história, Eminência, mesmo em uma época tão sagrada quanto a culminação da Jornada.

– Sim. Sim, de fato. Embora nos enlute, foi o preço pela vitória final. É comum que o sacrifício preceda a salvação.

Os olhos de Verdade faiscaram com algo que poderia ser divertimento íntimo. Em seguida, ele flutuou com seu trono para a câmara de reunião.

Zo retomou seu posto na entrada. Mordeu um dos nós de seus dedos, sentindo dificuldade em aceitar o repentino reposicionamento para o único Profeta de que verdadeiramente desgostava. Não seria uma espécie de rebaixamento? Talvez devesse perguntar a Verdade se tinha feito algo de errado; certamente ele ainda precisaria de assistência. Mas ninguém questionava as decisões do Alto Profeta.

Zo ouviu pisões endurecidos. Levantou o olhar e viu a imensa figura de barba branca, Tartarus, marchando ao longo do corredor colunado, vindo em sua direção, com o martelo de combate sobre o ombro. O corredor ecoava os passos pesados das botas de dois dedos do Jiralhanae, enquanto ele passava por uma fileira de Guardas de Honra posicionados mais abaixo. Os Elites que atuavam como proteção pessoal de Verdade aceitavam as idas e vindas do chefe dos Brutos. Embora fossem totalmente fiéis ao Hierarca, Zo às vezes imaginava se eles de vez em quando pensavam qual era o propósito daquele Jiralhanae, algo que o próprio Zo se perguntava.

Onde estava Devoção Soberba? Talvez não viesse, no fim das contas.

Tartarus se aproximava. Os pelos prateados de seu crânio balançavam a cada passo; a pele albina refletia a luz com um brilho embaçado; os dentes afiados ficavam eternamente à mostra, em uma boca vermelha que sobressaía da pele mortalmente branca; o pelo pálido, algo incomum para os Brutos, aparecia sob as bandoleiras pesadas. Havia algo a respeito dos Jiralhanae, algo primata, que fazia Zo pensar que eles pareciam versões mais primitivas, embora maiores, dos humanos.

Então, Zo ficou decepcionado ao ouvir a voz briguenta do Profeta da Devoção Soberba.

– Tartarus! Espere por mim, por favor.

Tartarus se virou. A cadeira antigravidade de Devoção acelerou para alcançar o Jiralhanae. O assento ornado parecia demais com um trono, pensou Zo.

Mais vinte passos e lá estava Tartarus, encarando Zo com olhos intensos.

– Saudações, Profeta da Claridade. O Hierarca me aguarda.

– Informarei que você e o Alto Conselheiro estão aqui, Chefe Tartarus – disse Zo mansamente, com um gesto de *muito respeito aos dois*.

– Sim, por favor – disse Devoção. A voz dele variava entre um ronronado irritado e um gemido, mas o rosto permanecia sempre congelado em uma expressão biliosa de benevolência forçada.

Zo virou a cadeira e flutuou até a entrada na parede atrás do estrado. Bateu à porta. Poderia ter avisado Verdade pelo comunicador, mas essa prática antiga era mais respeitosa ao protocolo.

– Vossa Nobreza? Os convidados chegaram.

A voz de Verdade surgiu indistinta pela porta.

– Muito bem, Claridade. Sirva-os por enquanto. Sairei em poucos instantes.

Zo virou-se e viu que Tartarus e o Profeta já haviam entrado. Devoção postou as mãos com os dedos juntos e observou ao redor; o chefe estava parado sem se mexer no meio da câmara com paredes espelhadas, apenas coçando a barba embaraçada com a calejada mão de quatro dedos. A outra ainda segurava o martelo.

– Acredito – resmungou Tartarus – que o Alto Profeta da Verdade costuma guardar uma bebida para mim, certo? – Ele olhava ao redor impacientemente, procurando, enquanto batia um dos dedos no martelo.

Zo gesticulou: *obedeço com alegria*.

– Certamente... E chá para o senhor, Alto Conselheiro?

– Por favor, um pouco de flor do mar com um toque de tempero do céu.

Zo correu para o armário perto da entrada, encontrou a garrafa adequada, serviu o líquido vermelho de odor pungente em um copo. Fez o pedido do chá, com a erva e o tempero adequados, e o painel de bebidas imediatamente chiou e o serviu.

Retornou com as bebidas. Tartarus arrancou a dele da mão de Zo e bebeu tudo antes mesmo que Zo parecesse à sua frente. Devoção recebeu o copo com compostura delicada.

– Devoção Soberba – chamou Verdade ao flutuar em seu trono vindo da sala traseira. – Tartarus, Chefe dos Brutos.

– Alto Profeta! – disse Tartarus bruscamente e se curvou profundamente.

– Eminência – falou Devoção, fazendo com a mão livre o gesto de grande respeito.

– Vejo que ambos estão com suas bebidas. Eu também preciso de algo para apaziguar minha mente. Um Anel Sagrado destruído, perdido para sempre... Se não fosse pelo Halo Delta e pela passagem para a Arca, seriam tempos desastrosos! Deixe-nos, Segundo Administrador. Encarregue-se de minhas mensagens. Quero falar com o Chefe em particular.

– Será uma honra, Eminência – disse Zo ao recolher o copo vazio de Tartarus.

O Alto Profeta fez um gesto autoritário com a mão de três dedos e Tartarus endireitou-se, aproximando-se em seguida.

Ainda bebericando o chá, Devoção Soberba aproximou-se silenciosamente do estrado.

Zo deixou a sala, fechando a porta, e depois seguiu até sua pequena alcova de trabalho. Hesitou. Deveria acionar o sistema de escuta? Era perigoso...

Mas ele valorizava informação e conhecimento. Fazia parte de sua natureza querer saber, ainda mais diante das recentes mudanças e do constante perigo que parecia saturar aqueles tempos. E havia a possibilidade de se fazer bom uso da informação...

Zo guardou o copo do Bruto, tocou o colarinho, deu entrada no código e escutou. O dispositivo emitiu um ruído. Ele baixou o volume, caso algum guarda passasse por ali.

– Nobre Hierarca, estamos prontos para entrar em ação? – perguntou Tartarus. – Os Jiralhanae de minha confiança estão ansiosos, e eu estou impaciente para começar. A verdadeira consumação dos Grandes deve estar ao alcance das mãos.

– Concordo – disse Devoção. – A hora é agora.

– Será em breve – assegurou Verdade. – Ocorreram muitas coisas. O Alto Profeta do Arrependimento foi assassinado, e pelo Demônio responsável pela destruição do Anel Sagrado. Esse ataque blasfemo exigiu uma ação decisiva, e o local foi destruído por nossas naves, embora o fim do Demônio ainda seja questionável. Os planos seguirão. Mas segredo, por enquanto, ainda é necessário.

– Falarei apenas o que o senhor me permitir, Alto Profeta – murmurou o Jiralhanae.

– Vossa Eminência bem conhece minha discrição – disse Devoção.

– Sim. É preciso cuidado. Há questões em andamento. Arrependimento se foi... – Verdade pareceu refletir a respeito. – Para sempre...

Zo notou que Verdade soou impassível a respeito da morte de Arrependimento... Talvez até com um pouco de alegria? Verdade e Arrependimento, além do Alto Profeta da Piedade, não tinham atuado juntos como triunvirato dos Hierarcas?

Apesar de seus sentimentos a respeito de tudo que havia ocorrido após a queda da Frota da Sagrada Consagração, Zo sentia certa tristeza pela perda de Arrependimento: como ex-vice-ministro da Tranquilidade, Arrependimento tinha tratado Zo bem.

Talvez G'torik estivesse certo, e Verdade tivesse abandonado Arrependimento como punição.

– E quem falhou na proteção de Arrependimento, Alto Profeta? – zombou Tartarus. – Não está claro que foram os Elites?

– Uma Guarda de Honra composta por Elites, como sabem, estava lá para protegê-lo. Essa terrível morte, no entanto, abriu a porta para todos nós. As forças em torno do mundo humano já foram... *modificadas*; os Brutos agora controlam aquelas frotas, e os Elites não suspeitam de nada. O foco míope deles nesse recém-descoberto Anel os cegou para nossos movimentos a respeito do mundo natal humano, a Terra.

– O que vai acontecer em seguida não terá o mesmo efeito: irá abrir os olhos deles – ressaltou Devoção.

– Não importa. Colocaremos nossos planos em ação, e os Jiralhanae terão seu merecido lugar. Mas não vamos dizer mais nada, mesmo aqui...

Zo mordeu a junta ossuda do dedo. Verdade suspeitava que Zo estaria ouvindo? Talvez não fosse para tanto. Mas havia suspeita no ar. E, se Verdade agisse de acordo com essa suspeita, Zo poderia ser exposto. Talvez torturado. Certamente seria morto.

Ele se recostou e expeliu uma longa respiração. As mãos tremiam nos braços da cadeira, os quais segurava para se firmar, pois aos poucos entedia o que tinha acabado de ouvir.

De fato, o Alto Profeta da Verdade andava muito misterioso. E havia discutido sobre uma ação decisiva com Tartarus e Devoção Soberba. Uma mudança na guarda Covenant? Nunca se ouvira falar em tal coisa. Os Sangheili sempre serviram como o punho de ferro do Covenant; esse arranjo era o próprio alicerce do Pacto de União. Essa nova ordem proposta era claramente algo que Verdade não queria que os outros Hierarcas soubessem, nem o Conselho.

E agora um desses Hierarcas não estava mais lá.

Zo já havia notado a bem disfarçada impaciência de Verdade quando os outros dois componentes do triunvirato frustravam seus desejos. O Alto Profeta da Verdade talvez fosse capaz de acreditar que o Covenant pudesse ser governado por apenas um Hierarca. Mas por que nesse momento? Por que no fim de tudo e na consumação da Jornada?

E quem Verdade sacrificaria para atingir tal objetivo?

O mais provável era: quem fosse preciso, e de toda maneira disponível.

O Refúgio, Colônia Ussaniana
Refúgio Primário
2552 EC
A Era da Recuperação

Bal'Tol 'Xellus, líder dos Sangheili ussanianos, estava sentado em sua câmara oval de meditação. Ele observava o cinturão de asteroides pelo painel com os fragmentos metálicos cinza opacos da antiga colônia ussaniana. A visão era auxiliada por círculos de ampliação pregados no vidro: o cinturão não era denso o suficiente para ser enxergado a olho nu. Bal'Tol observou gigantescos pedaços de pedra e gelo girando lentamente em sua fileira de dança interminável, formando um círculo orbital em volta do sol do sistema; luas quebradas, planetoides estilhaçados, cometas fragmentados: um cinturão desgovernado, mas em elipse perfeita ao redor do sol. Caos dentro da ordem.

A intervalos, havia seções intactas de sua colônia; a maioria não girava, embora essas seções seguissem o rastro curvo da órbita do cinturão. Apenas alguns poucos não estavam estabilizados. Mas, assim como os asteroides, as seções faziam parte da dança do caos, encontrando equanimidade unitária na graça orbital. Incluindo a Seção Primária e a de Combate, havia quinze áreas do Refúgio – catorze intactas o suficiente para ocupação –, e a maior delas era a Primária.

Apenas pouco mais de quatrocentos ussanianos haviam ido para lá, séculos antes; nesse momento, seus descendentes chegavam a 3.210. A Seção Primária contava com quase quatrocentos Sangheili. A população das outras seções variava entre cem e pouco abaixo de duzentos. As seções da colônia – em estranhos formatos geométricos, criando cuboides, segmentos retangulares e vez ou outra um cone – já haviam sido conectadas entre si, unificadas pela pedra de um planetoide e a coesão da engenharia Forerunner. O processo de Desconstrução iniciado havia muito tempo desmontara tudo, exatamente o que os Forerunners esperaram que aconteceria, e espalhara as seções ao longo do cinturão. Os asteroides serviam de camuflagem, escondendo o lugar da antiga ameaça, mais antiga que o Covenant, e, depois, do próprio Covenant.

Mas, para Bal'Tol, as seções separadas da colônia pareciam simbolizar indivíduos Sangheili seguindo pela vida em suas próprias órbitas caóticas, tentando encontrar um centro, autoconsciência, estabilidade, funcionalidade, harmonia... graça orbital. Dizia-se que o método viera de um prisioneiro em um planeta distante que havia se deparado com a colônia, havia muito tempo. A meditação fora passada de geração a geração e ensinada a Bal'Tol pelo tio, N'Zursa 'Xellus, o kaidon anterior.

E, após a morte de N'Zursa, Bal'Tol tinha se tornado kaidon. Fizera o juramento: ele também não poderia permitir contato com qualquer outra espécie senciente. Nenhuma delas havia encontrado a colônia até então. Se alguém a encontrasse, seria aprisionado ou, mais sabiamente, executado de imediato.

Quem saberia? Talvez os poucos contatos tivessem causado a Doença Sanguínea. A peste havia tomado sua Limtee. O próprio Bal'Tol a encontrara, sua futura companheira, morta na câmara de dormir...

Bal'Tol suspirou. A lembrança do falecimento de Limtee atrapalhou a meditação. Não poderia voltar a um estado contemplativo imaculado. Em vez disso, iria consultar C'tenz, a fim de averiguar se havia um relatório a respeito da Facção 'Greftus. Se havia uma rebelião, um renascimento do Modo 'Greftus, Bal'Tol então teria de cumprir outro juramento. A rebelião deveria ser exterminada sem piedade.

Bal'Tol ficou de pé, alongou-se e seguiu pensativo para o corredor. Acenou para um par de guardas que o saudaram e então o seguiram, conforme o protocolo de segurança.

Enquanto andava para o Salão Estratégico, Bal'Tol notou certa desigualdade na distribuição da gravidade artificial na ponta externa do Refúgio Primário. Era necessário pisar com cautela. Mandaria a equipe de reparos examinar os geradores graviton. Não entendiam os princípios a ponto de produzir um novo; apenas consertavam partes individuais, e as peças extras ficavam cada vez mais raras. Algumas áreas do Refúgio foram abandonadas, e partes delas poderiam ser canibalizadas. A Facção 'Greftus tinha razão a respeito de uma coisa: a colônia estava entrando em entropia, como acontece com todas as coisas ao longo do tempo. Milhares de ciclos solares haviam se passado desde a Desconstrução. O relato de Ussa 'Xellus, já difícil de ler devido ao antigo dialeto em que foi escrito, parecia insinuar que as seções da colônia haviam feito parte de uma grande esfera, criada pelos quase míticos Forerunners, que a construíram como o último de uma série de mundos defensivos. Fizeram o Refúgio diferente dos outros: dentro da esfera havia uma nova reordenação, um mapa alterado para a sobrevivência, caso a destruição fosse necessária. Mas o estresse gravitacional constante, a exposição de painéis à radiação solar, bem como a simples fadiga da liga metálica haviam gradualmente enfraquecido partes do que antes parecera quase indestrutível. Sem reparo, as seções cairiam aos pedaços e a colônia não sobreviveria.

Isso tornaria os Forerunners falíveis.

A Facção 'Greftus, assim nomeada em homenagem ao falecido líder da Quinta Seção do Refúgio, 'Insa 'Greftus, criou um verdadeiro apocalipse quando a decadência se tornou aparente, declarando que os Deuses Esquecidos, como os chamavam – algumas supostas entidades canalizadas psiquicamente por 'Greftus –, queriam que os Sangheili deixassem a colônia. Ainda havia naves antigas na Seção Primária. Por que não usar uma para explorar e encontrar o lendário mundo natal Sanghelios? Os Deuses Esquecidos supostamente haviam contado a 'Greftus o caminho de volta àquele local antigo, o qual alguns acreditavam não passar de um mito.

O tio de Bal'Tol, N'Zursa, rejeitara todas as afirmações de 'Greftus, assumindo-as como delírios de um Sangheili acometido pela Doença Sanguínea. Era sabido que os doentes poderiam enlouquecer, ter alucinações e paranoia. Não havia Deuses Esquecidos, declarara N'Zursa, e 'Greftus não conhecia o caminho para Sanghelios. Um dia, talvez, o caminho para o mundo natal seria descoberto, mas, até lá, a colônia deveria permanecer intacta. O Refúgio deveria cuidar de suas fazendas nos níveis ecológicos, limpar os filtros atmosféricos, participar das competições decretadas na Seção de Combate, melhorar a viagem entre as seções, para que houvesse procriação adequada. Abandonar a colônia não era uma opção. E, declarando tudo isso, N'Zursa enviara guardas para prender 'Greftus e ejetá-lo para o vazio: a execução preferida dos kaidons ussanianos quando desejavam dar um exemplo.

Como punição pela Falha na Integridade do Clã, você será enviado para o vazio exterior...

E assim 'Greftus havia morrido, debatendo-se por ar enquanto flutuava para fora, à vista de todos os ussanianos que quisessem assistir.

Talvez o próprio Bal'Tol precisasse enviar alguém para o vazio exterior. Ele já havia ordenado encarceramentos antes, alguns ataques a bandos de criminosos, mas nunca uma execução pública a vácuo. Não era uma maneira honrosa de se morrer.

Ao passar pela praça do lado de fora do Salão Estratégico, Bal'Tol ficou diante da Homenagem a Enduring Bias. Os restos da máquina, também chamada de Voz Voadora, haviam sido colocados em uma esfera de vidro onde flutuavam, desligados, sem emitir sinal de inteligência. Assim permaneceram por séculos. O vidro era limpo com reverência a cada ciclo, e os reparadores espiavam os restos de Enduring Bias, torcendo por algum sinal de vida. Ussa 'Xellus, em seus escritos, havia declarado: *Embora o artefato Forerunner Enduring Bias tenha se silenciado, não assumam que jamais voltará a falar. Foi danificado quando a Seção Primária foi atingida por um fragmento de cometa, mas pode estar se autoconsertando internamente. Pode algum dia voltar a se comunicar...*

– Meu kaidon – disse C'tenz, saindo do Salão Estratégico.

Bal'Tol percebeu a tensão nas mãos dele, pois possuía a mania de juntá-las diante de si quando estava preocupado com algo. Mas C'tenz era um Sangheili forte e intelectualmente essencial. Possuía mais responsabilidade que qualquer outro jovem. Vestia-se com uma armadura de couro antiga em quase todos os momentos e mantinha uma das lâminas de energia ainda em funcionamento embainhada na cintura. Bal'Tol sabia dos comentários de que C'tenz devia ser seu descendente, devido à rápida ascensão do jovem Sangheili para segundo em comando. Contudo, isso não era verdade.

C'tenz olhou ao redor e falou, em voz baixa:

– Estava relutante em interromper sua meditação, mas... estava justamente indo procurá-lo. Um novo grupo da Facção 'Greftus foi confirmado. E alguns de seus membros parecem ter passado recentemente para a segunda fase.

Bal'Tol resmungou em concordância. As fases da Doença Sanguínea eram simples. Primeiro, um período de desorientação e mal-estar, que provocava erros de diagnóstico. Então, o doente se tornava briguento, paranoico e dado a discursos longos e inarticulados, pontuados por uivos de fúria. 'Greftus estava totalmente imerso na segunda fase quando conseguiu reunir um grupo considerável, e tinha acabado de adentrar a terceira fase, a mais violenta, quando foi preso: assassinara dois patrulheiros.

– É curioso... – continuou C'tenz. – O padrão que os doentes seguem, quando estão próximos uns aos outros. Com todos os outros, ficam briguentos ou arrogantes. Mas entre eles parecem silenciosamente escolher um líder. Há cinco deles, no mínimo, que se reuniram em torno deste 'Kinsa. É o único nome com que ele se apresenta, mas nossos registros dizem se tratar de Oska 'Meln. Ele afirma dividir o corpo com o espírito de 'Greftus, que o aconselha em todos os assuntos.

– Como um Sangheili racional pode crer em tal coisa...

– A superstição predomina na colônia. E você sabe o que Tirk diz.

– Sei bem. Bem demais. – Tirk 'Surb era o cabeça da Segurança do Refúgio, descendente do legendário Ernicka, o Retalhador. – Ele fica mais conservador a cada ciclo. Suponho que ele afirma que não temos fervor religioso o suficiente, certo?

– Essencialmente, essa é sua ladainha.

– Certamente temos religião mais do que o suficiente. – Todos os ussanianos eram convocados à Entoação a cada turno da seção. – Mas nada é suficiente para Tirk. Mesmo assim, chame-o e vamos investigar esse 'Kinsa. Quanto à Doença Sanguínea, vamos erradicar a infecção, onde quer que ela seja encontrada.

Sentiu-se estranho ao dizer essas palavras.

Limtee.

– Precisamos agir com rapidez, kaidon. Precisamos mostrar ao povo que 'Kinsa não é um visionário, apenas uma vítima da Doença. O que faremos com todos que se adoentarem?

– Discutiremos a respeito de um local de isolamento para os doentes. – Ele pensou outra vez em Limtee. – Devemos tentar. E também redobrar os esforços para achar uma cura.

C'tenz fungou, cético.

– Provavelmente um esforço sem futuro. Sinto dizer que, infelizmente, os últimos cinco enfermos devem ser mortos... Isso pode aquietar a loucura.

Em seus corações, Bal'Tol sabia que não seria tão simples. Havia muitos que simpatizavam com as ideias de 'Greftus em silêncio. Não queria provocar uma rebelião.

Havia uma onda crescente de descontentamento que acompanhava a deterioração gradual da colônia. Bal'Tol conhecia os murmúrios: *Nossa colônia está colapsando. Onde é nosso verdadeiro lar? Onde fica Sanghelios?*

Ele gostaria de ter uma resposta.

High Charity, perto do Halo Delta
Escritório do Profeta da Devoção Soberba
2552 EC
A Era da Recuperação

– Prefiro que permaneça de pé em minha presença, Profeta da Claridade – declarou o Profeta da Devoção Soberba quando Zo Resken entrou no escritório, sentado em sua cadeira antigravidade.

Zo foi pego de surpresa. Esse não era o protocolo comum.

– Posso usar meu cinto?

– Sim.

Zo ativou o cinto e desligou o campo da cadeira, que pousou no chão. Então, ficou de pé, esforçando-se para se apresentar de forma digna.

– Você parece um pouco incomodado pela regra – disse Devoção. Sua face refletia a falsa benevolência de sempre, mas a voz traía sua irritação. O Alto Conselheiro estava sentado em seu trono reduzido, perto do canto das paredes-janelas de seu escritório. Atrás do vidro, névoa dos Jardins Suspensos separava o arco-íris da luz solar. Mais adiante, de forma turva através do campo atmosférico, via-se a glória da faixa prateada do Halo Delta em lenta e constante rotação; na distância negra, brilhava um sol pendurado, como uma eterna lâmpada dourada. – Mas, veja, Profeta da Claridade, eu sou muito superior a você. E logo ficarei ainda mais. Ficar de pé diante de mim é uma demonstração de respeito. Se sentarmos os dois, seremos iguais.

– Como desejar, Eminência – disse Zo gesticulando *obediência é meu prazer*.

– Bem... Vou contar-lhe algo em confidência, porque irá me acompanhar em uma reunião com o Alto Conselho amanhã como meu assistente. E verá que as coisas mudaram. Para mim, é conveniente que você não demonstre surpresa... Se alguém lhe dirigir a palavra, deve comentar sobre a melhora.

– Como as coisas mudaram, Alto Conselheiro? – E gesticulou *se me permite perguntar respeitosamente.*

– No ciclo vindouro, Tartarus será nomeado chefe militar do Covenant. Os Elites dentro da Guarda de Honra serão substituídos por Jiralhanae. Não faça essa cara de espanto, Claridade. Você deveria ter antecipado isso. Os

Jiralhanae são leais ao Alto Profeta da Verdade, a mim e, o mais importante, à Jornada. Os Elites não nos deixaram escolha. Como sabe, o Alto Profeta do Arrependimento foi morto pela incompetência deles. Como viu com seus próprios olhos, o Supremo Comandante da Frota de Justiça Particular e suas forças perderam o Halo Alpha para os humanos. A falha dos Elites provou a falha de sua espécie: eles não são de confiança. E mais: há evidências de dissidência entre suas fileiras e incerteza a respeito da aliança. Os Hierarcas restantes acreditam que essa atividade não pode continuar sem reciprocidade. Os Sangheili serão usados nas linhas de frente. Mas serão rebaixados.

Com uma modulação de voz muito cuidadosa, Zo perguntou:

– Não acredita que há risco de rebelião como resultado?

– Não há tempo para tal, tão próximo ao fim do Caminho. A Grande Jornada é iminente. Mas você não precisa de mais explicações. Apenas me obedeça. Agora, vá até aquela sala. Lá encontrará minha requisição no holodisplay. Estou encomendando vários itens necessários. Garanta que sejam entregues a mim pelo comptroller.

– Com prazer, Alto Conselheiro.

Zo foi até a sala adjacente, abalado, sentindo os olhos de Devoção em suas costas. Por que ele estava ali? Apenas para organizar as coisas com um comptroller? Ou havia outra razão?

Ele tinha ouvido um rumor, naquele mesmo dia, no elevador gravitacional, dizendo que Devoção Soberba era, muito secretamente, uma espécie de testa de ferro do Alto Profeta da Verdade; isso era parcialmente verdade, dado o que Verdade já havia revelado.

Zo não possuía testas de ferro, proteção. Devoção Soberba tinha dois Brutos de guarda na porta de seu escritório – e ainda mais aliados, ao menos entre os San'Shyuum.

Mas ele possuía algo que Devoção não tinha: amigos entre os Sangheili. Poderiam ajudá-lo, se necessário. E se ele oferecesse algo primeiro.

Um aviso. Algo pelo qual estaria arriscando sua vida.

CAPÍTULO 16

High Charity
Capela Curativa
2552 EC
A Era da Recuperação

Zo Resken, o Profeta da Claridade, mal notou os vapores herbais a sua volta, permeando a névoa cálida na Capela Curativa. A sala hemisférica ficava localizada em uma torre majestosa no centro da Cidade Sagrada. Ele esperava por alguém e estava nervoso com o encontro ali. Os Sangheili geralmente nem chegavam perto de locais de tratamento San'Shyuum, muito menos entravam em um. Era malvisto para ambas as espécies, e as ervas não eram cultivadas para a biologia Sangheili. O local improvável para o encontro significava que poucos suspeitariam que ele pudesse trocar informações com um Sangheili naquele lugar. Zo havia garantido a reserva da pequena câmara.

As ervas vaporizadas eram bálsamos suaves para a pele e os tecidos pulmonares dos San'Shyuum, nada narcótico... Porém, Zo quase desejou que o fossem. Talvez fosse loucura marcar uma reunião com G'torik 'Klemmee nesse lugar, com a possibilidade de que o Profeta da Devoção Soberba ficasse sabendo.

Zo apertou os olhos para enxergar através da névoa azul e verde, espiando a porta de entrada e tossindo de leve enquanto esperava. Trajava um robe leve e, sob ele, um cinto antigravidade. Afixada ao cinto, uma pistola de plasma. Quando a porta foi aberta, subitamente, Zo quase sacou a arma.

Mas era apenas G'torik, sozinho. Ele fechou a porta com cuidado atrás de si. O musculoso comandante Sangheili atravessou a névoa na direção de Zo, com os braços estendidos, como se a bruma curativa fosse algo sólido a ser removido do caminho. Ele tossiu e piscou, apertando as mandíbulas para expressar seu mal-estar.

– Eminência, ó Profeta da Claridade, o senhor me chamou, e eu obedeci. Mas penso se, com tudo o que aconteceu, é mesmo sábio...

– Venha – disse Zo. – Se alguém chegar, diga apenas que veio verificar se eu estava bem. Diga que eu lhe pedi por isso. Estamos em guerra, e as linhas de batalha nunca estiveram tão próximas de High Charity... – Claridade respirou fundo os vapores, focou em G'torik e continuou: – Enquanto estamos a sós, não precisamos ser Eminência e Comandante 'Klemmee. Somos apenas Zo e G'torik.

Zo estivera lendo os escritos de seu ancestral – *A história desconhecida da Rendição*, de Mken 'Scre'ah'ben – e ficou pasmo com a maneira informal com que Mken conversara com Ussa 'Xellus na negociação privativa, pouco antes da destruição do Refúgio.

Tantos séculos haviam se passado enquanto uma boa parte da história de Mken, conhecido por ter trazido as Donzelas Necessitadas de Janjur Qom para High Charity, assegurando a propagação saudável dos San'Shyuum, era maculada pela incerteza; registros foram danificados, e muito do que havia sido guardado poderia muito bem ter recebido o colorido da licença poética. Tudo poderia ser apenas mito, nada mais.

Mas historiadores mais sábios, como Zo Resken, sabiam que boa parte da lenda era verdade. Zo possuía forte embasamento, pois apenas ele havia descoberto os escritos de Mken, guardados em um cofre protegido contra danos ambientais, escondido nas catacumbas de sua família em High Charity. Eram escritos importantes, perdidos por todos aqueles milênios, empoeirados. Havia cogitações de Mken que poderiam ser consideradas hereges; portanto, Zo esforçara-se para manter tudo em segredo. Até onde ele sabia, era o único a ter conhecimento daquela enorme e explosiva revelação.

– E é como Zo para G'torik que lhe conto – continuou Zo. – Há algum tempo, o Alto Profeta da Verdade vem... Como posso colocar isso? Vem *afiando suas facas*. Uma dessas "facas" é o Profeta da Devoção Soberba, para quem estou trabalhando praticamente como um escravo. E temo que, com a morte de Arrependimento, Verdade esteja pronto para dar o próximo passo.

G'torik emitiu um rosnado da garganta.

– Que espécie de *passo*?

– É como eu temia, mas antecipadamente ao que eu vinha prevendo. Ele planeja deixar os Elites de lado. Começando com a Guarda de Honra, que será completamente substituída pelos Brutos. Ele tomará controle dos militares do Covenant por meio dos Jiralhanae... com Tartarus encabeçando, e os Elites se tornarão subservientes aos Brutos.

Por um momento, G'torik ficou em silêncio, petrificado.

– Como ele manteve isso em segredo? Os Jiralhanae não sabem manter segredo. Eles se atiçam com hostilidade e são abertos quanto a seu ódio pelos Elites... Mas isso? Como os Hierarcas podem apoiar esse movimento contra os Sangheili? O Covenant certamente entraria em colapso!

– Verdade culpa a guarda de Arrependimento pela morte do Alto Profeta. Os Elites receberam a incumbência de protegê-lo. A falha custou um Hierarca ao Covenant. O Alto Conselho está levando isso muito a sério, bem como a catástrofe no Halo Alpha, que, como você sabe, também está sendo creditada aos Sangheili. E não acho que os Elites do Conselho seriam ouvidos se levantassem a voz.

– *O quê?*

– É apenas um palpite. Estou certo, no entanto, sobre a Guarda de Honra e o rebaixamento geral dos Sangheili. Devoção Soberba me contou isso pessoalmente.

– Os Elites do Alto Conselho... silenciados? Seria algo sem precedentes. E essa ideia de tirar todos os Elites do posto, de rebaixá-los...

– E tem mais... Reuni muitas informações desde nosso último encontro. Verdade parece ter enviado ordens especiais aos Brutos alocados perto da Terra. Por que ele estaria dando esse tipo de ordem, e daqui? É uma tarefa abaixo de sua posição. E ordens apenas para os Jiralhanae? Ele também enviou mais uma frota para a Terra... Novamente, algo que não faz parte de suas tarefas. Por quê? De acordo com informações que adquiri nos arquivos de comptroller, ele encaminhou uma encomenda grande à Sagrada Promissória (o depósito de armamentos em High Charity), mas até o momento manteve isso em segredo. A encomenda, de acordo com o que entendi, é a produção em massa de armas tradicionais dos Brutos. Parece que, para mim ao menos, ele está armando os Brutos de forma perigosa. Pessoalmente, acredito que ele esteja preparando uma armadilha para seu povo... e buscando o controle total do Covenant.

– Isso que você fala será levado muito a sério pelos Sangheili.

– Eu sei, por isso nosso encontro.

– O que quero dizer é isto: se Verdade tomar tais ações, provavelmente se seguirá uma guerra. Guerra *civil*, Zo!

– Suspeito que Verdade pode querer uma guerra civil com os Elites; *essa* deve ser a própria armadilha. Assim, poderá eliminá-los rapidamente e consolidar sua força com os Brutos...

– Isso está de acordo com as informações que eu tenho. Verdade deu ordens para atacar o templo antes que notícias sobre a morte de Arrependimento fossem espalhadas. Nossas naves atiraram no Anel Sagrado depois que o Demônio se aproximou, mas os Guardas de Honra dentro do templo praticamente não tinham chance de defender Arrependimento. Ele já estava marcado, e qualquer ajuda que pudesse ser dirigida a ele foi restringida. Eu confirmei: meu tio ouviu isso de um capitão dos Phantoms. Verdade de fato fez os reforços recuarem.

– Então é verdade... – Zo suspeitava agora que Verdade tivesse pouco interesse em dividir o poder com os demais Hierarcas. Tentou imaginar até que ponto Verdade iria antes de que o Halo fosse ativado e tivesse início a Jornada Sagrada. Será que ele atacaria o Alto Profeta da Piedade?

– Isso é loucura. O Alto Conselho não tolerará isso.

– Ouça-me, G'torik: não informe *ninguém* a esse respeito. Escolha Sangheili específicos, nas posições adequadas, aqueles que conseguem manter as mandíbulas fechadas, ou seu povo perderá a vantagem da surpresa, caso a notícia volte aos Hierarcas. Entenda que não pode mais confiar no Profeta da Verdade. E cuidado com o Profeta da Devoção Soberba. Agora tudo caminhará, e de forma rápida.

G'torik zombou:

– O *Alto Profeta da Verdade*. O *Profeta da Devoção Soberba*. Esses títulos que dão a si mesmos envergonham o Covenant. Eles não possuem lealdade ao Pacto.

– Há, claro, outro complicador: o Flood.

O Flood: a expansão chocante e terrível de antigos parasitas, acidentalmente liberados de tanques de contenção no primeiro Anel Sagrado, o Halo Alpha. Eles haviam se espalhado rapidamente, infectando tudo a seu alcance e incorporando qualquer vida senciente com a qual se deparassem. O Flood parecia inconsciente como indivíduo, porém guiado por uma inteligência misteriosa e expansiva. Acreditou-se que o Flood havia sido dominado quando o Halo Alpha fora destruído pelo Demônio, mas relatos recentes da superfície do Halo Delta indicavam que o parasita já havia sido liberado quando as forças de Arrependimento chegaram. E já provocava um verdadeiro massacre na superfície, atrapalhando as tentativas de chegar à chave de ativação do Halo Delta, o famoso Ícone Sagrado.

G'torik coçou a mandíbula, confuso.

– O Flood... Os parasitas foram domados por um tempo.

– O Flood é uma grande perturbação... pelo menos agora, Verdade sabe disso. E pode até ser que os parasitas o ajudem, se sua intenção for mesmo a de substituir os Elites, mesmo com o risco de uma guerra civil. Ele sem dúvida vai usá-los para tirar vantagem, de algum modo.

G'torik demorou um pouco para respirar outra vez, conforme o peso da informação caía sobre ele. Por fim, perguntou:

– Zo, preciso saber: você tem algum... algum objetivo pessoal ao me contar isso?

– Você ainda não confia em mim?

– De todos os San'Shyuum que já conheci, você foi o único que se deu ao trabalho de conhecer meu povo, além do que era necessário aos propósitos do Covenant. Você nos enxerga como somos, como pessoas. *Almas*. Eu acredito nisso. Mas me contar tudo isso significa assumir um grande risco. Por que você estaria se arriscando assim?

Zo foi surpreendido. Nunca lhe ocorreu questionar sua própria motivação. Supunha que, em certo nível, sua ambição de fato contava. Se, como ele suspeitava, o Alto Profeta da Verdade fosse manipular os Jiralhanae a fim de controlar o Covenant, então Zo poderia ter uma influência correspondente sobre os Elites. Quem saberia dizer aonde isso poderia levá-lo, caso os Elites triunfassem?

Mas talvez, mais que qualquer outra coisa, o risco que tomava poderia ser atribuído à repulsão que sentia pelos esquemas de Verdade, e claro, por Tartarus.

Internamente, o Profeta da Claridade havia começado a questionar a Grande Jornada, embora possuísse imensa prática em fingir ser um zelote. Na verdade, ele respeitava os Forerunners e suas incríveis relíquias, mas esse respeito não aumentava sua fé, não quando testemunhava as traições daqueles que se autodenominavam Altos Profetas, os encarregados de proteger o grande e antigo conhecimento. Se Verdade era capaz de tais esquemas sob a luz do Anel Sagrado, então quais outras partes da origem do Covenant também seriam falsas?

Mas o Covenant e High Charity... eram tudo o que ele conhecia, eram tudo o que *qualquer um* de seus membros conhecia.

E lhe parecia que Verdade os colocava em sério perigo, com ou sem a consumação da Grande Jornada. Se a guerra civil começasse, seria a Jornada ao menos possível?

– G'torik – disse Zo, por fim –, estou arriscando a mim mesmo ao lhe contar tudo isso porque não acredito que os San'Shyuum possam sobreviver sem seu povo. Nenhum de nós pode sobreviver ao Flood e aos humanos sem unidade.

– Assim seja. Alguns de nós vão ficar atentos, e iremos fazer os planos de contingência necessários, conforme seus conselhos.

Halo Delta
Sala de Controle
2552 EC
A Era da Recuperação

Ao descer do elevador gravitacional com os outros, G'torik olhou para cima com assombro, na direção da Câmara da Consagração, o imenso centro de controle do Halo Delta. Na verdade, era mais como um templo, pelo menos em seu formato externo, do que um módulo usado para controlar um mecanismo. Paredes ornamentadas, de liga metálica cinza-prateada, convergiam em um domo intrincadamente configurado, de onde subia uma torre... Era o ponto focal das energias que ativariam o Halo, começando a purificação que abriria o portal para a Grande Jornada em si.

Várias vezes ele já havia ficado assombrado durante suas visitas ao Anel Sagrado. Primeiro, chegando no cruzador, G'torik avistara o Halo em si, ou parte dele, do espaço – parecia impossível observar o Anel Sagrado por inteiro a olho nu. Aquela estrutura de tamanho imenso flutuava em órbita ao redor de uma gasosa gigante azul; era um círculo perfeito e, dentro dessa faixa, a superfície de um mundo. Certamente nenhum mortal comum poderia ter criado aquilo. Ele nunca havia sido, particularmente, um Sangheili muito devoto, mas só olhar para o Halo através da escotilha já foi capaz de provocar-lhe um calafrio de deslumbramento religioso.

Ao se aproximar, ele conseguiu enxergar as nuvens em filamentos e grossas pinceladas de branco sobre a terra dentro dos limites do anel; as nuvens marmorizadas dividiam-se em alguns pontos para revelar água, estruturas, morros e vales: o trabalho dos deuses. Impressionante.

Então, ele foi convocado para cumprir o propósito que o levara até ali, como guardião do Alto Conselheiro Torg 'Gransamee. Não era comum que um Elite de sua estirpe fosse chamado para proteger um Alto Conselheiro, sendo esse tradicionalmente um papel cerimonial reservado aos Guardas de Honra. Mas os Jiralhanae agora eram os Guardas de Honra, e esses Elites preferiam não contratá-los.

As coisas estavam distantes da normalidade, pois a Guarda de Honra Sangheili não existia mais.

Desde a conversa alarmante com Zo, nuvens ameaçadoras se reuniram. Citando a morte de Arrependimento e o fracasso colossal no primeiro Anel Sagrado como evidências, os Altos Profetas da Verdade e da Piedade passaram, publicamente, o papel da Guarda de Honra aos Jiralhanae, em uma manobra unilateral e sem aprovação do Conselho. Em resposta, alguns Sangheili do Alto Conselho ameaçaram se retirar, enquanto outros acharam adequado ir até o Anel e preparar a Câmara da Consagração para o Ícone Sagrado. Ainda assim, havia o perigo de que o Alto Profeta da Verdade pudesse dar a cartada final que Zo havia previsto, com uma guerra civil prestes a eclodir.

E havia o Flood.

G'torik assistiu em uma tela remota à descoberta do Flood em uma zona de quarentena: o vasto e frio território entre as massivas paredes de contenção do Anel e a alocação central do Ícone Sagrado, um lugar neste Halo que o Covenant havia designado como Repositório da Fé. O Ícone era a chave para ativar o Halo. Sem ele, o Anel não alcançaria o propósito para o qual havia sido projetado. Poucas horas antes, os Hierarcas mandaram uma pequena equipe para buscá-lo, mas não houve contato com ela desde então. Desapareceram por conta da depredação devastadora do Flood?

Ele sabia que, logo que o Ícone Sagrado fosse acionado, ativando o Halo na sala de controle, tudo aquilo que fosse impuro seria queimado – o que certamente incluiria o parasita –, e os fiéis do Covenant seriam transportados para o reino divino. Esse ato em si poderia afastar a guerra em potencial, como alertado por Zo.

Por um momento, G'torik pensou no que aquilo significava: *fiéis do Covenant*.

Marchando logo atrás, Torg 'Gransamee, em sua armadura e equilibrando um ornamento de cabeça, liderava uma coluna de Altos Conselheiros Sangheili e um punhado de outros Elites, ex-Guardas de Honra, até a Câmara. G'torik sentiu vergonha ao pensar em suas dúvidas. E, sim, elas ainda o atormentavam. Era mesmo essa criação impossível, o Halo, uma prova da real existência da Grande Jornada? Assim insistiam os Profetas.

Caminharam sobre uma ponte que arqueava por cima de uma região aquática, perto de uma série de cânions. O centro de controle ficava sobre um enorme parapeito, com amplas portas que se abriam para um corredor estreito, uma antecâmara e, por fim, para a câmara central da sala de controle, onde mais estruturas em formato de pontes convergiam até a própria mesa de controle. Ali, o Ícone Sagrado seria aplicado e ativaria o Halo. E a Grande Jornada finalmente começaria.

Torg 'Gransamee olhou ao redor, intrigado.

– Onde estão os San'Shyuum, G'torik? – murmurou. – Deveriam estar aqui ao mesmo tempo para a cerimônia de ativação...

G'torik tinha pensado o mesmo.

– Pensei que você soubesse.

– São os San'Shyuum que possuem a chave, o Ícone Sagrado. Disseram que o Tartarus estava com o dispositivo e que os outros que o acompanhavam foram perdidos para o Flood. Podem ter se atrasado. Vamos esperar... Afinal, esperamos séculos, como um povo, por este momento...

Esperaram um bom tempo, murmurando, espiando com reverência o painel de controle. G'torik pensava o tempo todo se aquela sensação na nuca era consequência dos olhares dos deuses. Não estariam eles ali, embora invisíveis, observando-os?

Por fim, ouviram o bater de botas.

– Olhem. Ali estão os Jiralhanae – avisou Torg, apontando para um grande número de Brutos marchando por outra ponte periférica.

G'torik não gostou nem um pouco daquilo. Os Brutos pareciam excessivamente armados para a ocasião.

– São tantos... Por quê? E onde estão os Conselheiros San'Shyuum... – A voz dele falhou ao notar que alguns Jiralhanae estavam fortemente armados, carregando suas armas balísticas pesadas, aquelas que poucas vezes haviam sido vistas por ele. Seriam as armas de que Zo falara? As novas, secretamente encomendadas pelo Alto Profeta da Verdade? Os Brutos eram guiados por um associado íntimo de Tartarus, um capitão chamado Melchus, o segundo em comando, de peito em forma de barril e pelos marrons. Ele carregava um imponente martelo de gravidade, um pouco menor do que o Punho de Rukt, embora provavelmente tão perigoso quanto.

E não havia nenhum San'Shyuum à vista. Nem o Alto Profeta da Piedade. Nem o Alto Profeta da Verdade.

– Deve ser uma traição – disse G'torik, sem fôlego.

– Bobagem – gaguejou Torg. – Eles não fariam uma coisa dessas em um lugar sagrado. Os Profetas devem estar...

Mas, então, Melchus rugiu... e atacou os Conselheiros Elite.

Os outros Jiralhanae que o acompanhavam entenderam isso como um sinal e avançaram em conjunto, convergindo sobre os Sangheili em menor número.

A batalha logo esquentou. Os dois grupos trocaram fogo aberto, antes de colidirem violentamente no centro da ponte. Os Jiralhanae queimavam, efervesciam e quebravam com ondas de choque, matando antes que os Conselheiros pudessem alcançá-los com suas espadas de energia. Outros Elites conseguiam causar apenas danos superficiais com rifles de plasma e *needlers*, enquanto as carabinas duplamente laminadas dos Brutos emitiam espigões que furavam a barreira energética dos Sangheili e rasgavam sua carne. Os Brutos possuíam a vantagem do elemento surpresa, forçando os Elites para trás, contra o mecanismo de controle próximo ao limite do chão que dava para a sala de controle, bem abaixo. Os Sangheili estavam ali em missão espiritual, despreparados para essa mudança nos planos: sem proteção e sem terem para onde ir.

Melchus alcançou dois Elites corajosos que foram a seu encontro, e os tiros cor-de-rosa cristalino dos *needlers* rasparam os ombros largos do Bruto. Melchus bateu o poderoso martelo de gravidade em um dos guardas, cujos ossos e carne explodiram; o outro foi arrebatado pelo impacto, e a onda gravitacional o jogou por cima da ponte. Outro Elite atacou Melchus ferozmente com uma espada de energia. O capitão Jiralhanae desviou com rapidez surpreendente para seu tamanho e baixou o martelo sobre o meio do corpo de seu atacante. O corpo quebrado subiu ao ar. Estava morto antes de cair ao chão.

– Fique atrás de mim, tio! – gritou G'torik. Ele correu na direção de Melchus, na esperança de que, se derrubasse o capitão Bruto, os Jiralhanae sem líder ficariam confusos o suficiente para permitir uma abertura, talvez concedendo uma necessitada vantagem, aos Conselheiros Sangheili. Se ele pudesse se aproximar o suficiente e enfiar o rifle na boca do capitão, talvez...

Melchus uivava de alegria e desejo por sangue ao derrubar uma chuva de espigões por cima de outro guarda Sangheili caído, que se tornou nada enquanto o ar ressoava com gritos de dor e fúria e com os sons quentes das armas, os trovões retumbantes dos martelos de guerra.

Enfurecido, G'torik se ouviu gritar:

– Melchus! Enfrente-me e morra, traidor!

Ele estava quase diante do capitão Jiralhanae. Posicionou o rifle de plasma quando Melchus começou a se virar...

Mas, quase como se apenas espantasse uma pequena criatura voadora com um safanão, Melchus movimentou o martelo para amassar o rifle de plasma, que se estilhaçou como vidro frágil nas mãos de G'torik. O rifle explodiu em uma bolha expansiva de plasma azul, que empurrou G'torik para trás, fazendo-o deslizar sobre a superfície lisa da ponte enquanto tentava se agarrar ao corrimão.

Chocado, G'torik procurou outra arma. A mão fechou-se na empunhadura de uma espada de energia caída; então viu outra, ainda na mão de um Elite. Zonzo, ficou de pé e pegou a outra também, ativando ambas as espadas, segurando uma lâmina de plasma em cada mão. As lâminas de azul translúcido foram ativadas, carregadas por elétrons que fluíam magneticamente por correntes de plasma superaquecido até formarem pontas finas e cortantes.

G'torik olhou ao redor e viu que quase todos os Altos Conselheiros estavam mortos, despedaçados a ponto de se tornarem irreconhecíveis. Alguns dos Elites feridos ainda levavam tiros. Outros apenas eram jogados por cima do balcão. Os Sangheili lutaram com valentia, e apenas metade dos Brutos permanecia de pé. Mas a vantagem da luta era óbvia.

Por que não trouxemos mais proteção?

E onde está meu tio?

– Torg 'Gransamee! – gritou G'torik. – Torg! – Então, a fumaça de carne em chamas se dissipou e ele viu: Melchus estava sobre seu tio desarmado. O capitão Bruto apertava a garganta de Torg 'Gransamee com sua enorme bota em forma de casco de dois dedos.

E Melchus ria enquanto o tio de G'torik se sufocava e morria.

– Traidor! – berrou G'torik, correndo na direção de Melchus. – Monstro!

Dessa vez, ele se aproximou o suficiente para lacerar o capitão com ambas as espadas. A proteção de ombro do Bruto o ajudou parcialmente, mas G'torik conseguiu cortar as costelas de Melchus, atingindo-o até o osso, o que fez o Bruto urrar de dor. Da ferida, saiu fumaça, e um jorro de sangue Jiralhanae desceu pela lâmina. Enquanto isso, o único outro sobrevivente Sangheili atacava Melchus pelo outro lado, distraindo-o com uma das baionetas.

Nem sequer próximo da morte, Melchus saltou para trás e desceu o martelo sobre o Elite mais próximo, e o guarda Sangheili foi despedaçado.

Frustrado a ponto da loucura, G'torik investiu novamente, com ambas as lâminas faiscando, uma após a outra atacando Melchus. O capitão Bruto bloqueou os golpes com habilidade, utilizando o cabo do martelo, e zombou:

– Você vai morrer como os outros, fracote! – A lâmina de energia cuspia faíscas conforme G'torik atacava repetidas vezes, procurando por uma abertura.

Melchus pulou para trás, buscando espaço para girar o martelo. G'torik preparou-se para segui-lo, mas Melchus era mais rápido do que ele esperava. O Bruto balançou o enorme martelo com velocidade, e G'torik conseguiu se esquivar, a meio segundo de ter a cabeça desintegrada em uma nuvem de carne e ossos vaporizados. G'torik se jogou de lado, lacerando o calcanhar da bota de Melchus. Saiu sangue, mas o corte não foi profundo.

– Sua morte se aproxima! Pode implorar por piedade, mas não a obterá! – berrou Melchus, correndo na direção de G'torik.

G'torik desviou e deixou Melchus passar, cortando o Bruto. Sangue correu novamente, dessa vez de um corte mais profundo no dorso do Jiralhanae.

Melchus urrou de dor e fúria e girou.

G'torik preparou-se para tentar novamente a tática. Ele era, pelo menos, mais rápido que Melchus.

Melchus levantou o martelo como se estivesse prestes a atacar, mas antes fez um ajuste rápido na arma. Sorrindo terrivelmente, Melchus bateu o martelo com tanta força que espalhou os restos da batalha pelo ar.

Era como se uma mão gigante invisível batesse em G'torik. Ele sentiu que girava pelo ar, movido por uma onda de choque de força gravitacional irresistível. O interior da sala de controle rodava e tudo ficou embaçado. E G'torik continuava a voar, estranhamente distante...

Percebeu, então, que tinha sido jogado por cima da ponte. A queda foi amortecida pela pilha de corpos.

G'torik permaneceu ali, ferido e chocado. Logo, a escuridão surgiu. A última coisa que ouviu foi a gargalhada de Melchus.

High Charity
Jardins Suspensos, Receptáculo de Contemplação Estética
2552 EC
A Era da Recuperação

– *Os Elites falharam em proteger os Profetas!* – Assim ribombou a voz do Alto Profeta da Verdade pelo sistema de anúncios. Um par de pequeninos Unggoy, com os rostos escondidos sob as máscaras de metano, parou para ouvir as palavras, arrebatados.

Inspirado pelo exemplo de Mken 'Scre'ah'ben, Zo Resken vinha tentando andar por um dos muitos Jardins Suspensos da Cidade Sagrada sem ou auxílio de sua cadeira ou de um cinto antigravidade. Ele tinha vestido o cinto, mas programado o dispositivo para quase nenhum efeito. E, embora a gravidade em High Charity fosse menor que o considerado normal no mundo natal de Janjur Qom, ele seguia com dificuldade. Bufando, parou entre dois pequenos morros esverdeados para ouvir o anúncio do Alto Profeta. Sentiu um calafrio com aquela voz retumbante, apesar do calor do esforço.

– *Que nenhum guerreiro esqueça o juramento. Manter-nos-ão seguros na fé, enquanto encontramos o Caminho! Com minhas bênçãos, os Jiralhanae agora lideram nossas frotas! Eles pedem por sua lealdade, e vocês lhes darão!*

Os pequenos Unggoy saltitaram animadamente. Um Kig-Yar que passava, provavelmente sem prestar muita atenção ao anúncio, apressou-se irritadamente, como se fosse incentivado pela voz de Verdade.

Que nenhum guerreiro esqueça o juramento.

– Então, começou – murmurou Zo, ao dar as costas aos Unggoy felizes. – E onde isso vai parar...

E agora, o que vou fazer?, pensou Zo, aumentando o poder do cinto e correndo em direção à saída. Ficou claro que a rebelião havia começado: boatos de lutas em High Charity e mesmo na superfície do Halo Delta chegavam a Claridade. Os Elites por fim deixaram o Covenant. Mesmo alguns Mgalekgolo haviam se juntado a eles, embora outros permanecessem fiéis ao Covenant. Zo suspeitava que a mudança da guarda fora implementada e que os Elites tinham reagido com força. Era como ele havia discutido com G'torik.

A escolha estava agora diante dele: Zo poderia permanecer leal a Verdade e Devoção ou se voltar abertamente contra eles. O Alto Profeta da Verdade era um Hierarca e possuía o que restava do Covenant em suas mãos, mas Zo sabia a diferença entre obediência ao mal e devoção nobre. Verdade não estava ao lado da nobreza.

Havia um rumor de que o Halo Delta seria ativado em breve – mas isso foi antes, quando o Covenant não estava se desfazendo. Zo ficara sabendo que os Altos Conselheiros Elite haviam ido ao Halo antes dos Profetas, a fim de preparar a câmara para a consagração do Ícone Sagrado. Contudo, de acordo com os displays em High Charity, Tartarus já havia recuperado o Ícone e entregado o dispositivo pessoalmente ao Alto Profeta da Verdade. O que havia restado dos Conselheiros Elite? Haviam sido pegos em meio à carnificina desse grande cisma?

Uma grande e cinza mão enluvada por metal estapeou o ombro de Zo, dolorosamente.

– Profeta da Claridade – ribombou o Jiralhanae –, venha comigo.

Zo virou-se, nervoso, mas qualquer palavra de desafio morreu em seus lábios quando ele viu a dupla de Mgalekgolo atrás do capitão Jiralhanae. Os Hunters gigantes, equipados com armas enormes e escudos, não disseram nada: eles nunca precisavam falar. Estavam ali apenas como forma de ameaça, o que se comunicava com muita eficiência. Claramente, esses eram leais ao Alto Profeta da Verdade.

– Profeta da Claridade, o Profeta da Devoção Soberba deseja discutir determinados assuntos imediatamente – declarou o Bruto. – É tudo o que sei. No entanto, se não vier por espontânea vontade, deixarei que os Hunters o levem à força. Você conhece bem o tipo: Hunters não são gentis.

Zo olhou os Hunters.

– Posso pegar minha cadeira primeiro?

– Se estiver por perto.

Zo limpou a garganta.

– Bem, então vamos ver o que posso fazer por Sua Santidade, o Profeta da Devoção Soberba.

CAPÍTULO 17

O Refúgio, Colônia Ussaniana
Seção Cinco
2552 EC
A Era da Recuperação

Escoltados por Tirk 'Surb, pelo sacerdote Tup'Quk e por mais seis seguranças fortemente armados, Bal'Tol e C'tenz andavam lado a lado pelo jardim de esculturas, na praça externa ao Hall das Mentes dos Deuses, no Subnível Quatro. Procuravam pelos doentes que se reuniam em torno de 'Kinsa. Tup'Quk, um Sangheili curvado pela idade, cheio dos estranhos pelos que às vezes cresciam nas fendas dos muito velhos, seguia arrastando os pés lentamente, com suas joias cerimoniais balançando nos furos das mandíbulas. Ele trajava um robe costurado com fragmentos de objetos sagrados, tecido lustroso e pele de glebos, um animalzinho peludo que saltitava pelos níveis ecológicos.

Até aquele momento, Bal'Tol e os outros tinham avistado apenas alguns peregrinos cantando baixinho, caminhando pelo Hall das Mentes dos Deuses entre as estátuas. O jardim de esculturas incluía imagens tridimensionais dos lendários Ussa 'Xellus e Sooln; ali perto, também estavam Tersa e sua companheira guerreira, Lnur. Havia representações de Sanghelios nos braços protetores de Ussa e uma imagem da forma esférica do Refúgio se despedaçando, e suas seções eram penduradas, na escultura, por fios transparentes. Além disso, havia ali estátuas do filho e do neto de Ussa, versões mitológicas dos deuses, esculturas de Ernicka, o Retalhador, e de outros, cortando uma imagem do serpentino Salus 'Crolon e imagens dos populares guerreiros da Seção de Combate lutando floatfight.

Alcançaram o lado oposto do jardim de esculturas e Bal'Tol olhou pela entrada para a parede: um arco alto, pintado com figuras da mitologia, onde peregrinos costumavam sentar-se, em comunhão com imagens geométricas que se modificavam na grande câmara. Entoavam o nome de cada figura, como lhes tinham sido ensinados pelos sacerdotes. *O que Ussa 'Xellus acharia de tudo isso?*, pensou Bal'Tol.

Naquele hall, três imagens tridimensionais e translúcidas tremeluziam, às vezes emitindo sons, parecendo sussurrar sem palavras. Os registros de Ussa sugeriam que o Hall seria, na verdade, um dispositivo para observação e comunicação dentro dos limites do mundo defensivo original. A Voz Voadora era necessária para ativá-lo plenamente, e Enduring Bias mantinha-se em silêncio, talvez falecido. O Hall das Mentes dos Deuses era cultuado com reverência; havia recebido esse nome muitas gerações antes. Alguns iam até ali para rezar aos deuses. O local possuía seu próprio sacerdote, bem como a Seção de Combate e o Local da Passagem Abençoada.

Pessoalmente, Bal'Tol encarava tudo aquilo como superstição exagerada. Acreditava em uma realidade cósmica, em uma mente cósmica. Ele tivera uma visão dela ao contemplar a dança do caos durante a meditação. Mas não era adequado falar sobre isso; os Clãs precisavam acreditar em seus deuses e sacerdotes. Mesmo Ussa 'Xellus havia acreditado nos deuses, na divindade dos Forerunners, e que as relíquias eram sagradas. Mas Bal'Tol era um Sangheili independente: acreditava no que bem entendia, pelo menos em sua vida privada. Publicamente, acreditava em todos os deuses que assombravam as mentes da colônia desde a morte de Ussa: a Voz Voadora; Ziggur, um quase esquecido espírito da natureza do velho Sanghelios, o qual dizia-se habitar os jardins do nível ecológico; Moraphant, que carregava os espíritos dos mortos da colônia para o Anel Sagrado, onde esperariam pela ponte de luz que um dia os levaria para o paraíso primordial de Sanghelios; os espíritos menores que animavam a maquinaria da colônia e inspiravam a guilda de reparadores; o Sol Forerunner e sua consorte, Lua Forerunner, que governavam outros deuses...

Sol e Lua Forerunner eram os principais alvos de adoração no Refúgio. Não fora assim para os antigos Sangheili, que adoravam primordialmente os artefatos sagrados e aqueles que os construíram.

Bal'Tol virou-se para Tup'Quk quando o velho sacerdote sibilou:

– Olhe. Ali estão os detratores! – disse, e apontou.

No canto do jardim de esculturas, onde a parede que abrigava a entrada para o Hall das Mentes dos Deuses se encontrava com a da praça, oito Sangheili sentavam-se de pernas cruzadas no chão, ouvindo 'Kinsa. Um dos atentos ouvintes era um herói de floatfight: Norzessa.

– Está vendo quem é, ali à direita? – sussurrou C'tenz.

– Sim – murmurou Bal'Tol. – Muito perturbador.

Norzessa devia ser o mais adorado herói de floatfight. Bal'Tol em pessoa havia lhe dado a Medalha Relíquia para usar durante um giro em torno do sol; ficara impressionado pela energia e pela engenhosidade de Norzessa na arena de gravidade zero.

Toda a Seção de Combate não possuía gravidade. Muitos séculos antes, seus pontos de gravidade haviam colapsado, e a seção, à época mais usada como uma área de estocagem, tornou-se um caos de caixas voadoras, máquinas e trabalhadores assustados. Em todas as visitas à Seção de Combate, Bal' Tol imaginava o que aconteceria à colônia se toda a gravidade artificial parasse de funcionar nas outras seções. Por quanto tempo sobreviveriam na gravidade zero? Muitas das máquinas parariam de trabalhar, pois sua mecânica não faria mais sentido. O resultado: histeria e pânico coletivo. E então lutas nos clãs, sempre algo prestes a explodir, e muito derramamento de sangue...

Mas, até então, nenhum outro painel de gravidade havia falhado, e a Seção de Combate era a única sem gravidade. Ela tinha se tornado um local onde ussanianos podiam exercitar sua sede de combate sem massacrar uns aos outros, um local para competição atlética. Uma competição violenta, claro, mas na qual a carnificina geralmente não acontecia.

Quando criança, e depois na juventude, Bal'Tol havia frequentado a seção, entre combates floatfight e treinos de acrobacias em queda livre. Ele havia quebrado o braço esquerdo, danificando os nervos, e isso foi o fim de seu sonho de se tornar um herói competidor de floatfight; com o ferimento, o braço perdeu parte de sua sensibilidade.

– Venha, Tup'Quk, vamos ver o que estão falando e quanto aviltamento temos em mãos – disse o kaidon.

Os patrulheiros fecharam o cerco em volta de Bal'Tol quando ele se aproximou de 'Kinsa e seu grupo, mas Bal'Tol gesticulou para que se afastassem. Perto dele permaneceu C'tenz, com a mão posta no cabo de sua lâmina de energia embainhada. Ele podia ouvir o velho Tup'Quk bufando logo atrás, dando passinhos e respirando com dificuldade. Uma boa parte dos recursos médicos da colônia havia sido utilizada, e poucos medicamentos estavam sendo produzidos. A arte dessa produção havia sido parcialmente perdida. Os mais velhos se esforçavam para continuá-la, mas havia poucos jovens no ramo.

– A corrosão está em toda parte – dizia 'Kinsa. – É a fúria dos deuses Esquecidos! – Ele era um Sangheili embrutecido, com mandíbulas largas e testa proeminente. Havia símbolos crípticos inscritos na pele exposta dos braços. Vestia uma couraça feita em casa com pedaços de metal de máquinas velhas costurados entre si. Incontáveis pedaços da Desconstrução flutuavam pelas seções, por séculos presos pela gravidade. Às vezes, pequenos fragmentos eram recolhidos por pilotos de shuttle e vendidos como souvenirs Forerunners. Na cabeça, 'Kinsa usava um capacete antigo e amassado, cor de cobre. Ele socava a própria mão com golpes para enfatizar determinadas palavras. – A corrosão se espalha de nossas mãos para as paredes! Os geradores de fluido potável estão parando, um a um; os limpadores de atmosfera serão os próximos. Por que tudo funcionava e de repente está parando? Por quê? Eu lhes digo! Por causa de Sangheili como ele!

Ele apontou o dedo acusatório na direção do kaidon. A plateia de 'Kinsa se virou, assustada, e viu Bal'Tol e seu grupo. Dois se levantaram e rapidamente se afastaram. Norzessa, no entanto, permaneceu onde estava, talvez encarando o sacerdote. Não era possível saber ao certo, porque o rosto cheio de cicatrizes de floatfight o tornava difícil de ser interpretado.

– Os verdadeiros espíritos deste lugar estão descontentes conosco – rosnou 'Kinsa. – Punindo-nos por termos perdido o caminho para Sanghelios!

Então, Bal'Tol viu: a pulsação aracnídea no rosto e nas mãos de 'Kinsa. Ela aparecia quando a excitação da terceira fase da Doença Sanguínea atacava.

– Vocês são corruptores deste local sagrado! – a voz trêmula de Tup'Quk surgiu por trás de dois seguranças. – Corruptores! – Enquanto falava, os ornamentos em sua mandíbula balançavam furiosamente. – Vão para suas casas e rezem por perdão!

– Corruptores, você diz? – cuspiu 'Kinsa. – Do que já está *perdidamente* corrompido? Os Deuses Esquecidos se recusam a desaparecer! Eles me mostraram o caminho; vamos pegar as naves que escondem no Primário! Vamos levar todo o nosso povo para Sanghelios.

– Primeiro – disse C'tenz –, o caminho para Sanghelios está perdido para nós. Não temos mais essa informação. O caminho foi apagado da memória dos aparelhos nas naves. Talvez Ussa 'Xellus tenha feito isso de propósito, após a traição de Salus 'Crolon. Segundo, não há espaço suficiente naquelas naves para todos. E, terceiro, não temos certeza se elas ainda voam. Na verdade, eu tenho certeza de que não, pois, como muitas outras coisas, elas tiveram partes canibalizadas...

– Canibais! – explodiu 'Kinsa. – Vocês são os canibais! São como os Mandíbulas Azuis da Seção Dois!

Há muito tempo Bal'Tol não pensava nos Mandíbulas Azuis, talvez porque a memória fosse profundamente desagradável. O sangue azul-escuro dos Sangheili havia manchado as mandíbulas de um grupo selvagem que tinha tomado conta de partes da Seção Dois, ciclos antes, durante um período de escassez de alimentos: uma falha nos sistemas de irrigação no nível ecológico e a morte de parte da flora, simultaneamente a um colapso no sintetizador de proteína. Um bando liderado por um bandido com a Doença havia começado a se alimentar de ussanianos "inferiores". Bal'Tol em pessoa havia guiado tropas contra eles, e os Mandíbulas Azuis foram subjugados e exterminados.

– Nenhum de nós é canibal – disse Bal'Tol. Ele se dirigia mais aos seguidores de 'Kinsa do que ao Sangheili. – Comemos o mesmo que você, Oska 'Meln.

– *Do que você me chamou?* – 'Kinsa fechou a mão, em punhos trêmulos. – Mentiroso! *Eu sou 'Kinsa!* Sou a voz de 'Greftus! E, através de 'Greftus, a voz do Sol Forerunner! Sua radiância solar vai esterilizar com calor este lugar!

– Estou lhe concedendo uma oportunidade para se render, quem quer que pense que seja – disse Bal'Tol. – Planejo um lugar especial de isolamento para pessoas com sua doença. Estou inclinado a oferecê-lo, até que a cura seja descoberta.

– Doença? É *você* que está doente!

– Cuidado, tolo! – gritou C'tenz. – Você recebeu uma chance de viver!

Norzessa ficou de pé e encarou a delegação. Depois, se agachou como se fosse saltar. Ele também usava uma couraça de restos de metal sobre o peito.

– Vocês não tocarão em 'Kinsa! Apenas ele conhece o caminho para Sanghelios! Morte para qualquer um que se aproximar dele! – Uma de suas mãos foi para o punhal de uma longa faca curva no cinto: a lâmina "meia-lua" de um lutador de floatfight, não muito diferente da antiga lâmina curva de Sanghelios.

Tirk 'Surb deu um passo à frente do kaidon, com uma lâmina de energia em uma mão e uma pistola de plasma na outra.

– Para trás! Estão *todos* presos! Escutei conversa de sedição aqui! Conversa de "esterilizar" a colônia? Isso basta para mim!

Os patrulheiros já estavam com as armas postas, alinhados à frente dos seguidores de 'Kinsa.

Havia rostos assustados ao lado daqueles selvagemente desafiadores. Mas Norzessa não sentia medo.

– 'Kinsa é a voz dos deuses! – berrou ele. Então, sacou a lâmina meia-lua, girando-a com tanta rapidez que parecia formar um círculo.

O que realmente alarmou Bal'Tol, no entanto, foi a aparência de confiança fria no rosto de 'Kinsa, que olhava para um ponto atrás da delegação.

Bal'Tol virou-se para ver quinze Sangheili atravessando a porta, alinhados, todos trajando couraças semelhantes, uma espécie de uniforme dos seguidores de 'Kinsa. Alguns possuíam mandíbulas furadas com ornamentos em forma de espora e o dorso das mãos crespo com travas de ferro. Carregavam armas caseiras conhecidas como mec-mísseis, arcos que atiravam projéteis afiados ou lanças. Cada arma podia atirar quatro projéteis, feitos de metal leve martelado e madeira do nível ecológico.

Inesperado. Há muitos mais deles do que deduzimos, pensou Bal'Tol, tristemente.

Tirk 'Surb e os outros também viraram para trás, percebendo que estavam acuados.

– Que traição é esta? – gaguejou Tirk.

– E vocês pensaram – chiou 'Kinsa – que nós não ficamos sabendo quem chega pelo shuttle da Seção Primária? Fomos informados e nos preparamos! Os únicos prisioneiros aqui serão vocês.

– Covardes desonrados! – rugiu Tirk, atacando o novo grupo, com os seguranças bem atrás. E esquecendo-se, talvez, de Norzessa, que aproveitou a deixa para atacar Bal'Tol e C'tenz.

Os Sangheili com mec-mísseis foram surpreendidos pela rapidez e pela ousadia do ataque de Tirk e recuaram, hesitantes. Apenas um deles disparou por cima do ombro de Tirk.

Tirk já disparava sua pistola, quase à queima-roupa, no rosto de um dos inimigos. O alvo berrou e cambaleou, largando a arma. Com a lâmina de energia, Tirk atacou o que estava a seu lado. Um dos seguranças urrou de dor e caiu quando um tiro de mec-míssil atingiu seu abdome; os outros, então, já estavam entre os inimigos, lutando furiosamente, atirando e açoitando.

Um projétil entrou pela boca do velho Tup'Quk quando ele a abriu para gritar; a imprecação nunca foi ouvida. Ele caiu, morto, com a ponta do projétil saindo pela parte de trás de sua cabeça.

Bal'Tol falou pelo comunicador em seu punho, divulgando a mensagem amplamente.

– Aqui é o kaidon, do lado de fora do Hall das Mentes dos Deuses. Estamos sendo atacados... – Não houve tempo para mais. Ele girou. Seus corações pareciam se debater um contra o outro quando ele testemunhou C'tenz agarrando Norzessa. O amigo lutava para manter a meia-lua afastada, mesmo enquanto a lâmina de energia de C'tenz entrava no dorso de Norzessa. O lutador de floatfight parecia ignorar a lâmina fumegante e passou a morder C'tenz com suas mandíbulas.

Agindo instintivamente, Bal'Tol puxou a espada, uma arma cerimonial, e enfiou-a em Norzessa.

O lutador soltou e empurrou C'tenz quando a segunda lâmina o atingiu. C'tenz caiu sobre Bal'Tol, salvando-o inadvertidamente. Um projétil de mec-míssil chiou tão próximo da cabeça do kaidon que ele pôde até sentir a fricção da passagem.

Um dos seguranças correu para proteger Bal'Tol e se posicionou entre ele e o lutador. Um ato de coragem, porém trágico, dada a reputação de Norzessa. Quase que imediatamente a cabeça do patrulheiro voou dos ombros, deixando um rastro de sangue azul-escuro, quando Norzessa utilizou a meia-lua com maestria.

Bal'Tol atacou, furioso, e atingiu Norzessa antes que ele colocasse a meia-lua em uso outra vez. A leve espada cerimonial atravessou a garganta do lutador. Ele a girou para garantir a queda do inimigo.

Para seu assombro, Norzessa continuou lutando, atacando com sua lâmina curva, por pouco acertando quando C'tenz afastou Bal'Tol do caminho da arma. Bal'Tol perdeu o apoio da espada manchada de sangue, e Norzessa, gorgolejando sangue, mantinha os olhos acesos, mesmo com a lâmina do kaidon enfiada até o punho em sua garganta.

C'tenz atingiu o braço de Norzessa que segurava a arma e cortou o punho, logo acima da armadura. Mão e espada caíram. Norzessa, cuspindo sangue grosso e arroxeado, caiu de joelhos. C'tenz o esfaqueou mais duas vezes, amaldiçoando-o, e Norzessa caiu, convulsionando, quando Bal'Tol se virava para ver que Tirk 'Surb também estava caído... Dois projéteis nele, um logo acima do esterno e outro na virilha. O velho guerreiro morria. Bal'Tol desviou instintivamente de outro projétil... Mas não foi o suficiente, e o mec-míssil o atingiu no lombo, penetrando e saindo pelo outro lado.

Curvado de dor, Bal'Tol procurou por uma arma... e por 'Kinsa. Onde ele estava? Para onde tinha ido? Se pudessem matar 'Kinsa...

Ele se jogou no chão quando outra lança zuniu ao lado dele, logo acima da cabeça. Viu um segurança atingindo o atirador...

Uma vibração aguda surgiu acima dos gritos de batalha e dor: vinha da entrada do jardim. Bal'Tol olhou e viu 'Kinsa na entrada, assoprando um apito longo, feito de restos de canos. Ele baixou o apito e berrou:

– Tropas chegando!

Havia um contingente de patrulheiros no porto de shuttles. Deviam ser eles, levaria tempo para reunir mais de outras seções.

Restavam oito lutadores vivos do lado de 'Kinsa, além do próprio, que gritava ordens. Atiraram o resto dos projéteis cinéticos e fugiram, sob o fogo dos últimos dois seguranças sobreviventes. Chegaram até 'Kinsa e o seguiram, correndo para o hall.

– Meu kaidon! – exclamou C'tenz, emocionado, ajudando Bal'Tol a ficar de pé. – Está muito ferido? Está sangrando!

Bal'Tol apertou o ferimento e sentiu o sangue pulsando por entre seus dedos.

– Não é um ferimento mortal. O projétil passou, pouco abaixo da pele... Vou sobreviver. Mas perdemos Tirk e os outros. Lutamos uma grande batalha. A honra brilhou intensamente aqui, C'tenz. Mas não se engane. Isso também é uma tragédia. Maior do que você possa imaginar.

High Charity
Corte de Julgamento para Ferramentas da Conquista
Refinamento Gravitacional
2552 EC
A Era da Recuperação

Zo Resken, o Profeta da Claridade, estava quase seguro de que conseguiria lidar com a pequena interlocução com o Profeta da Devoção Soberba. Era estranho, no entanto, ter sido trazido para a Corte de Julgamento, um local para teste de armamentos, onde nunca havia estado antes. Poucos eram permitidos ali.

Enquanto dois Brutos se agachavam ao lado dele, desativando suas armas, arrancando fios com a lâmina de suas baionetas, ele desejou não ter pedido pela maldita cadeira. Dentro dela, havia guardado os registros de Mken 'Scre'ah'ben, tesouros de seu ancestral. Em seu mais recente estudo, Zo notou detalhes que não havia observado anteriormente, indícios de que alguns dentro do Refúgio Ussaniano poderiam ter sobrevivido. Ele esperava que os registros saíssem ilesos da violência dos Brutos, mas não tinha certeza de que isso aconteceria.

– Sério? Já não causaram dano suficiente em minha cadeira? – questionou. – Preciso protestar. Vão interferir no modulador.

– Sim, sim, é o suficiente, ele já está desarmado – disse Devoção Soberba ao se aproximar em seu trono antigravidade. Estavam em um corredor iluminado por uma luz forte vinda da janela. Luz refletia do dourado de seu colarinho. O holograma do Anel Sagrado sobre seu ornamento de cabeça parecia se apagar, como se envergonhado.

Zo Resken e Devoção Soberba não estavam a sós: eram observados por olhos atentos de dois drones de vigilância flutuantes; quatro Jiralhanae faziam a proteção de Devoção, incluindo aquele que havia trazido Zo; e dois Mgalekgolo, inertes ou se remexendo no plano de fundo, estavam pacientemente à espera de uma ordem para agir com violência.

À esquerda de Zo, havia um amplo painel de vidro emoldurado por ferro, e, atrás deste, uma enorme sala branca, quase em formato de cubo. Vários Sangheili esperavam, entediados, nessa sala. Na parede de trás, uma pesada porta de metal azul. No chão, a intervalos curtos e regulares, pontilhados vermelhos, que pareceram ao olho inexperiente de Zo como módulos gravitacionais.

– Olhe ali, na câmara de Refinamento Gravitacional – disse Devoção suavemente, gesticulando na direção da janela que dava para a sala branca. No mesmo instante, a porta de trás se abriu. – Reconhece alguns destes Sangheili?

Zo conhecia todos. Ali estava Duru 'Scoahamee, um Alto Conselheiro Elite. Ou melhor, ex-conselheiro, dada a recente tomada pelos Jiralhanae. Era um Sangheili alto, com testa nobre e sempre de mandíbulas bem fechadas. Trajava armadura, mas sem capacete, e estava desarmado. Atrás deles, outros dois: K'hurk 'Bornisamee e Tilik 'Bornisamee. K'hurk também tinha sido, até então, Alto Conselheiro. Tilik sempre fora animado, mas, naquele momento, parecia desesperançado e assustadiço.

– Conheço todos – respondeu o Profeta da Claridade, com uma crescente sensação ruim.

Melchus, o capitão dos Brutos de Tartarus, surgiu na câmara carregando uma enorme arma desconhecida. Seria a que estava sendo testada?

Na verdade, a sala onde estavam os Sangheili também fazia parte do teste.

– Muitas coisas aconteceram – disse Devoção –, das quais, assumo, você não esteja sabendo. Ou não o teríamos avistado passeando pelos jardins. Um grande grupo de Altos Conselheiros Elite, principalmente aqueles opostos à substituição da Guarda de Honra por Jiralhanae, foi, digamos... executado.

Zo piscou.

– Executado?

– Não encontraram o que esperavam no Anel Sagrado. Encontraram a morte.

– Você... os matou?

– Nós matamos. É melhor acabar com um motim antes que ele ganhe força. E esses eram apenas a ponta da lança. Sabe quem estava com eles? Ora, seus amigos Torg e G'torik, que passeavam com você, sem dúvida matraqueando sobre traição, nos Jardins Suspensos.

– G'torik...

– Não recuperamos o corpo, mas tenho certeza de que está morto, em algum lugar por perto. Ele não conseguiria ir muito longe.

– Mas... Eu... Por que estou aqui?

– Por muitas razões – ronronou Devoção. – Primeiro: olhe pelo vidro. Testemunhe o que acontecerá com seu amigo Duru 'Scoahamee.

Melchus ordenou que os outros dois Sangheili fossem para trás enquanto Duru era enviado para perto da janela. Então, os pontos vermelhos no chão se acenderam, e Duru foi acertado com força nas costas por uma força invisível.

– Olhe! – disse Devoção. Seus dois dedos longos e ossudos e o dedão passearam sobre os holocontroles do trono. – Posso mantê-lo abaixado. Apenas para que fique quieto.

Duru estava esparramado de costas no chão, arfando por ar.

– O que está fazendo? – perguntou Zo, e o mal-estar tomava conta dele.

– Ora, estou controlando a gravidade local – riu Devoção. – E você poderia dizer que isso não é novidade. Mas pense. Temos gravidade artificial em nossos hábitats. Temos armamentos gravitacionais e veículos que utilizam partida por gravidade. E, no entanto, quão pouco exploramos as possibilidades da manipulação gravitacional! Como ferramenta de influência e dominação. O problema, claro, é que exige muita energia. Nosso objetivo nesta câmara hoje é... – Ele olhou intensamente para Zo. – Interrogatório.

Zo falou, apenas para manter a mente ocupada e enrolar o Profeta:

– Nunca ouvi falar de tal uso no Covenant...

– Ah, é novidade. Muito nova, muito experimental... Talvez não seja prática para nossas necessidades com os humanos, dado que o tempo deles está quase no fim. Mas para dissidentes? Para rebeldes nos atrapalhando enquanto damos os últimos passos em direção ao Caminho?

Os longos e magros dedos de Devoção ajustaram um recém-instalado holocontrole no braço de seu trono.

A mão direita de Duru imediatamente foi amassada até se tornar extremamente fina, com sangue, pó de osso e tutano se espalhando para os lados.

O grito foi abafado pela janela, ficando quase inaudível. No entanto, Zo o ouviu ecoar, de algum modo, em sua mente.

– Está vendo? – perguntou Devoção, ao inspirar profundamente com alegria sádica. – Provoquei o colapso da mão sob amplificação gravitacional localizada. Aumento de gravidade... E somente naquele ponto! Isolada e separadamente. Imagine o que pode ser feito com esse aparelho em um processo de interrogatório.

– Sim... – A garganta de Zo secou, como o terreno de um planeta deserto. – Ó Profeta, me disseram que gostaria de discutir algo comigo?

– Há indícios de que você possui um relacionamento com os Sangheili, algo que não seria apropriado para um oficial de seu posto. Na verdade, há testemunhas que o viram com os Sangheili listados entre os hereges nos Jardins Suspensos. Parece, a meu ver, que estava em uma conversa íntima com eles. – Apontou para os drones acima deles. – Estes investigadores estavam alocados ao lado de fora dos Jardins. Perto o suficiente para avistar com quem você conversava, os agora culpados de sedição. Torg 'Gransamee está morto... E a morte de G'torik será confirmada em breve. E por motivos importantes. Quando o convoquei à minha câmara, dividi informações graves sobre os Elites. Revelei fatos que sabia que você divulgaria, e o fiz intencionalmente. Não importava que a informação vazasse; a bem da verdade, era o que queríamos. E quando enviamos os investigadores para vigiar G'Torik o ouvimos repetir muito do que eu lhe havia dito. Como bem supus. E aqui está você. Nós sabíamos que era próximo demais dos dissidentes.

– Apenas... um mal-entendido, Eminência.

– Não me julgue idiota. Oh, e há outros rumores vindos do Anel. Você conhece o Supremo Comandante da Frota de Justiça Particular, agora envergonhado pela perda do Halo Alpha?

– Conheço. É Thel 'Vadamee. Mas o nome é tudo que sei.

– Deve saber, então, que ele recebeu o manto do Árbitro pelos Altos Profetas da Verdade e da Piedade, e a tarefa de adquirir o Ícone Sagrado. Os primeiros relatos indicam que perdeu a vida no Repositório da Fé, o local a que os Forerunners se referiam como Biblioteca. Que ele morreu batalhando contra o parasita nas profundezas da zona de quarentena do Anel e fracassou na busca pelo Ícone.

– O que isso tem a ver comigo? – perguntou Zo.

– Alguns relatórios da superfície do Halo Delta indicam que o Árbitro... reapareceu. Que de algum modo retornou dos mortos.

Zo não estava entendendo. O que Devoção estava sugerindo?

– Retornou dos mortos? Difícil acreditar, Eminência.

– O Árbitro foi visto liderando uma ressurgência de Elites no Anel, guerreando contra nossos Brutos enquanto estes asseguravam fielmente nossos planos de ativar o Halo. Então, entende minha cadeia de pensamento e preocupação? Pode muito bem ser que você tenha acesso a informações sobre as ações do Árbitro, dado que fraterniza com aqueles que se opõem a nós. Queremos saber onde ele está, sua força e o paradeiro de seu amigo G'torik, caso continue vivo.

Zo Resken olhou pela janela, para Duru, que tremia de dor.

– Eu não sei nada sobre o... o Árbitro.

– Você mente. Você sabe muito e esconde.

– Digo a verdade. Não sei nada sobre o retorno dele ou sobre essa ressurgência de que fala! Apenas sei que acreditavam que ele estava morto...

– É mesmo? Observe.

Os dedos de Devoção tocaram os controles, e a perna direita de Duru, do joelho para baixo, foi amassada pelo fluxo súbito de gravidade. O sangue Sangheili se espalhou a grande distância, forçado pela alta pressão. A força gravitacional seguiu então para cima do joelho de Duru. Uma bolha de sangue apareceu na coxa, depois explodiu.

Zo virou-se, enjoado.

– Meu Profeta... Sou leal ao Covenant.

– É? Olhe outra vez. – Quando Zo hesitou, Devoção gritou:

– Eu disse *olhe*!

Zo forçou-se a olhar... e viu que o aparelho de refinamento gravitacional esmagava os membros inferiores de Duru, a partir do joelho, para cima, centímetro a centímetro. Lentamente.

O grito de Duru dessa vez penetrou a janela com clareza.

– Pela misericórdia dos deuses, por favor... – arfou Zo. – Pare com isso. Mate-o!

Mas Devoção não tinha pressa. Usando a força gravitacional de um planeta gigante, focada numa pequena área, esmagou cada pedacinho de Duru, até que suas vísceras fossem expelidas pela boca e...

Zo, quase vomitando, não foi capaz de continuar assistindo àquela selvageria. Os outros Sangheili na sala com Duru tentavam manter um nível de dignidade. Mas seus olhos observavam o que restava de Duru, e o horror contraía suas faces, fazendo que os olhos saltassem e as bocas se abrissem.

– Agora – disse Devoção –, isso é o que acontece a traidores do Covenant e do Pacto de União. Não deve sentir pena daqueles que sacrificariam nossos costumes justo nessa hora, quando estamos prestes a consumar a Grande Jornada. Agora... Melchus... coloque o jovem, Tilik 'Bornisamee, à frente...

Melchus empurrou Tilik 'Bornisamee na direção dos restos irreconhecíveis de Duru. O parente de Tilik berrou, implorando para que fosse levado no lugar. Zo entendeu os gestos, o rosto.

O tio de Tilik rosnava de ódio para Melchus. Então, se agachou para atacá-lo, mas foi jogado ao chão por uma onda de choque do martelo de Melchus.

Tilik deu um passo à frente, desafiador, fechou os olhos e esperou pela morte com o máximo de dignidade que pode reunir.

– Agora, Claridade – disse Devoção –, quero acreditar em sua lealdade, mas suas amizades deixam muito a desejar. Mesmo assim... talvez possa mudar de ideia. Venha, fique a meu lado e ative o aparelho. Prove que é leal a mim... e então vou reconsiderar se talvez possa ser de confiança.

Zo ficou boquiaberto.

– Eu?

– Sim, você.

– Não posso. Isso é... não... meu... – Zo não pensava mais direito e não conseguiu argumentar. – Não posso fazer isso.

– Você, Profeta da Claridade, *vai* fazê-lo.

Zo moveu a cadeira antigravidade para mais perto, mais perto, sentindo o olhar de Tilik através da janela.

– Está vendo a chave magenta? Pressione. Não há opção, Claridade. Ou será o próximo naquela sala. Entendeu?

– Sim – respondeu Zo, quase em um sussurro.

A mão de Zo pairou sobre os controles. Ele pensou: *É um universo cruel. Apenas faça seu papel. Ele vai ser morto de qualquer jeito. Sobreviva. Não quer morrer daquela forma. Devoção Soberba iria caprichar em sua morte...*

Mas, após um longo momento, Zo falou:

– Eu... não posso. Sinto muito, Profeta. É injusto. Não é o que os deuses querem de nós. Estes Sangheili foram servidores fiéis ao Covenant e... simplesmente não posso.

– Então, você os seguirá. Vai perecer em agonia, como eles.

A voz de Zo soou morta a seus próprios ouvidos:

– Sim. Eu entendo.

– Entende, mesmo? – Devoção parecia genuinamente surpreso. – Está de acordo com seu destino e aceitaria a morte agora junto com estes traidores?

De acordo? Nem um pouco. Mas resignado.

– Aceito.

– Muito bem, então. – Devoção apertou os controles e, sem pressa, assassinou Tilik.

Zo ficou atordoado, como se fosse cair da cadeira. Então, após o que pareceu uma eternidade, ouviu, a distância, a voz de Devoção:

– Guardas, levem este *ex*-Profeta da Claridade enquanto termino com estes Conselheiros. Não apenas veremos o que ele sabe, mas testemunharemos como um Profeta traidor enfrenta sua morte. Ouso dizer que será quase um privilégio para ele.

CAPÍTULO 18

High Charity
Corte de Julgamento para Ferramentas da Conquista
Refinamento Gravitacional
2552 EC
A Era da Recuperação

Evitando pensar na morte terrível que o aguardava, Zo Resken, escoltado por guardas, acelerava sua cadeira antigravidade pelo corredor que levava à entrada traseira da câmara de refinamento gravitacional. Diante dele marchava um Jiralhanae de capacete, dando as costas desdenhosamente a um Zo desarmado. Atrás, próximo o suficiente para que Zo sentisse a respiração em sua nuca, outro Jiralhanae; ele sentia o odor vigoroso do Bruto, ouvia sua armadura batendo. Apenas dois para escoltá-lo até a morte: a medida de quão pouco o Profeta da Devoção Soberba respeitava Zo Resken.

Com uma espécie de angústia contrita, Zo decidiu que Devoção estava certo. Zo era fisicamente tão fraco quanto pode ser um San'Shyuum moderno – não tinha a menor chance de escapar desses dois guardas potentes. Sua cadeira era fraca também; em outros tempos, poderia ter tentado usar o campo antigravidade dela para conseguir uma arma ou para sobrevoar os grandalhões. Mas o teto era baixo demais, e os campos gravitacionais da cadeira já tinham sido comprometidos. Possuía apenas poder de locomoção suficiente para acompanhar os Jiralhanae.

A porta de metal azul estava próxima. Havia outra porta fechada, à direita. Talvez fosse a entrada para outra cela, onde outra máquina assassina grotesca poderia ser testada. Mas não, ele viu um holossinal nela que dizia, em tipos San'Shyuum: Acesso ao Conduíte de Energia.

Zo obrigou-se a pensar nos registros escondidos na cadeira. Poderia usá-los, talvez, para barganhar com o Profeta da Devoção Soberba? Em seu mais recente estudo dos escritos de Mken 'Scre'ah'ben, pareceu-lhe que o Refúgio, o mundo Forerunner tomado pelas forças de Ussa 'Xellus havia tanto tempo, não teria sido detonado e desaparecido, conforme diziam as histórias, pois havia indícios de sua sobrevivência. Poderia o local ainda existir, com todas as suas muitas relíquias? E talvez com os descendentes dos antigos ussanianos também? A perspectiva, pensou Zo, poderia animar Devoção e, consequentemente, o Alto Profeta da Verdade. Encontrariam valor naquele registro enquanto finalizavam os esforços para consumar a Grande Jornada? Talvez não, mas talvez houvesse apenas o suficiente para que Devoção poupasse sua vida.

Mas por que Devoção Soberba negociaria algo que simplesmente poderia tomar?

Algo tinha de ser feito para salvar os registros, que deveriam já ter sido deixados com alguém de confiança. Tanto os escritos de Mken 'Scre'ah'ben quanto os seus... Aqueles eram seus tesouros, seu legado, tendo ou não valor para uma barganha...

Logo o arrancariam da cadeira, tirariam o cinto antigravidade, o forçariam a entrar naquela sala ensanguentada... E começaria.

Ao se aproximar da porta, quase podia sentir a mão pesada da gravidade artificial extrema sobre ele. Imaginava sua parte inferior aplainando, osso e sangue sendo forçados para o alto. A pele rompendo, explodindo. Devoção iria devagar, e então...

A porta à direita se abriu. Zo viu G'torik e outros dois Sangheili semiagachados. Atrás deles, uma sala abarrotada com canos e brilhantes cubos de energia concentrada.

G'torik carregava uma espada de energia ativada, e os outros dois estavam armados com rifles de plasma. Conhecia apenas um deles: Crun 'Brinsmee, um comandante experiente. Os Jiralhanae reagiram de imediato, e o da frente girou a baioneta na direção da emboscada Sangheili.

– Abaixe-se, Zo! – gritou Crun.

Zo jogou-se ao chão. A cadeira balançou um pouco, e ele viu, de canto de olho, algo sendo arremessado por Crun: uma granada de plasma.

G'torik bloqueou as rajadas da baioneta com a espada e depois atingiu com força a garganta do Jiralhanae, enfiando a lâmina carregada profundamente, mesmo enquanto o outro Sangheili atirava no Jiralhanae de trás para mantê-lo a distância.

Houve um som de queda e um flash de luz. Uma onda de choque atingiu Zo, que cambaleou e viu G'torik cair para trás, atingido indiretamente pela explosão da granada. Algo grosso e vermelho-arroxeado se espalhou por cima de Zo. Ele demorou um instante para perceber que era sangue de Jiralhanae.

Zo levantou-se, vestiu o cinto e olhou em volta. Os dois Jiralhanae estavam mortos, estirados no chão do corredor estreito. Ficou aliviado ao ver G'torik se levantar.

– Machucou-se, G'torik?

– Nada significativo.

– Houve uma batalha... Devoção me contou... no centro de controle.

– Utilizamos o sinal capturado pelos drones dele... e vimos sua conversa com Devoção. Sim... uma batalha, ainda que o nome correto seria emboscada. Fui atirado do balcão e... quando pude, entrei escondido em um Phantom e cheguei até aqui.

– Chega de conversa! – rugiu Crun. – Venha conosco! Precisará deixar essa cadeira para trás, San'Shyuum. Ela não cabe onde precisamos ir, e não podemos ficar mais tempo aqui. Logo o Profeta perceberá que algo deu errado!

– Eles podem estar nos vigiando neste instante – disse o Sangheili menor, nervoso. Ele espiou o corredor. Embora carregasse um rifle, estava vestido como oficial de engenharia, não guerreiro. G'torik, no entanto, tinha conseguido uma nova armadura e se recuperava dos ferimentos. Crun trajava uma armadura pesada clássica, prateada brilhante e azul, de comandante.

– Você eu não conheço – disse Zo para o oficial de engenharia.

Zo ajoelhou ao lado da cadeira e abriu um pequeno painel nas costas. De um nicho escondido sob o assento, tirou uma pequena bolsa preta.

– Meu nome é Tul 'Imjanamee – apresentou-se o pequeno Sangheili. – Espero que você valha todo esse risco.

– Prometo que ele vale – disse G'torik. – Ele é um dos únicos aliados San'Shyuum que possuímos.

– Farei tudo a meu alcance por vocês – disse Zo, sentindo-se zonzo com a mudança brusca nos eventos. – Vocês arriscaram tudo por mim. Agora sou mais leal aos Sangheili do que a qualquer Profeta de High Charity.

Embora eu ainda vá me arrepender de deixar a cadeira, pensou Zo, passando pela porta atrás dos outros. *Ela me serviu bem*. Jogou a bolsa por cima do ombro. Se a perdesse, nunca mais teria acesso aos escritos de seu ancestral.

Zo percebeu de imediato o motivo para deixar a cadeira para trás. Canos grossos e intimidadores e conduítes de energia criavam um labirinto, cruzando-se pelo chão de metal escovado. Ele jamais conseguiria passar com ela por aqueles obstáculos. Um trono antigravidade de um Hierarca era capaz de se sobrepor a quase tudo; alguns conseguiam até se teleportar a pequenas distâncias, além de atirar poderosos projéteis de energia. A cadeira de Zo era de terceira categoria, em comparação.

A única fonte de luz na câmara dos conduítes de energia vinha das interrupções dos conduítes por cubos de transmutação energética, que emitiam uma luz amarelada. Ela não alcançava os cantos obscuros do ambiente, e o teto alto ficava entre as sombras.

Crun pausou, voltou atrás e fechou a porta.

– Isso não vai segurá-los por muito tempo.

Seguiram G'torik, e Zo se movia o mais rápido possível, ajustando o cinto antigravidade para uma função mais potente. Então, surgiu uma série de canos à altura da cintura, bloqueando o caminho; Zo tentou passar por cima deles, mas precisou de ajuda. Mantendo-se bem afastados dos cubos brilhantes, eles atravessaram dois conjuntos de conduítes contíguos e depois avistaram mais dois à frente. Tinham cruzado quase toda a sala quando viram, além dos canos, uma porta fechada, iluminada por uma luz vermelha.

– É a saída – disse Tul. – Ela dá em uma rampa que nos levará a uma nave de manutenção. Podemos usá-la para fugir de High Charity... se não perceberem que estamos a bordo.

– Tul! – chamou Crun. – Corra e abra a porta para que possamos atravessar rapidamente... E fique atento ao lado de fora!

Zo sabia que essa ordem era devido a sua lentidão em passar por cima dos canos mais largos. Crun queria a porta aberta e pronta para quando Zo finalmente chegasse a ela.

Tul correu à frente enquanto Zo olhava para trás na direção da porta por onde tinham entrado. Ninguém parecia estar tentando arrombá-la. Isso era bom. Isso...

A porta foi repentinamente aberta, com tudo.

– Pelos deuses! – exclamou Zo. Todos pararam, assustados e inseguros. Viram fumaça e chamas subirem da porta escurecida e esburacada. Zo viu um Mgalekgolo agachado, tentando passar pelo buraco, pequeno demais para ele.

– Tul! – disse G'torik. – Qual a função exata desta câmara?

– Ela serve aos laboratórios – respondeu Tul, enquanto coçava com nervosismo as mandíbulas e observava o Mgalekgolo forçando a entrada. – Esses experimentos com projeção gravitacional requerem quantidades fantásticas de energia, e esta sala controla o fornecimento dela. É altamente instável, não podemos brincar aqui.

O Hunter já havia atravessado a porta, e seu companheiro seguia atrás.

– Vocês deveriam correr – sugeriu Zo. – Estarei logo atrás. Conseguiremos, assim espero, escapar desses vermes desengonçados.

G'torik estalou as mandíbulas e grunhiu, na maneira Sangheili de recusar algo com irritação.

– Não... Viemos resgatá-lo do Profeta da Devoção Soberba. E é isso que faremos!

Então, Tul apareceu arquejando.

– A saída... está trancada por fora.

– *Agora devem ter percebido que estão presos aqui!* – disse uma voz por trás dos Hunters.

Zo viu o Profeta da Devoção Soberba em seu trono atrás dos Mgalekgolo, ainda distante.

– Esperem, Hunters – ordenou Devoção. – Quero falar com esses idiotas!

Os Mgalekgolo baixaram as armas, que eram pequenos canhões, mas mantiveram os escudos erguidos. Devoção parou logo atrás.

– Eu estou equipado com um campo de força bastante bom – avisou. – Não percam meu tempo atirando em mim. Agora, rendam-se, e talvez eu permita que alguns de vocês vivam. Apenas me entreguem este ex-Profeta e partam. Deixem-no comigo e perdoarei seus pecados.

– Isso não faremos! – gritou G'torik. Mais baixo, perguntou a Zo: – Ele possui *mesmo* um campo de força poderoso?

– Não tanto quanto o de um Hierarca. Mas nem rifle nem espada passariam por ele. É necessário uma energia muito potente.

G'torik grunhiu, desativou sua espada de energia e a embainhou.

– Tul... me dê seu rifle!

Tul entregou a arma, mas perguntou:

– De que adianta?

– Vá – sussurrou G'torik – e veja se consegue abrir a porta. Estarei lá o mais rápido possível. Vão. Todos. Eu tenho um plano...

– Qual é sua resposta? – berrou o Profeta da Devoção Soberba.

– Tenho uma oferta, Devoção – respondeu G'torik. – Saia desta sala ou morra aqui com os vermes! – Apenas para dar ênfase, atirou. O tiro de plasma esparramou-se sem causar danos no campo de força globular.

– Que seja... Destruam-nos – ordenou Devoção. – Todos eles.

– Não vamos deixá-lo, G'torik! – exclamou Crun, levantando sua arma.

Os Mgalekgolo abriram fogo; os canhões emitiram um som que mais parecia o urro de uma gigantesca besta primordial.

Sob a luz verde estroboscópica dos projéteis de plasma emitidos dos canhões implantados nos braços das criaturas, Zo viu os titãs por um instante de clareza fotográfica: a armadura pesada cinza e azul, com metal prateado; as armas cujas pontas possuíam cristais verdes; espigões massivos, em forma de machete, projetando-se acima de suas costas; capacetes que mal disfarçavam a massa contorcionista de vermes Lekgolo que agiam como uma mente gestalt para controlar o corpo conglomerado de cada Hunter. Os Mgalekgolo carregavam escudos maiores que a maioria das criaturas bípedes. Não possuíam rostos. Zo sempre os achou particularmente repulsivos.

E, então, os projéteis atingiram peças de metal que seguravam os conduítes próximos a Zo. Ele se abaixou, depois que a onda de choque o empurrou para trás.

Tentando levantar-se, Zo sentiu uma dor aguda no lado direito do rosto – a explosão dos canhões o havia queimado. Pensou, zonzo, se estaria desfigurado. Mas não importava: logo seria morto pelos Mgalekgolo. Zo percebeu que Crun o ajudava a ficar de pé. As peças sobre os canos estavam escurecidas e entortadas. Uma havia se quebrado por inteiro, e gás carregado subia, rugindo, pela ruptura. Trinta passos para além, os Mgalekgolo escalavam, desajeitadamente, mas sem cessar, o segundo conjunto de canos. De cada lado dos Hunters ficavam os cubos de transmutação energética. Devoção Soberba levitava com a cadeira por cima dos canos e atirava.

G'torik também atirava repetidamente. Então, gritou:

– Crun... acerte os cubos!

Crun atirou e ambos atingiram os cubos ao mesmo tempo. Não houve efeito imediato. Outra explosão verde. G'torik e Crun continuaram atirando nos transmutadores...

E, então, os cubos explodiram, liberando a energia concentrada em uma dupla detonação que quebrou os canos ao lado; uma série de conduítes erupcionou, lascas de metal ricochetearam no teto alto e provocaram estrelas de faíscas temporárias. Devoção berrou e desapareceu em uma bola de fogo.

Algo mais explodia: os Mgalekgolo. Eram fontes de sangue laranja, misturado às lascas de metal quente. Ambos foram feitos em pedacinhos, desaparecendo em um instante. A sala fedia ao nauseante cheiro de vermes.

– Ho! – gritou Crun, em triunfo. – Dois Hunters exterminados!

– E... onde está Devoção? – perguntou Zo, tossindo por causa da fumaça e dos Hunters explodidos.

– Ali! – apontou Crun.

Zo o avistou. Devoção havia sido atirado para fora da cadeira, que estava em frangalhos. Ele engatinhava pelo chão.

Tul falou:

– Vocês começaram uma reação em cadeia... Precisamos sair daqui!

– Um momento! – gritou G'torik. – O belo campo de energia do Profeta se foi! – Ele saltou por cima dos canos e sacou a espada. Parou em frente a Devoção e ativou a lâmina. Devoção berrou quando G'torik rapidamente o cortou em três fatias.

– Isto é por aqueles que morreram para seu prazer, seu falso Profeta! – berrou G'torik.

O deque vibrou e zuniu sob os pés deles, enquanto G'torik corria para perto de Zo. Eles passaram por cima do conjunto de canos seguintes, atrapalhados pela pressa. Crun e G'torik ajudaram Zo e chegaram até a porta...

Para quê? A porta estava fechada. Trancada.

E, no entanto, não era bem assim. Ela começou a se abrir e parou com uma fresta. O que a havia movido?

Então, Zo viu os tentáculos tateando a abertura. Um Huragok.

– Este é Viajante Letárgico – disse Tul, satisfeito. – Trabalhamos juntos muitas vezes. – Ele enfiou a mão na abertura e fez uma série de gestos para o Huragok. O Engenheiro alienígena deslizou as pontas dos tentáculos em pequenas aberturas no batente e sobrepujou o comando de fechamento da porta, que se abriu completamente.

Zo pensou, enquanto se apressavam: *Estarão esperando por nós. O Alto Profeta da Verdade e uma legião de Jiralhanae.*

Mas, quando saíram para o corredor, perceberam que portas a vácuo de emergência haviam fechado aquela seção. Da porta à direita, ouviam-se murros: sem dúvida, os Jiralhanae.

– O Huragok os trancou, por enquanto – explicou Tul. – Mas temos que nos mexer como um skorken com fogo no rabo!

A porta pela qual haviam acabado de passar se trancou atrás deles. Bem na hora. Um *tum!* balançou o corredor, e a força da explosão em cadeia na sala de conduítes fez uma marca na porta, amassando-a de dentro para fora, como se um deus vingativo a houvesse esmurrado.

– Essa foi por pouco – comentou Tul. – Mas pelo menos agora não abrirá para eles. Venham.

Ele liderou o caminho rampa abaixo. Zo, animado pelo medo puro, não teve dificuldade em acompanhar.

Tul os levou através de outra porta e pelo deque de um pequeno hangar. Subiram em uma nave oval de metal e vidro, grande o suficiente apenas para os quatro, mais Huragok. Quando Zo subiu atrás dos outros, a portinhola da nave de manutenção se fechou.

– Vão para seus lugares, para seus postos! – berrou Tul, correndo para os controles. O Huragok trinou uma questão para ele, e Tul gesticulou apressadamente antes de ativar a nave.

Momentos depois, o pequeno hangar foi despressurizado, e a proteção a vácuo abriu-se. A pequena embarcação subiu acima dos níveis superiores de High Charity. Quando passaram pelas nuvens escuras dentro do enorme domo interior da Cidade Sagrada, Zo utilizou um dos painéis para observar a destruição abaixo.

Havia começado. A cidade já estava um caos, em ruínas por conta de uma guerra civil. Então, no canto da tela, Zo viu algo em que não podia acreditar. Seus companheiros Sangheili se aproximaram e encararam, em choque, o que a tela exibia.

O imenso *Dreadnought* Forerunner no centro de High Charity, que existia para lembrar-lhes do Pacto de União entre San'Shyuum e Sangheili, tinha se soltado e começava a subir, com um sol flamejante onde ficavam os motores havia muito aposentados. A nobre e antiga nave trepidou a cidade toda, reverberando pelo ar, e trovejando ao subir domo acima. Zo ficou horrorizado com o que viu: a cidade toda se escureceu com a partida de *Dreadnought*, pois perdia sua maior fonte de energia. Realmente um sinal dos tempos.

– Pelos deuses – disse Zo, cobrindo o rosto de vergonha. O *Dreadnought* tinha sido o esqueleto central de High Charity por séculos e séculos. Zo não concebia High Charity sem ele, ou ele sem High Charity. A soma dos dois era o último mundo natal para os San'Shyuum, o único mundo para eles. Mas parecia que agora o *Dreadnought* abandonava a todos.

– É Verdade naquela nave, Zo – disse G'torik solenemente. – Ele pegou o que sobrou das frotas Covenant e ruma para o mundo humano, a Terra. Está procurando pela Arca.

– E o Halo Delta? – Zo pensou em voz alta. – Por que o abandonaria?

– Ele deu o Ícone para Tartarus e o enviou para ativar o Anel – explicou G'torik. – O Árbitro e nossos aliados lá possuem um plano para impedi-lo; dizem ter novos conhecimentos sobre o objetivo do Anel, o que os leva a acreditar que ativar o Halo pode acabar com tudo e com todos. Eu gostaria de me juntar a meus irmãos e me vingar por tudo que perdemos, mas o espaço entre o Halo e High Charity se tornou perigoso, perigoso demais para atravessarmos. Não só está repleto de naves de Brutos em combate com as nossas, mas há um rumor de que o Flood esteja lá também. Esse é um risco que não podemos correr. Nossa melhor chance é fugir para um sistema remoto e então rever nossas opções.

– Eu tenho um código para atravessar a parede interna – disse Tul, enquanto Zo colocava o cinto em um assento atrás dele. – Vamos torcer para que eles não...

A pequena nave se aproximou e a parede interna se abriu, permitindo que passasse pela barreira atmosférica. Atravessaram. Vivos.

– E agora o quê? – quis saber Zo.

– Temos alguns aliados... que já ficaram sabendo do massacre traidor de nossos Conselheiros – respondeu G'torik. – Estão esperando por nós. Mas temos que deixar essa área rapidamente. Apesar de tudo, não demorará para que Verdade descubra que Devoção está morto e perceba o que fizemos.

Acima, uma nave sombrejava. Era a segurança de High Charity? A boca de Zo ficou seca só de pensar.

Mas logo percebeu que era uma nave de abastecimento pequena, não uma embarcação de guerra, e uma proteção a vácuo se abria para eles. Tul deslizou a nave tranquilamente pela abertura.

Segundos após o fechamento da abertura, a nave de abastecimento seguia para o hiperespaço, indo para um canto semiesquecido e pouco conhecido da galáxia.

CAPÍTULO 19

O Refúgio, Colônia Ussaniana
Refúgio Primário
2552 EC
A Era da Recuperação

Bal'Tol estava parado na entrada da Ala de Isolamento da Doença Sanguínea e inspecionava o local vazio, deprimido por perceber o quanto o lugar parecia uma cela, pensando em sua amada Limtee. Como sua companheira, ela teria produzido ovos e filhotes, e teria estado a seu lado, aconselhando-o sabiamente. Mas ela havia morrido sozinha naquele ambiente, enquanto ele perturbava os reparadores biológicos e estudava os antigos registros médicos, na tentativa de encontrar uma cura. Ela havia se enclausurado para não passar pelo último estágio da doença em público. E, quando se tornou insuportável, usou uma ponta afiada no pescoço, tirando a própria vida. Mas não foi um suicídio de verdade; isso era desonrado. Foi a Doença que a levou a isso, Bal'Tol sabia, foi a Doença Sanguínea que a matou.

A colônia havia girado em torno do sol treze vezes desde que ele encontrara o corpo em decomposição de Limtee, sobre a cama, com a carne macia grudada à superfície por sangue arroxeado seco.

Ele fechou os olhos e soltou um longo suspiro. Então, forçou-se a olhar para as jaulas de metal rudimentares que instalaram ao redor das camas, além de algumas poucas amenidades, ao longo do corredor comprido.

– Grande Kaidon...

Bal'Tol olhou para Qerspa 'Tel, o reparador biológico. Realmente, era um título extravagante para um falastrão enferrujado e ineficiente. Qerspa usava o uniforme azul de reparador biológico, a cor simbolizando o sangue dos Sangheili.

– Você deveria estar de repouso. Sua ferida ainda não sarou.

– Eu me sinto melhor em movimento. Esse local é o melhor que podemos oferecer, Qerspa? Se pudéssemos lhes dar quartos individuais... Essas coisas parecem jaulas para animais.

– Tivemos pouco tempo e espaço para algo melhor, Grande Kaidon. Você pediu algo rápido... Isto foi o melhor que conseguimos. Mas, com o tempo, vamos melhorar.

Bal'Tol resmungou algo para si mesmo, depois falou:

– Comece a trazer os doentes das celas para cá. Será um pouco melhor. – Andou para o corredor e Qerspa se apressou em acompanhá-lo. – Qerspa, você tem certeza de que essa doença não é transmissível? Que não se espalha por uma infecção de um para o outro?

– Fizemos muitos experimentos. Não conseguimos localizar um antígeno. Temos certeza disso, Grande Kaidon.

– Então, é genético. Ou uma espécie de veneno. Ou os dois.

– Os dois? Supomos que a Doença Sanguínea seja um traço hereditário. Uma espécie de mutação. Como pode ser os dois?

– Não sei... Sabemos tão pouco. Alguns podem ter uma sensibilidade genética a alguma toxina do ambiente, algum agente desconhecido. C'tenz deduziu isso.

– *Pfff!* Aquele jovem está supondo algo sem conhecimento para fundamentar.

– Talvez. Mas ele é surpreendentemente estudado. Você deveria escutar a teoria dele... – Pensando em C'tenz, Bal'Tol percebeu que era hora de encontrar o jovem, segundo em comando no nível ecológico.

Ele se apressou. Quatro patrulheiros, com armas a mais após o início da guerra com os seguidores de 'Kinsa, se encontraram com ele quando saiu, ao lado de Qerspa, do corredor para o passeio principal. Bal'Tol virou-se para Qerspa:

– Volte ao trabalho. Podemos acabar com essa guerra quando acabarmos com a doença. Peça todos os recursos de que precisar... dentre o que temos disponível.

– Meu kaidon, muitos dos recursos de que precisamos estão na Seção Cinco. O processador químico está lá. E ela está sob controle de 'Kinsa.

– Sim. – Os Sangheili de Bal'Tol controlavam a Seção Primária e as Seções de Seis a Quinze. Dois, Três, Quatro e Cinco foram tomadas por 'Kinsa. O que incluía o amado Hall das Mentes dos Deuses e muitos equipamentos e suprimentos necessários. – Faça o que for possível com o que tem disponível. Vamos retomar a Seção Cinco brevemente. Muito brevemente.

Ele se virou e guiou seus guarda-costas para o elevador que o levaria ao nível ecológico, para a reunião com C'tenz. Ele previa o que C'tenz lhe contaria. Mais problemas técnicos nos canos de suprimento agrário. E o equipamento para consertar estaria nas seções controladas por 'Kinsa.

A deterioração, o colapso generalizado e entrópico do Refúgio, acelerava-se com a guerra...

Guerra? Nada mais que umas poucas briguinhas. Era difícil entrar no vácuo de qualquer seção que não permitisse a entrada dè determinada embarcação.

Que guerra desprezível. Mas teria de ser combatida, com todas as forças, ou a colônia pereceria. Apenas aguardava a melhor estratégia.

Naquele momento, Bal'Tol pensava em apenas uma única possibilidade: destruiria as seções que abrigavam os rebeldes. Ele possuía mais naves, mais poder de fogo e mais contingente do que 'Kinsa. Porém, além da perda vital de equipamento, havia centenas de inocentes a considerar nessas seções. Massacrá-los não era uma solução possível.

Ou era?

Nutrição da Jornada: nave de suprimentos para
a Frota da Veneração Abençoada
Sistema Ussaniano
2552 EC
A Era da Recuperação

Nutrição da Jornada emergiu do hiperespaço em um sistema desconhecido para Zo Resken – pelo menos por experiência pessoal. Mas, em breve, ele descobriria que já havia de fato ouvido a seu respeito.

A nave de suprimentos sequestrada tinha, como objetivo inicial, entregar alimentos e outros bens para a Frota da Veneração Abençoada. O capitão era D'ero 'S'budmee, um Elite com joelhos levemente varos, irritado e mal-humorado. Parecia ressentido da própria decisão de desertar, embora soubesse ser algo irrevogável. D'ero ficara horrorizado e enraivecido com as notícias sobre o massacre Jiralhanae dos Altos Conselheiros.

Todos a bordo, exceto talvez pelo Huragok, foram privados dos antigos cargos e títulos. Na verdade, D'ero era 'S'bud, não mais 'S'budmee, pois havia perdido o sufixo honorífico ao abandonar o Covenant.

Todos que estavam na *Nutrição da Jornada* estavam agora flutuando, alguns Sangheili e um San'Shyuum em órbita no entorno de uma gigante gasosa, analisando qual o próximo passo iriam tomar.

Pela escotilha, Zo observou o sol do sistema levantando-se além do horizonte do planeta. Estavam flutuando, para longe de tudo o que conheciam, distanciando-se de tudo aquilo a que tinham apego. O Covenant era tudo o que a maioria desses Sangheili jamais havia experimentado. Certamente, um ou dois vieram diretamente de Sanghelios. Haviam conhecido o mundo natal, tinham posses e clãs lá. Mas mesmo esses Elites de Sanghelios foram pegos pelas espirais intolerantes do Covenant. Alguns até pensavam no que seria necessário para convencer aqueles ainda em Sanghelios da traição cometida pelo povo de Zo.

Estavam todos nisso juntos...

– Bem, Profeta? – chamou D'ero, aproximando-se, acompanhado de Tul. – Tem alguma ideia de para onde ir?

– Por que me pergunta? – murmurou Zo. Via um reflexo apagado de seu rosto na escotilha transparente. A queimadura na sala dos conduítes havia lhe marcado, mas não terrivelmente, e a dor era mínima. – Pergunta para onde vamos porque sou um "Profeta"? Não tenho mais autoridade sobre você. Não sou mais Profeta. Sou apenas Zo Resken.

– E não tem nenhum conselho? – perguntou Tul. – Você era o mais próximo do coração do Covenant.

Zo puxou uma barbela freneticamente.

– Apenas posso dizer que, como temos uma nave cheia de suprimentos, podemos sobreviver por um tempo. Mas duvido que Elites como vocês queiram fugir enquanto seus irmãos guerreiam. Com Verdade indo em direção à Arca e o Ícone sendo levado ao Halo Delta, estamos na beira do precipício. Se iniciarem a Grande Jornada, saberemos em primeira mão se os Anéis farão ou não o que as profecias previram. No entanto, eu gostaria de ter conversado com o Árbitro.

– Já temos informações – disse Tul. – Antes de partirmos, recebi uma nota do Comandante Rtas 'Vadum, que luta ao lado do Árbitro. Tartarus foi impedido. Ele e seus Brutos foram trucidados, mas a batalha continua em torno do Halo Delta.

– É o terceiro vetor do caos – disse Zo, com um suspiro.

– O que você quer dizer? – perguntou Tul.

– Algo que o famoso Profeta da Convicção Interior escreveu, já no fim da vida. Ele disse que todas as civilizações lutam uma batalha perpétua contra o caos, e sempre são derrotadas; todas as sociedades sempre estão sitiadas, mesmo quando tudo parece em paz. E falou que há vetores, fontes do caos que penetram uma ordem social, aqui e ali. Um, depois dois. E quando há *três* ao mesmo tempo... então, a sociedade vai se desfazer. Os dois primeiros vetores do caos afligindo o Covenant foram os humanos e o Flood. Agora a guerra civil é o terceiro. O Profeta da Convicção Interior estava correto: o Covenant não sobreviverá.

– Cambada traidora, o Covenant – declarou D'ero. – Eles não *merecem* sobreviver! Aqueles que se alinharam ao Alto Profeta da Verdade e aos Brutos... merecem virar pó e cair no esquecimento.

Zo se encolheu. Ele sabia que ainda havia muitos San'Shyuum e Sangheili dignos em High Charity, cujo destino era desconhecido. Mas não estava na posição de discutir com o capitão da nave que, naquele momento, era sua única salvação.

– Este sistema – Zo mudou de assunto e acenou a mão para abranger o sol a distância e o campo planetário –, o que você sabe a respeito dele?

– Muito pouco – rosnou D'ero. – Eu o escolhi porque nos mapas do sistema há uma fronteira escarlate. Não se sabe muito sobre ele. Está apenas listado como Sistema Ussaniano. Nomeado em homenagem a um Sangheili esquecido.

Zo conhecia o significado de fronteira escarlate: proibido.

– Por que será que é proibido? Sem dúvida, algo constrangedor aos Profetas ou aos... – Zo interrompeu-se ao entender. – Capitão, você disse Sistema *Ussaniano*?

– Sim. Exatamente.

Seria este o sistema nomeado em homenagem a Ussa? Não era estranho, então, ser proibido, e era sensato da parte de D'ero ir a um sistema com essa delimitação para evadir o Covenant. Era bom se esconder, por enquanto, em um sistema proibido. E o que mais estaria escondido ali?

– Sim. Isso é *destino* – disse Zo, com uma mão sobre o vidro da escotilha, como se tentasse tocar o sistema solar. Um pouco da melancolia que o envolvia desde sua prisão se dissipava. – Isso é... uma oportunidade rara.

– O quê? – quis saber Tul. – Por quê?

– Porque se eu estiver correto... e ainda precisamos confirmar isso... este é o sistema para o qual o antigo rebelde Sangheili, Ussa 'Xellus, trouxe seu povo. D'ero tem razão: esse lugar está esquecido pela maioria. Mas, como eu disse, li os escritos de Mken 'Scre'ah'ben. Com a história da vinda dele até aqui... e a coisa extraordinária que aconteceu, talvez neste exato sistema.

– O que aconteceu? – perguntou D'ero, irritado. – Conte-nos, pelo Anel.

– Vou contar o que sei... Mas, antes, vocês devem saber o que penso que deve ser nossa intenção. Esperamos e ouvimos, sim. Mas, mais do que isso: exploramos.

– Aqui? – disse Tul. – Não deve haver muita coisa de valor nesse sistema. Do contrário, já teria sido explorado pelo Covenant...

– *Proibido* tem um peso. O Covenant prefere esquecer esse sistema. Mas, na verdade, aqui podem existir milhares de relíquias Forerunner. Muitas devem ter sido destruídas durante a aniquilação do mundo extraordinário que, se eu estiver correto, já orbitou aquele sol que vocês veem, atrás da gasosa gigante. E pode haver mais... vestígios do povo que residiu aqui. Sangheili que, há muito tempo, desprezaram os Profetas e podem nos auxiliar na necessidade.

Tul estalou as mandíbulas para expressar dúvida.

– Não deveríamos retornar ao Halo Delta e ajudar o Árbitro?

– Não podemos ganhar todas as batalhas – disse Zo, afastando-se da escotilha. – Isso é algo que Ussa 'Xellus aprendeu. E é uma lição dolorosa, isso eu lhes garanto.

CAPÍTULO 20

O Refúgio, Colônia Ussaniana
Refúgio Primário, Centro de Comando
2553 EC
A Era da Reclamação

— Quanto tempo passou? – perguntou C'tenz. Foi uma pergunta retórica, pois ele sabia muito bem.

– Meia órbita solar, no mínimo – respondeu Bal'Tol, entristecido.

Quantos dias? Centenas. Bal'Tol ficou nauseado ao contemplar a situação.

Ele também estava conturbado pela quebra na camada exterior da Seção Sete. Ele via pelos monitores na sala de comando da Seção Primária. Apenas dois dos vigilantes ainda funcionavam. E um deles havia encontrado uma fissura na Sete – por sorte, o meteoro havia atingido apenas um módulo de compressão de ar, que, por sua vez, não estava conectado aos outros módulos. Um pouco de atmosfera perdida. Contudo, o meteoro não deveria ter sido capaz de fazer qualquer estrago na camada exterior. Havia campos repelentes em volta das camadas externas da colônia que eram desligados apenas durante a manutenção.

E agora campos repelentes começavam a falhar em algumas seções, pois não era possível acessar peças necessárias ao conserto dos geradores, armazenadas na Seção Dois.

– Devíamos ter removido tudo que fosse vital à Primária há muitos ciclos – disse Bal'Tol. – Era o que N'Zursa queria fazer. Mas os capitães das outras

Seções reclamaram que isso os deixaria vulneráveis, que era uma forma de desprezá-los... Tudo politicagem, na verdade.

– Precisamos consertar esses campos – disse C'tenz. – Precisamos invadir a Dois.

– Vão nos ver chegando. A vigilância do campo a vácuo está intacta.

– Há outras maneiras de entrar, Grande Kaidon. É possível cancelar apenas de forma local um campo repelente. Podemos entrar sem despressurização grave.

Bal'Tol virou-se, abatido, para longe das telas.

– Se tivéssemos certeza do que se passa na Seção Dois... talvez. E se entrássemos por um ponto no qual estivessem sujeitos de nosso povo? Os inocentes? Poderíamos matar todos.

– Tenho um sistema que creio poder revelar o que há em qualquer seção, se pudermos nos aproximar o suficiente. É uma adaptação de um velho sistema de câmaras escaneadoras, com saída melhorada. Está pronto para ser testado.

– É mesmo? Temos de tentar, então. C'tenz, precisamos saber as condições para todos nessas seções. Estão doentes? Tornaram-se canibais? 'Kinsa tortura aqueles que resistem? Não sabemos nada ao certo.

C'tenz emitiu um som contrito.

– Você vem lhes oferecendo suprimentos! Não estão passando fome.

– Trocamos comida por materiais. Mas e se 'Kinsa e seus seguidores não distribuem os alimentos?

– Eles possuem um sintetizador de proteína que pode alimentar a todos.

– É necessário uma base de onde sintetizar. Devem estar quase sem materiais básicos. – Bal'Tol esfregou os olhos, cansado. – Quantos Sangheili nessas seções realmente apoiam 'Kinsa? Alguém vai lutar contra ele.

– Alguns corpos foram expelidos da Cinco... Você foi informado a respeito.

Bal'Tol fez uma careta.

– Sim. Acha que pegaram em armas contra 'Kinsa?

– É possível.

– E... houve tentativas de deserção. Há uma nave a menos. – Bal'Tol observava pelos mesmos monitores quando a nave foi atingida por um projétil. Uma explosão silenciosa no espaço... e dezesseis ussanianos foram mortos. Os manufaturadores de armas para 'Kinsa haviam criado mísseis simples, mas que cumpriram seu papel. E isso tornou a invasão das seções ainda mais difícil. – Se ao menos eu soubesse, C'tenz... Eu deveria tentar transmitir outra vez uma mensagem para essas seções. Encorajar nosso povo a lutar. – Havia um transmissor de mensagens que ele havia usado antes de tudo isso ter começado. Ele transmitia da Seção Primária para as outras.

– Acho que não há dúvidas de que ele tenha desativado o sistema de transmissão... pelo menos para sinais exteriores. E, com todo respeito, kaidon, apenas suas palavras não garantem nada.

Dez ciclos após a tomada de 'Kinsa, seis ussanianos haviam conseguido escapar. Relataram privação pesada, piora da qualidade do ar, comida mínima, lei marcial, adoração forçada à 'Greftus e ao próprio 'Kinsa. E mais explosões de selvageria da Doença Sanguínea.

A essa altura, tudo estaria ainda pior.

– Nós iremos, C'tenz. Organize uma equipe de invasão e encontre um ponto adequado para a penetração.

– Com todo respeito, meu kaidon, o senhor não pode ir junto. O senhor é vital para o bem-estar do Refúgio. Está fora de cogitação.

– Quero ver pessoalmente como as coisas estão por lá.

– Pode confiar em meus relatórios.

Se você sobreviver, pensou Bal'Tol. Mas, em voz alta, apenas emitiu um grunhido descontente para mostrar sua discordância.

Ele se virou outra vez para olhar a fileira de monitores e viu algo a que um sentinela andara assistindo para se divertir e tinha se esquecido de desligar. Era uma filmagem de um campeonato de floatfight. Havia muitos grandes floatfighters, competindo, girando, colidindo-se, jogando-se pelo espaço e caindo de cabeça na gravidade zero da Seção de Combate.

O Combate havia se iniciado de forma ilegal. Mas os Sangheili precisavam de conflito, necessitavam de alguma forma de combate para manter a sanidade, a identidade. Então, com o tempo, floatfights evoluíram para um esporte que podia chegar a ser mortal, sempre perigoso... e que dava a um Sangheili, assistindo ou participando, a oportunidade de satisfazer a fome inata pelo campo de batalha.

A atmosfera na grande sala hemisférica de gravidade zero já estava pontuada por vísceras flutuantes. Ela era listrada por linhas elásticas, bem esticadas e flexíveis, que os lutadores utilizavam para realinhar sua trajetória, se recuperar e ricochetear para um ataque.

Os juízes geralmente removiam um lutador antes do fim, se decidissem que o competidor estava muito ferido pelas lâminas, meia-lua e luvas travadas. Assim, uma luz vermelha intensa era projetada sobre o Sangheili machucado e ele era forçado, pelas regras, a se "enrolar", entrar em posição fetal, e sair da luta. Os árbitros voavam até ele, propulsionados por dispositivos nas costas, e o tiravam da competição. Quando um lutador era retirado, a plateia, alinhada às faixas elásticas ao longo das paredes, vaiava sarcasticamente ou gemia em simpatia, caso ele fosse um favorito.

V'urm 'Kerdeck, o maior floatfighter ainda vivo, subia pelo meio da arena, atacando com sua luva cheia de travas e derrubando adversários. Em seguida, fez um giro em pleno ar, de modo que seus pés pegassem impulso na rede protetora da plateia, e assim saísse voando outra vez.

Era um esporte cruel. Porém, ao longo dos séculos, percebeu-se que providenciava uma válvula de escape que mantinha a colônia em relativa paz. Pelo menos na maior parte do tempo. Alguns embates ocorriam entre as seções. Naquele momento, com 'Kinsa, agitação social havia se tornado sequestro, piquetes violentos, explosão de naves e urros inéditos no isolamento do Refúgio Primário.

Bal'Tol observava a competição, um lutador contra todos. Agarravam as faixas elásticas e se dependuravam como bestas primordiais que viviam em árvores, jogando-se contra os inimigos; giravam em torno das faixas e das redes, colidiam, gritavam de fúria e dor. E assim seguia. Primeiro um, depois outro e então um terceiro, eliminados. Até sobrarem apenas dois...

A comissão floatfight tentava prevenir mortes, mas nem sempre conseguia. E não era incomum que os dois últimos competidores se matassem.

Bal'Tol sentiu um calafrio na espinha. Aquela filmagem poderia ser um prenúncio. Aqueles glóbulos de sangue tremendo no ar... uma premonição terrível do que aconteceria em toda a colônia.

Nutrição da Jornada: nave de suprimentos para a Frota da Veneração Abençoada
Sistema Ussaniano
2552 EC
A Era da Recuperação

Estava se tornando difícil para Zo Resken mantê-los focados. Em algum lugar, os inimigos deles ainda lutavam contra seus aliados. E ali estavam, vasculhando um sistema solar proibido. A nave não era equipada com um escâner de longa distância. Não havia sido criada para a vigilância. Assim começaram a viagem e a busca dentro daquele grande sistema... à procura do desconhecido.

Em uma busca pelo tesouro que abrangia milhões de quilômetros. À procura de relíquias que, Zo insistia, os levariam a um relicário impressionante. Prospectavam luas rochosas, planetas onde os céus gritavam com ventos de metano; procuravam pelo cinturão de asteroides, voavam próximos a cometas e os examinavam, procurando por pistas... Achando muito e, ao mesmo tempo, muito pouco.

Os suprimentos alimentícios estavam próximos do fim; bem como a paciência. Discussões começavam por motivos triviais. Apenas a exploração de luas, planetoides e asteroides aliviava a inquietação. O tempo passava; o tempo escapava pelas mãos.

Mas o cinturão de asteroides era tão grande quanto a órbita de um planeta a meio caminho dos confins de seu sistema. Havia muito para se ver, mas tudo era muito difícil de enxergar.

E o acaso os manteve do lado errado do cinturão... No lado oposto, com o sol entre eles na planície da elíptica, da Colônia Ussaniana.

Mas, então, chegou o dia...

Zo Resken olhou, irritado, quando a porta se abriu e G'torik entrou no depósito de roupas pressurizadas que também servia como laboratório.

– Vim olhar a última colheita feita no cinturão – avisou G'torik. Eles chamavam o procedimento de colheita: usavam um campo gravitacional fraco para retirar tudo que encontrassem no cinturão e parecesse artificial.

– Aqui – murmurou Zo, pegando um fragmento de cima da mesa suja e riscada de metal e colocando-o sob o cone do analisador. A imagem tridimensional do fragmento retorcido de metal expandiu e rotacionou lentamente em uma representação holográfica. Havia um pedaço de um velho, porém conhecido, ideograma inscrito nela. – Está vendo? Forerunner.

– Sim. Mas... o problema continua o mesmo: fragmentos diminutos. – G'torik apontou com a cabeça para as relíquias sobre a mesa. Na realidade, uma pilha de lixo. – Será que não há mais nada lá fora? Será que a explosão destruiu tão completamente o construto, que mesmo que sobrevivesse por um tempo, após dois mil ciclos solares...

– *Mais* de dois mil ciclos solares, bem mais, desde o suposto fim – disse Zo, ao olhar outro fragmento de liga metálica. – Estranho como este material é tão metálico, e, no entanto, não é puro metal. Reproduzimos alguns materiais Forerunner, mas *isto* pode ser uma de suas últimas inovações.

– Você o está segurando sem proteção – comentou G'torik. – Já passou esta colheita pela limpeza de radiação?

– Sim. Foram necessárias duas limpezas. Como se alguém quisesse dar uma alta toxicidade a estes fragmentos... Deliberadamente dar a impressão de que tudo aqui não passa de lixo tóxico. – Olhou para G'torik. – Querem desistir da busca?

Após um momento de hesitação, G'torik admitiu:

– Deve ser melhor... Especialmente sob a luz de notícias mais animadoras para um Sangheili que para um San'Shyuum.

– E que notícias são essas? – perguntou Zo, tentando decifrar o ideograma.

– Tul decodificou outra parte das comunicações subespaciais. Tivemos confirmação do que apenas podíamos inferir anteriormente. O Covenant está... – Ele apontou para a pilha sobre a mesa. – Assim. Em fragmentos. Estilhaçado. O Flood destruiu o que sobrou de High Charity... O Profeta da Piedade está morto... A Arca, desativada, e os Halos, silenciados pelo Demônio... E o Profeta da Verdade foi morto pelas mãos de Thel 'Vadamee, que os deuses o abençoem por isso.

Zo deixou um fragmento de lado e selecionou outro.

– Então, a profecia de Mken 'Scre'ah'ben estava correta. O Covenant encontrou seu fim. Os primeiros relatos indicam que os Elites se juntaram aos humanos?

– É verdade. Os humanos afirmaram que os Anéis não são um modo para atingir a Grande Jornada, mas, em vez disso, são armas de destruição em massa, usadas pelos Forerunners para exterminar toda vida senciente da galáxia, a fim de impedir que o Flood encontrasse qualquer fonte de continuidade.

Zo suspirou, debatendo-se com a mudança de paradigma, mas sentindo o peso de sua verdade.

– Meu ancestral tinha essa teoria, em segredo, claro, baseada na evidência que recolhera de sua passagem por Janjur Qom. Se seriam deuses ou não... Parece que os Forerunners foram vítimas deles mesmos, submetendo-se à autoaniquilação para preservar a vida senciente pela galáxia. – Seus pensamentos passaram furtivamente pelo intrigante paralelo entre os Forerunners e os ussanianos. Ambos se comprometeram com o fim, em vez de se entregarem aos inimigos. Ambos pareciam ter desaparecido da galáxia.

– E tem mais: os Sangheili que serviram ao Covenant nas frotas começam a voltar para Sanghelios e suas colônias. No entanto, é uma mistura de sangues. Muitos ainda encaram os Forerunners como sagrados e seguem uma espécie de Caminho; outros acreditam que eles foram apenas uma raça, mais brilhante que as outras, porém, mortais. O Árbitro é considerado por estas pessoas como o novo líder daqueles que verdadeiramente abandonaram o Covenant. Esperam poder retomar a posse de Sanghelios.

– É mesmo? – Zo olhou para G'torik. Ele enxergava o júbilo na linguagem corporal do amigo, no brilho dos olhos. – Então... vocês possuem um mundo natal para o qual retornar. Fico feliz, G'torik.

E, pensou, *com um pouco de inveja.*

– Por que não vem conosco para Sanghelios? High Charity não existe mais. Não há lugar para onde você possa ir. Nem sabemos para onde os Profetas sobreviventes foram, se é que algum sobreviveu.

– Ah. Ser o único de meu povo em um planeta com incontáveis nativos que agora odeiam os San'Shyuum? Não parece sábio. Nada de novo Pacto de União em meu futuro. – Zo sentia como se a gravitação da sala aumentasse. – Há algo de errado com os campos gravitacionais?

– Não. Não percebo nada de estranho.

– Eu só... – Ele soltou um longo suspiro, recostando-se de volta à cadeira. Não era uma cadeira antigravidade. Usava apenas o cinto. – Quando penso nos outros San'Shyuum, me sinto pesado, como se... – Fez uma careta ao se lembrar dos Sangheili encarcerados sendo amassados, esmagados por Devoção Soberba na câmara de refinamento gravitacional. A memória horrorosa nunca se distanciava muito tempo de sua mente. Ele sentia como se a imagem o tivesse envelhecido antes do tempo. Revisitava aquele lugar em pesadelos.

– Seu povo está lá fora, Zo, em algum lugar – disse G'torik, tão gentilmente quanto um Sangheili era capaz. – Alguns *devem* ter sobrevivido. Tenho certeza. Mas, até encontrá-los, deve vir conosco para Sanghelios.

– Vou refletir a respeito. Talvez. Mas não desisti daqui ainda.

– Estamos pesquisando por quase um ciclo solar... Não encontramos nada além de lixo espacial.

– Mas você se esqueceu dos relatos que D'ero encontrou. Os registros de capitães que conversaram com piratas Kig-Yar. Encontraram artefatos grandes neste sistema. Um deles afirmou que algo neste cinturão atirou neles...

– Os Kig-Yar! – G'torik bufou. – Quem confia na palavra deles?

– Mken 'Scre'ah'ben suspeitava que a colônia tivesse sobrevivido... Que tivesse usado a explosão como camuflagem. Junta-se isso às lendas Kig-Yar...

Nesse momento, Tul entrou, com o Huragok, Viajante Letárgico, logo atrás. O Huragok parecia um nelosh sem peso, um animal aquático dos registros do ancestral de Zo sobre Janjur Qom. Ele flutuava no ar, com o longo pescoço contraindo-se, as espirais se abrindo e fechando, os tentáculos apalpando tudo. Sinalizou para Tul, que falou:

– Letárgico está perguntando se pode reparar alguns desses itens. – Apontou para os restos sobre a mesa.

– Acho que não podem ser consertados, mesmo por um Huragok – observou Zo, tristemente. Recostou-se à cadeira e ajustou o cinto para retirar um pouco do peso. Mas não adiantou muito, a pressão estava em sua mente. – Talvez eu devesse seguir com vocês até Sanghelios... Se realmente acreditarem que não serei sumariamente executado assim que chegarmos.

– Você estará sob nossa proteção – disse Tul. – Quando contarmos nossa história, será até venerado.

Zo resmungou com ceticismo.

– Se vocês não desejam continuar a busca... Não posso insistir. Não possuo autoridade aqui. E Sanghelios é uma de minhas poucas opções. – Olhou para os restos de maquinário, retorcidos e escurecidos, sobre a mesa. – Esperava encontrar algo mais entre os asteroides e os escombros. Algo que pudesse me conectar a meu ancestral, o Profeta da Convicção Interior. Ele lamentava com frequência os fracassos de nosso povo, como eu, e parecia que tínhamos sido trazidos aqui pelo destino. – Ele se recusava a admitir que poderia muito bem ser o último San'Shyuum vivo.

A voz de D'ero zumbiu pelo comunicador de parede.

– Zo Resken! Há algo aqui que você precisa ver. Venha para a ponte.

De repente, o peso excessivo de Zo desapareceu e ele saltou, passou rapidamente entre Tul e G'torik e quase colidiu com Huragok, que desviou por um triz.

Logo, entrava na ponte de *Nutrição da Jornada*.

– D'ero, você me chamou e eu vim...

Tul, G'torik e o Huragok haviam seguido o San'Shyuum e chegaram poucos instantes depois, enquanto Zo sentava-se no assento do copiloto, ao lado de D'ero.

– Lá! – grunhiu o capitão.

Ele apontou para o holoscópio, que mostrava uma visão tridimensional de uma seção muito movimentada do cinturão de asteroides. Grandes pedras giratórias, algumas cobertas por gelo, trombavam-se umas com as outras; a luz era forte, vinda do sol pelo outro lado; o lado escuro de cada asteroide estava totalmente negro.

– Para o que estou olhando? – perguntou Zo, intrigado.

D'ero digitou nos controles do telescópio e a imagem se ampliou. Zo continuava sem enxergar nada... Até que duas pedras gigantescas saíram do caminho e revelaram um objeto prateado pontiagudo. Claramente artificial, possuía um estranho, porém organizado, formato. À primeira vista, tratava-se de um material forjado, como os fragmentos empilhados sobre a mesa. Contudo, muito maior que qualquer objeto artificial encontrado até então, maior até que a nave.

O objeto permanecia relativamente estável, sem girar como os outros a sua volta. E, ao longo de sua superfície, havia uma cobertura brilhante de energia.

– Incrível – disse Zo, sem ar. – Estivemos aqui esse tempo todo e não detectamos isso.

– Está *operacional*, a julgar pelo campo de força – disse Tul, ao olhar por cima do ombro de Zo. – E alguém o mantém assim. Zo... pode ser que tenhamos encontrado a colônia ussaniana.

– Vamos mesmo para lá? – perguntou D'ero. – Pois provavelmente não serão amigáveis com intrusos. Se nos revelarmos, pode ser que não recebamos uma recepção calorosa. Talvez precisemos lutar por nossas vidas.

CAPÍTULO 21

O Refúgio, a Colônia Ussaniana
Refúgio Primário
2553 EC
A Era da Reclamação

Bal'Tol andava de um lado para o outro em frente aos monitores.

– Eles já passaram pela estrutura exterior? – perguntou, novamente, enquanto Xelq 'Tylk, o operador do olho espião, movia o robô de vigilância para uma inspeção mais aproximada.

– Estão removendo a placa neste instante, kaidon. – Xelq era baixo, atarracado, com um braço poderoso. Em suas mandíbulas, havia furos com joias de metal, feitas com o material encontrado no campo de entulho. Ele havia sido um floatfighter de sucesso, mas desistira do esporte para trabalhar na Manutenção Externa da Colônia. Ele gostava de estar lá fora, no espaço, participando de expedições para desviar asteroides perigosamente próximos a órbitas superiores. Era um dos poucos em que Bal'Tol confiava para os pequenos veículos de manutenção.

Bal'Tol olhou para o monitor e enxergou o veículo de manutenção de oito pernas, como um aracnídeo de metal, pendurado à estrutura exterior da Seção Dois. De cada lado, cada um dos cilindros de metal e cristal, estações de interrupção de campo, produzia uma onda de transmissão que os permitia se fixar magneticamente àquela superfície. Expandidos para que se entrelaçassem, os campos providenciavam entrada para o veículo de manutenção externo através da ruptura do campo repelente naquela área determinada. Também estendia um campo de contenção sobre a abertura na superfície, para manter a pressão do ar. Havia um sistema de vácuo também, um backup de pressurização.

Ele também conseguia ver o quadrado que C'tenz e os outros haviam aberto na superfície, usando uma tecnologia Forerunner que ninguém entendia muito bem: raios de luz que pareciam distanciar linhas estreitas de materiais, como se a superfície fosse simplesmente persuadida, em nível molecular, a sair do caminho. Mas se, por acaso, um Sangheili colocasse a mão sob a luz, esta não lhe causaria mal algum.

Bal'Tol podia enxergar metade de cada um dos três Sangheili naquela missão: C'tenz, Torren e V'ornik, cada um com o lado esquerdo delineado pelo sol, a outra metade invisível em uma sombra escura.

– É possível aproximar o espião um pouco mais? – pediu.

– A essa distância, é arriscado. Torna-se mais uma anomalia a ser observada pelos seguidores de 'Kinsa – respondeu Xelq.

– Tudo bem... – murmurou Bal'Tol. Ele tinha uma sensação sinistra a respeito da missão. – Gostaria de ter ido.

– O senhor, kaidon? *Eu* é que deveria ter ido. Mas C'tenz falou que eu seria necessário aqui. Torren e V'ornik não possuem quase nenhuma experiência com trajes pressurizados.

– Assim eu fico *ainda mais* tranquilo – disse Bal'Tol com acidez, ao retornar às suas passadas. Ele nunca tinha admitido a si mesmo, até então, como C'tenz era importante para ele. Verdadeiramente o considerava um filho. E, no entanto, o enviara em uma missão suicida.

Bal'Tol parou em frente a outro monitor, que mostrava uma visão interna da nova ala de isolamento na Seção Primária. Ali viu Qerspa 'Tel, o reparador biológico, gravando os sintomas, calmamente, enquanto observava um dos agitados pacientes da terceira fase, que estava amarrado à cama. Sentiu pesar com a cena. Havia esperanças para seu povo?

Às vezes, Bal'Tol achava que podia sentir o desespero de todos os Sangheili ussanianos, como um cabo sendo puxado de cada lado pronto a estourar.

– *Estamos entrando na superfície* – C'tenz disse baixinho.

A transmissão levou Bal'Tol a correr de volta ao monitor do drone. Não via mais ninguém. Haviam passado pela abertura.

– Devo ativar o transmissor do capacete? – perguntou Xelq.

– Apenas se forem descobertos. O inimigo pode detectar o sinal.

– *Localizamos o vácuo para...* – Um momento de estática. – *O vácuo está sendo aberto pelo outro lado. Torren! Volte, volte para o... Eles estão aqui, eles...*

– Xelq! Ligue a transmissão visual! – ordenou Bal'Tol. Um momento depois, e a imagem surgiu em outro monitor, transmitida pelo capacete de Torren. – Apenas a de Torren por enquanto!

Bal'Tol viu, pelo ponto de vista do gravador visual do capacete de Torren, uma face envolta por um capacete de vidro e fazendo uma careta de ódio, um rosto com as teias avermelhadas da Doença Sanguínea. Um dos seguidores de 'Kinsa, usando um traje pressurizado.

– Já deviam estar sabendo da intrusão – disse Bal'Tol, com a pulsação acelerada.

E então, em um movimento borrado, um machado atingiu a proteção facial de Torren. Sangue azul manchou tudo, inclusive o rosto, agora alegre, do agressor. Ouviram o som do grito agoniado de Torren.

– Estou com C'tenz – murmurou Xelq.

E a imagem no monitor mudou. Surgiu a visão do capacete de C'tenz enquanto ele olhava para o doente que tinha acabado de assassinar Torren. O dissidente ajeitou o machado ensanguentado, virou-se e, com a arma levantada, se jogou para cima de C'tenz, uivando.

Cinco flashes: tiros rápidos que C'tenz deu com o rifle de plasma. Poderiam ter sido seis, mas um clique informou Bal'Tol sobre uma falha na arma após o último tiro. Muitas armas da colônia estavam quebrando. Viu o inimigo mancar na direção de C'tenz e, então, o rifle amassando o capacete do lunático quando C'tenz o girou como um martelo. O adversário caiu, mas cinco outros correram na direção de C'tenz, agarrando-o. Todos aqueles rostos invadiram o monitor... que logo escureceu.

– O quê... Onde ele está? – Bal'Tol perguntou sem fôlego.

– Eu... Eles danificaram o gravador...

– Tente mudar para V'ornik! – berrou Bal'Tol.

– Não consigo retomar a transmissão.

– Então use o espião, Xelq!

Um piscar do monitor e voltaram a ver a visão do espião. Ali, V'ornik pulava para fora da abertura na superfície. Bal'Tol não pôde ter certeza, mas o que pareceu uma explosão de energia ou um projétil zuniu ao lado de V'ornik enquanto ele tentava abrir a porta da pequena nave. Ele desapareceu dentro dela, com a porta fechando atrás de si. A nave levantou voo rapidamente. Mas um inimigo, também em traje pressurizado, emergia da abertura, depois mais outro, ambos atirando no veículo de manutenção, marcando-o com manchas pretas, até que um tiro atingiu o tubo repulsor. Uma chama azul e branca saiu do tubo, e o veículo saiu girando para o vazio com o motor danificado.

Bal'Tol encarava aquilo, sentindo-se fraco de dor em um instante e energizado pela fúria no outro.

– Convocarei cada soldado, cada Sangheili disponível! Se tiverem assassinado C'tenz, farei tudo que for preciso para extirpar esta mancha da colônia.

O monitor piscou e, de repente, mostrou o rosto do próprio 'Kinsa. Ele usava o capacete retirado de C'tenz.

– Bal'Tol, você está aí? –perguntou 'Kinsa, aproximando-se.

– Transmita minha voz, Xelq! – Bal'Tol falou, roucamente. – 'Kinsa, pode me ouvir?

– Ah, aí está o kaidon! Mas *eu* sou o kaidon agora... Você é um falso kaidon! Os Deuses Esquecidos o chamam. Submeta-se ao vazio exterior, Bal'Tol. Faça isso, e seu precioso C'tenz não morrerá! – A face de 'Kinsa apresentava a teia vermelha da Doença Sanguínea, mas havia um controle frágil e insistente nele. Parecia prestes a perder a razão, mas ainda astutamente no comando. – Todos sabem que ele é seu predileto... Quer mantê-lo vivo, Bal'Tol? Então, renda-se a mim!

Os olhos de Bal'Tol se viraram para outro monitor. Havia algo ali... e uma ideia se formou.

– Então, deixemos os Deuses Esquecidos decidirem, 'Kinsa. Os deuses que você escolher. Deixe que decidam. Seu povo contra o meu na Seção de Combate. Floatfight, 'Kinsa! Eu estarei lá... bem como você. Dez contra dez! Assim será. Todos os nódulos de vigilância se voltarão para a luta, todos verão. O que me diz? Se perdermos, nosso destino estará em suas mãos.

– A Seção de Combate...? – 'Kinsa afastou-se. Atrás dele, várias figuras, das quais duas carregavam armas. C'tenz estava lá, amarrado com arames, no chão. Ele se mexeu: estava vivo. – Nunca usaram floatfight dessa maneira. Por que faríamos isso?

– Poderá demonstrar a todos que os deuses realmente estão a seu lado. E tudo acabará rapidamente. Se estiver com medo... se não tem honra para se encontrar comigo na Seção de Combate... todos saberão.

Uma figura sacerdotal, envolta em uma couraça remendada, deu um passo à frente.

– Vamos conversar sobre isso. Escuto os Deuses Esquecidos cantando. Forerunner Sol e Forerunner Lua farão de você o vencedor, 'Kinsa!

– Vou... considerar a proposta – disse 'Kinsa relutantemente, desligando o monitor.

Xelq encarou Bal'Tol como se este tivesse acometido pela Doença Sanguínea.

– E se não der certo, kaidon?

– Não posso atacar as seções sem matar os inocentes. Tudo o que precisamos para reparar a colônia seria perdido também. E C'tenz morreria. Dessa maneira... traremos 'Kinsa para o campo aberto. E enfim teremos a chance de acabar com ele.

– A Doença Sanguínea pode levá-los a aceitar... Ela os torna sedentos por confronto.

– Sim... Um desafio como esse é inerente à loucura – disse Bal'Tol. – Acredito que ele aceitará. É a única maneira de salvar C'tenz e acabar com este conflito de uma vez por todas.

***Nutrição da Jornada*: nave de suprimentos para**
a Frota da Veneração Abençoada
Sistema Ussaniano
2553 EC
A Era da Recuperação

– Você tem razão – declarou D'ero. – *Há* uma batalha em andamento lá... e uma nave danificada. Algo que requer trabalho na superfície exterior.

D'ero, Tul, G'torik e Zo Resken estavam na ponte da *Nutrição da Jornada*, atentos à imagem projetada pelo rastreador. Observavam o veículo de manutenção de oito pernas girando lentamente, afastando-se daquele enorme e geometricamente bizarro artefato. Possivelmente alguma espécie de colônia.

– Pode ser uma oportunidade – disse Zo. – D'ero, você seria guiado por mim?

– Não sei mais o que fazer diante de tudo isso, a não ser deixar que você me guie.

– Então se aproxime o tanto quanto possível, em segurança, daquela pequena nave. Mantenha-se afastado da provável área de alcance da colônia, ou seja lá o que aquilo realmente for...

– Será feito.

O pequeno veículo, como um aracnídeo ao vento, girava lentamente pelo vazio, cada vez mais perto conforme D'ero se aproximava.

– O campo de empuxo terá força suficiente para pará-lo? – perguntou Zo.

– Possivelmente. Quer puxá-lo para o alçapão de carga?

– Sim, se não houver sinal de destruição iminente.

– Vou escanear, mas não posso assegurar que o objeto esteja estável.

Eles se arriscaram e puxaram o veículo para o vácuo do alçapão de carga. Sentiram um *clunk* quando a gravidade artificial e a pressurização retornaram ao alçapão e o veículo assentou-se no deque. Viam-no pelos monitores internos da nave. Ele havia pousado suas pernas, mas uma delas estava muito danificada e o veículo inclinou-se, soltando fumaça.

Deuses, se são mesmo quem um dia acreditei que fossem, por favor, não deixem que minhas ações matem todos eles, Zo pensou enquanto ele, G'torik e Tul armaram-se com carabinas e correram para a rampa que os levaria até a escotilha do alçapão. Zo respirou fundo. Então, abriu a escotilha e entrou. O ar estava pungente com o cheiro de metal queimado. A fumaça girava perto do teto. Ele tomou a liderança, falando:

– Alguém vivo?

– Eles podem não ouvir pelo casco – comentou Tul.

Zo abaixou-se sob a fuselagem do veículo, sentindo o calor que emanava dela, e passou pela escotilha. Esticou o braço...

Mas a portinhola abriu sozinha. Uma escada saiu, e um Sangheili tossindo tentou descer e caiu, seguido por fumaça. Ele estava armado com uma espécie de lâmina que Zo nunca havia visto. Vestia um traje pressurizado, bem antigo, mais desajeitado que qualquer coisa que Zo conhecia, mas não estava de capacete.

O estranho virou-se, limpando os olhos, e encarou Zo como se não estivesse certo do que via.

– Ah, sim, suspeito que nunca tenha visto um San'Shyuum ao vivo – disse Zo. Ele baixou a arma. – Meu nome é Zo Resken e já fui chamado de Profeta da Claridade. Não queremos seu mal, se não quiser o nosso.

O Sangheili ficou boquiaberto. Depois, piscando, olhou Tul e G'torik. Ele falou, mas Zo não conseguiu decifrar o dialeto. Algo a respeito de deuses...?

– Vocês entenderam? – perguntou Zo, ao olhar para G'torik e Tul.

– Um pouco – respondeu Tul. – Soa como Sangheili antigo. Palavras que não conheço, sotaque estranho. Mas acho que ele perguntou se você é um deus.

– Converse lentamente com ele, o melhor que puder, e conte que sou apenas um amigo dos Sangheili. Diga que não lhe queremos mal.

Tul passou a mensagem e o estranho demonstrou compreensão.

– *Profeta!* – chamou D'ero pelo comunicador.

Zo não se deu ao trabalho de corrigi-lo; poderia mesmo ser um profeta se as profecias que um dia levou em consideração se mostraram falsas?

– O que foi?

– *O veículo... Afastem-se dele! É altamente instável. Saiam daí! Preciso ejetá-lo... agora!*

– Todos para fora! – gritou Zo ao correr para a porta.

Tul falou com o forasteiro, e todos seguiram Zo. Em seguida, G'torik fechou a portinhola.

– Descomprima e ejete, D'ero! – ele berrou.

Zo correu pela rampa, depois pelo corredor e a ponte. Sentiu a nave tremer quando a pequena embarcação foi liberada. Em seguida, apressou-se até o holomonitor para verificar a ejeção do veículo para o espaço. Ele o viu girar para o vazio antes de explodir. As chamas duraram meio segundo, até serem eliminadas pelo vácuo. Poucos segundos depois, o casco fez um grande barulho, ao ser atingido pelos fragmentos.

– Alguma ruptura no casco? – perguntou Zo.

– Nada atravessou – reportou D'ero, ao olhar os instrumentos. Ele se virou e olhou com suspeita para o estranho, que encarava tudo ao redor. – Profeta... será que ele provocou a explosão? Talvez fosse uma armadilha.

– Acho que não – disse Zo. – Acho que ele é um Sangheili perdido e estupefato. Vamos colocar tradutores; dê um a ele, e assim talvez nos entendamos.

Os dispositivos de tradução eram pequenos discos afixados à pele acima das membranas auditivas. Após a fixação, a nave providenciava entrada cibernética. Tul, então, apresentou todos ao estranho. Ele respondeu, falando devagar:

– Meu nome... pelo qual podem me chamar... é V'ornik 'Gred. Eu moro ali... – E apontou para a seção da colônia em um holovisualizador. – Isto. O Refúgio.

– Ussa 'Xellus... Esta é a colônia dele? – perguntou Zo lentamente.

– Sim. Colônia do Ussa. Você. De onde você vem?

Zo suspirou. De onde ele vinha? *Agora, de lugar algum.*

– Eu cresci em High Charity. Você provavelmente não sabe do que estou falando. D'ero 'S'bud... Ele é de Sanghelios.

Os olhos de V'ornik arregalaram-se.

– Não é possível.

– Oh, é sim – disse D'ero. – Cresci em Zolam, um estado ao sul do continente de Qivro. Vasculhei as colinas caçando maegophet e doarmir. Até matei um helioskrill com uma lança, ao modo antigo.

V'ornik se aproximou de D'ero e esticou a mão trêmula. D'ero permitiu que seu ombro fosse tocado.

– Sim. Sou real. Mortal... de Sanghelios.

– Você vai... nos levar? Para Sanghelios?

– Essa pergunta só pode ser respondida depois que tivermos certeza de que você é confiável.

Zo virou-se para D'ero.

– Você é capitão desta nave. Desejo que nos aproxime da colônia... e desejo levar nossa nave de manutenção para lá. Permite isso? E ficará por perto enquanto puder me esperar?

– Você acha que este aqui consegue levá-lo em segurança para a colônia?

– É o que vou tentar. Se ele quiser. Preciso fazer contato com esse povo. Esta descoberta... Você não sabe o que ela significa para mim. Preciso ir até a colônia.

– Você não irá sozinho, Profeta. – D'ero olhou para G'torik. – Você irá com esse tolo, já que ele insiste tanto.

– Então você me considera igualmente tolo? – perguntou G'torik. – Sua suposição está correta. *Eu sou*.

– Aqui está mais um tolo, então – disse Tul, batendo no peito.

Em seguida, o Huragok apareceu, flutuando logo acima do chão. Inclinou a cabeça com curiosidade na direção do estranho. Esticou os tentáculos para sinalizar o desejo de consertar seu traje pressurizado.

V'ornik afastou-se de Viajante Letárgico, batendo as mandíbulas e levantando a arma.

– Não! – disse Tul, entrando no meio dos dois. – Ele nos serve. Conserta o que estiver quebrado.

V'ornik parecia ter aversão ao Huragok. Obviamente nunca havia visto um.

– Sim – disse Zo, ao pensar em algo. – Letárgico conserta coisas, V'ornik. Há muito a ser reparado em sua colônia?

V'ornik olhou para ele.

– Sim. Muito. Demais. Essa... coisa pode consertar nosso mundo?

– Uma boa parte. Sim. Coisas que não se conseguem reparar, em geral o Huragok consegue.

– Então... vamos. Todos nós.

O Refúgio, a Colônia Ussaniana
Refúgio Primário
2553 EC
A Era da Reclamação

– O quê? – disparou Xelq. – *Eu?*

– Sim. Ele escolheu você para que use isto.

Xelq havia entrado no centro de controle da colônia à procura do kaidon. No meio-tempo, Qerspa 'Tel chegou, procurando por Xelq. Qerspa colocou o colar de posto superior em volta do pescoço de Xelq 'Tylk. Significava que ele seria o porta-voz do kaidon na ausência de Bal'Tol.

– Ele pensou que se a nave que se aproximou demonstrar perigo você será o melhor a lidar com ela. Suponho que por conta de sua experiência com gravidade zero. Você é o kaidon substituto. Mas não se anime demais! Estou certo de que Bal'Tol retornará e você voltará a ser um reles supervisor tecnológico.

– Ele não vai para a Seção de Combate, vai? Já? Ele acredita nessa bobagem de deuses julgando a competição?

– É preciso. 'Kinsa foi pressionado por seus seguidores a aceitar o desafio. Ele já está com seus dez escolhidos. Mas isso não será um floatfight de verdade. É uma chance para que cada lado mate o líder do outro. Essa é a verdade.

– E quais as ordens do kaidon para mim?

– Você vai se comunicar com os alienígenas na nave, se for possível. Se parecerem perigosos, use a artilharia para mantê-los a distância até a volta do kaidon. Se eles puderem nos ajudar, use seu julgamento.

Xelq resmungou.

– Eu deveria estar lá com ele! Sou bom com gravidade zero. E já fui um bom floatfighter...

– *Quem está aí? Kaidon?* – A voz surgiu atrás de Xelq. Ele se virou e percebeu que vinha do receptor do espaço próximo. – *Aqui é V'ornik!*

Xelq reconheceu a voz e correu até o transmissor.

– É o Xelq, V'ornik. Onde você está? Pensamos que estivesse morto!

– *Estou vivo e estou na nave com um Sangheili. Ele veio de Sanghelios! E não só isso! Ajuste o campo repelente... Entraremos em outra nave de manutenção. Nos deixe entrar!*

– Você pegou a Doença Sanguínea? Está louco! Já estamos sob ataque!

– A maioria aqui é Sangheili... de Sanghelios!

– O quê? E você acredita?

– Acredito. E são capazes de consertar coisas, Xelq! Deixe-me falar com o kaidon, deixe-os falar com ele!

– Ele não está aqui... Estou no comando por enquanto, mas... não posso permitir isso!

– *Você sempre me considerou um tolo, Xelq, mas desta vez precisa acreditar em mim! Eles vieram nos ajudar! Só desta vez: acredite em mim!*

O Refúgio, a Colônia Ussaniana
Seção de Combate
2553 EC
A Era da Reclamação

Bal'Tol foi vestido com a armadura peitoral e o capacete permitidos aos floatfighters; trazia uma lâmina meia-lua em uma mão e uma maça com espetos na outra. Ele flutuava próximo aos painéis de impulso, ao lado dos cabos da rede. Com ele, Z'nick 'Berda, o melhor floatfighter disponível, e oito Sangheili com experiência na luta, a maior parte patrulheiros da segurança da colônia.

V'urm 'Kerdeck, o herói caolho de floatfighting, estava suspenso no meio da arena de gravidade zero, flutuando e ajeitando sua luva com espetos. Mesmo parcialmente cego, era o oponente mais perigoso. Havia nove outros ao lado dele, seguidores de 'Kinsa, preparando-se. Mas apenas V'urm mantinha o olhar fixo em Bal'Tol.

– Z'nick – chamou Bal'Tol –, cuidado... Não há rede de proteção para os capacetes. – E acrescentou, secamente: – V'urm 'Kerdeck está lá.

– Fique atrás de mim, meu kaidon... Eu dou um jeito em V'urm. Ele é mais velho que eu.

O sacerdote – na verdade, um pseudossacerdote, já que representava uma fé falsa – estava preso à parede atrás da rede, com uma lâmina de energia em mãos que segurava próxima à C'tenz. Este, por sua vez, estava amarrado da cabeça aos pés e também preso à parede.

Bal'Tol observava C'tenz se remexer.

– Onde está 'Kinsa?

– Ali! – Z'nick apontou.

'Kinsa apareceu pela porta de metal na parede curva atrás dos lutadores que se espalhavam pela arena. Ele trazia um mec-míssil na mão.

– Com 'Kinsa são onze – observou Z'nick. – Era para ser dez contra dez. E a arma não é tradicional na luta. Muito perigosa.

– Talvez por isso ele tenha aceitado lutar tão rápido. Não temos escolha. Mas temos uma chance, apesar da falta de regras. Os seguidores podem se render se ele morrer.

O campeão foi o primeiro a saltar no espaço, mas os outros seguiram de imediato, girando e mirando, treinando golpes um no outro. As faixas estavam esticadas entre o teto e o chão, atravessando o espaço, e seriam usadas como bases para impulso.

Vou ter de enfrentar o campeão de 'Kinsa, pensou Bal'Tol. *Pois ele está vindo direto para mim. Matá-lo. Depois alcançar C'tenz e libertá-lo. E matarei 'Kinsa, se tiver a oportunidade.*

Bal'Tol se posicionou para tomar impulso da parede, mas Z'nick já havia se jogado em uma trajetória para cortar V'urm.

Xingando entre os dentes, Bal'Tol tomou impulso. Seu estômago revirou enquanto ele voava pela gravidade zero, pensando que acabaria atingindo V'urm. Mas este já estava ocupado com Z'nick, atacando-o com uma mão, esmagando com o punho da outra, quebrando o capacete do oponente, que girou no ar. Z'nick deslizou para fora do alcance e evitou o golpe que o teria dilacerado.

Então, Bal'Tol chegou, mal posicionado, e apenas relou V'urm com a maça, provocando um som agudo no capacete do herói do floatfight e jogando-o para longe. Passando reto, Bal'Tol viu V'urm agarrar um elástico e dar a volta em torno dele.

De repente, Bal'Tol sentiu um aviso de seu instinto e viu um mec-míssil se aproximando. Girou para a esquerda. O disparo passou de raspão em seu pescoço.

Ele viu 'Kinsa a distância, preparando outro mec-míssil. Então, o tiro que quase havia atingido sua garganta viera de 'Kinsa.

Bal'Tol agarrou uma faixa e girou. O tiro seguinte também não o atingiu. Um dos seguidores de 'Kinsa apareceu subitamente, rugindo na direção de Bal'Tol, e o golpeou com a lâmina de energia. Bal'Tol bloqueou com sua própria lâmina, e o impacto desviou o adversário, providenciando ao kaidon a chance de usar a maça. Ele atingiu o joelho do inimigo, sentindo o estilhaço dos ossos. Gritando e curvado de dor, o oponente permaneceu ainda ao alcance de Bal'Tol, que então enfiou a lâmina em sua boca.

Outro disparo passou ao lado de Bal'Tol, o que o lembrou que 'Kinsa estava no perímetro. Se pudesse encontrá-lo e matá-lo, talvez essa luta selvagem pela colônia chegasse a um fim.

Sua visão de 'Kinsa foi bloqueada por um agrupamento de três Sangheili – dois dos patrulheiros e um rebelde enorme –, em uma luta corporal. Poças de sangue Sangheili arroxeado voavam pelo ambiente sem gravidade. Três patrulheiros flutuavam sem vida. Um, quase decapitado, com a cabeça presa ao corpo apenas por uma tira de pele.

Bal'Tol impulsionou-se e disparou por cima dos três lutadores. Um dos seus já havia morrido e outro estava sendo enforcado pelo seguidor com marcas da Doença Sanguínea. Bal'Tol ficou bem posicionado acima do estrangulador e o esfaqueou com força na nuca, arrebentando a espinha. O impacto parou Bal'Tol, que precisou desvencilhar a arma, ficando enquanto isso sob a mira de um jorro de sangue. Precisou até cuspir parte dele e, assim, perdeu a empunhadura de sua arma.

Ele saiu da nuvem de sangue, ainda flutuando com o momentum.

Talvez agora seja a hora de pegar C'tenz, libertá-lo...

Sangue e lutadores bloqueavam a visão. *Encontre-o!*

Então, V'urm veio em sua direção, com uma mandíbula quebrada e ferimentos que tornavam o rosto dele quase irreconhecível. Bal'Tol via apenas aquele único olho raivoso no meio da máscara de sangue roxo.

Atrás dele, flutuava o corpo de Z'nick.

V'urm voava diretamente para Bal'Tol, com o corpo esticado e estocando a lâmina meia-lua. Ele emitiu um grito de batalha:

– Morte ao falso kaidon! Vida longa a 'Kinsa!

Bal'Tol nadou no ar para o lado, levantou os joelhos e chutou V'urm.

V'urm agarrou o pé de Bal'Tol e o puxou.

– Jogada de amador! – zombou V'urm. Ele girou a lâmina na direção do pescoço de Bal'Tol. O kaidon foi para trás, e a meia-lua apenas atingiu sonoramente seu capacete. Dor atravessou o crânio. Luzes dançaram diante de seus olhos, e o kaidon sentiu náuseas e não conseguiu ouvir mais nada. Esforçou-se para voltar à luta, para atingir o inimigo com a maça. Porém, V'urm estava posicionado por cima dele, com a meia-lua pronta para arrebentar o pescoço do kaidon. V'urm riu, triunfante.

Um raio de luz vermelha vindo de algum lugar atrás de Bal'Tol queimou o rosto de V'urm, que imediatamente crispou em chamas.

CAPÍTULO 22

O Refúgio, a Colônia Ussaniana
Seção de Combate
2553 EC
A Era da Reclamação

Um buraco do tamanho da mão de Bal'Tol foi aberto no rosto de V'urm: um túnel de carne escurecida, bem no meio da cabeça. O cadáver do floatfighter flutuou, entrou em uma nuvem de sangue e então se virou dentro dela, lentamente, como se se banhasse ali.

Meus pensamentos estão esquisitos. Então, Bal'Tol pensou com mais sensatez: *Quem matou V'urm, e como?*

– Saudações, kaidon do Refúgio – disse uma voz cadenciada, levemente masculina.

Sentiu como se mãos invisíveis o agarrassem, uma espécie de campo de empuxo a seu redor. Percebeu que todos os lutadores sobreviventes eram empurrados contra a parede. Boquiabertos, encaravam a coisa que segurava Bal'Tol no lugar.

O lendário Enduring Bias flutuava diante de Bal'Tol, quase ao alcance, com as lentes brilhando e emitindo o som de uma máquina em bom funcionamento. A IA estava em controle perfeito de si, à vontade na gravidade zero.

– Estou sonhando? – pensou Bal'Tol em voz alta.

– Isso eu não posso atestar – disse Enduring Bias. – Você recebeu um belo golpe na cabeça. Seu capacete foi danificado. Portanto, pode ter sofrido uma concussão e estar sujeito a alucinações de um cérebro ferido. Contudo, posso afirmar que sou real.

– Está mesmo aqui?

– Sim, fui restaurado e estou totalmente operacional. Mais de uma vez pedi a Sooln que adquirisse um Huragok. Mas ela nunca conseguiu um. Então, fui prejudicado quando fomos atingindos pelo fragmento de cometa e, por séculos, permaneci inativo. Às vezes era capaz de ouvir, conforme muito tempo passava. Agora o Huragok chegou, enfim, e posso retomar minhas tarefas. Sou verdadeiramente agradecido aos visitantes de Sanghelios e High Charity.

– Sanghelios... existe? É real? – Bal'Tol se sentiu nauseado, um pouco fora de si. O sangue em redemoinhos, os corpos, tudo parecia se misturar.

– Sim. Eu nunca fui a Sanghelios, mas acho que podemos inferir que é objetivamente real. High Charity é real, ou era, pelo menos de acordo com o testemunho deles.

– High Charity? Não conheço... esse lugar... – O ambiente girava a seu redor. Ele piscou com força e tentou entrar em foco. As coisas se aquietaram um pouco. Então, ouviu um grito de aviso. Era a voz de Xelq? Bal'Tol olhou em volta e viu que próximo dali 'Kinsa mirava o mec-míssil. E ele não mirava no kaidon, mas, sim, em Bias.

– Não! – berrou Bal'Tol. – 'Kinsa, não! Ele vem dos deuses. Ele é...

O tiro voou na direção de Enduring Bias e foi desviado, quebrando-se em pedaços. Então, Enduring Bias emitiu um raio vermelho e atingiu 'Kinsa no peito, queimando e atravessando os corações dele.

'Kinsa ficou mole e flutuou, deixando um rastro de fumaça e sangue

Bal'Tol procurou por C'tenz e pelo sacerdote que o vigiava. O sacerdote já havia fugido, mas alguém estava perto de C'tenz. *Difícil enxergar... V'ornik!*

Sim. V'ornik estava lá, flutuando acima de C'tenz, cortando as amarras.

– C'tenz... – murmurou Bal'Tol.

– Meu escâner sugere que aquele identificado como C'tenz precisará de cuidados médicos – constatou Enduring Bias. – Deve ser atendido imediatamente. E você também. Por favor, venha comigo. – Bal'Tol foi puxado com cuidado pelo ar. – Xelq e V'ornik são companheiros de clã muito capazes, kaidon – continuou Enduring Bias, enquanto voava à frente, com Bal'Tol atrás em um campo de empuxo. – Eles cooperaram quando não havia alternativa lógica. É precisamente o momento em que se deve arriscar. Xelq, sob os conselhos de V'ornik, permitiu que o San'Shyuum entrasse (foi tão interessante conhecê-lo!) e também os três Sangheili e o Huragok da nave extramundo. Foi esplêndido receber os serviços do Huragok. Tão talentoso. Uma linda criação da bioengenharia. Eu conhecia Ussa 'Xellus muito bem, sabe, e tenho certeza do que ele gostaria que eu fizesse agora...

– Ussa 'Xellus...

– Sim. Sei que ele é seu ancestral. Estou muito interessado em conhecer as sutilezas da cultura atual. Ouvi muita coisa, mas tenho vários questionamentos.

Chegaram à portinhola que permitia a saída da câmera de floatfight, mas alguém bloqueava a passagem: o sacerdote de 'Kinsa.

Mas o sacerdote subitamente retirou a couraça, deixou-a de lado e se ajoelhou... Ou ao menos colocou-se nessa posição enquanto flutuava na gravidade zero.

– Ó mensageiro dos Forerunners Sol e Lua! Ó Voz Voadora! Quantas vezes passei a seu lado, acreditando que estivesse vazio, sem saber que apenas aguardava sua hora! Eu duvidei e segui 'Kinsa! Perdão, ó mensageiro dos deuses! Eu grito em contrição!

– Certamente – disse Enduring Bias, casualmente. – Está perdoado e totalmente redimido, se assim o kaidon permitir. Agora, por favor, saia do caminho. Desejo fornecer assistência médica ao kaidon.

O Refúgio, a Colônia Ussaniana
Seção Cinco
2553 EC
A Era da Reclamação

Estavam em um shuttle decrépito, mas operacional, que levava de seção a seção. Zo Resken olhava pela janela dianteira enquanto a nave se aproximava silenciosamente do compressor a vácuo. G'torik e Tul estavam no deque de passageiros com a guarda armada, o Huragok e, por incrível que pareça, um Oráculo, chamado Enduring Bias.

Xelq pilotava com movimentos suaves, no assento à esquerda de Zo. Ele olhou para Zo, aquele ser alienígena.

– Zo Resken, temo que nem mesmo Enduring Bias poderá encontrar uma entrada para a Seção Cinco.

Contagiado pelo ceticismo de Xelq, Zo também duvidava que o Oráculo pudesse diminuir o campo repelente e abrir o vácuo da Seção Cinco.

Mas Enduring Bias se aproximou e afirmou:

– Estou integrado à programação desta colônia, mesmo na forma em que ela se apresenta atualmente. Todo o sistema tem um atalho conectado que eu mesmo criei e que posso implementar. Por exemplo...

O escudo sobre a proteção a vácuo desapareceu; as portas destravaram e se abriram.

Murmurando em assombro, Xelq pousou a pequena embarcação no andar. As portas se fecharam atrás deles e o hangar foi repressurizado.

– E agora? – quis saber Zo. – Será que esses rebelados que você citou ainda não estão por lá, mesmo com o líder morto? Que alguns não vão querer ceder o território que tomaram? Asseguro que haverá resistência.

– Sim, é provável – concordou Xelq. – E há o perigo dos doentes. Mas... Vamos mandar os patrulheiros primeiro e o mensageiro de deus. Vamos manter o Huragok na nave até que se torne necessário. Por que expor algo tão valioso ao fogo inimigo?

Algo tão valioso. Que subestimação, pensou Zo.

Enduring Bias era inestimável, uma verdadeira relíquia viva dos Forerunners. Quais segredos acalentava em sua memória?

E a colônia em si! Cada seção era um artefato Forerunner magnífico. Sim, velho e usado. O ar, pungente e abrasivo. As paredes, sujas. Mas entre aquelas paredes estragadas e manchadas havia as maquinações submoleculares intactas dos Forerunners. Sem dúvida havia numerosas funções para elas, das quais os ussanianos não sabiam nada a respeito – força e enteléquia, energia e possibilidade secretas, não utilizadas, porém intactas.

Em muitos locais, pensou Zo, as inovações dos próprios Sangheili eram como uma cobertura tecnológica sobre o design Forerunner: o centro de controle e seus monitores, os trajes pressurizados, os sistemas agrários do nível ecológico – tudo foi acrescentado pelos ussanianos. Mas mesmo as modestas inovações ussanianas eram fascinantes, provocando a alma de historiador de Zo. Essa nova e peculiar subcultura Sangheili podia gerar cem tratados acadêmicos.

O que o ancestral de Zo, o Profeta da Convicção Interior, pensaria se visse tudo isso? Com certeza iria gostar, havia vidas inteiras de estudo ali. E Zo possuía apenas uma.

Se ao menos houvesse outro San'Shyuum com quem dividir tudo, filhos para quem passar aquilo adiante. Mas ele estava só.

O pensamento provocou dor e o forçou a focar no problema à vista. Precisavam entrar na seção em segurança, acabar com qualquer resistência... e fazer de tudo para salvar a colônia moribunda.

Minutos depois – liderados por oito patrulheiros fortemente armados, além de Enduring Bias –, Zo, G'torik, Tul e Xelq atravessaram o hangar e passaram por duas portas. Havia apenas quatro lançadores ainda em funcionamento na colônia. Costumavam ficar guardados. Bal'Tol dera permissão para o uso de dois, com nove salvas cada. Havia apenas trinta em todo o Refúgio. A maior parte dos ussanianos nunca vira aquelas armas.

Os dois patrulheiros Sangheili armados então entraram no corredor principal, à frente da coluna ussaniana, e utilizaram os lançadores, enquanto mec-mísseis voavam na direção deles vindos de passagens inferiores. Os mísseis eram destruídos no ar por Enduring Bias.

Vários pulsos irregulares não acertaram os ussanianos, atirados por um rifle de plasma capenga e antiquado.

Os patrulheiros, ansiosos para usar as armas novas, atiraram de volta com os lançadores. Bolas de fogo gêmeas surgiram e se expandiram, assustando os próprios patrulheiros. O inimigo foi atirado em chamas pelo ar, morto antes de cair no deque.

A coluna, com Zo, G'torik e Tul na traseira, continuou pelo corredor, desviando dos cadáveres enfumaçados.

Vivendo a história, pensou Zo. *Sou um vetor da história, grande e pequena. É perturbador, excitante e horrível ao mesmo tempo.*

– Estamos gravando tudo o que está acontecendo aqui? – perguntou Zo, ao olhar para Enduring Bias.

– Sim, estou gravando tudo – respondeu Enduring Bias. – Conforme instruído, transmito as imagens via dispositivos que os colonos chamam de "mentes dos deuses", enviando informações visuais para todos os espaços habitados da colônia. Estão testemunhando o que acontece conforme progredimos para que possam se preparar de acordo.

Chegaram à praça do lado de fora do Hall das Mentes dos Deuses e entraram no jardim de esculturas. Zo notou o cheiro. O ar da colônia não lhe agradara desde sua chegada ali. Naquele ambiente, era particularmente ruim. O fedor de roupas sujas e esgoto não tratado emergia dos cantos. Nas paredes, rabiscos que Zo não podia ler. A letra vermelha marcante sugeria denúncia raivosa.

Algumas esculturas haviam sido derrubadas. Uma pena... ele teria adorado analisar a história cultural deles.

– O que aconteceu aqui? – perguntou Enduring Bias. Ele sobrevoou uma pilha de lixo, na qual jaziam duas cabeças quebradas feitas com algum material sintético escuro. Elas estavam maltratadas, mas Bias as reconheceu. – Oras, era uma imagem de Ussa 'Xellus e sua esposa, Sooln 'Xellus. Alguém as vandalizou! Por quê...

– Ussa 'Xellus é um símbolo do clã 'Xellus – explicou Zo. – Bal'Tol é desse clã. Então, as imagens de Ussa foram eliminadas pelos inimigos do clã. Essa é minha dedução.

Os patrulheiros da dianteira seguiam com cautela. O grupo entrou no Hall das Mentes dos Deuses e foi recebido de imediato por disparos: projéteis e chamas, granadas caseiras, flechas de metal e explosões de energia.

Zo e os companheiros se protegeram atrás de esculturas. Um herói de floatfight disparou vários tiros fumegantes na direção de Zo. Em seguida, os guardas usaram os lançadores duas vezes. As bombas detonaram berros e gritos de raiva agonizante.

– Cessar fogo! – ordenou Enduring Bias, em uma voz inédita de autoridade grave. – Vão danificar o maquinário! Deixem comigo!

O construto inteligente deslizou pela porta. Seu campo repelente desviou diversos mísseis em pleno voo. Então, começou sua ofensiva: o raio de calor escolhia alvos com precisão cirúrgica para não prejudicar os mecanismos do Hall das Mentes dos Deuses.

Ouviram-se gritos de várias vozes implorando por misericórdia.

– Não o conhecíamos!

– Perdoe-me... Perdoe-nos!

– Baixem as armas e se entreguem. Assim, talvez Bal'Tol lhes conceda anistia – disse Enduring Bias. – Vou recomendá-los. Mas a decisão é apenas dele.

Dois impenitentes, no entanto, correram e uivaram; seus rostos pulsavam com a rede escarlate.

Enduring Bias os exterminou em menos de um segundo.

– Agora – disse Enduring Bias, enquanto os rendidos se enfileiravam –, suspeito que haverá pouca resistência no futuro. Devemos seguir para o sintetizador de proteína. Sei o que deve ser feito. Tul, peço que volte à nave, com guardas, e pegue o Huragok. Deve estar seguro para o Engenheiro, agora. Precisaremos da assistência total dele.

O Refúgio, a Colônia Ussaniana
Refúgio Primário
2553 EC
A Era da Reclamação

Algum tempo havia passado desde que as seções tinham sido sistematicamente purgadas dos últimos seguidores de 'Kinsa. Depois da Seção Cinco, pouca resistência foi encontrada. A transmissão holográfica dos golpes do mensageiro dos deuses mostrou qual seria o resultado para quem quer que resistisse.

Bal'Tol estava na plataforma onde Enduring Bias permanecera silenciosamente dormente por séculos. A redoma transparente havia sido retirada, e a IA flutuava à direita de Bal'Tol, como se o benzesse. À esquerda, Xelq, V'ornik e C'tenz. V'ornik estava orgulhoso como nunca.

O kaidon olhou ao redor. Havia na praça o número máximo de Sangheili que o lugar comportava. Outros assistiam por via remota. Virtualmente a colônia inteira via e ouvia.

Também presente estava o San'Shyuum, Zo Resken, um pouco à parte com aqueles Sangheili que diziam já ter feito parte do Covenant e que haviam levado o San'Shyuum até a colônia. E também D'ero 'S'bud, assistindo a *Nutrição da Jornada* por meio da transmissão de Enduring Bias.

– Integrantes do clã do Refúgio! – começou Bal'Tol. – Prestem atenção! – Ele ouvia a própria voz ecoando em outras câmaras por meio do sistema de anúncio remoto. – Uma nova era surge! Uma época de revelação e epifania se aproxima! Todos já ouvimos as novas: sobre como o regime desonrado do Covenant caiu. Sobre como aqueles que acreditavam, como nós, enfim triunfaram!

Mandíbulas estalaram em massa junto com um coro de comemorações.

Bal'Tol ergueu as mãos, pedindo silêncio, e prosseguiu:

– Mais cedo, eu meditava e vi a ordem outra vez emergir do caos. E assim sempre será: a dança eterna entre os dois. Eu testemunhei algo mais na visão: a união, o fechamento do círculo. Fui informado de que somos conhecidos como uma tribo perdida de Sanghelios. Que alguns em Sanghelios ainda se lembram do povo de Ussa 'Xellus, que partiu e se escondeu entre as estrelas em vez de se render à vontade do Covenant. Mas, enfim, é hora de nos reunirmos com nosso povo em Sanghelios! Alguns de nós podem escolher ficar, outros, viajar para o mundo natal. Asseguro-lhes que um lugar está sendo preparado para nós. Um novo lar, seguro sob o céu!

Houve murmúrios e bater de pés. Murmúrios temerosos.

– Ninguém será forçado a ir para Sanghelios. Quem não estiver pronto, poderá permanecer. E estamos no processo de tornar esta colônia mais segura do que jamais foi. Os rumores são verdade. Graças a Enduring Bias e ao Engenheiro dos Forerunners, descobrimos a cura para a Doença Sanguínea. A culpa era do sintetizador de proteína, que há muitos ciclos estava com um defeito sutil. Há tempos suplementávamos todas as carnes e alimentos do nível ecológico com proteína sintética. Enduring Bias, em conjunto com o Engenheiro, localizou a fonte da toxina: um vírus nos tubos de síntese. Uma vez ingerido, ele espalhava a doença. Alguns eram mais suscetíveis a ela que outros.

Fez uma pausa, pensando em Limtee. *A cura. Tarde demais para ela. Tarde demais...* Com a voz trêmula, Bal'Tol continuou:

– Agora, os que estavam em quarentena começam a se recuperar. O sintetizador foi consertado e funciona em segurança. E, sob a liderança de Enduring Bias, Qerspa 'Tel está refinando uma antitoxina que deverá curar totalmente os doentes.

Outra série retumbante de aplausos.

Mais uma vez, o kaidon levantou as mãos pedindo silêncio.

– E agora... Todos devem retornar a suas estações de estabilidade. Enduring Bias vai lhes mostrar algo miraculoso. A colônia está prestes a ser transformada: exatamente o que Forerunner Sol e Forerunner Lua pretendiam. Observem e maravilhem-se... Vivemos em tempos gloriosos!

Assentos saíram do chão, abrindo-se, com cintos, na sala de controle da Seção Primária. Bal'Tol sentou-se ao centro da pequena sala; a sua direita, Zo Resken, e, à esquerda, C'tenz. V'ornik estava logo atrás, ao lado de Qerspa 'Tel, Xelq, G'torik e Tul. Acima, Enduring Bias falou:

– Estou quase pronto. Terminando os cálculos.

– Zo... O que você vai fazer? – perguntou G'torik. – Digo, depois disso.

Bal'Tol olhou por cima do ombro, curioso. Quase havia se acostumado àquela criatura estranha e alienígena, o San'Shyuum.

– Ah – respondeu Zo Resken. – O que vou fazer? Não tenho um lar. Mas o que tenho aqui? Uma coleção valiosa, um repositório glorioso de história Forerunner pouco compreendida. Quem sabe que outros segredos esperam para serem descobertos? Se me for permitido, ficarei aqui. Submeto-me à vontade do kaidon.

– É permitido – atalhou Bal'Tol. – Você nos trouxe a salvação. Será uma honra que permaneça.

– O que estamos prestes a ver, kaidon? – perguntou C'tenz. Ele havia quase totalmente se recuperado da punição severa pelas mãos de 'Kinsa, mas estava ainda um pouco atordoado.

– Observe.

Um holograma apareceu acima deles, projetado por Enduring Bias. Mostrava a Seção Primária se movendo pelo espaço. A imagem era transmitida pelo ponto de vista de um olho espião, a certa distância da colônia.

Um tremor atravessou a sala. A seção parecia guinchar e gemer. Um som de trovoada emanou das paredes... e o holograma mostrou a Seção Primária se movendo, com repulsores brilhando de um lado.

Outra seção apareceu, desviando de asteroides e seguindo inexoravelmente na direção da Primária.

– Kaidon! – soltou V'ornik. – Elas vão colidir!

– Tenha fé no mensageiro dos deuses – disse Bal'Tol. Mas ele mesmo estava ansioso. Funcionaria mesmo, depois de tanto tempo?

Poderia ser um erro terrível, uma catástrofe em andamento...

Então, viram a Seção Sete se conectar com a Primária. Elas pareciam se encadear com o movimento preciso de uma mão gigante invisível. Tudo ao redor deles vibrou e reverberou.

Bal'Tol se lembrou de respirar outra vez.

Outra seção apareceu...

Cada uma era um risco. Se alguma estivesse torta, seria um desastre? Por que ele não deixou tudo como estava?

Sua visão foi embaçada pelo sucesso, pelas promessas de uma nova era. Mas agora...

Outra seção se encaixou perfeitamente.

Aconteceu de novo e de novo. E um formato aparecia: uma curva, um segmento de um círculo.

Demorou. O ferimento na cabeça de Bal'Tol, ainda não cicatrizado, pulsava quando a seção final se conectou.

Mas estava tudo pronto, como os Forerunners intencionaram.

Um círculo completo, as diversas seções unidas em uma estrutura circular. As partes que formavam uma esfera total há muito desaparecidas, quebradas.

Mas o círculo quebrado voltava a ser inteiro. Ussanianos poderiam se locomover de uma seção para outra, em uma colônia agora estabilizada, outra vez viva em sua unidade.

– Pelos deuses – murmurou Zo Resken, ao observar a imagem holográfica das seções unidades. – Parece...

– Sim – concordou G'torik.

– É menor – continuou Zo. – Não é a mesma coisa, mas... agora, com as partes conectadas... quase parece um dos Anéis Sagrados.

Bal'Tol se sentia ao mesmo tempo exultante e entristecido. Todo esse tempo, assumira que voltaria ao mundo natal, a Sanghelios. Sonhara que ele também completaria o círculo: um descendente do lendário Ussa 'Xellus retornando a Sanghelios em triunfo.

Mas ele era o kaidon. Se seu povo escolhesse ficar, e muitos escolheriam isso, ele deveria ficar também, pelo bem deles. Afinal, sacrifício era algo esperado de um líder.

Sacrífico era honroso.

Talvez algum dia visitasse Sanghelios. Mas, naquele momento, ficaria no lugar que foi de seu pai e de seus antecessores.

Quase podia ouvir a voz de Ussa 'Xellus: *Cuide de meu povo, Bal'Tol. Você é sangue de meu sangue. Você também é um 'Xellus.*

Bal'Tol suspirou. Ali, no círculo intacto do Refúgio, ele ficaria, talvez para sempre.

EPÍLOGO

Sanghelios
2553 EC
Montanhas ao Norte de Zolam
Uma Era Ainda Não Nomeada

D'ero 'S'bud pela primeira vez parecia quase alegre.

– E ali, Xerq... Está vendo? É o Templo do Céu Dividido. Uma das muitas estruturas Forerunner ainda de pé aqui em Zolam.

Na verdade, Xerq pouco podia ver naquela distância. Mas já tinha ouvido falar muitas vezes de Zolam, pois D'ero adorava essa região.

– Pode me mostrar Zolam, D'ero?

– Sim. Se... – Ele abriu as mandíbulas na versão Sangheili de um franzir de cenho – ... ou melhor, *quando*. Quando for seguro. Ainda há tensão ali, perigo de guerra. Ainda há aqueles que discutem a própria loucura, balbuciando sobre a gloriosa Jornada. Parece que ainda há muita tolice por aqui. Mas, por outro lado, encontramos tolos em todas as espécies e em todos os mundos.

G'torik e C'tenz se juntaram a eles na antiga cúpula construída em um dos lados do precipício. Em silêncio, admiraram por um longo tempo o que podiam ver de Sanghelios. Para Xerq, era tudo tão incrivelmente vasto. Nunca havia percebido até então como o Refúgio era pequeno.

Mas ele sempre tinha voltado os pensamentos para fora, para o espaço, para as estrelas. As possibilidades infinitas. E uma foi alcançada: estar ali, no mundo natal.

Ele esticou os braços, deliciando-se com a sublime mistura de familiaridade e estranhamento. Por fim havia se acostumado à gravidade. O ar era o mais doce que já havia respirado.

E algo a respeito do céu, com seus tons de amarelo e azul e toques rosados, vermelho no horizonte, conversava com sua alma. Ele reconhecia aquele lugar, embora nunca houvesse estado ali.

Ussa 'Xellus havia levado seus ancestrais para longe daquele lugar abençoado e, finalmente, milênios depois, os descendentes retornaram. E para Xerq era como se os ancestrais estivessem ali também, junto com Ussa 'Xellus, invisíveis, mas presentes, a seu lado, observando as montanhas, as planícies, o céu dourado, as cidades distantes...

Sanghelios.

E era bom. Era o certo. Como Bal'Tol havia posto: ordem escondida dentro do caos, por fim emergindo para se reafirmar.

Com a volta ao mundo natal, outro círculo foi completado. Um círculo quebrado reconectado, como a órbita de Sanghelios após a volta de um ciclo ao redor do sol; como suas duas luas Suban e Qikost, sempre girando ao redor do planeta, confirmando que aquele era o verdadeiro mundo natal dos Sangheili.

– Retornamos, Ussa 'Xellus... – murmurou C'tenz, como se lesse os pensamentos de Xerq. – Como disse, certa vez, que faríamos. Enfim, retornamos.

AGRADECIMENTOS

JOHN SHIRLEY

Um obrigado especial a Ed Schlesinger, da Gallery Books, a Jeremy Patenaude e a todos da 343 Industries e a minha esposa, Micky.

343 INDUSTRIES

343 Industries gostaria de agradecer a Kendall Boyd, Scott Dell'Osso, John Liberto, Bonnie Ross-Ziegler, Ed Schlesinger, Rob Semsey, John Shirley, Matt Skelton, Phil Spencer, Kiki Wolfkill e Carla Woo.

Nada disso seria possível sem os esforços incríveis da equipe de Halo Franchise, da equipe de Halo Consumer Products, de Nicolas Bouvier, Tiffany O'Brien e Kenneth Peters e, especialmente, de Jeremy Patenaude.

Impressão e Acabamento:
GRÁFICA STAMPPA LTDA.
Rua João Santana, 44 - Ramos - RJ